Grenoble parano

Dans la même collection

1. *Saint-Étienne Santiago*, de Jean-Louis Nogaro
2. *Rouge Beaujolais*, de Jean Périlhon
3. *Le gourou des Terres Froides*, de Nicole Provence
4. *La disparue des Baronnies*, de Viviane Veneault
5. *Grenoble parano*, de Sylvain Pettinotti
6. *L'inconnu de Lyon*, de Laurent Corre

Sylvain Pettinotti

Grenoble parano

Collection polars en région
dirigée par Gilles Guillon

RAVET-ANCEAU
ÉDITEUR DEPUIS 1853

Du même auteur

De l'eau dans le gaz (Éditions Reflets Noirs, 2006)

Les oubliés du Vercors (Éditions de l'Écir, 2006)

Noirs Venins, recueil collectif de nouvelles (Éditions Reflets Noirs, 2007)

Manzini ou l'art des choix (Éditions Alain Bargain, 2007)

Titre original : Putain d'vie

5, rue de Fives, BP 90019, 59651 Villeneuve-d'Ascq cedex.
ISBN : 978-2-914657-56-3
EAN : 9782914657563

Prologue

Les chiens hurlaient.

C'était d'abord une sorte de jappement rauque presque aussitôt suivi d'un long trille suraigu.

Le cri de la meute.

Vêtu de son seul caleçon, Steve s'extirpa de son lit en bougonnant et buta contre les canettes de bière vides qui jonchaient le sol. Il se traîna jusqu'à la fenêtre de sa chambre. Les volets étaient ouverts. Comme toujours. Il n'aimait pas l'obscurité. Il avait besoin de la lumière de la nuit.

Il plissa les yeux pour distinguer quelque chose.

Ou quelqu'un.

Le chemin qui menait jusqu'à son chalet demeurait vide.

Planté sur les hauteurs du hameau des Blancs à près de 1 100 mètres d'altitude, il dominait le village de Lans-en-Vercors. La route communale s'arrêtait une centaine de mètres plus bas, avant un bosquet de frênes. Les rares visiteurs qui s'aventuraient chez lui devaient garer leur voiture près des arbres et continuer à pied.

Les chiens continuaient à brailler.

Il ouvrit la fenêtre. Un air frais s'engouffra dans la pièce.

– C'est fini ce bordel ! Inouk ! Taïka ! Ça suffit !

Les meneurs se turent aussitôt. La meute se rasséréna. La voix du maître avait calmé les chiens nordiques.

Pour quelques instants.

Pas longtemps.

Un premier glapissement, encore timide, s'éleva dans la nuit. Puis un autre. Et encore un autre. Bientôt, les quinze chiens braillaient de plus belle.

Steve fronça les sourcils. Un animal ne les exciterait pas comme ça. Parfois un blaireau ou un renard s'aventurait à proximité du chalet. Ses clébards gueulaient un coup et la bête se tirait vite fait.

Là, il y avait autre chose.

Il frissonna. De froid. Au mois de septembre, dans le Vercors, il fait déjà frais. Surtout à onze heures du soir quand il n'y a pas un nuage dans le ciel. Il enfila un pull de laine avant de traverser sa chambre pour se rendre dans la pièce d'à côté.

Son salon-kitchenette donnait directement sur un étroit couloir équipé d'un sas en doubles rideaux. Il s'était bricolé ça lors de sa première saison au chalet. L'hiver, l'air glacial restait emprisonné entre les deux tentures et ne refroidissait pas l'intérieur. Avec son poêle à bois, il obtenait ainsi une température acceptable dans sa pièce principale. Il n'avait pas d'autre moyen de chauffage de toute façon. Il n'avait jamais fait fonctionner les convecteurs électriques installés par le constructeur. Le bois récupéré lors de ses chantiers de bûcheron, avant la neige, lui suffisait amplement. Il fallait juste faire attention.

Derrière le rideau, ses chaussures s'entassaient pêle-mêle. Il parvint à repérer ses vieilles tennis crottées et dut s'adosser à la cloison pour les enfiler.

Il ouvrit la porte.

Un vent froid s'engouffra dans le sas. Ses poils de jambes se hérissèrent. Il referma derrière lui avant de scruter à nouveau la nuit. Les chiens bondissaient au bout de leur chaîne en poussant des jappements furieux.

Steve descendit les marches de l'escalier et empoigna sa cognée encore posée contre son tas de bûches.

Il avait bien bossé. Entre le mois d'août et le mois de septembre, il avait récupéré au moins cinq stères de bois. Hier encore, il avait débité une bonne cinquantaine de rondins. Il n'avait plus qu'à les ranger avec soin contre son mur. Faire une jolie pile. Quatre dans un sens, quatre dans l'autre. Pour l'équilibre. Pas pour l'esthétique.

Inouk était déchaînée. Elle grimpait et descendait du toit de sa niche à toute allure. Steve s'approcha d'elle et gueula son nom d'un ton sec. La chienne cessa son manège. Elle regarda son maître en gémissant puis s'aplatit au sol. C'était un bel animal, noir et blanc, aux yeux vairons. Et une chienne de tête intelligente avec ça. Elle conduisait l'attelage en réagissant aux moindres inflexions de voix du musher.

Steve s'accroupit. Il caressa la tête de la bête. Elle frémissait sous sa main sans parvenir à se calmer. Les autres chiens, eux, continuaient à gueuler.

Il se redressa et saisit sa cognée à deux mains. Il devait y avoir quelqu'un, pas loin. Un voleur ? Il ne viendrait pas jusque-là. Et puis de toute façon, il n'y avait rien à voler.

Ça pouvait être des gamins du village. C'était déjà arrivé. Un soir d'été, une demi-douzaine de gosses s'était amenée vers minuit. Ils avaient fait brailler la meute pendant une bonne heure. Il était sorti avec son fusil de chasse et avait tiré en l'air. Une seule fois. Il avait alors vu les mômes sortir des buissons en courant et détaler sans demander leur reste.

Il s'avança sur son chemin. Il posa la cognée à ses pieds et mit ses mains en porte-voix.

– Hé ! Les p'tits branleurs ! Vous avez fini vos conneries ou il faut que j'vienne vous chercher par la peau du cul !

Il plissa les yeux, guettant le moindre frémissement des branches.

Rien.

Pas un mouvement.

C'était peut-être un animal finalement. Un gros blaireau qui sait que les chiens ne lui feront rien s'il ne vient pas leur chatouiller les moustaches.

Il s'apprêtait à faire demi-tour quand il lui sembla distinguer quelque chose un peu plus bas, au milieu du chemin. Cela faisait comme une tache blanche dans la nuit. Il reprit sa hache et s'avança d'un pas décidé.

Ici, le vent ne lui amenait pas de papier ou autres saloperies.

Et un blaireau, même enrhumé, ça ne se sert pas de kleenex, pensa-t-il en ramassant un mouchoir encore plié.

Il se redressa soudain. « On » l'avait fait sortir !

L'évidence le frappa.

Une sourde inquiétude commença alors à poindre. Il recula peu à peu sans cesser d'observer les alentours. Un claquement sec le fit sursauter. Il se retourna vivement. Sa porte.

Elle s'était refermée toute seule.

Il ne se rappelait plus s'il avait laissé la fenêtre de sa chambre ouverte ou non. Un simple courant d'air pouvait expliquer la subite fermeture de la porte.

Un simple courant d'air ou autre chose.

Il remonta le chemin jusqu'à l'escalier. Il grimpa les marches, s'arrêta, essoufflé, sur le palier. Il posa la main droite sur la poignée de la porte.

Fermée.

Une sensation de froid l'envahit.

Incrédule, il insista. En vain.

On avait fermé sa porte à clef.

Il recula en secouant la tête. Qu'est-ce que c'était que ce connard qui lui faisait un plan pareil ?

Il n'avait pas d'amis assez proches pour que l'un d'eux ait l'idée d'une telle plaisanterie. Partagé entre l'appréhension et la colère, il ne savait plus trop quoi penser. Il descendit alors les marches et fonça vers la porte du garage. Celle-ci restait toujours ouverte. Il pénétra dans le sous-sol et ouvrit une porte, au fond. Il gravit un escalier en bois menant à l'appartement, déboucha dans le couloir. Les lumières avaient été éteintes. Un vent froid balaya le sol. Il frissonna.

La porte.

Elle était grande ouverte.

Cette fois, c'était clair. Quelqu'un jouait avec lui. Avec ses nerfs.

Il ricana. Il allait voir, cette espèce d'enculé. Il n'allait pas rigoler longtemps.

Steve se rua dans le salon où était accroché son fusil de chasse. Sur le seuil, il se figea. Au-dessus de la cheminée, à l'emplacement de son arme, il n'y avait plus que les attaches, vides.

Le sang quitta son visage.

Un craquement le fit sursauter.

Il se retourna.

La première volée de plombs lui faucha les jambes.

Il s'écroula en hurlant contre la cloison en bois et glissa jusqu'au sol. Une fois à terre, il regarda sans y croire le sang se répandre sur son parquet. Puis, il leva lentement les yeux.

Il ne distingua qu'une silhouette dans la pénombre.

Steve serra les dents pour ne pas crier. Une sueur froide se mit à ruisseler sur son front.

Le canon du double coup surgit soudain à hauteur de son visage.

Il écarquilla les yeux.

– Putain, putain…, se dit-il une dernière fois.

Chapitre 1

Téo

Un bar.

Je cherchais un bar depuis la tombée de la nuit.

Pas n'importe lequel. Un avec du monde et de la musique. Du bruit, du mouvement et de la couleur. Tout ce qu'il faut pour s'étourdir. Le temps d'une soirée.

Ce n'est pas que les bars ça manque sur Grenoble, mais je n'arrivais pas à me décider. Il y avait toujours un truc qui déconnait. Trop jeune, trop sage ou trop crade. Je trouvais tous les prétextes pour passer d'une turne à une autre. J'avais fini par me retrouver devant le Shrek, rue Chenoise, vers l'ancien palais de justice.

Ça me faisait marrer.

Le Shrek d'abord. C'était spot-light et musique branchée. Les basses faisaient danser les verres sur le comptoir et les clients transpiraient une partie de la nuit sur une petite piste ronde. Autour, ça picolait sec les cocktails exotiques du serveur martiniquais. On venait ici pour se défouler et pour draguer.

Mais le Shrek, c'était surtout LE bar de la ville où j'étais *persona non grata*. Je n'étais pas du genre à faire des scandales, mais un soir un beauf bourré à la bibine avait commencé à faire du gringue à la gonzesse qui m'accompagnait. Je lui avais dit de se tirer une fois, deux fois. La troisième, il avait pris mon poing dans la gueule. On l'avait évacué sur un brancard et moi par la peau du cul. Enfin, façon de parler. Parce qu'avec mon mètre quatre-vingt-quinze et mon nez de boxeur, j'ai tendance à calmer autour de moi. Pourtant, je n'ai jamais fait de boxe. Je m'étais pété le nez en tombant dans les escaliers, un soir de cuite. Mais ça faisait illusion et c'était parfois bien pratique. Le patron du Shrek avait menacé d'appeler les flics si je remettais les pieds chez lui. Je n'y étais plus revenu depuis des mois.

Et puis il y avait l'ancien palais de justice. Le tribunal de grande instance. La cour d'assises. C'était un quartier que j'essayais d'éviter d'habitude. Remuer les souvenirs, c'était pas trop mon truc. Et là, dans ces vieux murs chargés d'Histoire, les souvenirs, ce n'était pas ce qui manquait. Il faut dire aussi qu'il a de la gueule l'ancien palais. Avec ses tourelles, ses fenêtres à petits carreaux de couleurs et sa façade presque baroque, il exsude par toutes ses pierres la mémoire de la cité. Alors les souvenirs, ils sont là, comme des énormes cumulo-merdiques, à planer au-dessus des pavés.

Le pire, c'est que dans le tas, il y a les miens.

Ce ne sont pas les plus beaux. Loin de là. À chaque fois que je suis passé dans le secteur, ils me sont tombés sur la gueule. Même pas par surprise parce que je savais qu'ils étaient là. Et pourtant, à tous les coups, ça me filait la gerbe.

Saloperies de souvenirs.

Je m'en serais bien passé de ceux-là.

Mais c'était moi.

Enfin, le « moi » d'avant.

Quand on m'appelait encore maître et que je pavanais en robe noire.

Alors finir devant le Shrek à onze heures du soir, en venant tout droit de l'ancien palais de justice, ça avait de quoi me faire marrer.

Le videur me reluqua d'un air méfiant. J'étais aussi grand que lui et presque aussi large d'épaules. Il me reconnut tout de suite.

– J'croyais qu't'étais interdit de séjour, ici, dit-il froidement.

Je fis une grimace.

– Ça fait plus de six mois maintenant. Il y a prescription !

L'autre me jeta un regard froid.

– Ah ouais ? Pour l'instant, tu bouges pas. J'appelle le patron.

Il sortit un talkie-walkie de la poche de sa veste et recula d'un pas. La conversation fut brève. Il rangea bientôt son appareil.

– Il arrive, dit-il simplement.

Il reprit sa pose, à droite de l'entrée, les jambes écartées et les deux mains croisées devant les parties. L'air con.

La porte s'ouvrit presque aussitôt. Le propriétaire du Shrek n'avait pas plus de trente ans. Genre beau gosse fringué à la mode, les cheveux dressés en pics, il dut lever la tête pour me regarder dans les yeux.

– Qu'est-ce que tu veux, Téo ? dit-il sèchement.

Je haussais les épaules. Sa question était débile.

– Je te préviens, la moindre embrouille avec un client et tu seras définitivement grillé, non seulement ici, mais dans tous les bars du quartier. Pigé ?

Je serrai les dents sans répondre. Me faire dicter ma conduite par ce type relevait du défi existentiel. Il insista.

– Je n'ai pas entendu ta réponse, Téo.

À mon tour, je le fixai.

– Ça marche comme ça… Je ne ferai pas de connerie, dis-je sans le quitter des yeux.

Il s'écarta, le visage fermé, et me laissa passer.

Je poussai la porte du Shrek.

La musique me happa. Enfin, façon de parler. C'était pas vraiment de la musique. C'était un exutoire à base de décibels. Une rengaine basique ponctuée par des basses hystériques. À l'instant même où j'entrai, mes os se mirent à vibrer. Je me laissai porter. J'aimais ça. Scotché à deux pas de l'entrée, je savourai sans bouger.

Autour de moi, ça s'agitait. Je retrouvai les mêmes têtes qu'il y a six mois. Ou presque. Entre les noctambules déjantés, les déprimés de la nuit et les petits jeunes en goguette, les tronches n'avaient pas changé. Certains visages me semblaient familiers mais je n'aurais pu le jurer. C'était de l'ordre de la sensation diffuse. De l'impression de déjà-vu.

Je me frayai un passage jusqu'au comptoir. En général, je n'avais pas beaucoup de difficultés pour y parvenir. Je ne passais pas inaperçu et les gens s'écartaient d'eux-mêmes sur mon passage. À une époque de ma vie, j'étais convaincu de dégager une aura de respect. Je savais maintenant qu'ils avaient juste peur de se faire écraser les pieds.

Ma place était prise. Celle contre le mur du fond. Coincée entre le zinc et le crépi d'une cloison en placo. Dès mes premières soirées au Shrek, je me l'étais appropriée. Je ne tournai le dos à personne et je pouvais reluquer les gonzesses dans la salle. Les autres avaient vite compris. Quand j'arrivais, je trouvais toujours mon tabouret libre. Si un type s'oubliait, je me collais devant lui et lui pourrissais la vue jusqu'à ce qu'il décanille. En général, ça ne tardait pas. Parfois, pourtant, il y en avait des durs à la détente. Ils ne pigeaient pas tout de suite. Certains même me demandaient de me pousser. Dans ces cas-là, je me contentais de leur balancer un petit coup d'œil, genre « T'as pas encore pigé que tu gênes ? » Autour, ça ricanait. Et le mec finissait par se tirer.

Ce soir, je connaissais le type. C'était un habitué. La chemise déboutonnée et la chaîne en or perdue dans les poils lui donnaient l'allure de ce qu'il était : un symbole. Celui du dragueur beauf sûr de son charme.

Il me regardait arriver sans broncher. Pire, il me sourit. Il devait être au courant de mes embrouilles avec le patron. Alors il se la jouait insolent. Je m'installai à côté de lui, les coudes sur le comptoir. Il leva son verre.

– Salut, Téo ! brailla-t-il.

Je lui fis un petit signe de la tête.

– Alors, tu reviens, on dirait ?

– Non, laissai-je tomber.

Je lui tournai le dos et levai la main pour appeler le serveur.

Claude était martiniquais. C'était ce qu'il prétendait en tout cas. La couleur de sa peau plaidait en sa faveur mais il ne parlait jamais de son île. Une fois, j'avais essayé de l'interroger. Il s'était refermé comme une huître et je n'avais plus insisté. Ce type avait le génie des cocktails. Il savait préparer des mélanges détonants, sucrés ou amers, qui allumaient un gars sans qu'il ne s'en rende compte. Ou alors c'était déjà trop tard.

Il m'aperçut. Il finit de servir un client à l'autre bout du comptoir avant de s'approcher à grands pas. Il me tendit la main.

– Content de te revoir, Téo. Je te sers quoi ?

– Un « spécial retour ».

Ses yeux brillèrent. C'était un artiste. Il aimait créer. Je lui avais filé un nom, au pif. Un truc inventé, pas un machin qu'on trouvait sur la carte. Il allait faire le tour des consos à servir au bar et puis il reviendrait pour improviser sur place un de ses petits miracles d'invention. On fonctionnait comme ça tous les deux. C'était pour ça qu'il était content de me voir. Et moi je savais que j'allais être gâté.

Je me tournai vers la salle. Il y avait du monde. Sans plus. Juste assez pour m'étourdir. Je repérai quelques jolies filles.

Je sentais le gars s'énerver dans mon dos. Il devait se pencher à gauche et à droite pour essayer de voir quelque chose. Il tapota mon épaule. Je me retournai.

– Dis donc, Téo, tu veux pas te pousser un peu, là ? hurla-t-il.

Je le regardai dans les yeux et lui fis un sourire. En même temps, je fermai le poing et dressai le majeur vers le plafond. Je remontai lentement ma main jusqu'à son visage.

– Dégage ! dis-je sans cesser de sourire.

Il ouvrit la bouche, écarquilla les yeux et son visage se figea. Il ramassa son verre. Puis il se leva, non sans me jeter un regard assassin, avant de se barrer à l'autre bout de la salle.

Claude arriva en se poilant.

– T'as réussi à virer l'autre trou du cul ? dit-il en posant un cocktail de toutes les couleurs devant moi.

Je haussai les épaules.

– Fais gaffe, quand même, continua-t-il. Le patron a fait passer le mot de te surveiller.

Je le remerciai d'un regard. Je levai mon verre et le portai à ma bouche. Je bus une petite gorgée. Une seule. Pour profiter de la surprise. Celle de la découverte. De la nouveauté.

Claude attendait ma première réaction. Je laissai le liquide sucré se répandre dans ma bouche, imprégner chaque papille gustative. Je déglutis enfin. C'était le moment qu'il attendait. Celui du verdict.

Ses yeux se plissèrent.

Je passai ma langue sur mes lèvres et je plantai mon regard dans le sien. Je lui fis un clin d'œil.

Il se détendit aussitôt. Un large sourire illumina son visage. Il s'éloigna.

Je continuai à siroter mon cocktail sans quitter des yeux la piste de danse. Moi, je ne danse jamais. Je n'aime pas ça. Et puis je fais un peu lourdingue. Ça ne m'avantage pas vraiment. Je préfère regarder les autres.

En général, au bout d'un moment, je finis par accrocher le regard d'une fille. Le plus souvent, ça ne marche pas. Alors je reste encore un peu, tout seul, avant de me tirer la queue basse. Mais parfois, j'ai droit à un sourire. Dans ces cas-là, je me cramponne et je ne la quitte plus des yeux.

Certaines filles viennent pour ça. Pour qu'on ne les quitte pas des yeux. Qu'on les regarde et que ça les rende belles. Parfois ça fonctionne. Parfois non. Ça dépend de la fille. Et du regard.

D'autres viennent pour autre chose encore.

Celles-là m'intéressent. Sans cesser de danser, elles se mettent à me fixer à leur tour. Elles caressent d'avance mes muscles. C'est ça qui les fait mouiller. Ma carrure. Mes épaules. À ce moment-là, je sais que la nuit sera longue.

Ce soir-là, je n'arrivais pas à me stabiliser. Je regardais une fille, puis une autre, sans y penser ou presque. De temps à autre, un habitué, homme ou femme, me reconnaissait et me faisait un petit signe. Je répondais parfois. Pas toujours.

Et puis d'un seul coup, je ne vis plus qu'elle.

C'était une Arabe. Une femme jeune, d'une trentaine d'années peut-être. Elle avait une jupe courte.

Très courte.

Elle portait une espèce de guêpière, sans soutien-gorge me sembla-t-il, qui laissait deviner deux petits seins pointus. Son visage aux traits fins mais anguleux était surmonté d'une épaisse tignasse frisée. Ses grands yeux noirs me fixaient intensément. Elle dansait, d'une façon lascive, à quelques mètres de moi, sans jamais cesser de me regarder. Surpris, je jetai un coup d'œil à gauche et à droite pour m'assurer qu'il n'y avait pas de méprise. Je la dévisageai à nouveau.

Elle me fit un sourire.

Je lui répondis à peine.

Je n'ai jamais eu de mal à soutenir le regard d'une fille. Plus il provoque, plus j'aime. Certaines ont leur désir à l'affût dans la pupille. Il ne demande qu'à sortir, qu'à s'exprimer. Moi, je leur ouvre la porte en grand. Il n'y a pas de gêne. On sait tous ce qu'on est venu faire ici.

Là, c'était autre chose. Il y avait un truc bizarre dans sa façon de me fixer. Troublé, je me retournai pour prendre mon verre posé sur le comptoir. Lorsqu'à nouveau je regardai, elle avait disparu. Je secouai la tête.

– Ça roule ?

Je sursautai. C'était Claude.

– T'as mis quoi dans ton cocktail ? J'ai des visions.

Il rit.

– T'as vu la fille ? La brune ? On aurait dit que t'avais un ticket, mon pote !

Je n'avais pas eu la berlue. Je finis mon verre et commandai un whisky. Claude sembla déçu.

Je laissai à peine fondre les deux glaçons et avalai mon verre cul sec.

– Tu m'offres à boire ?

Je tressaillis. Cette fois, ce n'était pas Claude. Je n'avais pas besoin de me retourner pour deviner qui m'avait parlé. Sa voix était parfaitement assortie à son physique. À peine rocailleuse et veloutée comme une caresse. Je pivotai lentement. Elle s'était installée sur un tabouret de bar, et fumait une cigarette, les deux coudes posés sur le comptoir. Elle ne me regardait pas. Ses yeux fixaient les rangées de bouteilles accrochées au mur, devant elle.

Elle était plus jeune que je ne le pensais. À peine plus de vingt ans, à tout casser. C'était une jolie fille. Des petites chaînes dorées entouraient ses chevilles. Ses jambes étaient nues et sa jupe noire remontait très haut à la naissance des cuisses. Je ne m'étais pas trompé : elle ne portait pas de soutif. Sous le tulle de sa guêpière, ses petits nichons bandaient furieusement.

– Alors, tu m'offres à boire ?

Je levai la main et appelai Claude. Il rappliqua sans traîner.

– Deux « tant qu'il y aura des hommes », dis-je.

Il me regarda en souriant et fit demi-tour. La fille se tourna enfin vers moi. Ses yeux me troublaient. C'étaient des labyrinthes. Ils me laissaient entrer mais je n'étais pas sûr de pouvoir en sortir. Je ne savais pas si j'aimais tellement ça.

– « Tant qu'il y aura des hommes » ?

– C'est une création du barman… Il est très fort.

Je continuai à la dévisager.

– On se connaît pas ? me hasardai-je.

Elle secoua la tête.

– Boxeur ?

Je me tâtai le nez. C'était devenu un réflexe. À chaque fois qu'on me posait la question, je ne pouvais pas m'empêcher de vérifier que mon nez était toujours tordu. J'acquiesçai. Je n'avais pas de raison de la détromper. Je savais que certaines femmes aimaient ça. L'idée de la boxe. De la violence peut-être. Ou simplement de la force. Et puis on n'était pas là pour rencontrer l'âme sœur. On n'en avait rien à foutre de la vérité.

Rien que le fait d'être là était déjà un mensonge. À nous-mêmes.

À son tour, elle me jaugea. C'était de bonne guerre. Je la laissai faire sans commentaire. Elle s'arrêta à la hauteur de mon sexe et s'y attarda. Je sentis une drôle de chaleur m'envahir. Je me penchai vers elle.

– C'est quoi ton nom ?

– Fathia, dit-elle sans me quitter des yeux.

– Écoute-moi, Fathia. Si tu continues à me zieuter comme ça, on n'aura même pas le temps de boire notre cocktail. Et ce serait dommage.

Ses yeux se plissèrent. Elle esquissa un sourire.

Claude revint à ce moment avec deux verres gigantesques. Il les posa devant nous avec un air satisfait.

– Mon petit Téo, tu m'en diras des nouvelles de celui-là. C'est un « space » de chez « space » !

Il repartit aussitôt sans attendre ma réplique. Je posai deux billets sur le comptoir.

– Téo… c'est un diminutif de Théophile ? Théodore ?

Je la regardai sans répondre. Hé bien non, Téo c'est pas un diminutif ! Téo c'est Téo. C'est tout. Le monde entier veut que je m'appelle autrement que par mon prénom. Il peut aller se faire foutre le monde entier. Mon prénom c'est Téo. Quant à la fille, je ne lui gueulais pas dessus même si ça m'énervait parce que j'avais d'autres projets avec elle. Mais ça me faisait quand même bien chier.

Je levai mon verre et le portai à hauteur de son visage. Elle en fit autant. Nous bûmes en silence. Le Martiniquais s'était encore une fois surpassé. Et moi je commençais à être un peu bourré.

Elle alluma une cigarette.

J'aime pas la clope. Ça pue et ça donne une haleine de chameau. Je ne dis pas que je ne fume pas un petit joint de temps en temps, quand j'ai un bon plan. Au moins ça fait planer. Je me sens cool pendant un moment. Mais la clope pour la clope, c'est trop dégueulasse.

– On se tire ?

Je hochai la tête. Le Shrek c'est l'idéal pour brancher une fille. Mais les actes suivants se jouent forcément ailleurs. Fathia se leva. Je lui emboîtai le pas. Elle était bien roulée, ça je l'avais déjà remarqué. Mais je ne m'étais pas rendu compte de sa taille. Elle m'arrivait à l'épaule. Elle récupéra un gilet noir et son sac à main au vestiaire. En passant devant la caisse, je fis un signe au patron, genre « t'as vu mon pote, il n'y a pas eu de lézard ! » Il me jeta un regard froid et tourna la tête.

Je poussai la porte.

La rue s'était vidée. Normal, il était près de minuit trente. Les promeneurs en avaient eu marre depuis longtemps, les assoiffés s'étaient déjà bien réhydratés et les autres faisaient la queue devant les boîtes de nuit.

– On va chez toi ?

Je fis une grimace. Chez moi ? Ça risquait de ne pas être très cool. Mon « chez moi » était assez rudimentaire. Mais je ne pouvais pas vraiment lui dire. Ça casserait l'image que j'essayais de donner.

En passant devant la vitrine éteinte d'un restaurant, je reluquai ma silhouette du coin de l'œil. À part ma trogne de pugiliste, je présentai bien. Pantalon de toile beige, chemisette bleue, pull blanc jeté avec une fausse désinvolture sur les épaules, le tout formait un ensemble un peu sport, un peu classe.

Alors évidemment, amener une gonzesse dans mon mobile home pas très propre renifler les odeurs douteuses de mon duvet, ça manquait de charme. Même si le camping de banlieue où je vivais était calme et bien entretenu, je ne me voyais pas y débarquer avec Fathia.

Ni avec personne d'autre d'ailleurs.

Je tardai à répondre. Soudain, la jeune femme m'attira contre elle et m'embrassa à pleine bouche. Son corps ondula contre le mien et ses mains s'égarèrent sur ma braguette. Je me mis aussitôt à bander.

– Alors, on fait quoi ? dit-elle en plantant son regard dans le mien.

Je connaissais un petit hôtel, dans un quartier voisin. Il y avait quelqu'un à l'accueil toute la nuit et le gardien me connaissait. C'était là que je finissais mes soirées. Avec une fille, bien sûr. Tout seul, je préférais rentrer au camping.

Il y avait encore du monde sur la place du palais de justice. Le brouhaha des noctambules attablés aux terrasses des bars résonnait fort loin dans les ruelles adjacentes.

Je tirai Fathia par la main.

– Hé ! Cool ! Il n'y a pas le feu ! s'exclama-t-elle.

Sans m'en rendre compte, j'avais entrepris la traversée de la place au pas de charge. C'était un réflexe. Les rares fois où j'avais dû passer par là, j'avais fait ainsi : tête baissée et à toute berzingue. Je me forçai à ralentir. La fille relâcha la pression sur ma main et elle se colla à moi.

J'eus brusquement une drôle d'impression. Presque physique. Une sorte de truc chaud posé sur ma nuque. Comme si j'étais observé.

Puis plus rien.

Cela n'avait duré que quelques secondes. Mais cette sensation avait été très nette. Trop nette pour ne pas être réelle.

Je m'arrêtai et fis le tour des terrasses du regard. Je ne reconnus aucun visage à part celui de la statue de l'autre con couverte de merdes de pigeons, posée au milieu de la place. Je ne bougeai plus.

– Tout va bien ?

Fathia me fixait, interloquée. Elle allait finir par me prendre pour un cinglé.

Je secouai la tête très vite comme pour chasser des mauvaises idées. Je fis un mince sourire. J'allais repartir lorsque je me figeai.

Juste sous l'éclairage public de la rue Berlioz, à quelques dizaines de mètres devant nous, s'éloignait une silhouette. Voûtée. Presque chétive. Reconnaissable entre mille.

La silhouette d'un fantôme.

Nous baisâmes avec frénésie. Fathia avait une imagination sans limite. J'avais besoin de me laisser porter par les événements et cette fille enchaînait les épisodes avec maestria. Le gardien m'avait vendu une bouteille de whisky. Il connaissait mes habitudes. Elle picola un peu, moi beaucoup. Je finis la nuit complètement torché.

Je ne l'entendis pas partir.

C'est la femme de ménage, une grosse black, qui me réveilla sur le coup de dix heures. J'étais à poil, étalé sur le dos en travers du lit. Elle s'était mise à passer l'aspirateur comme si je n'étais pas là. Ce n'était pas la première fois. Elle aussi connaissait mes façons de faire.

Je n'étais pas un poivrot, loin de là. Mais je ne pouvais pas m'empêcher de me bourrer la gueule à chaque fois que je baisais. C'était comme une noyade salutaire. Ça me permettait de finir dans l'oubli le plus total. Et puis comme ça, je ne voyais pas la fille se barrer. Il n'y avait ni adieu ni au revoir. De toute façon, il n'y aurait pas eu d'au revoir. Je n'avais jamais envie de remettre ça avec la même gonzesse. Les seules fois où ça m'avait pris de doubler la mise, c'est quand j'ai été amoureux.

Il y avait des lustres.

Du coup, je me levais au matin avec la tête comme une pastèque et l'estomac traumatisé. Mais au moins, j'avais le cœur au sec.

C'était le plus important. Tout le reste se soigne, plus ou moins bien.

Pas le cœur.

La première chose qui me vint à l'esprit pourtant, ce matin-là, c'était mon fantôme. Il me tomba dessus comme une merde de chien sur un trottoir grenoblois. J'avais à peine ouvert un œil qu'il était déjà là, presque goguenard. Je m'assis sur le lit. Plus j'y pensais, moins j'avais de doutes. Sa silhouette était gravée au burin dans ma mémoire. Putain de mémoire d'ailleurs ! Je m'en serais bien passé.

Chaque détail était à sa place. Fidèle. Jusqu'aux odeurs. Celles de la cour d'assises.

Ma première cour d'assises.

Et la dernière.

– Vous devriez vous couvrir, monsieur !

Je sursautai. La grosse Noire me lorgnait sans complaisance. Les sourcils froncés, elle désignait ma bite qui pendait, inerte, sur ma cuisse.

– Même si je ne suis qu'une femme de ménage, c'est pas des manières !

J'attrapai le drap pour me couvrir. Elle retourna à son aspirateur sans plus s'occuper de moi.

Ça faisait combien de temps déjà ? Dix ans ? C'était à peu près ça : dix bonnes années. Je n'avais pas revu Henri Brun depuis cette époque. Je n'avais pas cherché à le rencontrer. Je ne voulais pas. J'aurais pu, peut-être, avec un peu de courage, mais je n'en avais pas la volonté.

Il y avait dix ans, face à un avocat général sûr de lui, je n'avais pas su le défendre. Je n'avais pas cru en lui.

Et il avait morflé.

Quand le verdict était tombé, suivi de près par sa condamnation, « huit ans d'internement en psychiatrie », il m'avait toisé avec un mélange de commisération et de haine. « Maître, vous n'êtes qu'un minable. Vous aviez le droit de perdre, pas de vous défier de moi. Je reviendrai… un jour. »

Il n'avait rien dit de plus.

Ça avait suffi à m'empoisonner.

Ce n'était pas tant sa promesse de vengeance qui m'avait frappé. Mais sa détermination et son calme. Et son jugement sur moi.

– Il faudrait vous lever, monsieur ! Je dois faire la chambre, moi !

La femme de ménage, les deux poings sur les hanches, s'impatientait devant le lit. Je me secouai et passai devant elle, à poil, sans la regarder. Elle haussa les épaules.

Ce n'était pas un hasard.

D'ailleurs, je ne crois pas aux hasards.

Si Henri Brun traînait dans le quartier, hier soir, c'était pour moi. Il voulait que je le voie. J'avais senti son regard. Des tonnes, il pesait !

« Je reviendrai… un jour », il m'avait dit.

Je n'avais plus qu'à attendre.

Chapitre 2

Cardoso

Le capitaine Philippe Cardoso, du SRPJ de Grenoble, gara sa voiture le long de la nationale 85, dans la grande descente de Rives, juste avant d'arriver sur Moirans. Un gendarme l'attendait sur le bord de la route.

Il jeta un coup d'œil sur sa montre. Il avait bien roulé. Pas plus d'une demi-heure depuis le péage de Lyon. Il avait fait vite. Très vite. Pourtant ce n'était pas dans ses habitudes de rouler comme un barjot. Il était plutôt du genre tranquille au volant. Il s'extirpa de son véhicule, alluma une cigarette et rejoignit le militaire.

– Salut, dit-il en montrant sa carte de flic.

L'autre le dévisagea avec étonnement.

– Brigadier Jacquemart, veuillez me suivre capitaine, on vous attendait. C'est par là, dit-il en montrant un large sentier qui s'enfonçait dans la forêt.

Cardoso fit une grimace et lui emboîta le pas. Il n'aimait pas la forêt. Ni les gendarmes.

Le commissaire divisionnaire Francis Lyjo, appelé non sans chaleur « Le Vieux » par les hommes de la PJ, lui avait joué un sale tour.

– Vous reprenez l'enquête de Blanchard, lui avait-il dit ce matin-même après le briefing habituel.

Cardoso avait protesté mollement. Cet imbécile de Blanchard était cloué au lit avec une grippe carabinée.

– Ça ne peut pas attendre son retour ?

Le Vieux avait secoué la tête.

– On vient de retrouver un cadavre de femme dans une voiture près de Rives. Ça fait trois jours que Blanchard essaye de mettre la main sur son témoin. Ça peut coller.

Le capitaine avait écarquillé les yeux.

– Près de Rives ! Qu'est-ce que je vais foutre là-bas ? C'est les gendarmes qui couvrent ce secteur, non ?

– Vous ne discutez pas Cardoso, avait tranché le Vieux.

Il lui tendit une chemise cartonnée.

– Vous avez toutes les indications là-dedans. Bon vent.

La discussion était close. Déjà Francis Lyjo avait ouvert un autre dossier avant de se plonger dans sa lecture. Cardoso s'était levé avec lenteur. Il avait à peine salué son supérieur et était sorti furieux du bureau.

Non seulement il n'en avait rien à cirer de l'enquête de Blanchard mais en plus il avait réservé sa soirée pour Juana.

Un mois qu'il attendait ça. Depuis leur dernière rupture. Il faut dire qu'entre Juana et lui c'était chaud. Pour ne pas dire brûlant. Elle était photographe free-lance et avait un goût un peu trop prononcé pour l'indépendance. Alors forcément, avec un fonctionnaire de police, parfois ça clashait dur. Ils avaient gardé chacun leur appartement, elle à Lyon et lui à Grenoble. C'était plus simple pour gérer les embrouilles. Chacun restait de son côté et la communication en prenait un sacré coup dans les gencives. Leurs bouderies pouvaient durer plusieurs jours, voir une ou deux semaines dans les cas les plus aigus. Là, ça faisait un mois. Vingt-neuf jours très exactement sans nouvelles. C'est dire qu'il était à cran Cardoso. Alors quand il avait reconnu sa voix au téléphone, la veille au soir, il en aurait presque embrassé la concierge de l'immeuble.

– C'est moi, elle avait dit.

– …

– T'es chez toi demain soir ?

– …

– Je peux passer te voir ?

– Si tu veux…

– Bon, à demain.

– Ouais, à demain.

– Philippe ?

– Hum ?

– T'es rien qu'un sale con, tu sais ?

Il avait raccroché. C'était comme ça avec elle. Des mots nuls et creux. Tout était dans les silences et les non-dits. Il fallait décoder les moindres soupirs, pauses et demi-pauses. Pire qu'une partition de musique.

Certaines fois, Philippe Cardoso se demandait si cette fille n'était pas un peu trop compliquée pour lui.

Et puis, plus tard, il la voyait s'étirer dans ses draps et il ne se posait plus de question.

Il avait quitté les locaux de la P.J. pour aller boire un café au bistrot du coin. Après s'être sifflé un petit jus, il avait ouvert la chemise.

Blanchard enquêtait sur un réseau de prostitution de filles étrangères. Depuis quelques mois, on avait trouvé des Africaines et des Maghrébines sur les trottoirs de Grenoble. C'étaient des gamines, pas toujours majeures. Un jour, l'une d'entre elles avait craqué. Elle était allée au commissariat le plus proche et avait tout déballé. La découverte de son cadavre échoué sur une rive de l'Isère avait lancé l'enquête. Plus tard, une autre fille avait contacté la PJ Blanchard devait la rencontrer mais elle n'était jamais venue au rendez-vous. Depuis trois jours, il la cherchait en vain. Son sort ne faisant pas de doute, il se demandait juste quand son cadavre allait être découvert.

Cardoso referma le dossier en soupirant.

Blanchard l'emmerdait et Rives était un bled paumé.

Pire, c'était la campagne !

Les arbres commençaient déjà à perdre leurs feuilles. C'était un peu tôt pour la saison. Le brusque coup de froid qui avait suivi la canicule de l'été en était sans doute la raison. Le vent aussi. Une bise froide et pénétrante soufflait sans relâche. Philippe Cardoso, clope au bec, les mains dans les poches, suivait le gendarme avec précaution. Le chemin était caillouteux. Ses mocassins glissaient sur les pierres et il se tordait les chevilles. Il aurait peut-être dû mettre des baskets. Le sentier descendait maintenant. De mieux en mieux ! En plus, l'humidité rendait les feuilles mortes glissantes.

Le flic perdit soudain l'équilibre. Il se rattrapa de justesse et jura. Le gendarme ne se retourna même pas. Cardoso considéra sa nuque rasée avec consternation.

– C'est encore loin ? brailla-t-il.

– Après le virage, un peu plus bas, répondit l'autre sans ralentir.

Le policier s'assura qu'il n'avait pas taché le bas de son jean, remonta la fermeture Éclair de son blouson de cuir, et reprit sa progression à la suite du gendarme.

Le chemin déboucha bientôt sur une clairière. Les 4 × 4 de la gendarmerie occupaient une partie de l'espace. Au milieu, gisait la carcasse encore fumante d'une petite voiture. Les pompiers remballaient tant bien que mal leur matériel et la maréchaussée s'agitait en tous sens autour des débris. Les hommes de la section scientifique, vêtus de blouses grises, étaient déjà au boulot.

Cardoso réprima un haut-le-cœur. Une tenace odeur de graillon emplissait l'atmosphère malgré le vent. Précédé par son guide, il s'approcha d'un galonné. Celui-ci, les bras croisés sur sa poitrine, interrogeait un paysan. L'homme était pâle. Il faisait de grands gestes en bafouillant des réponses apparemment confuses aux questions de l'officier.

Le brigadier se présenta à son chef et lui glissa quelques mots. L'homme se retourna et toisa le policier.

– Ça y est, vous êtes là ?

Le gendarme le dominait de quelques centimètres. En treillis-rangers, le képi scotché juste au-dessus des sourcils, c'était un militaire. Un vrai.

Le flic lui rendit son regard.

– Capitaine Cardoso, SRPJ de Grenoble, dit-il sur un ton laconique.

L'autre tressaillit à peine.

– Lieutenant Dupuis, peloton de gendarmerie de Rives. Qu'est-ce qui nous vaut l'honneur de la présence de la police ?

Autrement dit « barre-toi de mon herbe ! » traduisit Cardoso. Les gendarmes avaient compétence d'officiers de police judiciaire. L'intrusion d'un flic sur leur territoire était rarement bien vécue.

– J'agis sur commission rogatoire dans le cadre d'une enquête sur disparition de mineure… Mais le commissaire divisionnaire a dû vous mettre au courant des raisons de ma venue chez vous, n'est-ce pas ?

Le militaire tiqua. Il hocha la tête très vite et esquissa un sourire crispé. Il fit un geste vague en direction de la carcasse. Puis il retourna à son paysan. Cardoso ne lâcha pas prise.

– C’est le témoin qui a découvert la voiture et le corps ? dit-il en faisant un pas en avant.

Cette fois, le gendarme sursauta. Le policier avait déjà sorti un petit carnet et un stylo.

– Je vous écoute, dit-il.

L’autre blêmit et se raidit.

– Monsieur Planchet habite le village de Charnècles, à quelques kilomètres d’ici, récita-t-il d’une voix blanche. À six heures, ce matin, en allant chercher des champignons dans la forêt, il a repéré un nuage de fumée noire. Il s’est approché et a découvert cette voiture en flamme. Il est aussitôt rentré chez lui et a appelé les pompiers. Ceux-ci ont prévenu la gendarmerie dans la foulée.

Cardoso continuait à le fixer.

– Et puis ?

– Comment ça « et puis » ?

– C’est tout ce que vous avez ? s’étonna le policier.

Il crut que le gendarme allait faire une attaque.

– Écoutez, monsieur…

– « Capitaine » je vous prie, lieutenant.

Le militaire s’étrangla et rectifia sa position. Par réflexe sans doute. Respect de la hiérarchie oblige.

– Capitaine, nos premiers rapports d’enquête seront à votre disposition à la brigade dès ce soir. Vous pourrez les consulter sur place.

Le policier hocha la tête et fit volte-face. Il n’avait pas envie de perdre plus de temps avec ce type.

Il se fraya un passage au milieu des gendarmes et s’approcha de la voiture.

Ce n’était pas un accident, c’était évident. Il jeta un coup d’œil sur le chemin qu’il avait emprunté pour venir. On n’amène pas une voiture jusque-là avec l’intention de la remonter ensuite. À moins de posséder un quatre-quatre. Ce qui n’était pas le cas.

En l'occurrence, c'était une 206. De la couleur d'origine, il ne subsistait aucune trace. La tôle était désormais gris-noir et l'habitacle avait été ravagé par les flammes. Un gendarme prenait des photos. Il l'interpella.

– Les pompiers sont arrivés à quelle heure sur place ?

L'homme jeta un coup d'œil à son chef. Celui-ci hocha la tête.

– Ils ont reçu un appel vers 6 h 30, ce matin. À 7 heures, ils étaient là. Le feu a été maîtrisé en une vingtaine de minutes.

Cardoso fit un rapide calcul. Le paysan avait repéré la colonne de fumée vers six heures. Une heure plus tard, le feu était éteint. Et il ne subsistait rien. La combustion avait dû être brutale. Il était prêt à parier que les enquêteurs découvriraient des traces d'hydrocarbure.

Il se pencha vers la carcasse calcinée. Il avait essayé de retarder ce moment mais là, il ne pouvait plus y couper. Il leva les yeux avec lenteur vers le cadavre carbonisé. Son estomac se révulsa instantanément et il fit un effort surhumain pour ne pas se laisser aller. Il n'allait tout de même pas se mettre à dégueuler tripes et boyaux devant les gendarmes ! Livide, il s'appuya sur la tôle et ferma les yeux.

– Vous allez bien ?

Il sursauta et fit un signe de la main avant de se redresser.

– Vous avez quoi sur le corps ? demanda-t-il d'une voix blanche.

Le gendarme le dévisagea avec surprise.

– C'est une femme, d'âge et de race encore indéterminés.

– Pas de signes particuliers ?

– Difficile à dire pour l'instant. Elle était plutôt petite et avait deux couronnes sur la mâchoire inférieure. Elle portait une chaînette, en or sans doute, à la cheville droite. C'est à peu près tout ce qu'on a.

Ce n'était pas très étonnant. Les vêtements, les cheveux, les yeux avaient disparu.

– Aux alentours, vous avez trouvé quelque chose ?

Le gendarme se tourna vers un de ses collègues.

– Appelle Lemoine, s'il te plaît !

Un grand échalas ne tarda pas à arriver.

– Vous m'avez fait appeler chef ?

– Racontez au capitaine ce que vous avez trouvé, Lemoine.

Un sourire de satisfaction éclaira le visage de l'homme. Il se redressa.

– On a été chargé de la fouille du secteur nord de la voiture, dit-il avec sérieux.

– Oui ?

– On a trouvé deux objets qui pourraient appartenir à la victime.

Il s'arrêta comme pour vérifier l'efficacité de ses paroles sur le policier. Celui-ci commençait à s'agiter. Une cigarette avait jailli entre ses doigts. Les effets de style des gendarmes commençaient à lui taper sur le système. L'autre dut s'en rendre compte car il se racla la gorge avant d'enchaîner très vite.

– À une dizaine de mètres du véhicule, on a relevé un préservatif usagé et plusieurs touffes de cheveux bruns.

Cardoso releva les sourcils. Il planta sa cigarette entre ses lèvres.

– Et tout ça appartiendrait à la victime, vous pensez ?

Le gendarme haussa les épaules.

– C'est plus que probable, l'endroit n'est pas très fréquenté d'habitude. Mais pour l'instant nous n'avons aucune certitude.

Évidemment. Seules des analyses précises pourraient déterminer avec exactitude l'origine des objets. Cardoso hocha la tête.

– Vous avez trouvé ça où, vous m'avez dit ? demanda-t-il.

L'homme tendit sa main droite vers le haut de la colline. Quelques gendarmes s'affairaient encore dans un périmètre délimité par des rubans de plastique rouges et blancs.

– Je peux aller jeter un coup d'œil ?

Lemoine interrogea son chef du regard avant d'acquiescer.

– Suivez-moi, je vous prie, dit-il enfin.

Cardoso passa derrière lui. Par certains endroits des accumulations de feuilles mortes formaient un épais tapis. Ses pieds s'enfonçaient alors de quelques centimètres et cela lui donnait l'impression de marcher sur quelque chose de vivant.

Il fit une grimace de dégoût et maudit le « Vieux » une fois de plus.

Le gendarme s'arrêta entre deux pieds de houx.

– Les cheveux ont été trouvés accrochés aux branches des arbustes, dit-il. On pense que le vent les a portés jusqu'ici.

Le policier s'accroupit pour examiner le sol. Il n'y avait aucune trace de pas. Les feuilles ne semblaient pas avoir été remuées ce qui pouvait confirmer la théorie des gendarmes. Il se releva.

– Et la capote ?

– Aussi.

– Pardon ?

– Non je plaisante, poursuivit Lemoine avec un demi-sourire. Le préservatif avait été jeté dans un fourré un peu plus haut. Je vous amène.

Les deux hommes gravirent encore quelques mètres avant de s'arrêter à nouveau.

– C'est ici, dit le gendarme en désignant le pied d'un taillis.

À cet endroit, la pente était fort raide, observa Cardoso essoufflé. Un petit bâton surmonté d'un drapeau rouge indiquait le point précis où avait été trouvé le préservatif. Philippe examina la terre avec soin. Aucune trace de pas ici non plus. Il releva la tête. Une bonne dizaine d'enjambées le séparait de la voiture. Le chemin par lequel il était arrivé par contre se trouvait à trois ou quatre pas, grand maximum.

Un raclement de gorge le fit se retourner. Le gendarme s'impatientait.

– Vous avez encore besoin de moi ? demanda-t-il.

Cardoso le congédia d'un signe de la main. Sans ajouter un mot, l'homme fit volte-face pour rejoindre ses collègues.

Sa cigarette toujours éteinte accrochée aux lèvres, le policier s'accroupit face à la pente et réfléchit.

La voiture avait été amenée jusque-là tard dans la nuit. Ou très tôt le matin. Ce qui revenait au même. Ils étaient au moins deux : un homme et une femme et ils avaient eu des rapports sexuels. Pour une raison ou pour une autre, l'homme avait dû ensuite neutraliser la femme avant de mettre le feu au véhicule et se sauver. Il y avait eu lutte sans doute, comme en témoignaient les poignées de cheveux. À moins qu'ils aient eu des rapports un peu sauvages… Il était même possible que la femme ait essayé de s'enfuir. Par certains endroits, en effet, les feuilles avaient été piétinées et brassées. Ce pouvait être les gendarmes ou bien un animal sauvage, mais il était plus probable qu'une tentative de fuite avortée en soit l'origine.

Cardoso se releva et se frictionna les genoux. Il descendit jusqu'à la carcasse calcinée. Il nota que les militaires évitaient avec soin un secteur en amont du véhicule. Là le sol avait été ravagé et de longues traînées marquaient la boue.

Philippe alluma enfin sa cigarette. Il tira une profonde bouffée et releva la tête pour souffler la fumée.

Cette enquête l'emmerdait.

Elle avait certes à peine commencé mais il se sentait complètement étranger à tout ça. Cette histoire ne le concernait pas. Un point c'est tout.

Juana, oui.

Là c'était du concret de chez concret. Penser qu'il allait louper son rendez-vous avec elle ce soir le rendait malade. Une furieuse envie d'envoyer bouler le « Vieux », Blanchard et l'ensemble de la maréchaussée le saisit. Il écrasa sa cigarette par terre avec rage.

Les traces s'étendaient sur quelques mètres. Le type aurait pu violer la fille avant de l'assommer et la traîner jusqu'à la voiture. Cardoso soupira. C'étaient des spéculations. Il n'avait rien de tangible pour l'instant. Des traces dans la boue, deux poignées de cheveux et un préservatif.

L'hypothèse du viol avait au moins l'avantage d'expliquer non seulement les traînées, mais aussi les touffes de cheveux et les traces de lutte. C'est ça ! Le type met le feu à la voiture pour faire disparaître les indices et il balance sa capote dans la nature !

Philippe ricana tout seul. Ça n'avait aucun sens.

Et puis il y avait encore autre chose. L'homme ne serait tout de même pas reparti à pied ! Il aurait pu avoir un complice, alors. Un autre gars qui attendait là-haut près de la nationale. Celui-ci aurait même pu participer au viol et au meurtre et ils se seraient enfuis tous deux dans une seconde voiture. Cela impliquait une organisation préalable. Une préméditation en quelque sorte. Dans ce cas, cela pouvait coller avec l'enquête de Blanchard sur les putes africaines.

Cardoso passa ses deux mains sur son visage et se frotta les yeux avec énergie. Puis il extirpa son portable de sa poche et vérifia qu'il n'avait pas de message. Ça devenait obsessionnel. Il n'avait entendu aucune sonnerie mais il ne pouvait pas s'empêcher de vérifier tout de même. Il grimaça de dépit et rangea son appareil.

Une autre chose encore clochait : il n'y avait qu'une seule capote. Alors, il y avait un ou deux violeurs ? Peut-être même un qui se protégeait et l'autre pas ! Ça aussi c'était possible.

Philippe se demanda si des traces de sperme pouvaient encore être décelables sur le cadavre de la fille.

Le policier se tourna vers deux types en blouses grises penchés sur les restes calcinés. Armés de pinces et de petits sachets en plastique transparents, ils faisaient des prélèvements. À genoux dans les débris, ils prenaient des échantillons avec d'infinies précautions. Puis ils notaient avec soin ce qu'ils trouvaient sur des étiquettes autocollantes.

– Vous pensez trouver quelque chose dans ce bazar ? demanda Cardoso en se penchant vers eux.

L'un des deux hommes se retourna et le regarda avec surprise.

– Ce que je veux dire, insista le policier, c'est que si cette femme a eu un rapport sexuel non protégé, est-ce qu'il est possible d'en trouver encore des traces ?

Le gendarme, le visage en partie dissimulé par un masque chirurgical, haussa les épaules.

– À mon avis, si c'est ça que vous cherchez… c'est cuit !

Il se pencha sur le cadavre en pouffant.

L'autre releva la tête non sans jeter un coup d'œil goguenard à son collègue.

– Laissez-nous votre téléphone, on vous appellera dès qu'on aura quelque chose.

Puis il retourna à son travail sans même essayer de dissimuler son hilarité.

Piqué, Cardoso se redressa.

Espèce de crétin de gendarme, pensa-t-il en s'éloignant.

Le lieutenant se tenait un peu plus loin. Mains sur les hanches, jambes écartées, il surveillait les opérations et aboyait à l'occasion ses ordres à ses subalternes. Pendant quelques secondes, le policier se surprit à l'envier.

Il s'approcha de lui.

– Lieutenant Dupuis ?

Le militaire sursauta. Il le dévisagea avec autant d'intérêt qu'il l'aurait fait d'un étron.

– Vous êtes encore là, vous ?

Cardoso lui rendit son regard. En fin de compte, il ne l'enviait pas du tout. Il soupira.

– Il y a deux ou trois petites choses que j'aimerais vous demander, dit-il.

L'autre fixa un point à l'horizon.

– Je vous écoute.

Des baffes. C'est ça qui lui manquait. Ce crétin prétentieux aurait besoin de quelques paires de baffes pour redescendre de son piédestal.

– Primo, à combien de personnes appartiennent les traces autour de la voiture ? grinça-t-il. Deuzio, avez-vous déjà identifié la victime ? Et tertio, y a-t-il des traces d'une seconde voiture près de la nationale ?

Seule, la dernière question fit réagir l'officier. Et encore ! Il maîtrisa rapidement sa surprise et se tourna à peine vers Cardoso. Son manège n'avait cependant pas échappé au policier qui réprima un sourire.

– Jacquemart ! appela soudain Dupuis.

Le gendarme qui avait accueilli Cardoso les rejoignit.

– Mon lieutenant ?

– Le capitaine a des questions à vous poser, dit-il en désignant Philippe de l'index.

Puis il rejoignit les hommes en gris sans lui adresser un regard.

Le policier, le souffle coupé, le suivit des yeux quelques secondes. Il se tourna enfin vers le brigadier.

– Il est vraiment con ou il le fait exprès ? demanda-t-il.

Le gendarme se raidit.

– Vous aviez des questions à me poser, je crois ? dit-il d'une voix sèche.

Le policier se passa les mains sur le visage en se forçant à respirer lentement. Il reformula ses questions en prenant garde, cette fois, à ne pas froisser la susceptibilité de Jacquemart. Ce dernier prit un air important pour répondre.

– Il y a pas mal de traces autour de la voiture. On a néanmoins réussi à identifier celles d'une femme et d'au moins deux hommes !

– Au moins deux ? s'étonna Cardoso.

– Celles du meurtrier et celles de monsieur Planchet qui a donné l'alerte. Il y en a peut-être une autre encore mais il est difficile de l'affirmer avec certitude.

Pourtant cela ferait bien mon affaire, pensa le policier en prenant des notes sur son calepin. Il releva la tête.

– Oui ?

– Pour ce qui est de la victime, poursuivit le brigadier, il y a plusieurs choses. Si la voiture lui appartient, ce ne sera pas long. La plaque d'immatriculation est presque détruite mais on peut encore lire les deux premiers chiffres et les trois lettres. Le numéro de série du véhicule est lisible. Avec la marque et le modèle, on devrait pouvoir trouver rapidement. On interroge en ce moment le fichier central.

– Et si c'est une voiture volée ?

Jacquemart fit une grimace.

– Dans ce cas, la victime n'étant pas le propriétaire, ce sera forcément plus long. Avec les cheveux, on peut toujours faire une recherche d'ADN mais ça prend du temps. Et encore, il faudrait que la femme soit fichée.

Par rapport à d'autres pays, le fichier ADN, en France, n'en était qu'à ses balbutiements. Cardoso savait que les recherches de ce côté seraient longues et sans aucune garantie de résultat. Sauf peut-être pour la capote. Il posa la question au brigadier.

– Les hommes de la section scientifique s'en chargent, répondit celui-ci. Mais vous savez comme moi que cela ne peut donner un résultat que s'il s'agit d'un délinquant sexuel déjà répertorié.

Bien sûr. Encore une fois, il fallait que le gars ait déjà été arrêté et en plus qu'on ait procédé à une analyse de son ADN. Cela faisait beaucoup de conditions, se dit Cardoso. D'autant plus que le type avait balancé sa capote comme ça dans la nature. Il ne craignait rien et il le savait.

Les pensées du gendarme avaient suivi le même cheminement.

– C'est pas gagné, marmonna ce dernier.

Le policier opina du chef et coinça une cigarette entre ses lèvres.

– Et pour les traces de voiture, là-haut ? demanda-t-il en désignant le sommet de la colline.

L'autre gonfla les joues et souffla bruyamment.

– Rien de probant. Il y a bien des traces, mais de là à dire qu'il s'agit du véhicule d'un complice…

Cardoso prit encore quelques notes sur son calepin. Puis il remercia le gendarme. Avec un peu de chance, la femme serait identifiée et il pourrait rentrer à Lyon dans la soirée. Il espérait juste que les militaires seraient efficaces. Il redescendit et aperçut Planchet coincé entre deux gendarmes.

L'homme, la silhouette bedonnante, vêtu d'un pantalon de velours élimé et d'un large chandail de laine, ne perdait pas une miette des faits et gestes des enquêteurs.

Il tournait la tête en tous sens et roulait des yeux pâles et avides. Sa large casquette de feutre enfoncée jusqu'aux sourcils lui faisait un visage rond, presque bouffi.

Le policier s'approcha de lui. De plus près, il pouvait distinguer des arborescences de veines bleutées lui manger les joues.

– Monsieur Planchet ? dit-il en présentant sa carte tricolore.

L'homme sursauta et plissa les yeux.

– Capitaine Cardoso, PJ de Grenoble, poursuivit Philippe. Je voudrais vous poser quelques questions.

Planchet le dévisageait avec stupéfaction. Puis ses yeux pétillèrent.

– La police ? gloussa-t-il. Y a la police maintenant, en plus ? Putain, dites donc, c'est une drôle d'affaire, non ?

Il se pencha vers Cardoso et désigna la voiture du pouce.

– C'était une poule ?

Le policier eut un sursaut de surprise mais resta muet. L'autre insista.

– Là, dans la bagnole, dit-il d'une voix où pointait l'agacement, c'est une poule qui s'est fait buter par son jules, c'est ça ?

Sans attendre la réponse, il secoua la tête d'un air navré.

– Quelle histoire, quand même ! Et dire que ça s'est passé chez nous, en plus ! Ils peuvent pas aller faire leurs conneries ailleurs, non ?

– Monsieur Planchet, dit Cardoso doucement.

– Vous vous rendez compte, quand même ! poursuivit l'autre. Juste à côté des champs d'André ! André, c'est mon beau-frère ! Y va en faire une tête !

– Monsieur Planchet, insista le policier un peu plus fermement.

– Bon Dieu, quand je vais lui raconter ça, il va pas être content, c'est sûr, et puis…

– Planchet, fermez-la ! beugla soudain Philippe Cardoso.

L'homme fit un bond et se tut sur-le-champ. Il jeta un coup d'œil craintif au policier.

– Merde, faites chier à la fin ! ajouta ce dernier.

Il crut voir l'amorce d'un sourire sur le visage de l'un des deux gendarmes. Il tourna la tête et chercha en vain autour de lui d'autres réactions semblables. Puis, il s'adressa de nouveau à Planchet.

– Bon, vous avez vu quoi ce matin ?

– Encore ? s'offusqua l'homme.

– Quoi « encore » ? dit Cardoso en fronçant les sourcils.

– Ben… Y a l'autre là-bas qui m'a déjà posé la question.

Il désignait du doigt le lieutenant Dupuis. Le policier ferma les yeux et poussa un soupir.

– Monsieur Planchet, dit-il d'une voix doucereuse, est-ce que vous préférez par hasard que je prenne votre déposition dans nos bureaux de Grenoble ?

Il prit un air effaré.

– Où c'est qu'vous avez dit ? À Grenoble ? Ah non alors !

– Alors vous la fermez et vous répondez à mes questions. C'est pigé ?

Vaincu, l'homme hocha la tête.

– Qu'est-ce que vous avez vu en arrivant ici ? articula le policier.

– Rien, dit l'autre.

– Rien ?

– Ben… Y avait de la fumée, beaucoup de fumée et puis des flammes.

– C'est tout ?

L'homme secoua la tête avec humeur.

– C’est déjà pas mal ! Ici, il ne se passe jamais rien. Alors vous pensez, une bagnole qui crame avec une poule dedans !

Cardoso devint soudain très rouge. Planchet s’en rendit compte à temps et se tut.

– Il y a souvent des gens qui viennent par ici ?

Planchet gloussa.

– Ici, c’est un peu comme un lieu de rendez-vous, surtout le soir à la belle saison. Ils viennent dans leur voiture et hop là… Vous voyez ce que je veux dire ? dit-il en faisant un clin d’œil.

– Avez-vous entendu quelque chose de particulier ? demanda le policier.

Planchet se gratta la tête.

– Euh… peut-être… oui…

– Comment ça « peut-être oui » ?

L’homme jeta un coup d’œil inquiet sur ses sbires.

– Ben, c’est que j’en ai pas parlé aux gendarmes, chuchota-t-il, alors vous comprenez…

Cardoso plissa les yeux. Planchet était un con. Mais un con qui avait assez regardé la télé pour savoir qu’il aurait dû tout raconter à la maréchaussée. Il pointa un doigt accusateur sur lui.

– Mais c’est très très grave, ça ! dit-il d’un air scandalisé. Dissimulation d’une information capitale dans une enquête de police ! Vous savez dans les combien ça va chercher ?

L’autre pâlit.

– Merde alors ! Et si j’vous l’dis à vous, ça ira ?

Le policier fit semblant de peser le pour et le contre avant de répondre. Puis il hocha la tête, magnanime.

– Allez, va pour cette fois… je vous écoute.

– Ben… je crois bien que j’ai entendu comme une moto.

– Une moto ?

– Ou une mobylette, un engin comme ça quoi. C'était pas un moteur de voiture en tout cas.

– Ça venait d'où ?

Il tendit le doigt vers les hauteurs.

– Vers la nationale, ça partait vers Moirans, Grenoble, par-là.

Cardoso le regarda dans les yeux et sourit.

– Vous voyez, monsieur Planchet, dit-il sur un ton des plus sérieux, vous venez de rendre un grand service à la justice !

Les gendarmes se mirent à pouffer. Planchet se tortilla, mal à l'aise. Il leva un doigt hésitant.

– Euh… Je peux y aller maintenant, monsieur l'inspecteur ?

– « Capitaine ». Maintenant on ne dit plus « inspecteur ». On dit « capitaine », « commandant ». Moi c'est « capitaine ». Vous avez compris, Planchet ?

Celui-ci opina du chef sans conviction. Il avait l'air soudain très fatigué. Sa curiosité avait disparu. Son regard s'était terni. Tout lui devenait pénible et il n'avait plus qu'une envie : rentrer chez lui.

Cardoso nota ses coordonnées et le laissa partir non sans lui demander de rester à la disposition de la justice. Il se détourna en bougonnant et se dirigea vers l'officier de gendarmerie afin de négocier son départ. Bon courage, pensa Cardoso.

Mais il n'aurait pu dire qui, de l'officier ou de Planchet, en aurait le plus besoin.

Une moto ! Le policier n'avait pas pensé à ça. L'hypothèse d'un complice se confirmait. Les deux hommes, à moins qu'il y ait eu une femme, mais c'était peu probable, étaient donc partis en deux-roues.

Il essaya de rassembler ses idées.

Un homme et une femme viennent en voiture et s'engagent dans un chemin cahoteux et discret. Le conducteur, l'homme sans doute, savait très bien ce qu'il venait faire par là. Pour la femme c'était plus difficile à dire. De deux choses l'une : soit elle était consentante dès le départ, soit elle s'était fait embarquer de force.

La présence d'un complice excluait d'office l'idée d'une auto-stoppeuse. Le coup avait sans doute été prémédité. Il repensa à la pute de Blanchard. Si la fille était en cavale, elle n'allait sûrement pas s'amuser à lever des types. Il était plus probable que ses meurtriers l'aient embarquée de force afin de s'en débarrasser. Le type et son complice s'étaient amusés avec elle avant de foutre le feu. Ils s'étaient ensuite débinés en moto.

Par contre, si elle avait été consentante, cela impliquait que ce n'était pas la pute. Ça pouvait être n'importe quelle gonzesse branchée dans une boîte de nuit ou dans un bar. Elle était tombée sur deux malades, voilà tout.

Cardoso poussa un soupir.

Il jeta un coup d'œil sur sa montre. Il était déjà onze heures trente. Cela faisait plus d'une heure et demie qu'il était là. Il se dirigea vers le lieutenant. Ce dernier avait pris un peu de hauteur. Il avait grimpé de quelques mètres sur la colline et dominait ainsi la scène. Les mains sur les hanches, les jambes écartées, le menton en avant, l'air satisfait, il supervisait le travail de ses hommes.

Pauvre type, pensa Philippe Cardoso en s'approchant.

– Lieutenant ?

Le gendarme baissa les yeux vers lui. Il se trouvait bien à un mètre cinquante au-dessus et il dut pencher la tête pour le regarder.

Le policier ne lui laissa pas le temps de parler. Il lui tendit sa carte du bout des doigts.

– Je m'en vais. Vous avez mon numéro de portable et celui de mon fax.

L'officier ouvrit la bouche pour dire quelque chose. Cardoso enchaîna aussitôt.

– Vous êtes gentil de me faxer les premiers rapports d'enquête dans l'après-midi... s'ils sont finis, ajouta-t-il non sans perfidie.

Dupuis rougit violemment. Mais il se contenta de hocher la tête très vite et de détourner le regard. Le policier haussa les épaules. Il fit volte-face, rejoignit le chemin et entreprit de gravir la colline. Il n'avait plus rien à faire ici. Tout le travail d'investigation était réalisé par les gendarmes. Il n'avait pas son mot à dire et cette forêt lui sortait par les yeux.

Suant et soufflant, il déboucha bientôt à la hauteur de la nationale. Il s'apprêtait à ouvrir sa voiture lorsqu'une voix retentit.

– Capitaine !

Il se retourna. C'était Jacquemart. Le brigadier l'avait rejoint en courant. Cardoso apprécia la performance. L'homme brandissait un feuillet et l'agitait en tous sens. Le policier l'attendit. Le gendarme en profita pour ralentir sa course et reprendre son souffle.

– J'ai bien cru que je n'allais jamais vous rattraper, dit-il en parvenant à la hauteur de la voiture.

– Je ne vous propose pas une clope ? ironisa Cardoso.

L'autre sourit poliment.

– On a identifié la voiture.

Cardoso tressaillit. Ça avait été du rapide. Il sortit son petit carnet et son stylo de sa poche.

– La 206 appartient à une certaine Fathia Driddi, annonça le gendarme. Elle est domiciliée à Fontaine, au 8 rue des Balmes. On a appelé chez elle mais ça ne répond pas. Des collègues de la brigade de Seyssinet vont aller voir.

– Vous avez son numéro de téléphone ?

Philippe nota avec soin les coordonnées de la femme. Puis il remercia le gendarme avant de monter dans sa voiture.

C'était ça le problème avec la maréchaussée. Si ça avait été des flics, comme lui, il aurait pu taper l'incruste et se mêler de l'enquête. Mais là, s'il se pointait chez la fille, il allait se faire jeter. Poliment, certes, mais il se ferait jeter quand même.

Il appela le « Vieux ».

– Capitaine Cardoso à l'appareil.

– Alors, vous avez trouvé quelque chose ? répondit le commissaire sans ambages.

– Ce n'est pas la fille que cherchait Blanchard, patron.

– Hum…

– Elle habitait dans la banlieue, ça ne peut pas coller. Je dois rentrer sur Lyon et je vous faxerai mon rapport.

Il y eut un silence.

– Vous restez.

Philippe crut qu'il allait s'étrangler.

– Vous plaisantez, patron ! Cette fille n'a rien à voir avec la pute de Blanchard…

– Vous restez, Cardoso ! coupa le « Vieux ». Vous êtes sur place, vous attendez gentiment les rapports des gendarmes.

– Mais…

– Bon Dieu ! Vous avez entendu ce que je vous ai dit ! Quand vous aurez les résultats des gendarmes, vous m'apporterez tout ça au SRPJ. Pour l'instant, je ne veux pas que vous fichiez les pieds à Lyon. C'est bien compris ? Vous êtes en service ! Et votre vie privée, j'en ai rien à foutre !

Cardoso coupa la communication.

Furieux. Il était furieux.

Sa soirée avec Juana était en train de se volatiliser dans le brouillard d'une enquête foireuse. Merde ! Et ça faisait presque un mois !

Il composa son numéro.

« *Bonjour, je ne peux pas vous répondre pour l'instant mais vous...* » Il raccrocha. C'était son répondeur ! En plus elle ne répondait pas. Il allait devoir préparer son petit discours et laisser après le bip sonore quelques petites phrases merdiques à souhait, maladroites et balbutiantes comme il en avait le secret.

Il refit le numéro et cette fois écouta en entier le message de la bande-annonce. Il se racla la gorge et se lança.

– Salut, c'est moi, est-ce que tu peux essayer de me rappeler... assez vite si tu peux ? Merci !

Il rangea son portable en poussant un soupir. Son message était trop nul. Si avec ça Juana ne se doutait pas de l'embrouille, il aurait de la chance.

La pendule de bord de sa Renault 19 indiquait midi et trois minutes. Philippe Cardoso prit alors conscience qu'il avait faim.

Il démarra en direction de Grenoble.

Chapitre 3

Je pris une douche avant de me barrer de l'hôtel. Le taulier me fit un petit signe. J'y répondis à peine.

Dehors, le ciel était voilé de nuages d'altitude. Cela suffisait pour faire baisser la température. Je frissonnai et enfonçai les mains dans mes poches avant de parcourir à grandes enjambées les trottoirs grenoblois.

Je retrouvai ma Vespa où je l'avais laissée la veille au soir, planquée dans la cour intérieure d'un immeuble de l'avenue Alsace-Lorraine. Je retirai la chaîne cadenassée à la roue avant et je posai mon casque sur ma tête sans l'attacher. C'était une antiquité. Une sorte de bol noir avec deux oreillettes en cuir. Le type qui me l'avait vendu, aux puces, m'avait fait cadeau des lunettes en alu.

Je poussai mon scooter jusque sur le trottoir pour le faire démarrer. Le moteur ronronna au quart de tour. Je poussai simultanément avec les deux pieds pour aider la bécane à partir.

J'évitai de justesse deux lycéens qui me jetèrent un coup d'œil narquois. J'eus le temps de les apercevoir se retourner et se marrer. Pour eux, je n'étais qu'un vioque de quarante piges assez balèze et plutôt barge, grimpé sur une pétrolette démodée.

Pourtant j'y tenais à ma Vespa. C'était un modèle de 1975, blanc avec un phare rond comme un œil de cyclope. Je l'avais payée assez cher. Presque autant qu'une petite bagnole. Malgré ça, je n'avais pas hésité plus d'une seconde.

Je l'avais dégottée aux puces, elle aussi. C'est le seul endroit à ma connaissance où l'on peut faire des affaires. Des vraies. Il suffit de se lever tôt et d'arriver le premier. C'est ce que je faisais. Les puces de la région, je n'en ratais aucune. J'achetais rarement quelque chose mais quand les gars déballaient leur bric-à-brac, j'étais déjà là.

Au camping, quand ils m'ont vu arriver poussant à bout de bras une Vespa vieux modèle, fier comme Artaban, ils n'ont pas osé se bidonner. Ce n'était pas l'envie qui leur manquait. Mais plutôt les couilles. Il n'y a que le père de la patronne, Georges, un vieux sec édenté qui a osé.

– Qu'est-ce que tu fous avec une chiotte pareille ? il m'a dit, un jour où je buvais un petit blanc au bar.

J'avais hésité à lui répondre. J'avais vidé mon verre et je m'étais tiré.

À vrai dire, je n'étais pas sûr moi-même de connaître la réponse.

Pourtant, je crois bien que c'était à cause de ma mère. Anna Brunetti, de son nom de jeune fille. Une ritale, pure souche. Une vraie de vraie de Coratto dans le sud de la péninsule. Spécialiste des sauces pour pâtes et du concentré de café. Et nostalgique des années cinquante et d'Adriano Celentano par-dessus le marché. Quand j'étais gamin, au lieu de me raconter des histoires d'ours dans la forêt, elle me noyait dans ses souvenirs de jeunesse et ses virées nocturnes en Vespa. Le tout avec l'accent. Elle n'avait jamais voulu le perdre. Je la soupçonnais même de l'entretenir pour faire plus vrai.

Alors le jour où j'étais tombé sur cette relique de mes souvenirs d'enfance, j'avais craqué. Je suis sûr que certains connards parleraient d'un complexe œdipien. Mais c'est parce que c'est des connards.

Du reste, je m'en foutais. L'opinion des autres, je n'en avais rien à carrer. J'avais mis des mois avant de réussir à la faire rouler à nouveau, ma Vespa. Quand le moteur avait pétaradé pour la première fois, j'avais cru que j'allais l'embrasser le vieux Georges. Lui, il s'était contenté de me reluquer en dodelinant de la tête. Mais j'avais bien vu que ça lui faisait plaisir pour moi.

Pour rien au monde je n'échangerais ma bécane contre un autre véhicule plus moderne. Aujourd'hui ma mère a soixante-dix ans et elle ne me raconte plus d'histoires.

À Grenoble, ils s'étaient mis en tête d'ouvrir une nouvelle ligne de trams. Depuis, c'était un chantier permanent sur tout le boulevard Joseph-Vallier jusqu'à Maréchal-Foch. Déjà, en voiture, c'était la galère, mais alors en deux-roues on frôlait le délire. J'avais l'impression de sauver ma vie à chaque seconde. Je ne respirai qu'une fois sur le pont de Catane. Je traversai la rocade, puis le Drac et je tournai sur ma gauche en direction de Seyssins.

Je passai devant un petit centre commercial, la Fauconnière, je dépassai quelques immeubles avant de m'engager rue des Allobroges.

Le camping des Trois Pucelles ne devait pas son nom à la salle de danse située juste à côté. Mais plutôt aux colonnes de calcaire dressées en face de la commune de Saint-Nizier sur le plateau du Vercors. Du camping, on en avait une vue imprenable.

On avait une vue imprenable sur tout, d'ailleurs. Les contreforts du Vercors s'étiraient vers le sud, le Taillefer et le massif de Belledonne à l'est et la Chartreuse au nord. De tous les côtés, le regard butait sur les montagnes.

J'aimais ça.

Ça avait quelque chose de rassurant et de sauvage à la fois. Comme si la pureté était à portée de main.

Et puis ces montagnes, je les avais toujours vues. Depuis mon enfance.

Quand Anna Brunetti était arrivée en France, elle avait vingt-six ans. C'était en 1960. Elle s'était installée dans le quartier Saint-Bruno, à Grenoble, chez une tante, une sœur de sa mère. De Coratto, beaucoup venaient là. Elle était jeune, jolie, courageuse et avait vite appris à parler français. Quelques mois après son arrivée, un drapier qui faisait les marchés l'avait embauchée. Elle avait alors pris l'habitude de se lever tous les matins à cinq heures pour installer son stand aux quatre coins de l'Isère. Le travail était dur, surtout l'hiver, mais il lui permettait de ne rien devoir à personne.

En 1962, elle avait rencontré Antoine Lambert. Jeune employé aux impôts, il s'était pris d'une subite et inexplicable passion pour les tissus et ne perdait pas une occasion de venir admirer les nouveautés… et les yeux de ma mère.

Ils s'étaient mariés l'année suivante et je suis né en plein mois d'août 1964, à l'hôpital nord de Grenoble.

Ma mère avait continué à faire les marchés. « Comme ça, je serai indépendante s'il arrivait quelque chose », disait-elle à mon père. Aussi, en 1985, quand il était parti avec une inspectrice des impôts de dix ans plus jeune que lui, elle n'avait pas complètement paniqué. Elle avait pleuré pendant deux jours, puis elle avait relevé la tête et s'était remise au travail.

Je freinai et je rétrogradai avant de pénétrer dans le camping. En franchissant la grille d'entrée, je jetai un coup d'œil sur ma droite. Les propriétaires vivaient là, dans une grande bâtisse aux tuiles rouges et au crépi beige sale. Le rez-de-chaussée avait été aménagé en salle de bar et en épicerie. Les appartements se trouvaient au premier, derrière une rangée de loggias en arcades. La femme du vieux Georges passait une partie de ses journées, là, accoudée à la balustrade. Elle regardait les voitures passer dans la rue et les clients entrer et sortir du camping.

Je lui fis un rapide signe de la main en passant. Elle me répondit d'un hochement de tête. Je traversai au pas les installations en prenant garde de ne pas renverser les marmots qui jouaient dans les allées.

Le camping, grand comme un demi-terrain de football, était planté de bouleaux, d'acacias et de quelques platanes. Tout au fond, face à l'entrée, se trouvait le bloc sanitaire.

Mon bungalow était à l'autre bout.

J'aurais préféré ne pas avoir de voisins, mais cela n'avait pas été possible. Je me contentais alors de ne pas les regarder.

De ne pas leur parler non plus.

Je n'allais jamais à leurs apéros ni à leurs fêtes merdiques.

Du coup, ils ne pouvaient pas me blairer. À part Georges. C'est le seul avec qui j'avais parfois plaisir à partager un petit blanc. Peut-être parce qu'il ne parlait pas beaucoup. Il sirotait son pinard en silence et me collait une claque sur l'épaule comme à un vieux pote avant de partir.

« Faut que tu fasses gaffe, Téo », il m'avait dit un jour. « Ici, ils peuvent pas te blairer. Je sais qu'c'est pas mes oignons, mais faut que tu te méfies. Ils disent rien comme ça les autres trouducs devant toi, mais ils en pensent pas moins. Dès qu'il y en a un qui pourra te faire une crasse, il se gênera pas ». Puis il avait vidé son verre et il s'était barré.

Trois phrases à la suite. C'était un vrai discours. Il avait dû entendre des choses qui ne lui avaient pas plu.

Depuis, je fermais ma porte à clef quand je partais. De toute façon, je n'avais jamais de visite et je ne recevais personne.

C'est pour ça que lorsque je vis deux types sur mon emplacement, je m'arrêtai presque au milieu de l'allée. Je me ressaisis et gambergeai à toute vitesse. Leur tête ne me disait rien, je n'avais pas fait de conneries et je ne devais d'argent à personne.

Ce devait être une erreur.

Je garai ma Vespa le long du grillage derrière le bungalow et la cadenassai avec soin. Puis je retirai mes lunettes et mon casque et passai de l'autre côté.

Les deux gars n'avaient pas bougé. Ils formaient un drôle d'assortiment. Le plus âgé n'avait pas trente-cinq ans. Blond, les cheveux courts, vêtu d'un costume anthracite, il tenait à la main une mallette en cuir. Il me dévisageait avec curiosité derrière des petites lunettes rondes à la monture métallique. À côté, l'autre faisait un peu tache. Jean crade et blouson de cuir, le crâne rasé, il avait une dégaine de voyou.

Je me plantai devant eux, les mains dans les poches.

– Ouais ?

Le type en costard fit un pas en avant.

– Maître Lambert ?

J'écarquillai les yeux. Ça faisait des lustres qu'on ne m'avait pas appelé ainsi. Je secouai la tête et sortis les clefs du bungalow de ma poche.

– Vous vous êtes trompés d'adresse. Salut, dis-je en me dirigeant vers ma porte.

Pour moi, l'incident était clos.

Pas pour eux.

– Je m'appelle Jean-Charles Perrier, insista le gars à la mallette en faisant un pas en avant. Je représente un homme d'affaires qui euh… comment dirais-je, préfère garder l'anonymat. Vous voyez ce que je veux dire ?

Je fis volte-face et regardai l'homme en face.

– Vous vous êtes trompé d'adresse, articulai-je. Vous voyez ce que je veux dire ?

– Maître Lambert, insista Perrier impassible, peut-être vaudrait-il mieux pourtant que vous preniez le temps de m'écouter !

Cette fois, je tiquai pour de bon. Les connards, quand ils insistent, c'est jamais bon signe. Je glissai les clefs dans ma poche et je serrai les poings.

– Tss, tss.

Je tournai la tête vers l'autre. Il s'était redressé et louchait vers la bosse qui déformait son blouson.

– C'est gentil, Lambert, de nous payer l'apéro chez toi, ricana-t-il.

Je fis une grimace. Déjà, des gamins passaient devant mon emplacement en se collant des coups de coude. Bientôt tout le camping serait au courant pour mes visiteurs.

– Vous voulez quoi ? dis-je d'une voix sèche.

Le visage de Perrier se détendit.

– Discuter avec vous, maître, c'est tout.

– J'vous écoute, poursuivis-je en jetant un coup d'œil sur son acolyte.

Le type en costard risqua un sourire.

– Il est vrai que les arguments de Dédé sont parfois persuasifs. N'est-ce pas, Dédé ?

– Putain qu'ils sont persuasifs !

Puis il se tourna vers moi.

– Alors, Lambert, tu nous ouvres, oui ou merde ?

Je les regardais l'un après l'autre. Je n'avais plus le choix. Dédé n'allait pas risquer de me flinguer en pleine journée devant des témoins, mais je ne voulais pas risquer une bagarre. Je repris ma clef et les précédai à l'intérieur du bungalow.

Je ne les invitai pas à s'asseoir et je restai moi-même debout. Cela n'empêcha pas Dédé de s'affaler sur mes coussins en poussant un soupir de contentement.

– C'est cool, chez toi ! dit-il.

– Vous voulez quoi ? demandai-je sans conviction.

Perrier prit une grande inspiration et posa sa mallette sur ma table.

– Comme je vous l'ai dit, je représente un homme qui, pour des raisons personnelles, désire, pour l'instant, garder l'anonymat.

Il s'arrêta comme pour vérifier que je suivais.

– Cet homme d'affaires, poursuivit-il en cherchant ses mots, a besoin d'une personne de confiance, ayant une bonne connaissance de la loi, pour l'assister dans un certain nombre de démarches, comment dirais-je... juridiques.

– Ça s'appelle un avocat, y en a plein dans les pages jaunes. Je peux vous fournir un annuaire, si vous voulez.

Perrier se mit à rire.

– Maître Lambert, on m'avait prévenu que vous ne seriez pas facile à convaincre. Néanmoins...

– Non, dis-je.

– Plaît-il ?

– Je vous ai dit « non ». Je ne suis plus maître Lambert. Je ne plaide plus depuis des années et je n'ai pas l'intention de recommencer pour quelque raison que ce soit.

L'homme ouvrit sa mallette et y chercha quelque chose.

– Ah ! s'exclama-t-il en se penchant sur un document. Voyons... Vous ne plaidez plus depuis 1995, n'est-ce pas ?

Dédé ricana devant mon air ahuri.

– Vous avez ensuite travaillé jusqu'en 1999 comme avocat-conseil pour la société Jurisplus. Et depuis vous livrez des pizzas... C'est bien ça !

Cette fois, Dédé éclata de rire. Perrier pouffa mais se maîtrisa rapidement.

– Allez vous faire enculer, grinçai-je. Cassez-vous, je ne peux rien faire pour vous.

– Mais je ne vois nulle part que vous ayez été rayé de l'ordre, poursuivit Perrier en retrouvant son sérieux. Donc, vous pouvez plaider.

Je posai mes deux poings fermés sur la table.

– T'as pas compris, Perrier, c'est pas que je ne peux pas. C'est que je ne veux pas. Maintenant, tu remballes ton bouledogue et vous vous barrez de chez moi.

En un clin d'œil, Dédé avait bondi sur ses pieds. Il brandissait à bout de bras un Lupara, fusil de chasse au sanglier au canon scié. J'ignorais comment il avait pu se procurer l'arme favorite des mafieux siciliens. Par contre je savais que la volée de plomb m'arracherait une partie de la tête.

– Tu parles pas comme ça, Lambert ! siffla-t-il.

La tension était montée d'un cran. Nous restâmes un moment à nous observer tous les trois. Enfin, je reculai d'un pas. Perrier sortit un mouchoir et essuya la sueur qui ruisselait sur son front. Il se racla la gorge.

– Bien, maître, nous allons vous laisser réfléchir. Nous repasserons demain pour avoir votre réponse définitive.

Il rangea son document et referma sa mallette. En faisant demi-tour, son coude heurta un petit cadre posé sur une étagère. Le sous-verre bascula, tomba et se brisa par terre.

J'aurais juré qu'il l'avait fait exprès.

Il se baissa pour ramasser la photo et me la tendit.

– Par chance, ce n'est qu'une image, dit-il en me regardant droit dans les yeux.

Je pâlis affreusement.

Les deux hommes sortirent du bungalow sans se retourner.

Je m'accroupis pour balayer les morceaux de verre et les jetai dans ma poubelle. Puis je m'assis à ma table.

Je pris la photo. Elle n'était pas abîmée.

À peine une petite éraflure à la hauteur du visage de ma fille.

Je restai dans la même position pendant une éternité. La dernière phrase du mec en costard m'avait séché. J'ignorai tout de ces types et de leur patron et je ne comprenais pas ce qu'ils voulaient. En fait, si. Ils avaient besoin d'un avocat pas trop regardant sur la moralité de son client. Ça, je l'avais pigé. Et en tant qu'épave notoire, je faisais l'affaire. Pourtant, sur la place de Grenoble, comme sur toutes les places de France et de Navarre, les types glauques ne manquent pas.

Je n'avais pas eu de bol.

C'était tombé sur moi.

On frappa à la porte.

– Qu'est-ce que tu veux ? demandai-je d'une drôle de voix.

Ça ne pouvait être que Georges. À part lui, il ne viendrait à personne l'idée de frapper à la porte de mon bungalow.

– Pas de problèmes ? Tout roule ?

Il me faisait marrer, le vieux. Il s'inquiétait pour moi.

Je le rassurai.

– T'inquiète Jojo. Je te rejoins dans un petit quart d'heure au bar. Je te raconterai.

Je l'entendis faire demi-tour sur les gravillons et je me retrouvai à nouveau seul avec la photo de ma gamine.

Héloïse aurait huit ans le 20 octobre. Cette année, ça devait tomber un mercredi.

Dommage.

Elle n'était jamais avec moi le mercredi.

Je la voyais un week-end sur deux et la moitié des vacances scolaires. Le truc classique, en fait.

Et foireux.

Pourtant on n'était pas très loin avec sa mère. Elle avait acheté un appartement en ville, un beau F4, avec ascenseur et vue sur le parc Paul-Mistral, en plein cœur de Grenoble. Un quart d'heure, il fallait, pour y arriver. À peine plus, les jours où ça bouchonnait.

Ça n'avait pas suffi.

En réalité, je ne savais pas ce qui lui aurait fallu pour que ça suffise. Rien sans doute. Même élu père idéal par les ligues de vertu les plus sévères, je n'aurais encore pas eu droit à sa clémence. Alors évidemment, j'étais loin du compte.

Quatre ans.

Ça avait été la durée de notre vie commune.

J'avais rencontré Sandrine au vernissage d'une exposition de sculptures dont j'avais oublié jusqu'au nom de l'artiste. Elle travaillait alors dans la galerie. De mon côté, je bossais pour un cabinet d'avocats sur Grenoble. Je gagnais bien ma vie, j'avais un bel appartement et une jolie collection de costumes de marque. J'avais rapidement remarqué cette jolie rousse qui accueillait les invités et je lui avais fait du plat pendant presque toute la soirée. On s'était revu plusieurs fois et on avait couché assez rapidement. Sandrine n'était pas un très bon plan au lit. Elle manquait de fantaisie et se bornait la plupart du temps à ouvrir les cuisses. Mais on était bien ensemble et peu à peu, j'avais cru tomber amoureux. Après une bonne année de fréquentation assidue, je lui avais demandé de m'épouser.

C'était ma première, grosse, énorme connerie.

Son erreur à elle avait été d'accepter. De croire qu'avec une bague au doigt je changerais mes habitudes. Mais ça, c'était trop pour moi.

– Qu'est-ce que tu fais ? m'avait-elle demandé, un soir, en me voyant me raser et me parfumer.

J'avais évité de la regarder en face.

Au son de sa voix, j'avais compris que les emmerdements allaient commencer. Nous étions mariés depuis deux mois.

– Je vais au club, avais-je laissé tomber en nouant ma cravate.

Elle s'était plantée derrière moi et me regardait avec incrédulité. Il était vingt et une heures. Sandrine avait déjà pris sa douche et elle s'apprêtait à se coucher.

– Tu vas au club ? avait-elle dit d'une voix sourde.

Avant notre mariage, je l'avais déjà emmenée une fois au « Blue night ». C'était un bar à célibataires, des deux sexes. Ambiance et lumière tamisées, musique cool, tenue correcte exigée, c'était le meilleur club privé de Grenoble, à ma connaissance. La drague se faisait discrète et les petits salons intimes facilitaient les relations.

Sandrine n'avait pas apprécié. Quand elle avait compris ce qu'on venait faire ici, elle avait voulu se barrer. Je n'avais pas insisté et je ne l'avais plus jamais ramenée. Nous n'en avions pas reparlé.

– Tu vas au club ? avait-elle répété.

Je ne voulais pas la regarder. J'avais fini de m'habiller malgré sa présence dans mon dos. Au bout d'un moment, elle m'avait agrippé l'épaule et m'avait forcé à lui faire face.

– C'est quoi le problème ? avait-elle demandé, les bras croisés.

J'avais fait une grimace et j'avais essayé de l'écarter en douceur. Elle avait résisté.

– Putain, c'est quoi le problème ?

Sa voix était devenue stridente.

Qu'est-ce que je pouvais bien lui dire ? Qu'elle n'était pas une affaire au lit ? Que j'avais besoin de baiser une femme dans tous les sens et qu'elle n'était pas, mais alors vraiment pas à la hauteur ?

Je m'étais contenté de secouer la tête.

– Laisse-moi passer, avais-je dit.

Je n'avais pas eu le temps d'esquiver le coup. La gifle était partie toute seule. J'avais passé ma main sur ma joue brûlante et j'avais fait un pas en avant. J'étais beaucoup plus grand qu'elle. D'instinct, elle avait reculé, la peur dans les yeux.

J'étais parti.

En deux mois, nous avions consumé notre mariage.

J'étais rentré à l'aube. Elle ne dormait pas. Assise sur le lit, les yeux rougis par les larmes, elle m'avait jeté un regard pitoyable. Pour un peu, c'est elle qui m'aurait demandé pardon.

Notre relation avait pris une drôle de tournure. On aurait dû se tirer en vitesse, chacun de son côté. Au lieu de ça, on était resté ensemble, dans une ambiance bizarre. Tous les jeudis, j'allais au club et quand je rentrais, elle était réveillée, un bouquin sur les genoux.

Le reste du temps, notre vie se poursuivait comme si de rien n'était. Je ne voulais pas la quitter. Elle me plaisait et je me sentais bien avec elle. Seulement j'avais besoin de baiser ailleurs. Et ça personne n'y pouvait rien.

Là-dessus, il y avait eu l'affaire Brun. Fin 1993, je m'étais retrouvé commis d'office pour défendre Henri Brun aux assises.

C'était ma première expérience de ce genre-là.

Et la dernière.

L'homme, professeur d'histoire dans un collège privé, la quarantaine sportive, était accusé de meurtre. Un jeune Arabe de son immeuble avait été retrouvé le crâne défoncé dans le parking souterrain. Des vêtements tachés de sang appartenant au prof avaient été découverts dans les poubelles et le type avait été inculpé. Malgré les apparences, il avait passé son temps à clamer son innocence. Personne n'y avait cru. Et à vrai dire, moi non plus. Je l'avais défendu sans conviction et plaidé la crise de délire paranoïaque. À l'époque, je n'avais trouvé que cette issue pour lui éviter de prendre perpétuité.

Il avait écopé de dix ans d'internement psychiatrique. J'avais gagné.

Enfin, c'était ce que j'avais cru. Pas lui. Il était sorti de la salle d'audience avec sa promesse de revenir pour moi.

Un jour pourtant, j'étais allé le voir à l'hôpital psy de Saint-Égrève. Il y était depuis déjà plusieurs mois. Quand les médecins m'avaient montré ce type aux cheveux blancs, maigre, le regard vide, je n'avais pas reconnu tout de suite mon ancien client.

J'avais alors compris que je m'étais planté. J'avais été désinvolte et c'était un autre qui payait l'addition. Et la note était salée.

J'en étais ressorti écœuré et bouleversé.

Dans les mois suivants, j'avais quitté mon cabinet d'avocats et je m'étais fait embaucher par une autre société. Celle-ci traitait d'affaires financières. Il y avait moins de risques humains.

Deux années avaient passé ainsi. Un jour, Sandrine m'avait annoncé qu'elle était enceinte.

Et puis Héloïse était née. Le 20 octobre 1996.

Je m'étais alors calmé pendant quelques mois. J'avais joué à la perfection mon rôle de père. Je me levais la nuit, je changeais la gamine, je lui donnais le biberon.

Ça n'avait pas duré.

Peu à peu, j'avais repris mes habitudes au « Blue night » et je couchais avec mes secrétaires. Sandrine avait tenu encore deux années.

Un matin, en rentrant, j'avais trouvé mes fringues empilées sur le pas de la porte, enveloppées dans des sacs-poubelles de cent litres.

Le message était clair.

Son avocat m'avait plumé. C'était un ancien collègue avec qui j'avais bossé dans ma première boîte. J'étais indéfendable et il avait su en profiter. Le divorce pour faute avait été prononcé en 1999.

J'avais alors tout plaqué. J'avais vendu tout ce que je possédais et je m'étais loué un bungalow au camping de Seyssins. Plus tard, j'avais trouvé un job de livreur de pizzas à domicile.

Le pied, quoi.

Je scotchai avec soin la photo d'Héloïse sur un placard d'angle avant de sortir. J'avais une sale impression. En l'espace d'une douzaine d'heures, non seulement j'avais cru reconnaître Henri Brun, en pleine nuit, devant l'ancien palais de justice, mais en plus j'avais reçu la visite de deux tocards pressés de me faire rempiler.

J'avais besoin de boire un coup pour me mettre les idées au clair. Georges avait un bon petit blanc. Un vin de Savoie fabriqué par un de ses cousins près de Chambéry.

Je traversai le camping.

Chapitre 4

– T'as des emmerdes, on dirait, me glissa Georges en sirotant son pinard.

Je le regardai du coin de l'œil.

– Je ne sais pas si c'est vraiment des emmerdes, mais en tout cas ça y ressemble drôlement.

Le vieux opina du chef. Il ne connaissait rien à ma vie et ce n'était pas le genre à poser des questions. Ni à me plaindre.

Il constatait, c'est tout.

Il n'y avait pas grand monde au bar à cette heure-là. Les hommes étaient encore au boulot et les femmes préparaient la bouffe dans les caravanes. J'avais pourtant la sensation d'être observé.

Georges s'en rendit compte.

– Faut pas t'étonner ! Tout le camping est au courant qu'y a deux caves qui sont passés te voir…, glousa-t-il.

Je fis une grimace.

– T'as pas souvent de la visite, alors ça intrigue, tu comprends ? poursuivit-il.

Même lui, cette fois, ne pouvait pas s'empêcher de faire le curieux.

– Surtout que cette visite-là, elle avait pas l'air banale ! dit-il en me regardant par en dessous.

Je m'approchai de lui et lui fis signe de se pencher. Je posai une main sur son épaule.

– Jojo, dis-je. Je ne connais pas les deux branques qui sont venus me voir. La seule chose que je peux te dire, c'est que ce ne sont pas des gentils. C'est le genre de types qui discutent avec du gros calibre.

Il se redressa d'un coup et ouvrit des yeux effarés.

– Merde, dit-il.

– Comme tu dis, Jojo.

– Putain, t'as fait des conneries ?

Je secouai la tête.

– Rien du tout, t'as ma parole.

Le vieux nous servit un nouveau canon de blanc. À sa trogne, je vis qu'il ne me croyait pas. Puis il posa ses deux poings maigres sur le comptoir.

– Après tout, j'm'en fous si t'as fait des conneries. C'est pas mes oignons. Mais si t'as besoin d'un coup de main, t'hésites pas : tu me sonnes.

Je le remerciai et m'apprêtai à partir quand j'eus une idée.

– Y a bien un truc que tu peux faire…

– Ouais ?

– Ben voilà, s'il y a encore un gonze qui me demande, viens me prévenir avant qu'il arrive à mon bungalow.

Georges se redressa et mit une main sur son cœur.

– Putain mon gars, tu peux compter sur moi, dit-il hilare.

J'évitai de loucher vers sa rangée de chicots. Je lui rendis son sourire et lui tapai sur l'épaule comme à un vieux pote. Il me fit un clin d'œil complice avant d'aller servir un autre client.

Je laissai une pièce sur le comptoir et je sortis. Le vin m'avait fait du bien. J'avais senti mon visage se décrisper peu à peu. Pourtant, j'étais loin d'être bourré.

Un peu gris peut-être, mais sans plus.

En retournant vers mon bungalow, je sentais les regards des curieux sur ma nuque. C'était bizarre. Avant, ils osaient à peine me regarder. Comme si je leur faisais peur. Et puis d'un seul coup, tout avait basculé. Deux tarés avaient rappliqué chez moi et le grand méchant loup s'était métamorphosé aussi sec en brebis malade et vulnérable. Tout juste s'ils ne me balançaient pas des pavetons dans la gueule maintenant. Comme ça. Pour m'apprendre à vivre.

Je traversai le camping de fort méchante humeur. J'ouvris ma porte à la volée et je m'affalai sur ma banquette. Mon duvet était encore étalé sur le matelas. Avant de le coller dans un coin, j'en fis une boule. Le tissu exhala alors une puanteur de vieille carne qui me souleva le cœur. Dégoûté, je poussai ma porte et balançai mon sac de couchage dehors. Puis je fermai d'un coup de pied avant de bloquer le verrou. J'ouvris un placard et en sortis une bouteille de Martini. Je n'avais pas de glaçon. De toute façon, je n'avais pas l'intention de boire avec un verre. Je débouchai la bouteille et portai aussitôt le goulot à mes lèvres.

Je m'y pris à quatre fois pour tout vider. Puis, je desserrai ma ceinture de pantalon, déboutonnai ma braguette pour laisser sortir mon ventre gonflé et je me laissai tomber lourdement sur la banquette.

J'avais la tête enfin vide.

Je fermai les yeux et je me mis à roupiller.

Mon réveil indiquait 18 h 45 quand des coups frappés à ma porte me réveillèrent. J'émergeai avec peine de mon sommeil éthylique. Je dus tout d'abord m'asseoir et me frictionner le visage avec vigueur.

– Ouais, j'arrive ! beuglai-je pour faire cesser le vacarme.

Je parvins enfin à me mettre debout et je titubai jusqu'à la porte. J'ouvris en soupirant. La lumière extérieure me vrilla le cerveau. Je me protégeai les yeux avec une main et je me mis à vaciller. Je me retins in extremis au chambranle. Je poussai un grognement.

– Téo Lambert, c'est vous ? demanda une voix jeune.

Très lentement je levai la tête. Je gardai tout d'abord les yeux fermés. Puis je les ouvris petit à petit. Le type en face de moi ne devait pas avoir plus de trente-cinq ans. Vêtu d'un blouson de cuir et d'un jean, il arborait une chevelure sage surmontant un visage juvénile.

– Ouais, c'est moi, soufflai-je.

Il fit une grimace et recula. Je devais puer de la gueule avec tout ce que j'avais ingurgité. Je distinguai alors sa carte tricolore.

Un flic.

– Capitaine Cardoso, SRPJ de Grenoble, se présenta-t-il.

Sur le coup je pensai à un des caravaniers. Un sale con avait dû téléphoner aux flics. Seulement, je ne voyais pas très bien pour quel motif. Personne n'avait pu voir ou entendre ma discussion avec mes visiteurs.

– Je peux entrer ? demanda-t-il.

Je n'avais pas de motif sérieux pour l'en empêcher. Je m'écartai et le laissai passer. Il avait bien une demi-tête de moins que moi. Il regarda autour de lui comme s'il voulait acheter le bungalow, puis se tourna vers moi.

– J'aurais deux ou trois petites choses à vous demander, monsieur Lambert, dit-il avec un sourire.

Je hochai la tête et fermai la porte.

– Café ?

– C'est pas de refus.

Pendant que je préparais un jus, je le surveillai du coin de l'œil. Il s'était assis et continuait à reluquer mes petites affaires. Il s'arrêta sur la photo d'Héloïse.

– C'est votre fille ?

J'opinai du chef.

– Elle a quel âge ?

Il me cassait les couilles avec ma gosse celui-là. Je le regardai dans les yeux.

– Vous n'êtes pas venu ici pour me parler de ma gamine, quand même ?

Il se raidit et posa ses mains à plat sur la table.

– Vous étiez où hier soir ?

– Au Shrek, un bar en ville.

– Je connais… Vous y êtes resté jusqu'à quelle heure ?

– Minuit passé… peut-être minuit et demi même.

– Seul ?

– J'ai levé une fille dans la soirée. Ou plutôt, c'est elle qui m'a levé.

– Vous avez fait quoi après ?

Je ne répondis pas tout de suite. La cafetière s'était mise à chanter. Je servis deux tasses. Je laissai tomber trois sucres dans la mienne. Il ouvrit des yeux étonnés.

– Devriez faire gaffe, dit-il en désignant mon café. Vous n'êtes pas diabétique au moins ?

Je fis une grimace. Il me voulait quoi ce mec, au juste ?

– Donc, vous avez fait quoi en sortant du Shrek ? se reprit-il.

– On est allé à l'hôtel.

– Lequel ?

– Le Bastille.

Le flic avait sorti un petit carnet. Il nota le nom de l'hôtel.

– J'oublie tout sinon, s'excusa-t-il. J'ai la tête comme une passoire.

– C'est con quand même.

– Quoi donc ?

– De tout oublier comme ça.

Il acquiesça. Je finis de touiller mon café et je le bus d'une traite. Je le regardai à nouveau.

– Vous vous foutez de ma gueule ? dis-je.

Il sursauta.

– Écoutez-moi, monsieur… Je ne sais plus comment vous vous appelez. Vous rappliquez pendant ma sieste…

Il fit une moue.

– Si ! Pendant ma sieste. Et puis vous m'interrogez sur ma soirée d'hier, vous enchaînez avec mon diabète, et enfin avec votre mémoire défaillante… Vous avez fait un pari avec des copains, c'est ça ? Vous voulez savoir combien de temps je vais tenir sans craquer ?

Le flic se raidit. Lorsqu'il reprit la parole, sa voix n'avait plus rien d'amical.

– Vous étiez donc à l'hôtel vers minuit trente, une heure du matin. Il y avait quelqu'un à l'accueil, je suppose ?

Je hochai la tête.

– À quelle heure vous avez quitté l'hôtel ?

– Ce matin vers dix heures trente, onze heures.

– Des témoins ?

– La femme de ménage, elle se souviendra de moi.

– Et donc, entre une heure et dix heures du matin, qu'est-ce que vous avez fait ?

– On a beaucoup baisé, beaucoup bu et très peu dormi.

– C'est tout ? demanda-t-il goguenard.

Je ricanai et me servis un autre café. Il en refusa un deuxième. De toute façon, il n'avait même pas fini le premier.

– La fille est sortie de l'hôtel avec vous, je suppose ?

Je haussai les épaules.

– Là par contre, je ne pourrais pas vous dire. Quand je me suis réveillé, j'étais tout seul. Elle a dû partir quand je dormais et j'étais trop bourré pour m'en rendre compte.

Le flic me regarda fixement.

– Ça, c'est un peu embêtant par contre…

Je secouai la tête, interloqué.

– Dites-moi, c'est quoi le problème, là ?

– Une dernière question, monsieur Lambert. Qu'est-ce que vous utilisez comme préservatifs ?

Je manquai de m'étouffer et je fus pris d'une quinte de toux irrépressible. Je finis par me calmer.

– C'est une connerie ?

– Je suis très sérieux, monsieur Lambert, dit-il sur un ton sec. Je vous répète ma question : qu'est-ce que vous utilisez comme préservatifs ?

Il ne plaisantait pas. Ce n'était pas un gag foireux pour une émission de télévision. J'eus soudain l'impression qu'un gros tas d'emmerdements allait me tomber dessus avant peu.

Je me levai avec lenteur et ouvris un petit placard sur ma gauche. J'en sortis une boîte de capotes et je la posai sur la table. Le flic la prit, la vida. Puis il saisit un préservatif et déchira l'enveloppe protectrice. Il hocha plusieurs fois la tête sans cesser d'étudier le bout de latex étendu devant lui. Je le regardai faire sans rien dire.

Il plongea ensuite sa main dans son blouson et en extirpa une photo. Il la posa et la fit glisser vers moi.

J'y jetai un coup d'œil rapide. Je savais déjà ce que j'allais y trouver.

– C'est elle ? demanda le flic.

J'acquiesçai.

– C'est quoi l'embrouille ? dis-je enfin.

Il poussa un soupir.

– Fathia Driddi a été retrouvée carbonisée dans sa voiture, ce matin vers six heures, un peu avant Rives, sur la route de Vienne. Un préservatif usagé a été retrouvé à proximité de son cadavre… C'est la même marque que les vôtres. Vous voyez où elle est l'embrouille, maintenant ?

Je me forçai à rire.

– Vous ne croyez pas que c'est moi, tout de même ?

Il croisa ses doigts et me regarda fixement.

– Vous êtes le dernier à avoir été vu avec Fathia Driddi, monsieur Lambert. Vous aviez bu. Vous ne vous êtes même pas rendu compte que vous balanciez votre préservatif à quelques mètres seulement de la voiture qui brûlait.

– Non, dis-je en secouant la tête à toute vitesse. C'est des conneries tout ça. Vous n'avez aucune preuve de rien du tout. Et puis je ne suis pas le seul à acheter cette marque de capote.

Il approuva.

– Vous avez raison. Je n'ai aucune preuve. Du moins pour l'instant. Je vais demander une analyse de votre ADN. On sera vite fixé.

Cardoso se leva et rangea sa photo dans sa poche. Avant de franchir la porte, il se retourna une dernière fois.

– Encore une chose, Lambert, vous ne quittez pas la ville, on est d'accord ?

Sans attendre ma réponse, il partit.

J'étais KO. Raide.

Il y avait longtemps, un copain m'avait parlé de la loi des séries. À l'époque, je m'étais foutu de lui.

Je commençais à croire qu'il y avait du vrai dans ses paroles.

Je lapai la dernière gorgée de Martini restée au fond de la bouteille et balançai le cadavre par terre. Et merde. Le petit flic, avec ses digressions à la « mords-moi le nœud », était en train de me coller une accusation de meurtre sur le paletot. Or, même bourré comme un coing, je ne me voyais pas en train d'embarquer une fille dans une voiture pour la transformer en merguez. Je n'avais donc pas besoin de me souvenir de mon emploi du temps de la nuit passée pour être absolument certain de mon innocence.

De toute façon, je n'aurais pas pu conduire.

Seulement, le Cardoso-là, il n'avait pas l'air d'en être aussi convaincu. S'il avait pu me passer les menottes, il l'aurait fait. J'en aurais mis ma main à couper. Et s'il était à ce point sûr de lui, c'est qu'il avait de bonnes raisons de l'être.

Après notre partie de jambes en l'air, Fathia s'était tirée. À ce moment-là, je dormais comme un ivrogne lubrique mais néanmoins rassasié sur tous les plans. Qu'avait-elle fait alors ? Je l'ignorai. En tout cas elle avait dû rencontrer un type. Un peu nympho sur les bords, elle avait vu là une nouvelle occasion de s'amuser. Le gars lui fait du gringue, l'emmène dans un coin tranquille, lui rejoue le big-bang version hot et la grille avec sa voiture.

Vues comme ça, les choses ne manquaient pas de réalisme. Fathia avait par malchance croisé la route d'un tordu et y avait laissé la peau. C'était pas de bol. Même si ce genre de fille, en sautant sur tout ce qui bouge, court sans cesse le risque de tomber sur un allumé.

Et sur ce coup-là, elle ne s'était pas loupée.

En tout cas, cela ne me concernait pas. Pour moi, c'était réglé. J'avais baisé avec elle mais cela n'autorisait pas Cardoso à faire de moi un pyromane en puissance. Il pouvait aller se faire voir avec ses analyses. Je ne laissais pas traîner mes capotes dans la forêt.

Surtout après avoir commis un meurtre !

Je restai un moment pensif.

Cardoso n'était pas venu comme ça chez moi. Quelqu'un l'avait rencardé.

Voyons… Les flics trouvent une voiture en train de cramer. Ils découvrent dedans les restes carbonisés de Fathia Driddi.

Je frissonnai en pensant à leur surprise.

Ils identifient la fille. La voiture lui appartenait donc, sinon cela aurait été impossible aussi vite. À partir de là, ils trouvent son adresse et interrogent les voisins. Dans son appartement, ils mettent la main sur des allumettes, un briquet, ou un carton avec le nom du Shrek. Ils envoient un type sur place pour rencontrer le patron. Celui-ci m'avait vu sortir avec la fille et, trop content de me faire une crasse, leur refile mon patronyme.

Et voilà. Le tour était joué. La flicaille débarque chez ma pomme convaincue d'avoir mis la main sur le taré.

Ça, c'était la poisse. Car maintenant, si je ne me trompais pas, les flics allaient œuvrer dans une unique direction : prouver que j'étais l'assassin de Fathia Driddi. Je connaissais la musique. Le seul moyen de leur faire passer cette idée à la con, c'était de leur prouver le contraire.

Je pouvais encore dire les choses d'une autre façon : j'avais intérêt à trouver moi-même le cinglé qui avait eu l'idée stupide de cramer une aussi jolie fille.

Il me fallait donc commencer par le commencement, le Shrek.

Les effets de ma biture post-prandiale s'estompaient peu à peu. Si ce n'était une méchante barre au-dessus du front, je me sentais presque serein. Presque… Je regardai ma montre : 20 h. Le soleil était passé depuis longtemps de l'autre côté de la montagne. Le camping des Trois Pucelles se trouvait plongé dans l'ombre. Par la porte du bungalow restée entrouverte, un courant d'air froid me fit frissonner. Il était temps pour moi d'aller gagner ma croûte.

Je repensai à Perrier et à son acolyte. Ils s'étaient bien renseignés, les gars. Depuis 1999, je faisais en effet le livreur pour « Pizza Presto ». Je travaillais de onze heures à quinze heures et de vingt heures à vingt-deux heures du lundi au samedi. J'encaissais un petit SMIC à la fin du mois, sans compter les pourboires. Le boulot était plutôt cool. Je n'avais ni stress ni angoisses.

C'est ça qui est bien avec les pizzas.

Elles n'ont pas d'états d'âme.

J'attrapai un blouson en toile, mon casque à oreilles et je sortis du bungalow. Ce midi, je n'étais pas allé bosser et le patron, un Marocain ventripotent, allait pousser des hurlements.

Il gueulait pour la forme, Ahmed. Comme il se trouvait en indélicatesse quasi constante avec la législation du travail, ne respectait pour ainsi dire aucune norme sanitaire, il évitait de faire trop de vagues avec ses employés. Ça faisait une sorte d'équilibre, en fin de compte. On se permettait quelques fantaisies avec nos devoirs de salariés et lui magouillait tranquille de son côté.

C'est ça le libéralisme. Chacun truande la loi pour son propre compte et tient l'autre par les couilles.

Ce soir-là, les gens avaient décidé de ne pas faire la bouffe. En général, c'était typique des soirées foot. Plus le championnat est avancé, plus on vend. Cette fois, je ne savais pas qui jouait contre qui, mais vu le nombre de pizzas livrées, ça devait être un grand match. Je bossais jusqu'à vingt-trois heures, histoire de me faire pardonner mon incartade de l'après-midi. Ahmed était content. On avait dû faire un bon chiffre.

Après le boulot, je rangeai mes affaires et je fonçai au Shrek.

Le videur, à l'entrée du bar, fronça les sourcils à ma vue. Il fit un pas vers moi.

– Qu'est-ce que tu viens foutre ici, Téo ?

Je lui jetai un regard exaspéré.

– Tu ne vas pas me casser les pieds à chaque fois que je rapplique dans le secteur, quand même ? dis-je d'une voix sèche. Il n'y a pas eu d'histoire l'autre fois, non ?

– Bouge pas ! répliqua-t-il.

Il décrocha son talkie-walkie et appela son patron. Je le vis hocher plusieurs fois la tête. Puis il éteignit son appareil, le rangea à sa ceinture et reprit sa pose.

– Alors ? demandai-je.

Il me regarda avec froideur.

– Tu bouges pas, j't'ai dit ! Le patron arrive.

Ils me la rejouaient comme la veille au soir, ces deux-là. La moutarde me monta au nez mais je m'interdis de frapper la gueule de con de l'autre balèze. En profitant de l'effet de surprise, j'aurais sans doute eu le dessus. Mais j'avais besoin de rentrer dans cette boîte sans faire d'embrouilles.

La porte s'ouvrit et le maître des lieux apparut. Il me toisa comme si j'étais une sous-merde.

– Qu'est-ce que tu veux ? dit-il d'une voix cassante.

– Entrer, répondis-je simplement.

Il soupira.

– Dis donc Téo, je ne t'avais pas dit que je ne voulais plus d'histoire ?

J'écartai les mains.

– Hé ! Il n'y a pas eu de problème l'autre fois !

Il secoua la tête et me regarda d'un air navré.

– Un flic est passé en début d'après-midi. Moi, j'appelle ça des histoires.

– C'est moi qu'il cherchait ?

– Ne nous emmerde pas, Téo. Le flic cherchait la fille avec qui t'es sorti. J'ai dû lui dire que je t'avais vu partir avec elle. Tu me connais, je suis honnête !

C'était bien cette espèce d'empaffré qui m'avait balancé à Cardoso. J'embrayai aussitôt.

– Tu la connais cette fille ?

Il fit une moue d'impatience.

– Elle est venue deux ou trois fois au Shrek, c'est tout… Tu cherches quoi au juste ?

Il ne savait pas que la fille avait été tuée. Le flic n'avait pas dû cracher le morceau.

– Elle est là, ce soir ? bluffai-je.

Il interrogea le videur du regard. Celui-ci fit un geste de dénégation. Il se tourna derechef vers moi et secoua la tête.

– Bon Téo, j'ai pas que ça à foutre, salut et bon vent, dit-il.

– Une seconde ! Laisse-moi rentrer ce soir et je ne remets plus les pieds dans ta boîte.

Il ricana.

– Pourquoi je ferais ça ? demanda-t-il.

– Pourquoi pas ? rétorquai-je.

Son visage se ferma.

– Parce que tu me fais chier, Téo. T'es un emmerdeur et un ivrogne. Ça fait deux bonnes raisons pour que tu te barres d'ici et que t'y remettes plus les pieds. Et puis je ne veux pas de flic dans mon bar, t'as pigé ?

Je blêmis et serrai les poings. Le balèze s'en rendit compte et fit un pas vers moi. Je reculai.

L'autre connard avait organisé un petit trafic de dope assez juteux dans sa turne et la venue des poulets avait dû le faire flipper. Pour lui, j'étais un risque. Et il ne pouvait pas se le permettre.

Je n'insistai pas. Cela n'aurait servi à rien. Je mecontentai de lui faire un doigt d'honneur et de traverser la rue. Je m'adossai au mur. Le patron de la boîte et son videur échangèrent un regard surpris. Puis, chacun reprit sa place, l'un derrière son tiroir-caisse et l'autre à droite de l'entrée.

J'attendis ainsi une bonne demi-heure. Des clients entraient, d'autres sortaient, mais je ne reconnus aucun visage. Vers minuit pourtant, un type que j'avais déjà vu s'approcha du Shrek. Je m'avançai vers lui.

– Salut, dis-je.

Il se retourna et me reconnut.

Nous ne nous étions jamais parlé. À peine regardé. Il sembla surpris par ma familiarité.

– Oui ?

Je me raclai la gorge.

– J'aurais un petit service à te demander.

Il fronça les sourcils.

– Dis toujours.

– Voilà, je ne peux pas rentrer, dis-je en désignant le videur du pouce. Mais il faut absolument que je parle à Claude, le barman. Tu peux lui dire que je l'attends dehors ?

Le type me dévisageait sans chaleur.

– C'est toi Téo ? C'est ça ? demanda-t-il.

J'acquiesçai. Ça devait jaser sur mon compte ; quelque chose de bien, si même un inconnu arrivait à mettre un nom sur ma trogne. Pourtant, le gars ne semblait pas très décidé. Je me redressai au maximum. Ainsi, je le dépassai presque d'une tête.

– J'ai besoin de ce service, articulai-je lentement.

Il leva les yeux pour me regarder et recula avec prudence.

– Bouge pas, dit-il enfin. Je vais le prévenir.

Il fit demi-tour et entra dans le bar.

Soulagé, je repris ma pose contre le mur.

Je poireautai encore une bonne demi-heure. Puis, Claude arriva presque en courant.

– J'ai deux minutes, pas plus, pendant que le patron passe aux chiottes, dit-il. Qu'est-ce qu'il t'arrive encore ?

Je n'avais pas le temps de le mettre au jus. J'allais au plus court.

– Tu te rappelles de la fille avec qui j'étais hier soir ?

Il fronça les sourcils.

– La petite brune mignonne… On raconte de drôles de choses sur elle… et sur toi… T'as pas fait une connerie, Téo ?

– Tu peux me croire sur parole, j'ai pas fait de connerie.

Il hocha la tête d'un air dubitatif.

– Tu veux quoi alors ?

– Cette fille, elle est déjà venue au Shrek, on m'a dit.

– Ouais, je l'ai vue quelques fois.

– Elle a bien dû se faire brancher déjà, non ?

Il ricana.

– D'après toi ?

– Bon, alors trouve-moi un type qui lui aurait déjà fait du plat et qui serait sorti avec elle… Tu crois que tu peux faire ça ?

Claude posa la main sur mon épaule.

– J'vais voir ce que je peux faire. Mais je ne te promets rien, mon vieux. J'suis désolé pour toi.

Il fit un mince sourire et repartit en courant.

Je m'installai à nouveau contre le mur en face. L'autre connard de videur faisait semblant de ne pas me voir. Je pense qu'un jour on aura des choses à se dire tous les deux.

J'attendis encore une bonne heure. Les gens commencèrent à sortir au compte-gouttes. Je fixai chaque type avec l'espoir d'accrocher un regard. Bientôt, un gars d'une trentaine d'années, clope au bec et chemise ouverte sur la poitrine malgré la fraîcheur de la nuit, s'avança vers moi d'un pas décidé. Je le regardai venir sans bouger de ma place, les deux mains dans le dos et une jambe repliée contre le mur. Il s'arrêta à un petit mètre de moi.

– C'est toi Téo ?

Je hochai la tête.

– C'est Claude qui m'a dit que je te trouverais là.

J'opinai du chef à nouveau.

– T'as besoin d'un tuyau, je crois ?

Je me contentai cette fois de cligner des yeux.

– Il m'a parlé de cette fille-là, une petite brune bien bandante, c'est ça ?

J'acquiesçai.

– Un soir, en sortant du Shrek, je l'ai suivie cette gonzesse. J'voulais voir où elle habitait.

Il se tut. Je ne le sentais pas bien ce type.

– Ça te dirait de savoir où elle crèche ?

Je fis un sourire. Il croisa les bras sur sa poitrine et écarta les jambes.

– Le problème, c'est que j'ai oublié. Et je ne sais pas comment faire pour que ma mémoire revienne.

J'avais compris le message. Je le toisai.

– Casse-toi.

Il sursauta et écarquilla les yeux.

– Mais...

– Casse-toi, j't'ai dit.

Je m'étais décollé du mur et j'avais fait un pas vers lui. Il recula précipitamment.

– Merde, bégaya-t-il, t'es cinglé ou quoi ?

Je m'avançai encore.

– J't'ai dit de te barrer, t'as pas compris ?

Le type fit volte-face sans demander son reste et s'éloigna.

C'était sans doute un salaud, mais il devait savoir quelque chose. J'attendis qu'il s'éloigne un peu et je lui emboîtai le pas. Il se dirigeait vers le quai Stéphane-Jay, le long de l'Isère. Les noctambules grenoblois y garent leur voiture sur le trottoir dès que les parkings affichent complet. Trop pressé de se tirer de là, l'homme ne s'était pas retourné une seule fois. Il traversa le quai et s'approcha d'une Golf GTI noire. Il fouilla dans sa poche à la recherche de ses clefs et se pencha en avant pour ouvrir sa portière.

C'était le moment que j'attendais.

En deux pas, je fus derrière lui et je lui tapai sur l'épaule.

Il fit un bond et ouvrit des yeux effarés en me reconnaissant.

Je lui collai une seule baffe. Et encore pas trop fort. Pourtant son nez se mit à saigner tout de suite. Il couina de frayeur.

– Alors trouduc, dis-je en souriant, elle crèche où, cette gonzesse ?

Chapitre 5

Ma nuit fut courte et agitée. Je mis longtemps avant de m'endormir et mon sommeil fut perturbé par des rêves pénibles. Dans le même genre que je faisais lorsque j'étais gamin. Quelque chose de terrifiant me poursuivait et j'étais incapable de fuir. Tous mes gestes étaient ralentis, comme englués dans une sorte de mélasse invisible. Et puis soudain, je me retrouvai face au monstre. Il m'apparaissait alors beaucoup moins terrifiant et je parvenais à m'en débarrasser facilement.

Je me réveillai vers huit heures du matin, avec l'impression d'avoir à peine dormi. Mes yeux me brûlaient et la peau de mon visage semblait s'être transformée en carton d'emballage.

Je m'extirpai de mon duvet, le roulai en boule dans un coin. Puis je m'assis sur ma banquette. Je n'avais même pas pris le temps de la déplier en rentrant. Ça me faisait autant de moins à faire ce matin. Après avoir manqué de m'assoupir plusieurs fois en quelques minutes, je me levai pour préparer un petit café. La cafetière ne tarda pas à chanter. J'avais déjà sorti ma tasse et mis un sucre. Je me versai le liquide brûlant et touillai autant pour le mélanger que pour le refroidir.

Peu à peu mes idées s'éclaircissaient.

Le pékin d'hier soir, l'adresse de la fille, les évènements de la veille, tout me revenait en même temps que je buvais mon café.

Puis, je pensai au vieux Georges et je ricanai. Il pouvait m'en faire des promesses de m'aider, celui-là ! Le premier truc que je lui demande, il tire au flanc.

Une crampe d'estomac me plia en deux. J'avais faim. Je n'avais rien avalé hier soir et mon corps protestait avec vigueur.

Je me levai tant bien que mal et enfilai une petite laine. Je pris une bouteille d'eau sur ma table et je sortis me la vider sur la tête. L'eau me ruissela sur le dessus du crâne. Je laissai tomber la bouteille au sol, me frictionnai vigoureusement le visage et le cuir chevelu. Je parvins à attraper une serviette à tâtons et je me séchai. Je la balançai sur ma table avant de fermer ma porte. Je vérifiai que j'avais de l'argent puis je traversai le camping.

Au niveau du portail d'entrée, je levai les yeux, par habitude. La patronne était déjà là. Immuable. Je m'apprêtai à sortir lorsque je reconnus la silhouette du vieux Georges assis sur un muret, de l'autre côté de la route. Il regardait dans ma direction et me fit un signe de la main. Je lui répondis. La propriétaire se pencha en avant pour voir à qui je m'adressai et hocha la tête une fois sa curiosité satisfaite.

Je traversai.

Il n'avait pas l'air dans son assiette le vieux. Il se tripotait les doigts avec nervosité. Je compris que quelque chose n'allait pas. Je me plantai devant lui et j'attendis. Il cracha par terre, marmonna quelques paroles incompréhensibles avant de se racler une dernière fois la gorge.

– C'est quoi ce bordel ? dit-il brusquement.

Je haussai les sourcils.

– Téo, j't'aime bien. Mais entre hier et aujourd'hui, y a de drôles de gens qui sont venus te voir.

Il tendit le pouce.

– Ça a commencé avec tes deux types en début d'après-midi.

Il leva l'index.

– Ça a continué avec le poulet.

J'acquiesçai et j'allai répondre mais à ma grande surprise, il dressa le majeur.

– Et pour finir y a ce gars bizarre qui m'a laissé une lettre pour toi.

– Comment ça, une lettre pour moi ? dis-je interloqué.

– Ouais, y a un type qu'est passé, y a pas vingt minutes. Il est venu au bureau et a demandé après toi. Il m'a demandé un crayon et un bout de papier pour t'écrire un mot. Et après, il a insisté pour que je te donne ça, en main propre, qu'il m'a dit.

Georges me tendit une enveloppe de fortune bricolée avec une feuille de cahier et du scotch. J'arrachai l'adhésif et dépliai la lettre.

L'écriture était malhabile. L'homme avait écrit à la hâte et dans de mauvaises conditions.

« *Iras-tu jusque-là où m'a conduit ton manque de lucidité, maître ?*

Je t'avais dit que je reviendrai. »

Le mot n'était pas signé. Mais cela n'était pas nécessaire. Je laissai retomber mes bras le long de mon corps.

– Rien de grave ? s'enquit Georges, le front soucieux.

Je me tournai vers lui. Il recula d'un pas. Je devais faire une drôle de tête.

– Il était comment ?

– Pas très grand. Assez maigre. J'sais pas moi… il avait un visage un peu long, comme ça, dit-il en faisant glisser ses mains le long de ses joues.

De toute façon, la description était inutile. Je savais de qui il s'agissait.

– Merci Jojo, murmurai-je en tournant les talons.

– Bon sang, c'est qu'il se tire, protesta-t-il. Hé, Téo ! J't'ai dit que je voulais te parler.

Je me retournai à peine.

– T'as pas dit ça... et puis je n'ai pas le temps. Une autre fois Jojo, une autre fois !

– Et merde ! cria-t-il.

Je lui fis un doigt d'honneur sans me retourner et m'éloignai à grandes enjambées.

Si même Jojo voulait me parler sérieusement, c'est qu'il y avait de l'eau dans le gaz. J'imaginai bien les autres connards du camping venir pleurnicher et se plaindre de mon ivrognerie. Quoique je n'aie pas le souvenir de m'être rendu minable en public. Du moins aux Trois Pucelles.

Ailleurs, je ne dis pas.

Je me contrefoutais de l'opinion de ces caves. Du moment qu'ils ne mettaient pas en péril mon installation au camping. Le reste, j'en avais rien à foutre. Qu'ils s'occupent de leur ménage et de leurs mioches et qu'ils me foutent la paix. Je ne leur demandais rien d'autre.

Pourtant, mon problème, là, c'était pas d'eux qu'il venait.

Le retour en chair et en os de mon fantôme me tracassait autrement.

Henri Brun était libre.

Depuis combien de temps ? Je ne savais pas. Les premières années, je faisais le compte des mois passés en psychiatrie. Puis, j'avais peu à peu perdu le fil. En tout cas, Brun avait dû être libéré récemment, depuis quelques mois tout au plus.

Il était venu jusque-là. Et sûrement pas pour le simple plaisir de voir comment j'étais installé.

L'histoire pitoyable de ce type avait pourri la quasi-intégralité de mes nuits depuis dix ans. Et voilà qu'à peine libéré, il passait me voir.

Tout en marchant sur le trottoir, je ruminais des idées noires. À deux ou trois cents mètres de là, il y avait une petite zone commerciale. Je m'y rendis et achetai à l'épicerie une bouteille de vodka, du pain de mie et deux tranches de jambon sous cellophane. C'était un peu dégueulasse mais j'avais la flemme de faire la queue à la charcuterie et à la boulangerie.

Qu'est-ce qu'il voulait, Brun ? Se venger de moi ? Et alors, qu'est-ce qu'il pouvait me faire ? Acheter un flingue et venir me faire sauter la tête ?

Je ricanai tout seul. Un couple de personnes âgées me croisa. L'homme jeta un coup d'œil à sa femme et fit tourner son index sur sa tempe.

Je les avais vus mais cela m'était égal. Cela ne me touchait pas. À vrai dire, de l'opinion des autres, plus grand-chose ne me touchait depuis bien des années.

À part celle de ma fille.

Quand elle me regardait.

C'était bien la seule au monde qui pouvait encore éprouver de l'admiration pour moi. Celle d'une fille pour son père. Et encore, elle ne le disait pas.

Mais moi je le lisais, dans ses yeux.

C'était encore plus fort.

Je n'imaginais pas Brun jouer les gangsters sanguinaires. Mais il avait sans doute eu le temps, durant toutes ces années, de me mijoter quelque chose aux petits oignons.

Georges n'était plus sur son muret.

Je le trouvai au bar, en train de servir deux gars qui allaient commencer leur journée. Ils se tournèrent vers moi et me jetèrent un coup d'œil circonspect. Je m'installai à leur côté et posai mes emplettes sur le comptoir. Ils buvaient un café. Je commandai un petit blanc.

Jojo me le servit en bougonnant. Je l'ignorai. J'avais, pour l'instant, d'autres chats à trucider. Je mangeai quelques tranches de pain de mie et j'essayai de me faire un planning de ma journée.

Un : je devais passer chez Fathia Dridi. D'après le type d'hier, elle habitait à Fontaine, près de la piscine. De Seyssins, il me faudrait un petit quart d'heure pour y aller. J'espérai trouver sur place au moins les prémices d'une piste.

Deux : Henri Brun. L'idée de le rencontrer me filait la gerbe. Pourtant, je n'avais pas le choix. C'était ça ou le laisser me pourrir la vie.

Je devais commencer par lui. Me débarrasser de la corvée.

J'avalai mes tranches de jambon en faisant la grimace. L'espèce de jus dégueulasse dans lequel elles baignaient relevait le goût au poil. Je me fis servir un autre verre de blanc pour faire passer tout ça.

Les deux types se levèrent enfin et quittèrent le bar.

Resté seul, je demandai à Jojo de me prêter un annuaire. Il me l'apporta sans me regarder.

À Saint-Égrève, je trouvai sans difficulté le numéro de l'hôpital psychiatrique. Là-bas, ils pourraient me dire depuis quand exactement Brun était sorti et où il demeurait.

Le bar était équipé d'une cabine téléphonique fermée avec un compteur accroché au mur, près de la caisse. Je fis un signe à Jojo. Il hocha la tête sans rien dire et fit un geste du menton en direction du téléphone.

Je pris l'annuaire avec moi.

Je me présentai comme l'ancien avocat d'Henri Brun et la secrétaire me donna mes renseignements sans difficulté. L'homme était dehors depuis presque trois mois.

Cela remontait donc au mois de juillet. Le service d'accompagnement de l'hôpital l'avait aidé à trouver un studio à Saint-Martin-le-Vinoux, une commune voisine. Je notai l'adresse sur un bout de papier et je raccrochai.

Satisfait, je m'apprêtai à sortir de la cabine lorsque je me figeai.

Je venais de reconnaître la silhouette de Cardoso, de dos. Il parlait avec Jojo. Celui-ci secouait la tête avec énergie et montrait du doigt la pendule du bar. Puis il haussa les épaules en signe d'ignorance. Le flic se gratta la nuque, le remercia et s'en alla. J'attendis que la porte du bar soit entièrement refermée pour sortir de ma cachette improvisée.

Jojo m'interpella.

– C'est bon ! Tu peux sortir de ton trou !

Je m'approchai du comptoir avec précaution.

– Merci, dis-je.

– Va te faire foutre !

Je ne pus m'empêcher de sourire.

– Il voulait quoi, le flic ? demandai-je.

Jojo posa les deux mains sur son bar. Il semblait mi-furieux mi-amusé.

– Ce qu'il voulait le flic ? Tu me demandes ce qu'il voulait ? Tu te fous de ma gueule ou quoi ?

Je fis deux pas en avant et jetai un coup d'œil par la porte vitrée.

– Tu peux regarder, il est plus là.

Il ricana avant de poursuivre.

– J'lui ai dit qu't'avais à faire à l'autre bout de la ville !

Je plissai les yeux et regardai le vieux, incrédule. Il n'avait pas l'air si en colère. C'était même le contraire. Il semblait presque s'amuser.

Son visage devint soudain grave. Il renifla et se racla la gorge.

– Faut que tu te barres d'ici, Téo... au moins quelque temps. Le flic a gobé mon histoire mais il reviendra. Et puis tu vois, poursuivit-il, un flic qui vient deux fois voir un gars en l'espace de deux jours, eh bien, tu diras ce que tu voudras, mais c'est quand même pas bien net. Si en plus le gars se planque pour pas le rencontrer le flic, faut pas qu'il s'étonne si on commence à se faire des idées. Tu crois pas ?

Pauvre Jojo. Il m'avait sauvé la mise pour cette fois mais il ne pouvait guère en faire plus. Je le sentais sincèrement peiné, d'une part que je ne lui dise rien et d'autre part que je sois dans la merde. Parce que ça, il n'avait pas besoin d'être devin pour s'en rendre compte.

Il ouvrit sa caisse, prit une liasse de billets. Il les compta et me les tendit sans me regarder.

– Tiens, il y a à peu près deux mille balles. Ça fait trois cents euros. C'est pas beaucoup, mais je ne peux pas faire mieux. Tu me les rendras plus tard.

Je tentai de protester mais il se fâcha.

– Fais pas chier, Téo. On a tous le droit de faire des conneries dans sa vie. Tu prends le fric, tu te casses et puis c'est tout.

Il avait raison.

C'était ce que j'avais de mieux à faire. Pour lui et pour moi.

Si le flic était revenu, ce n'était pas pour me faire une simple visite. Il devait avoir de nouveaux éléments. Rester au camping signifiait non seulement me faire emmerder par la flicaille de façon quotidienne, mais en plus compromettre Jojo.

– Tu sais où aller ?

Je haussai les épaules. Il me restait quelques adresses d'anciens copains qui ne m'avaient pas totalement laissé tomber.

Le vieux hocha la tête.

– Allez, casse-toi en vitesse ! dit-il.

Je tournai les talons et fonçai à mon bungalow. J'attrapai mes papiers, la photo de ma fille, deux ou trois bricoles. Je les rangeai dans une besace et je sortis sans fermer la porte. Après avoir coiffé mon casque, je fis démarrer ma Vespa. Je me tirai.

En passant devant le bar du camping, je distinguai Jojo derrière son comptoir. Je lui fis un signe de la main sans m'arrêter et déboulai dans la rue des Allobroges. Je pris la direction de Grenoble.

Je n'avais pas l'intention de changer mes plans. J'étais bel et bien décidé à m'occuper d'Henri Brun et même les cognes à mes trousses ne me feraient pas changer d'avis. Cet obstacle éliminé, je pourrais m'atteler à une autre tâche.

De toute façon, j'étais dans une jolie merde.

La circulation, déjà fort dense, me permit de parvenir à Saint-Martin-le-Vinoux sans me poser trop de questions. Je me garai près d'un arrêt de bus et cherchai la rue sur le plan de la ville. Celle-ci se présentait sur deux niveaux. Les maisons de bourges qui grimpaient sur les contreforts de la Chartreuse et la populace et ses immeubles plus ou moins pourris dans la plaine.

Classique.

Henri Brun habitait un petit immeuble en bord de nationale. Après avoir cadenassé la Vespa à un lampadaire, je me dirigeai vers une entrée pas trop dégradée. La porte était fermée. Je trouvai le nom de Brun sur l'interphone.

Au moment d'appeler, j'hésitai.

En deux jours, ma vie avait basculé d'une drôle de façon. Depuis plusieurs années, je m'astreignais à avoir une vie la plus plate possible. Boulot, baise, biture, dodo.

De la routine, quoi. Pas d'anicroche, à une ou deux exceptions près. Et puis là, d'un seul coup, tout partait de travers. Chaque geste, chaque décision me précipitait un peu plus dans le chaos.

Et moi, je ne voulais pas de chaos. J'en avais assez eu du chaos. Je voulais juste vivre peinard sans être emmerdé.

Alors le doigt sur ce bouton, j'hésitai encore. J'allais où, là ? Régler mes problèmes ou en prendre plein la gueule ?…

Hum… parce que ça pouvait être pire ?

Pire…

Je haussai les épaules et j'appuyai.

Je n'attendis pas longtemps.

– Oui ? dit une voix lointaine.

– Téo Lambert, répondis-je.

Silence.

– Je ne vous attendais pas si tôt, maître.

Il y eut un déclic et la porte s'ouvrit.

Trois étages.

Il n'y avait pas plus de trois étages mais ils me semblèrent interminables.

En grimpant, je réalisai soudain une chose : j'avais couru jusqu'ici. Ou plutôt accouru ! En y réfléchissant bien ça faisait à peu près ça. Henri Brun avait laissé un message au camping et dans la foulée j'étais venu ventre à terre. Ce type exerçait sur moi une drôle d'influence. À bien y penser pourtant, ce n'était pas tout à fait ça non plus.

Son message n'était pas des plus limpides.

« *Iras-tu jusque-là où m'a conduit ton manque de lucidité, maître ?*

Je t'avais dit que je reviendrai. »

Il était au courant de quoi exactement ?

Son petit mot arrivait quelques heures après les accusations de Cardoso. Je devrais dire plutôt, après le meurtre de Fathia Driddi !

Je m'arrêtai net entre le second et le troisième étage.

Un piège.

Cet enfoiré de merde était en train de me piéger.

À chaque marche gravie, cette intuition devenait un peu plus une certitude.

Henri Brun était en train de me faire accuser de meurtre ! Et il m'attirait chez lui pour se repaître de ma peur et de mon désarroi.

Je parvins enfin sur le palier du troisième. Je cherchai l'appartement de Brun. C'était celui du fond. J'appuyai sur le bouton de sonnette. J'attendis.

Je perçus un bruit de pas feutré. Je retins mon souffle.

Je n'avais pas besoin d'avoir peur de ce tocard. Putain non ! Je n'en avais pas besoin. Mais c'était plus fort que moi.

J'avais la trouille.

La porte s'ouvrit.

– Bonjour maître, dit Henri Brun en s'inclinant. Je vous en prie, entrez.

Je demeurai sur place. Mon fantôme prenait enfin corps. Malgré son allure décharnée, son visage maigre et ses cheveux blancs et clairsemés, je retrouvai la silhouette de mon ancien client. Seuls ses yeux n'avaient pas vraiment changé. Il avait toujours ce regard bleu-vert inquisiteur. Pour le reste, il avait pris au moins vingt ans.

– Vous devriez entrer, maître, dit-il avec un sourire. Nous n'avons pas beaucoup de temps.

Je pénétrai dans l'appartement. C'était en fait un studio, aux murs recouverts de peintures chaudes. Quelques étagères, une télévision et un canapé remplissaient l'espace. Une grande baie vitrée donnait sur un balcon exposé au sud. Une table basse attira mon regard. Deux piles de revues plus ou moins droites se disputaient la place. Mais ce n'était pas ça qui me surprit le plus.

Au sommet du plus haut tas, le *Dauphiné Libéré* exhibait sa une. Je reconnus sans peine, en médaillon, le portrait de Fathia Driddi. Suivait le titre : « *Meurtre ou accident ?* »

Je frémis.

Brun ferma derrière moi. Il m'invita ensuite à m'asseoir et prit lui-même un tabouret pour me faire face.

De l'index, il désigna le journal.

– Sale histoire, hein ?

Je le regardai sans rien dire. Il me sembla distinguer l'ébauche d'un sourire sur son visage émacié.

– Je vous sers quelque chose à boire ? dit-il enfin.

Je secouai la tête et décidai de prendre l'initiative.

– Qu'est-ce que vous voulez de moi ? demandai-je d'une voix sèche.

Il me regarda avec surprise et fit une moue peinée.

– Maître, après toutes ces années, vous auriez pu au moins prendre des nouvelles de ma santé ! Comme vous pouvez le constater, les traitements médicaux ne m'ont pas valu grand-chose.

Je l'interrompis.

– Ta santé, je m'en fous. J'veux juste savoir ce que tu as à tourner autour de moi depuis deux jours.

Son visage se ferma et prit une expression dure.

– Vous avez raison, maître, dit-il.

Il regarda sa montre.

– D'autant plus que nous n'avons pas plus de... Voyons, si mes calculs sont bons, la police devrait être ici dans une dizaine de minutes.

Je manquai de m'étrangler et bondis sur mes pieds.

– La police ! m'égosillai-je, incrédule. T'as appelé les flics ?

Brun leva les deux mains en signe d'apaisement.

– Nous avons une bonne dizaine de minutes, peut-être même un peu plus avant leur arrivée. Cela suffit largement.

Il me regarda avec commisération.

– Ne soyez pas abattu, maître. Ce n'est qu'une simple précaution. Ça vous évite toute mauvaise tentation. Vous savez bien que j'ai horreur de la violence.

Je le fixai avec colère.

– Tu veux quoi ?

– Ma réhabilitation, laissa-t-il tomber.

Je plissai les yeux. Nous y étions.

– Impossible ! dis-je.

Il ricana et secoua la tête.

– Tss, tss, maître ! Je vous reconnais bien là. Toujours des idées arrêtées !

– Ce ne sont pas des idées arrêtées. C'est impossible !

– Je suppose que vous savez ce que vous dites ? répliqua-t-il.

Je hochai la tête.

– Un : pour rouvrir le dossier, il faudrait des éléments nouveaux. Sans cela, aucun procureur n'acceptera de remettre cent balles dans la machine. Deux : je n'ai pas plaidé depuis des années et je n'ai pas l'intention de m'y remettre.

Soudain, je repensai aux deux types qui étaient passés me voir. Je les avais oubliés ceux-là.

– Et c'est pas en m'envoyant tes deux connards que tu me feras changer d'avis, poursuivis-je.

Je crus distinguer une lueur de surprise dans ses yeux. L'impression avait cependant été fugace. Il enchaîna, toujours avec le sourire.

– Je ne vous demande pas de plaider, maître. Vous avez déjà été assez pitoyable dans ce rôle-là. Mais, voyez-vous, vous êtes en ce moment même recherché pour le meurtre d'une jeune femme. En deux mots, vous êtes en cavale. Et aujourd'hui, je suis le seul à savoir que vous n'êtes pour rien dans cette triste affaire… Vous me suivez ?

Le brouillard commençait à se dissiper. Enfin, à peine.

– Comment tu vois les choses ?

Il se leva et alla à sa fenêtre.

– C'est bon. Nous avons encore quelques minutes.

Puis il fit demi-tour et revint se planter devant moi.

– C'est donnant, donnant, dit-il lentement. Vous faites ce que je vous demande et je vous tire d'affaire.

Je me passai les mains sur le visage.

– Vous n'avez pas le choix, maître, poursuivit-il.

Je commençais à croire qu'il avait raison. Ce salopard me faisait chanter. Dans la position où j'étais, je n'avais pas d'alternative. De plus, il avait pris toutes les précautions possibles et il ne me laissait aucune marge de manœuvre.

– C'est toi qui as tué la fille ? demandai-je brusquement.

Il balaya ma question du revers de la main.

– Cela n'a aucune importance, dit-il. Voilà comment nous allons procéder. Là, maintenant, nous n'avons plus beaucoup de temps. Les policiers savent que vous êtes ici parce que je leur ai dit et ils ne vont pas tarder à rappliquer. Seulement, j'ai encore pas mal de choses à vous dire.

Il se tut. Je perçus au loin les sirènes des flics et je me levai d'un bond. Cela fit rire Brun. Je le regardai avec horreur. J'avais envie de le frapper. Il s'en rendit compte et son visage se durcit.

– Dans trois quarts d'heure, maître, je vous retrouve *Au temps des amis*. Vous connaissez ?

C'était un bistrot, place Vaucanson, dans le centre de Grenoble. Je hochai la tête. Trois quarts d'heure. C'était un peu plus qu'il ne m'en fallait pour y arriver.

La sirène s'approchait. J'attrapai mon casque et je m'élançai dans le couloir. J'ouvris la porte à la volée et me précipitai dans les escaliers. Je dévalai les marches deux à deux. Au rez-de-chaussée, je bondis hors de l'immeuble. Je détachai la Vespa. Je démarrai au quart de tour et je filai sur la nationale.

Je croisai les flics, une vingtaine de mètres plus loin. Je les laissai passer. Puis je m'arrêtai pour vérifier une chose.

Ils garèrent leur véhicule en travers du trottoir, en face de l'immeuble de Brun. Deux types en uniformes surgirent hors de la voiture et se ruèrent dans le hall.

Je levai les yeux.

Brun était à sa fenêtre.

Il me fit un petit signe de la main.

Sa réhabilitation ! Cette espèce de trou du cul voulait sa réhabilitation ! Et pour ça, il me tenait par les couilles. Deux baffes dans la tronche et je lui aurais réglé son cas. Ça aurait été facile.

Et stupide.

Il avait prétendu avoir les moyens de me tirer d'affaire. C'est donc qu'il en savait assez sur le meurtre de Fathia Driddi pour me disculper tout à fait.

D'autre part, plus j'y pensais, moins je le voyais comme meurtrier. Il était peut-être capable de concevoir un crime mais pas de le réaliser. Il était devenu trop faible. Physiquement s'entend. Ses années d'internement l'avaient transformé en une sorte d'ombre de lui-même. Un type aussi fragile ne pouvait pas exécuter une fille et la faire cramer dans sa voiture. Et Fathia Driddi était en pleine forme, j'étais bien placé pour le savoir. Elle se serait débarrassée de lui sans aucune difficulté.

Par contre, il savait quelque chose. Du moins, il le prétendait.

Je garai la Vespa à proximité du lycée Champollion. Je préférai finir à pied. Le bar *Au temps des amis* faisait l'angle avec la rue Casimir-Perrier. C'était une brasserie au décor branché. Il était encore tôt et les clients étaient peu nombreux. Les deux barmen, accoudés sur leur zinc, semblaient s'ennuyer ferme. Je poussai la porte vitrée. Ils me jetèrent un coup d'œil torve et hochèrent à peine la tête.

Henri Brun n'était pas encore arrivé. Je pris place à une table près de la baie et je commandai une pression.

Il était dix heures. À onze heures, quatre chopes encombraient ma table. Je commençais à me demander si Brun ne s'était pas foutu de ma gueule.

Puis je le vis arriver. Il m'aperçut à peu près en même temps et se dirigea droit vers le bar. Il pénétra dans l'établissement, salua les garçons de salle et prit place à ma table.

– Je vous prie d'excuser mon retard, maître, mais j'avais une ou deux petites choses à régler avec ces messieurs de la police.

Je fis une grimace.

Il se retourna soudain et leva une main en l'air.

– Un thé avec une rondelle de citron, s'il vous plaît ! lança-t-il en direction des serveurs.

L'un d'eux hocha la tête.

Brun me fit alors face. Un large sourire fendait son visage. Il croisa ses doigts maigres sur la table.

– Bien, dit-il, voilà comment nous allons procéder…

– Une seconde, l'interrompis-je. Je ne vois pas pourquoi j'accepterais tes conditions.

Il me regarda avec commisération.

– Vous savez ce que c'est une cavale, maître ? Oui ? Non ? Vous croyez savoir peut-être ? Hé bien, c'est encore largement pire que le pire que vous pouvez imaginer. Vous allez tout perdre. Absolument tout. Vous n'avez déjà plus grand-chose, mais même le peu que vous possédez... ça ne tiendra pas trois jours.

Je levai une main.

– Stop. Arrête ton baratin, tu te fatigues pour rien, dis-je sur un ton que j'aurais voulu plus ferme. Je ne suis pas un ado qu'on impressionne comme ça, d'accord ? Tu m'as dit que tu pouvais me sortir du pétrin, ok. Maintenant je veux savoir comment.

Le barman arriva avec une tasse fumante, une soucoupe et une rondelle de citron. Il posa le tout sur la table sans oublier la note. Brun attendit son départ.

– Maître, vous n'avez pas l'air de vous en rendre compte, mais vous n'êtes pas en position d'exiger quoi que ce soit, dit-il d'un ton sec. Vous êtes le meurtrier de cette pauvre fille... du moins pour la police. Et je peux vous assurer qu'ils ne lâchent pas facilement leur proie.

Je savais qu'il parlait en connaissance de cause et, malgré moi, je commençais à douter de mes chances de m'en sortir tout seul.

– Qu'est-ce que j'ai comme garantie ?

Il ricana.

– Aucune ! Vous n'avez aucune garantie. À part ma parole, bien sûr.

Je secouai la tête. Ça faisait vraiment foireux. Je me tournai alors vers un des serveurs et désignai une des chopes posées sur la table. Le gars comprit et me prépara une pression.

– Tu me proposes quoi, alors ? demandai-je à Brun.

Il grimaça un sourire.

– Procédons par ordre, dit-il d'un ton docte. À partir de maintenant, nous ne nous verrons plus. Nous allons communiquer uniquement par messages électroniques.

Je sursautai.

– Ah ouais ? fis-je. Et je fais comment, moi ?

– Cybercafé. Il y en a de plus en plus en ville. Je vous laisse le choix, maître. Dans n'importe lequel de ces établissements, vous pouvez ouvrir un compte de messagerie.

Il fouilla dans une poche et en sortit un papier froissé.

– Voici mon adresse électronique, poursuivit-il. Dès que vous avez ouvert votre compte, vous m'envoyez un mail. Je vous répondrai aussitôt et je vous donnerai les premières instructions.

– Et si je refuse ?

Il me jeta un regard navré.

– Vous n'êtes vraiment pas raisonnable, maître. Seul, vous n'avez aucune chance.

Sa suffisance m'horripilait. Je le fixai droit dans les yeux. J'avais envie de le frapper, de lui faire ravaler sa morgue à coups de poing dans la gueule.

– Va te faire foutre, sifflai-je d'une voix tremblante.

Il soutint mon regard sans ciller. Je me demandai même si je n'avais pas perçu dans sa pupille comme une sorte de jouissance.

Je le plantai là et je me barrai. J'en avais assez vu et entendu pour aujourd'hui. Ce salopard voulait jouer avec moi et je ne me sentais pas d'humeur badine. Je me démerderais seul.

Chapitre 6

Je fis ma première connerie en sortant du bar.

Il était près de midi. J'aurais dû embaucher à onze heures à « Pizza Presto ». Je récupérai ma Vespa et je filai cours Jean-Jaurès. Je n'avais pas l'intention de bosser bien sûr, mais je voulais voir le patron. Je lui avais déjà fait faux bond la veille et réitérer cette indélicatesse ne me semblait pas très diplomatique. Sans compter que c'était le genre de type dont je pourrais avoir besoin.

Je me garai en face de la boîte. Après avoir cadenassé la bécane, je traversai le trottoir. Ahmed était à son comptoir.

À ma vue, il parut étonné.

D'instinct, je ralentis. Je me trouvais au beau milieu du cours Jean-Jaurès. Des rangées d'espèces de plots rouges et blancs délimitaient, sur toute la longueur de l'avenue, une sorte de no man's land sur le tracé de la future ligne du tram. J'y étais à l'abri des voitures. Je m'arrêtai pour mieux observer la boutique.

Je distinguai Ahmed. Il me tournait le dos maintenant. Il faisait de grands gestes avec les mains. Il parlait.

Devant « Pizza presto », l'emplacement des scooters était vide. Les gars devaient tous être en train de bosser.

Le patron devait parler avec un client.

Je franchis les plots et j'attendis un creux dans la circulation pour traverser. Je regardai l'enseigne de la boutique. Le nom était écrit en jaune sur fond rouge avec en dessous la devise en italique. Un peu nulle d'ailleurs comme devise. Mais au moins, elle avait le mérite d'être claire. « *Restez chez vous, on s'occupe de tout* ».

Soudain, je me figeai.

Un client ?

Les clients ne venaient jamais à « Pizza Presto ». Ici on ne faisait que des livraisons à domicile.

C'était un putain de flic, oui.

Je fis volte-face et traversai l'avenue dans l'autre sens. Le cœur battant, je détachai la Vespa et démarrai comme un fou.

Je repensai aux paroles de Brun. Il m'avait mis en garde, l'enfoiré. Une cavale, c'est la galère.

Je roulai jusqu'au parc Paul-Mistral. Ou plutôt ce qu'il en restait. Au plus haut niveau de la ville, la décision avait été prise de construire un stade de foot à la place du plus grand parc de Grenoble. Je m'arrêtai sous les platanes du parking pour réfléchir. Si les flics étaient allés chez mon employeur, ils devaient être aussi passés partout où j'avais l'habitude d'aller. Le camping, les commerces de Seyssins, le Shrek..., mon ex ! J'imaginai ma gamine devant un flic et je laissai échapper un juron à voix haute.

Il y avait une cabine téléphonique sur le trottoir en face. Je m'y rendis et composai le numéro de Sandrine.

– Allô ?

– C'est moi, dis-je.

Il y eut un silence.

– Salut Nathalie ! s'exclama-t-elle enfin d'une voix enjouée. Tu vas bien ?

Je fis une grimace. Les flics étaient chez elle et elle ne pouvait pas me parler librement. Elle ne me détestait donc pas assez pour me balancer aux poulets.

– Tu as de la visite, je suppose ? demandai-je.

– C'est tout à fait ça, poursuivit-elle sur le même ton. Ça ne t'embête pas de me rappeler dans la soirée plutôt ?

Je raccrochai et me passai les mains sur la figure. Ma situation ne s'arrangeait pas. Je restai prostré, quelques instants, puis je relevai la tête.

Je décidai d'aller chez Fathia. Le type du Shrek m'avait dit qu'elle habitait à Fontaine, au deuxième étage d'un petit immeuble situé en face de la piscine. Après avoir traversé à nouveau, je décrochai la Vespa et je filai.

Je ne mis pas plus d'une vingtaine de minutes pour parvenir au stade Léon-Blum. Le complexe sportif regroupait, en plus de la piscine, un gymnase, des pistes d'athlétisme et des terrains de foot et de rugby. Une haie et un grillage séparaient l'ensemble de la rue. De l'autre côté, de petits immeubles à trois ou quatre étages s'alignaient à n'en plus finir.

Je me garai au milieu des voitures sur le parking du stade et je continuai à pied. À première vue, il n'y avait pas de voiture de flics. Cela dit, des policiers en civil pouvaient utiliser des véhicules banalisés.

Le type n'avait pas su me donner le numéro exact de l'immeuble. Il avait suivi la fille jusque-là et s'était contenté de repérer le quartier. C'était déjà ça, même si ça ne me simplifiait pas la tâche.

Je rentrai dans le premier hall et je regardai les noms sur les boîtes aux lettres. Ce n'était pas là. Je ressortis et je fis de même dans l'entrée suivante. À ma troisième tentative, je trouvai ce que je cherchais. Fathia Driddi logeait au deuxième étage. Le gars ne s'était pas trompé. Il avait dû voir des lumières s'allumer après l'arrivée de la fille et en avait tiré les bonnes conclusions.

Je prêtai l'oreille.

Aucun bruit.

Je montai les escaliers en silence et je parvins sans encombre au second. Les portes des quatre appartements du palier étaient fermées. Celui de Fathia se trouvait au fond. Il n'y avait pas de scellés en condamnant l'accès.

Cela signifiait une chose : les flics étaient encore sur place. Je m'approchai et collai l'oreille contre la porte. Je perçus des bruits de voix. J'avais vu juste.

Je fis demi-tour sans tarder et je dévalai les escaliers en jurant.

Les cognes n'allaient pas passer la nuit là. Je reviendrai plus tard. En attendant, ce n'était pas la peine de traîner dans le quartier. Je me barrai en vitesse.

J'étais coincé. Chaque minute, de nouveaux murs se dressaient devant moi et m'enfermaient dans un cul-de-sac. Peu à peu, mes marges de manœuvre s'amenuisaient et les faits confirmaient de plus en plus les paroles de Brun. La jauge de la Vespa se mit à clignoter. Je n'avais plus d'essence. Je passai à une station-service pour faire le plein et je payai en espèces. Ça aussi, ça allait vite devenir un problème. Je ne pouvais désormais plus payer ni en chèque ni avec la carte. Je serais ainsi trop facilement repérable. Je devais donc tout régler en liquide. Jojo m'avait laissé trois cents euros. Et ça, ça n'allait pas durer éternellement.

Je retournai en ville. Je planquai la Vespa avenue Alsace-Lorraine, dans la cour intérieure d'un immeuble. J'avais l'habitude de la laisser là lors de mes virées nocturnes. Je m'accroupis et cadenassai avec soin ma bécane à la gouttière.

Je sentis une présence avant même de me relever.

– Salut maître !

Je me retournai d'un bond.

Je reconnus d'abord le Lupara. Puis la trogne rasée de Dédé. Et enfin la tronche de premier de la classe de Perrier. Je les dominais d'une tête.

– Tu avais raison Dédé, c'était bien lui, dit le binoclard.

L'autre fit un sourire.

– J'te l'avais dit qu'j'avais reconnu sa chiotte.

Je les toisai et croisai les bras sur ma poitrine.

– Vous cherchez quoi tous les deux ?

Perrier fit une moue.

– Maître, vous n'êtes pas raisonnable. Nous vous avons fait une proposition, hier...

– Allez vous faire foutre tous les deux, sifflai-je.

Je n'eus pas le temps d'ajouter autre chose. La crosse du fusil me cueillit au foie. Je me pliai en deux et tombai à genoux, le souffle coupé, les deux mains sur le ventre.

Dédé me saisit par les cheveux et me bascula la tête en arrière. Je sentis le canon froid du Lupara sur mon front. Perrier se pencha vers moi.

– Nous sommes passés à votre... bungalow, dit-il sur un ton méprisant. Évidemment vous n'y étiez pas. J'ai contacté alors mon patron qui, dans son extrême bonté, vous accorde un délai supplémentaire de réflexion.

Il se releva et fit signe à Dédé. Celui-ci me relâcha.

– Vous avez vingt-quatre heures pour vous décider, laissa-t-il tomber. Et après...

Je plissai les yeux.

– Après... Votre ex-épouse demeure toujours cours Berriat, n'est-ce pas ?

– Espèce de salaud !

Dédé se mit à rire. Il dissimula son arme sous son blouson et les deux hommes partirent sans ajouter un mot. Ça n'aurait pas été nécessaire. J'avais compris la leçon.

Je me levai.

Il disait quoi, déjà, Brun ? Que j'allais en chier, tout seul ? Je ricanai. Il ne m'avait pas fallu longtemps pour m'en rendre compte.

Je sortis dans l'avenue et me dirigeai vers la place Vaucanson. Il y avait là, en face du bar *Au temps des amis*, un cybercafé, *L'Argonaute*.

Je n'avais jamais mis les pieds dans un bistrot pareil. Une bonne moitié de la salle était occupée par des PC. Il y avait une dizaine de postes, tous occupés par des jeunes pour l'essentiel. Je commandai un demi et demandai au serveur comment ça fonctionnait.

– Ce n'est pas compliqué, dit-il avec un sourire. Vous prenez un forfait, je vous donne un mot de passe et dès qu'un poste se libère, vous pouvez y aller.

– Et pour ouvrir une messagerie ?

– Un logiciel de messagerie est installé, vous n'avez qu'à vous inscrire et vous aurez votre adresse.

Je hochai la tête. Je réglai la boisson ainsi qu'une heure de forfait et demandai au barman s'il pourrait me filer un coup de main. Il rit.

– Ne vous faites pas de souci, j'ai l'habitude. Je vous montrerai tout ça.

Je sirotai ma bière en attendant. Bientôt, un étudiant aux longs cheveux libéra son poste. J'interrogeai le serveur du regard. Il opina du chef.

– J'arrive tout de suite, dit-il.

Je m'installai devant l'ordinateur. Le type arriva presque aussitôt et m'expliqua tout avec patience. Je le remerciai et le laissai retourner à son bar avant d'envoyer mon premier mail à Henri Brun.

« *Je t'écoute. Téo Lambert* ».

C'était laconique mais je n'avais pas envie de faire de grands discours. Quelques petites minutes plus tard, la réponse me parvint.

« Comme je vous l'ai dit, c'est donnant, donnant. Vous m'aidez et je vous mets sur la bonne piste. Si vous m'envoyez ce mail, c'est que vous êtes d'accord avec mon marché… ou que vous n'avez plus le choix ! Voici donc ce que vous allez faire : vous avez une personne à voir aujourd'hui, Norbert Viala. C'est l'ancien concierge de l'immeuble où j'habitais avant le meurtre d'Abdallah Braïm. Il habite rue de la Bajatière, une petite maison avec des volets métalliques bleus. Il a des choses à vous dire sur ce qu'il faisait le soir du crime. Vous devriez pouvoir le faire parler sans problème. Communiquez-moi vos informations par mail dès que possible et je vous donne un tuyau. »

Je notai le nom du type et son adresse avant de fermer ma messagerie. Je me souvenais vaguement de Norbert Viala. C'était le genre beauf vieillissant pas très futé. À l'époque, Brun l'avait déjà accusé d'en savoir plus qu'il ne le disait. J'avais mis ça sur le compte d'une stratégie de défense foireuse. Bien sûr, personne ne l'avait écouté. Par contre, remettre cent balles dans la machine dix ans après posait question. Ou Henri Brun était devenu obsessionnel à un point invraisemblable ou bien il avait toujours dit, et il disait encore, la vérité.

J'avais le front soucieux en sortant de l'*Argonaute*.

Je regardai ma montre : quatorze heures. Les flics devaient encore se trouver chez Fathia Driddi. Ce n'était donc pas la peine de m'y rendre à nouveau. J'avais le temps de passer chez Viala et lui coller quelques baffes. Après quoi, j'enverrais les fruits de ma récolte à Brun et je verrais bien ce qu'il avait à me proposer en échange.

Je pensais à une sorte de test. Brun savait de quoi il retournait. Il voulait juste s'assurer ma coopération avant de me lâcher un tuyau.

S'il en avait un !

Et ça, je n'avais aucun moyen de m'en assurer avant de l'avoir reçu et vérifié.

Avant tout, j'avais quelque chose à faire. Je rentrai dans une cabine téléphonique et composai le numéro de Sandrine. Elle répondit après deux sonneries.

– C'est encore moi, lui dis-je.

Elle se mit aussitôt à hurler.

– Qu'est-ce que c'est que ce bordel ? Je viens de passer deux heures avec les flics ! Tu te rends compte ? Héloïse est en larmes dans sa chambre ! Qu'est-ce que tu as fait comme connerie encore ?

Je la laissai brailler pendant un moment. Elle avait dû être sous pression et mon coup de fil faisait péter les soupapes.

– Sandrine ? me hasardai-je enfin.

– Oui, répondit-elle d'une voix tremblante.

– Il faut que tu me fasses confiance...

Je l'entendis ricaner.

– Écoute-moi, poursuivis-je, je n'ai fait aucune connerie, je te le jure...

– Tu me le jures ? piailla-t-elle.

– Je te le jure.

– Foutaises !

– Sandrine, tu dois me croire, je ne te raconte pas des salades.

J'essayais d'avoir un ton sincère et convaincant.

– C'est quoi cette histoire de fille dans une voiture ?

À nouveau, sa voix était montée d'un cran. Je me mordis les lèvres. Elle savait quoi, exactement ? Je décidai de jouer cartes sur table. Ou presque.

– Bien, écoute-moi. J'ai rencontré une fille dans un bar. Le lendemain elle a été retrouvée carbonisée dans sa voiture et les flics sont persuadés que c'est moi qui l'ai butée. Voilà, c'est tout.

– Et c'est pour ça que tu t'es sauvé ?

Je soupirai. Je n'avais pas envie de lui raconter l'histoire de la capote usagée. Je biaisai.

– Je crois que c'est un coup monté. Quelqu'un essaye de me faire plonger et a tout mis en scène. Putain, je n'ai tué personne !

– Ce n'est pas possible !

– Quoi donc ?

– Que tu te mettes dans un merdier pareil !

Je ne répondis rien. Le plus difficile était à venir.

– Ce n'est pas tout, dis-je enfin.

– Comment ça ?

Je notai comme une pointe d'angoisse dans sa voix. Je me raclai la gorge.

– Voilà. J'ai deux types qui me collent au cul depuis hier.

– Oui ?

– Ils sont armés et dangereux.

– Et alors ?

– Ils savent où tu habites avec la petite.

– …

– Sandrine ?

– Tu dis ça pour me flanquer la trouille, hein ? C'est ça ?

– Sandrine…

– C'est pas vrai ! T'as pas fait ça ?

– Attends ! Ne t'emballe pas ! Ces types sont bien renseignés et ils n'ont pas eu besoin de moi pour l'être !

– Qu'est-ce qu'ils veulent ? En quoi ça me concerne ? me coupa-t-elle.

– Ce n'est pas à toi qu'ils en veulent, mais à moi. Ils bossent pour un type qui veut me faire travailler pour lui.

– Bon ! C'est très bien tout ça ! dit-elle d'une voix haut perchée. Comme ça, tu as un boulot et moi ils me fichent la paix, non ?

– Non.

– Non ?

– Ce n'est pas la peine d'y penser. Ils veulent me faire rempiler comme avocat et ça, c'est niet !

– Téo ! Tu te rends compte de ce que tu es en train de me dire ? Des types risquent de nous faire du mal, à notre fille et à moi, juste parce que tu ne veux pas travailler pour eux ?

– C'est à peu près ça, oui.

Il y eut un silence.

– Hé bien, dit-elle lentement, tu vas aller les trouver et tu vas accepter leur proposition. N'est-ce pas, Téo ?

Je soupirai.

– Sandrine, il faut que tu te caches.

– Quoi ? hurla-t-elle. C'est hors de question !

– Tes parents ont toujours leur maison de campagne dans le Morbihan ?

– Téo, putain !

– Alors tu fais tes bagages et tu pars le plus vite possible.

– Téo !

– Le plus vite possible, merde ! Tu piges que ce n'est pas une plaisanterie ?

Cette fois, c'était moi qui craquais. Avec elle, les discussions n'en finissaient jamais. Il fallait justifier un truc, et puis un autre et le lendemain on en était toujours au même point.

Je raccrochai.

Je n'avais pas d'autre choix. C'était le seul moyen de la faire réagir.

Du moins j'y comptais bien !

Elle allait crier, m'insulter, sans doute pleurer. Mais j'espérais ainsi la pousser à se tirer à toute vitesse.

Je sortis de la cabine un peu secoué tout de même. Je respirai un grand coup. De la place de Vaucanson, il fallait une bonne vingtaine de minutes pour parvenir à la rue de la Bajatière. Je décidai d'y aller à pied. D'une part, il me fallait économiser le carburant de la Vespa, et d'autre part, j'avais besoin de prendre l'air. De m'oxygéner. Même si à Grenoble ça peut paraître bizarre l'idée de s'oxygéner en ville.

En chemin, je repensai aux deux types. Ma première idée avait été qu'ils bossaient pour Brun. Pourtant, ils ne l'avaient pas cité une seule fois. Leur patron voulait pour l'instant garder l'anonymat, m'avaient-ils affirmé.

Ça ne voulait rien dire. Henri Brun était tout à fait capable de me mettre la pression de cette façon. Surtout, je ne voyais pas qui ça pouvait être d'autre !

Lui, il avait besoin de moi. Pour sa réhabilitation. Il avait tout perdu à la suite de son procès et il voulait au moins retrouver son honneur.

Mais le plus drôle dans l'histoire, c'est que, moi aussi, j'avais besoin de lui. En tout cas, il voulait me le faire croire. Cet enfoiré prétendait savoir assez de choses sur Fathia Driddi pour me tirer d'affaire.

Je me rappelai l'avoir aperçu la veille du meurtre, en face de l'ancien palais de justice. Ce n'était pas un hasard, ça ! Il suivait qui alors, la fille ou moi ? Et comme il n'y avait aucune raison pour qu'il suive la fille…

Tout en marchant, je secouai la tête. Cela ne servait à rien de spéculer sur des trucs flous. J'avais intérêt plutôt à attendre. Henri Brun devait, le soir même, me filer un premier tuyau. Je verrai bien à ce moment-là.

J'étais encore plongé dans mes pensées lorsque je parvins rue de la Bajatière. C'était une ruelle bordée de maisons individuelles et d'un garage automobile. Je repérai rapidement les volets bleus. Le nom sur la boîte était le bon. Je sonnai.

Presque aussitôt, un rideau de fenêtre s'écarta. Un reflet sur la vitre m'empêcha pourtant de distinguer quoi que ce soit.

Le rideau se referma.

Je n'attendis pas longtemps. Bientôt la porte s'ouvrit. Une silhouette apparut.

– Ouais ? cria une voix éraillée.

– Norbert Viala ?

– Ouais, c'est pour quoi ?

– Je peux entrer ?

– Qu'est-ce que vous voulez ?

Je jetai un coup d'œil à la serrure du portail. Elle n'était pas fermée à clef. Je regardai à droite et à gauche. La rue était déserte.

Je n'hésitai pas.

Je me ruai dans le jardin et grimpai les trois marches du perron. Le type eut juste le temps d'avoir un hoquet de surprise. Je le chopai par le col et le poussai à l'intérieur. D'un coup de pied, je fermai la porte derrière moi.

Viala s'était étalé par terre et ouvrait des yeux grands comme des soucoupes.

– Putain, vous voulez quoi ? couina-t-il.

Je lui collai un coup de pied dans les jambes.

– Ta gueule.

Il fit une grimace de douleur.

– Lève-toi, ordonnai-je.

L'homme se mit sur ses pieds en gémissant. Il dut lever la tête pour me regarder.

En dix ans, il avait pris un coup de vieux. Il avait un peu grossi et accusait maintenant une bonne cinquantaine d'années, si mes comptes étaient justes. De petite taille, il avait un visage en forme de poire surmonté d'une maigre chevelure grisonnante. Ses yeux, ronds comme des billes, avaient perdu leur éclat. Il arborait un marcel constellé de taches de graisses et un pantalon de travail bleu.

D'un geste du menton, je désignai une porte ouverte.

– Entre !

Il obéit sans discuter et nous entrâmes dans sa cuisine. La pièce donnait sur la rue. Elle était équipée de meubles en Formica bon marché. Il avait dû dégotter ça dans une trocante quelconque. C'était le genre de trucs introuvables dans les magasins de meubles aujourd'hui.

– Assieds-toi, dis-je.

Il prit place sur une chaise. Il y en avait deux autour d'une table rectangulaire. Je m'installai en face de lui et posai les deux mains à plat.

Il me regardait avec insistance. Mon visage lui disait bien quelque chose mais il ne parvenait apparemment pas à mettre un nom dessus. Je l'aidai.

– Affaire Brun, cour d'assises de Grenoble.

Il écarquilla les yeux.

– Merde ! dit-il.

Je le dévisageai avec froideur.

– Comme tu dis.

– Qu'est-ce que vous voulez ?

Il avait répondu trop vite. Il avait peur mais pas encore assez. Je décidai de le mettre en condition. La première baffe lui fit tourner la tête vers la droite. Juste dans l'axe de ma main gauche. La seconde lui péta le nez. Le sang se mit aussitôt à couler avec abondance. Il pencha la tête en avant et se mit les deux mains en protection sur le visage.

J'attrapai un torchon sale posé sur la table et le poussai vers lui. Il s'en saisit et épongea le sang. Je reposai mes mains à plat. Il eut un brusque geste de recul.

– Mais qu'est-ce que vous voulez, merde ? dit-il d'une voix tremblante.

Maintenant, il était presque mûr. Et il m'avait reconnu. Cette fois, j'en étais sûr.

– Une histoire.

– Une histoire ? demanda-t-il incrédule.

– Je veux que tu me racontes ce qui s'est exactement passé, le 10 octobre 1992, la nuit où Abdallah Braïm est mort.

Le type secoua la tête.

– Putain, c'est pas vrai ! dit-il.

Je levai une main. Il se protégea le visage à toute vitesse et me jeta un regard servile.

– Merde, mais c'est de l'histoire ancienne tout ça, non ? Qu'est-ce que ça peut foutre aujourd'hui ? gémit-il.

Je me levai et allai prendre une bouteille de vin posée sur un meuble. Je l'attrapai par le goulot et la brisai d'un geste brusque. Viala sursauta. Le pinard gicla dans la pièce et les morceaux de verre se répandirent au sol.

– Hé ! brailla-t-il.

En un bond je fus sur lui. Je le saisis par les cheveux et lui basculai la tête en arrière. Puis je promenai le tesson de bouteille sur sa gorge.

Je me penchai sur son oreille.

– Tu vois, espèce d'enculé, pour moi c'est important, chuchotai-je. C'est tout ce que tu as à savoir. Alors tu parles… ou je te tranche la gorge.

Je sentis le type se liquéfier. J'espérais juste qu'il n'allait pas se chier dessus.

– Je vais parler…, bégaya-t-il, je vais parler.

Je ne relâchai pas ma pression.

– C'est moi qui l'ai tué !

– Abdallah ?

– Oui, le bougnoule ! Putain, c'est moi qui l'ai buté, j'vous jure !

Ce n'était pas nécessaire. Je le croyais sur parole cette fois.

Henri Brun avait donc dit la vérité depuis le début. Une colère froide me prit. J'appuyai un peu plus le tesson sur sa gorge. Le verre pénétra d'un petit millimètre dans sa peau et le sang coula.

– Comment ça s'est passé ?

– Quoi ?

– Raconte-moi comment ça s'est passé ! Comment t'as tué Abdallah Braïm ?

Il déglutit et le verre tailla la peau un peu plus.

– C'était le soir, hoqueta-t-il. Je devais rencontrer le bougnoule dans la cave.

– Pour quoi faire ?

– La dope. Je lui revendais de la dope. À lui et à quelques jeunes du quartier.

– Et alors ?

– Ça s'est mal passé. Il me devait de l'argent et il ne pouvait pas me payer. Alors, j'ai voulu lui donner une leçon. Je l'ai frappé et il est tombé sur un pilier en béton.

Il se tut.

– C'est tout ? demandai-je.

Il soupira.

– Après, je suis monté chez Brun. Je savais qu'il était pas là.

Je secouai la tête.

– T'es rentré chez lui ? demandai-je incrédule.

– Ouais. Les locataires me laissaient souvent un jeu de clefs pour que j'arrose leurs plantes pendant les vacances. Après, ça a été facile. Je lui ai piqué quelques fringues et je les ai tachées avec le sang du gnoule. Et puis je les ai planquées dans une poubelle. Je savais que les flics les trouveraient là.

L'enfoiré. Il avait fait ce qu'il fallait pour faire accuser Brun. Il avait dû prendre le temps de faire disparaître toute trace pouvant l'incriminer et il avait fait porter le chapeau à un pauvre gars.

– Pourquoi Brun ?

Il ricana.

– On savait tous qu'il avait déjà eu des problèmes avec les jeunes du quartier. Il s'était même battu avec un gars une fois. Je ne pouvais pas trouver mieux.

– Pourquoi il n'était pas chez lui ?

Viala ne répondit pas. J'appuyai un peu plus.

– Hé ! Il était où Brun ?

– Non. Je… je ne vous dirai plus rien maintenant. Vous pouvez me tuer si vous voulez, articula-t-il d'une voix blanche.

J'augmentai la pression. À ma surprise, il se laissa faire. Si je continuais, il allait se laisser trancher la gorge sans réagir. Et ce n'était pas par courage. Mais par trouille. Il y avait autre chose. Je le sentais.

Je retirai le tesson et revins en face de lui.

– Je te laisse dix heures pour te remettre et réfléchir. Après, je reviens et tu me déballes tout ou je t'allume sérieux.

Il ne broncha pas. Son regard fixait un point invisible à des années-lumière de sa cuisine. J'eus un doute. Je lui saisis l'épaule et le secouai.

– Hé connard ! T'as pigé ?

Il ne bougea pas.

– Hé ! Tu m'entends, bordel de merde !

Il leva lentement les yeux vers moi et hocha à peine la tête.

Je n'en tirerais plus rien.

Je dus me contenter de cette réponse et je sortis à reculons.

Chapitre 7

Il était déjà 16 h et je n'avais rien mangé depuis le matin. J'aurais dû avoir l'estomac dans les talons à m'en empêcher de marcher et même de penser. Au lieu de cela, je cavalais presque en quittant la rue de la Bajatière. Je voulais rejoindre l'*Argonaute* le plus vite possible. J'avais hâte de savoir ce que Brun avait dans le ventre. Si ses promesses étaient bidon, je me ferais un plaisir de lui en foutre plein la gueule.

En chemin, je me repassais les dernières paroles de Viala. Il avait tenu bon avec mon tesson prêt à lui ouvrir une deuxième bouche. Je lui avais flanqué les chocottes mais pourtant j'avais senti le moment où une autre trouille plus grande encore s'était imposée.

Quelqu'un d'autre les lui mettait à zéro. Au triple zéro même. Au point de préférer se faire égorger par moi plutôt que de le balancer.

J'arrivai au bar un peu transpirant. Mes cheveux collaient et je commençais à puer. Le serveur fit une drôle de tête en me voyant. Je m'approchai du comptoir. Il m'entraîna dans un coin où personne ne pouvait nous entendre.

– Je suis un petit peu embêté avec vous, dit-il en se grattant la tête.

Je le regardai de travers.

– Ah ouais ?

– Ben voilà, après votre départ, il y a deux types qui sont entrés et qui m'ont posé des questions sur vous.

Je pariai sur Dédé et Perrier. Je lui demandai de me les décrire.

– Un avait des lunettes et une dégaine de secrétaire et l'autre le crâne rasé et une allure pas cool.

– Ils voulaient quoi ?

Le barman se tortilla, mal à l'aise.

– Écoutez, vos histoires ne me regardent pas. Mais vous ne pouvez pas rester ici.

– Tu ne m'as pas répondu, dis-je d'une voix sèche. Ils voulaient quoi, les types ?

Le jeune soupira.

– Ils m'ont demandé d'ouvrir votre messagerie.

– Et tu l'as fait ?

– Merde, mettez-vous à ma place ! Le type au crâne rasé avait une arme !

Il s'était mis à transpirer à grosses gouttes. Dédé avait dû lui filer une chiasse du diable.

– Vous ne voulez pas partir ? gémit-il.

– Ils t'ont dit quoi encore ?

– Merde ! Ils ont dit que vous n'alliez sûrement pas tarder à revenir et que je n'avais pas intérêt à appeler les flics. En tout cas pas avant que vous ne soyez là. Écoutez… s'il y a des embrouilles, moi, je risque ma place.

Je dévisageai le gars. Il ne semblait pas à l'aise dans ses pompes.

– Je prends quel poste ? demandai-je.

Il fit une grimace.

– Écoutez…

– Ta gueule. J'ai payé mon forfait, je l'utilise.

Il voulut ajouter quelque chose mais le regard que je lui lançai le fit changer d'avis.

– Numéro cinq, dit-il.

Je hochai la tête et fonçai sur le PC. Je tapai mon mot de passe. Ma messagerie s'ouvrit. J'entrai l'adresse de Brun et j'écrivis.

« *Où étiez-vous la nuit du 10 octobre 1992 ?* »

Cela devait suffire.

J'envoyai le message.

J'appelai le barman et lui demandai une pression. Il prit ma commande en faisant la gueule. Il revint peu de temps après avec mon verre. Je le réglai et je sirotai ma bière en attendant la réponse.

Cela ne tarda pas.

J'avais à peine fini ma boisson qu'une fenêtre de dialogue s'ouvrit. Je cliquai dessus. C'était Brun.

« *Je vois que Viala a été loquace. Vous semblez avoir un meilleur sens de la persuasion qu'il y a dix ans !!! Chose promise, chose due : allez chez Fathia Driddi. Vous trouverez chez elle des indices qui vous mettront sur une piste. Cependant Viala ne vous a pas tout dit ! Envoyez-moi dans la soirée de nouvelles infos et moi aussi je vous en dirai plus. Bonne chasse !* »

Quel petit enfoiré de première ! Il ne me laissait guère de marge de manœuvre. Je fermai ma messagerie et me levai. Le serveur vint à ma rencontre. Je levai une main.

– C'est bon, je me barre !

Il secoua la tête.

– C'est pas ça, mais j'ai dû appeler les flics. À cause de l'arme… vous comprenez ?

Je le regardai avec surprise. Il s'excusait presque, le petit con !

Je haussai les épaules et je sortis sans me retourner. Je n'avais pas intérêt à traîner dans le coin. Si le jeune m'avait décrit physiquement, les poulets ne mettraient pas longtemps avant de percuter.

Je traversai la place de Vaucanson au pas de charge. Une fois au niveau du lycée Champollion, je ralentis. J'entendis alors les sirènes retentir. Une voiture blanche avec un gyrophare sur le toit passa à toute berzingue sur l'avenue.

Je sifflai. Il était temps !

Je me forçai à marcher d'un pas tranquille et je parvins ainsi avenue Alsace-Lorraine. Après avoir récupéré la Vespa, je fonçai vers Fontaine.

Je me garai à l'entrée du stade et je continuai à pied sur le trottoir opposé aux habitations. Une fois en face de l'immeuble de Fathia Driddi, je m'arrêtai pour scruter la façade. De l'extérieur, rien ne pouvait trahir la présence des flics. Je traversai la rue et grimpai les escaliers en silence. Les flics avaient fini et les scellés étaient posés sur la porte. Je n'hésitai pas. Après avoir jeté un rapide coup d'œil à la ronde, j'ouvris la lourde d'un coup d'épaule. La serrure ne résista pas et les scellés giclèrent. Je m'immobilisai.

Aucun bruit.

Je n'avais pas beaucoup de temps.

Je rentrai dans l'appartement et je refermai derrière moi.

C'était un petit deux pièces-cuisine décoré avec goût. Les papiers peints étaient clairs et les meubles en bois blanc sobres et fonctionnels. La cuisine ressemblait à une cuisine et le salon à un salon. Je fouillai un peu à droite et à gauche sans rien trouver. Les flics n'avaient pas trop laissé de bordel. Ça me simplifiait la tâche. Je passai ensuite dans la chambre. Le lit était large. Très large. Quelques images fugaces flottèrent devant mes yeux. Je me secouai. Ce n'était pas le moment de me laisser aller. Je fouillai ensuite dans une commode recouverte de bibelots. Les deux premiers tiroirs étaient remplis de lingerie.

Et quelle lingerie !

Rien que de la dentelle, du frou-frou, du subjectif, du tendancieux. Il y avait de quoi affoler tous les mâles de la ville. La petite Fathia ne se refusait rien. Et elle aurait eu tort ! Le souvenir de nos acrobaties s'imposa une nouvelle fois à moi. Je me passai les mains sur le visage et fis un effort pour me concentrer.

C'était bien joli, tout ça, mais ça ne m'apprenait pas grand-chose. Fathia aimait le sexe, j'avais déjà pu m'en rendre compte.

Je changeai de pièce et passai à la salle de bains. Deux colonnes en Formica renfermaient du matériel de toilette. Outre une quantité incroyable de produits de beauté, j'y trouvai des piles de draps de bain impeccablement pliés. Dans un coin, une baignoire d'angle prenait une place disproportionnée. Sur l'autre mur, une immense glace surplombait un lavabo en émail rose. Tout était nickel. J'allumai les spots du miroir et je tressaillis.

L'espèce de baraque au teint verdâtre et aux cheveux gras, c'était ma pomme. Je faisais crade, moche, déglingué. Je comprenais pourquoi Viala avait manqué de chier dans son froc de trouille. Dans une sorte de réflexe masochiste, j'approchai mon visage de la glace.

Soudain, mon regard se figea. Je me reculai. Mon haleine avait formé une fine buée sur la surface froide du miroir et avait révélé un drôle de truc. On avait écrit sur la glace. Des tas de fois le même mot : *pute.*

La buée s'estompa et les mots disparurent. Je soufflai à nouveau pour vérifier et je relus la même chose.

J'étais perplexe. On ne s'autoproclame pas *pute* comme ça, tout seul, sans avoir la hargne. Or Fathia Driddi ne m'avait pas semblé être le genre de gonzesse qui baise en se traitant de salope en même temps. J'avais même eu l'impression qu'elle prenait son pied avec une jubilation évidente.

De deux choses l'une : soit c'était quelqu'un d'autre qui avait écrit ça, soit elle avait disjoncté. Or l'écriture était ronde. Pleine de hargne, mais ronde. Une écriture de fille.

Je continuai à fureter à gauche et à droite. Je soulevai les serviettes, tâtai le dessus des meubles, regardai dessous.

Puis, je retournai dans le salon.

De toute façon, les flics avaient fouillé partout avant moi. S'il y avait eu quelque chose de compromettant, ils l'auraient déjà trouvé. À moins qu'il ne s'agisse d'un truc aussi évident que les mots sur le miroir. On passe à côté cinquante fois sans le voir et d'un seul coup il apparaît quand on ne s'y attend pas. Je m'assis sur le canapé et je passai en revue chaque coin et recoin de la pièce.

À ce petit jeu-là, je manquai de patience et ne tardai pas à m'énerver. Je ne savais même pas ce que je cherchais !

Brusquement, je craquai. Je me levai d'un bond et me tirai. De toute façon, j'étais sur place depuis déjà trop longtemps. Un voisin, en voyant les scellés brisés, risquait d'appeler les flics. Ce serait tout de même trop con de me faire coincer ici.

Je dévalai les escaliers et regagnai le hall d'entrée. Avant de sortir dans la rue, je m'arrêtai. La voie était libre. J'avais déjà la main sur la porte mais soudain, j'eus un doute. Les murs étaient couverts de tags. Je repensai alors à l'épisode du miroir. Je revins en arrière et j'entrepris de tout lire.

C'était relevé de chez relevé ! Cul, bite, chatte et autres joyeusetés poétiques avaient fleuri sous la plume inspirée des petits branleurs du quartier. Et puis au milieu de tout ça, je dégottai un petit « *F. la pute* » récurrent. Au moins dix fois par mur.

J'en avais assez vu. Cette fois, je sortis pour de bon et je rejoignis la Vespa. Fathia Driddi, qui baisait comme une déesse, s'autotraite de pute sur son propre miroir de salle de bains. Dans un tiroir, je trouve des tenues à faire damner le Vatican. Les gosses du quartier la désignent sous le nom de *F. la pute.* Bien sûr, ça aurait pu être Françoise la pute, Fabienne, Fabrice ou même Fatima. Mais Fathia la pute, je le sentais bien, tout à coup.

Il suffisait parfois de voir les choses simplement comme elles sont.

Fathia Driddi faisait le plus vieux métier du monde…

Et merde ! J'avais baisé avec une professionnelle et je ne m'étais rendu compte de rien.

Henri Brun le savait. Il m'avait parlé d'indices qui me mettraient sur une piste.

Grenoble n'est pas une grande ville. Il y avait des chances pour que les prostituées se connaissent entre elles. Je décidai d'aller casser une graine dans un bistrot, puis d'attendre que la nuit tombe. J'avais déjà vu des filles tapiner près de la caserne des pompiers. J'irais leur rendre une petite visite.

Je retournai donc au centre. Cette fois, je changeai de cachette pour ma Vespa. Je trouvai un coin tranquille près du jardin de ville. Puis, je rentrai chez un marchand de journaux et achetai le *Dauphiné Libéré.* Aussitôt dehors, j'arrachai la une et je jetai le reste dans une poubelle. Je pliai la page avant de la glisser dans une poche. J'allai ensuite au MacDo de la place Grenette. Je commandai un énorme hamburger, une part de frites et un demi. Je m'installai à une table au fond de la salle, dos au mur et j'avalai mon sandwich. Je regardai ma montre. Il n'était que 18 h. J'avais encore au moins quatre ou cinq plombes à attendre avant de trouver une fille dehors. Je n'allais pas rester là.

Je sortis et me dirigeai vers l'Isère.

Après la place Hubert-Dubedout, je traversai le pont. Je tournai ensuite à gauche et je descendis le long de la rivière par une voie interdite à la circulation. Je passai cette fois sous le pont. Je m'installai dans un coin pas trop crade et j'essayai de dormir.

J'essayai ! Parce que j'avais beau me dire que le temps passerait plus vite en roupillant, j'avais assez de trucs dans ma tête pour me tenir éveillé plusieurs jours d'affilée. Je finis tout de même par m'assoupir.

Une pétarade me réveilla en sursaut sur le coup de 11 h. Quatre ou cinq jeunes, grimpés sur des scooters, me reluquaient, l'œil mauvais. Je devais être sur leur domaine. Je me levai en maugréant et me tirai vite fait. Ce n'était pas le moment de leur chercher des poux. Et puis, vu l'heure, les filles devaient déjà être au boulot.

Je ne me trompai pas. Quatre putes, deux en face de la caserne et deux sur le trottoir opposé, racolaient sans trop de succès. Je me glissai dans l'ombre d'une porte et je les observai. Elles n'étaient pas terribles. Les deux plus proches de moi étaient encore potables. Les autres, franchement moches. De temps à autre, une voiture s'arrêtait et une vitre se baissait. Parfois la fille ouvrait la portière et montait. La plupart du temps, elle revenait à sa place en faisant la tronche.

Je sortis de ma cachette et je m'approchai de la moins laide. Elle sentit ma présence et se tourna vers moi.

Le visage émacié, la chevelure clairsemée, elle arborait une jupe très courte et un chemisier ouvert jusqu'au nombril. Autour de sa bouche, une multitude de petites rides lui donnaient un air dur. Elle esquissa une grimace. Je tentai un sourire.

– Salut.

– Trente euros la pipe, soixante l'amour, dit-elle froidement.

Je fouillai dans mes poches et je sortis ma première page du *Dauphiné Libéré*. Je la dépliai avant de la lui mettre sous le nez.

– Je cherche cette fille, tu la connais ?

Elle jeta à peine un coup d'œil à la photo.

– T'es un flic ?

– Non.

– T'es un détective ou un truc comme ça ?

– Non plus, je cherche cette fille, c'est tout.

Une voiture passa au ralenti devant nous. La pute se pencha et sourit au conducteur. Le véhicule accéléra et fila. La fille se tourna vers moi.

– Tu veux baiser ?

Je secouai la tête.

– Alors casse-toi ! Tu me fais perdre des clients.

Elle s'éloigna de quelques pas. Je la rattrapai.

– Dis-moi si tu connais cette fille et je te fous la paix, c'est pas compliqué !

Elle me regarda droit dans les yeux.

– Connais pas. Salut.

Je me mordis les lèvres. Les autres putes commençaient à nous regarder d'un drôle d'air. La plus proche s'avança vers nous.

– Hé ! Katia ! T'as un problème ?

La fille me tourna le dos et s'avança vers sa copine. J'avais l'air d'un sacré con à me faire snober par une radasse. En deux enjambées, je les avais rejointes. Je me plantai entre elles deux.

– Écoutez-moi les filles, dis-je en brandissant la photo. Je cherche pas les embrouilles. Je ne suis ni flic, ni rien. Je veux juste savoir si vous connaissez cette gonzesse. Vous me répondez et après je vous fous la paix.

La seconde pute jeta un coup d'œil à la photo.

– Merde, s'exclama-t-elle. C'est celle qui s'est fait cramer !

– Tu la connais ? demandai-je pour la quatrième fois.

– Pourquoi je la connaîtrais ? répondit-elle soupçonneuse.

Je soupirai.

– Elle faisait la pute.

– Elle ?

J'opinai du chef.

– Ça m'étonnerait, répliqua la dénommée Katia. Je l'ai jamais vue dans le secteur.

– Moi non plus, ajouta l'autre. En tout cas, elle était pas d'ici.

Les deux filles échangèrent un regard et se turent. Je n'en tirerais plus rien. Je les remerciai et me dirigeai vers leurs copines, de l'autre côté de la rue. Les putes me regardèrent arriver en se marrant. Celles-ci étaient vieilles et moches. Mais ça ne les empêchaient pas de se foutre de ma gueule par avance. Avec ma dégaine de rugbyman et mon bout de papier à la main, je devais avoir l'air chouette.

Comme je m'y attendais, elles n'avaient jamais vu Fathia Driddi autrement que dans le journal. Elles me conseillèrent en se bidonnant d'aller demander aux blacks sur le cours Jean-Jaurès.

Je ne suivis pas leur conseil. J'avais déjà vu ces filles. C'était des gamines. Elles étaient une demi-douzaine. Elles racolaient de chaque côté du cours et restaient groupées comme pour se protéger. Cela ne faisait pas longtemps qu'elles étaient apparues à Grenoble.

Si les putes de l'avenue Félix-Viallet ne connaissaient pas Fathia Driddi, je ne voyais pas comment celles-ci en sauraient plus.

Il était tard. J'étais crevé. Pourtant ma nuit n'était pas encore finie. J'avais pensé me débrouiller seul, mais je me rendais compte que, sans Brun, je risquais de galérer. Il m'avait aidé à trouver la piste des prostituées et pourtant cela ne suffisait pas. Il y avait autre chose.

Ce salopard savait ce qu'il faisait. Il distillait ses informations au compte-gouttes et m'obligeait ainsi à progresser sans cesse pour lui.

J'avais donné un délai à Norbert Viala. Celui-ci était écoulé depuis belle lurette. Je décidai de retourner le voir. Auparavant, il me fallait trouver une solution pour finir la nuit. Je ne m'en étais pas soucié jusque-là mais, la fatigue aidant, je me demandai comment et où j'allais pouvoir dormir.

Je fis mentalement le tour de mes relations. Ce fut rapide. J'avais peu à peu coupé les ponts avec tout le monde sans chercher à renouer avec personne d'autre. J'avais peut-être, tout de même, une ou deux solutions. Je rentrai dans une cabine et j'appelai un premier numéro, malgré l'heure tardive. C'était celui de Pascal Jounod, un avoué qui travaillait maintenant pour le ministère de la Justice. Nous avions été presque amis à une époque. Après quelques sonneries, une voix ensommeillée me répondit.

– Allô ?

– Salut Pascal, c'est Téo.

– …

– Téo Lambert, tu me reconnais ?

– Putain Téo, tu sais quelle heure il est ?

Je regardai ma montre.

– Onze heures cinquante-huit exactement.

– Qu'est-ce que tu veux ?

– J'ai des ennuis.

– Je sais.

– Déjà ? m'étonnai-je.

– Les flics sont passés dans l'après-midi.

– Putain !

– Oui, putain.

Il se tut.

– Pascal ?
– Hum ?
– J'aurais besoin d'être hébergé pour une nuit.
– …
– Allô ?
Il soupira. Je décollai l'oreille du combiné.
– Téo, les flics sont passés, parce qu'ils pensent que tu es lié au meurtre d'une fille !
Je déglutis.
– Merde, poursuivit-il. Cela fait des mois que tu n'as pas donné signe de vie et ce sont les flics qui me donnent de tes nouvelles !
– Juste une nuit. Demain, je me barre.
– C'est quoi cette histoire avec cette fille ? demanda-t-il sans me répondre.
– C'est une embrouille. Quelqu'un qui essaye de me faire porter le chapeau.
– Hum ! Tu es où là ?
– Pascal, tu ne m'as pas répondu ! Est-ce que tu peux m'héberger pour cette nuit ?
Il y eut un silence.
– Dis-moi où tu es et je passe te chercher, dit-il d'une drôle de voix.
Une petite lumière rouge se mit soudain à clignoter quelque part dans ma tête. Je répondis néanmoins.
– À l'angle du cours Jean-Jaurès et de l'avenue Félix-Viallet, soufflai-je
– Tu ne bouges pas, j'arrive dans cinq minutes. Le temps d'enfiler un pantalon, dit-il sur un ton détaché.
Je raccrochai.
Je n'avais pas une seconde à perdre. Si mon intuition était bonne, je n'avais pas intérêt à moisir sur place. Je me ruai hors de la cabine et traversai le cours. Je me glissai dans l'ombre d'une porte cochère et j'attendis.
Pas longtemps.

Une première voiture surgit peu de temps après. Quatre types en civil en jaillirent et se précipitèrent vers la cabine vide. Ils se mirent à jurer et à gesticuler dans tous les sens.

Quelques minutes plus tard, le secteur grouillait de bagnoles de flics.

Je sortis de ma cachette et filai vers le centre en méditant sur le sens de l'amitié.

Plus loin, je rentrai dans une nouvelle cabine. J'avais travaillé quelques années avec Patrick Acciolino. Nous avions porté ensemble la robe noire. S'il n'avait pas changé, ce qui était peu probable d'ailleurs, il ne devait pas encore dormir. Pat était à l'époque un bringueur invétéré. Il sortait presque tous les soirs, picolait comme un Polack et sautait sur tout ce qui bougeait.

Je ne l'avais pas vu depuis au moins cinq ans.

J'espérais au moins que son téléphone n'avait pas changé. Il décrocha à la seconde sonnerie.

– Allô ?

– Pat ? demandai-je.

– Oui ! Qui est à l'appareil ?

– Téo. Téo Lambert.

Il y eut un silence.

– Putain Téo, ça fait un bail ! Mais qu'est-ce que tu fous ? Les flics sont passés, ils te recherchent.

– Je suis un peu dans la merde, Pat, est-ce que tu peux m'héberger pour la nuit ?

Il répondit sans hésiter.

– Amène-toi, tu me raconteras tout ça.

Il me confirma habiter toujours au même endroit, sur les quais.

– J'ai un dernier truc à faire, dis-je, je serai chez toi dans une heure, une heure et demie… ça te va ?

Je raccrochai. Il avait l'air clean mais je me méfiais tout de même un peu. C'est quoi déjà le proverbe, *chat échaudé…* ?

Je filai rue de la Bajatière. Il était presque 2 h du matin. C'était une bonne heure pour rendre visite à quelqu'un. Je traversai Grenoble au pas de course. Je parvins dans le quartier en nage. Je ralentis avant de tourner l'angle de la rue et adoptai un pas plus calme.

J'avais besoin de reprendre mon souffle.

Mais surtout, il y avait autre chose.

Des gyrophares.

Des tas de gyrophares bleus et jaunes.

Juste devant la maison de Norbert Viala.

J'arrivai à temps pour voir les pompiers transporter une civière avec un corps recouvert d'un drap blanc jusqu'à la tête.

Je ne m'arrêtai pas pour demander qui c'était.

Je fis demi-tour.

En rebroussant chemin, je me rappelai la peur de Viala. Quand j'avais évoqué ce que faisait Brun le soir du crime, il avait semblé terrifié. À ce moment-là, quelqu'un d'autre lui flanquait une trouille balèze. Et cette trouille me semblait maintenant bien justifiée. Un peu tard, hélas.

Norbert Viala était passé aux aveux mais son témoignage impliquait une tierce personne. Henri Brun essayait-il de m'envoyer peu à peu dans cette direction ? Je n'en aurais pas mis ma main au feu. Les révélations de l'ancien concierge semblaient être son objectif. D'un autre côté, Brun n'avait jamais évoqué ce qu'il faisait le soir du crime. Il s'était toujours contenté de prétendre être ailleurs à ce moment-là, sans jamais préciser où. Cela pouvait signifier une chose : lui non plus, lors du procès, n'avait pu mettre en cause « le troisième homme ». Je me mis à ricaner. Ça me faisait penser au film avec Orson Welles.

Une autre question me turlupinait : pour qui travaillaient Dédé et Perrier ? Pour Brun ou pour l'autre type ? S'ils travaillaient pour Brun, pourquoi alors auraient-ils buté Viala ?

J'en étais là de mes réflexions lorsque je parvins au pied de l'immeuble de Patrick Acciolino. C'était une de ces vieilles constructions à la peinture écaillée donnant sur l'Isère. Une pizzeria, le *Buona notte*, occupait le rez-de-chaussée. À une vingtaine de mètres sur la gauche, je distinguai les câbles de la télécabine de Grenoble. La porte d'entrée était ancienne. Il n'y avait ni fermeture automatique ni interphone. Je pénétrai dans un hall étroit et sombre. Après avoir allumé la lumière, je cherchai le nom de Pat sur les boîtes aux lettres. Il habitait au quatrième. En grimpant les escaliers, je me fis la remarque qu'il avait drôlement choisi son cadre. En se débrouillant bien, un avocat pouvait se faire des couilles en or. Et Acciolino n'était pas le genre à attendre la fortune sans rien foutre. C'était un type décidé et ambitieux. Il savait renifler une bonne affaire et s'y investir de façon judicieuse… et lucrative.

Arrivé sur son palier, je frappai chez lui. La porte ne tarda pas à s'ouvrir. Patrick Acciolino apparut, vêtu d'un simple peignoir. Il jeta un coup d'œil rapide à droite et à gauche et s'effaça. Je rentrai. Après avoir refermé, il se planta devant moi et me dévisagea. Il fit une grimace.

– Mon pauvre vieux, tu as une sale tronche, dit-il. Amène-toi.

Sans me laisser répondre, il me conduisit à sa salle de bains. Je le suivis sans protester. Il s'arrêta bientôt devant une porte entrouverte.

– Tiens, dit-il en désignant la pièce, je t'ai mis un drap de bain.

Il fit un sourire et ajouta.

– Prends-toi une bonne douche. Pendant ce temps-là, je te prépare un whisky. On discutera après.

Je m'enfermai et me déshabillai. Mes vêtements puaient la transpiration. Mes cheveux étaient gras et une barbe drue mangeait mes joues. Je compris la remarque de Pat.

Un petit quart d'heure plus tard, je sortis de la salle de bains, propre et rasé de près. Le seul point noir concernait mes fringues. Pat était plus petit que moi et je ne rentrais ni dans ses chemises, ni dans ses pantalons. Ou alors j'avais l'air d'un bouffon.

Une fois propre, je jetai un coup d'œil autour de moi. J'avais déjà remarqué le luxe de la salle d'eau. Large baignoire avec jacuzzi, cabine de douche aux multiples jets, mobilier de style... mon ami ne se refusait rien. Le reste de l'appartement était assorti. Dans un vaste salon d'une trentaine de mètres carrés, un immense canapé en cuir faisait face à un grand écran suspendu au mur blanc. Une musique de jazz s'échappait d'enceintes placées judicieusement aux quatre angles et des toiles contemporaines transformaient la pièce en galerie d'art. Une large bibliothèque vitrée abritait une collection de livres de luxe reliés. Une porte-fenêtre donnait sur une terrasse de toit.

Toujours vêtu de son peignoir, Pat me regardait examiner son intérieur en souriant. Il avait une bonne tête de moins que moi mais accusait quelques kilos de plus. La faute à la cuisine au beurre, sans doute. Il n'avait pas beaucoup vieilli ces cinq dernières années. Ses traits s'étaient certes un peu alourdis mais ils gardaient toutefois une certaine jeunesse. Seules quelques cernes trahissaient son mode de vie : bringue, baise et bouffe.

Il me tendit un verre. Nous trinquâmes en silence.

Il ne me poserait pas de questions sur ma vie durant ces dernières années. Pat avait gardé des contacts avec Sandrine et il devait déjà savoir pas mal de choses sur moi. Je me demandai toutefois jusqu'où l'indiscrétion de mon ex avait pu aller. Je me demandai aussi s'ils avaient couché ensemble.

Il attaqua soudain sans faire de manières.

– Alors, tu t'es foutu dans la merde ?

J'acquiesçai et lui racontai tout. Ou presque. En tout cas ce qui pouvait lui être utile. Il m'écouta sans m'interrompre puis nous servit un autre verre. Il se racla la gorge. Son front s'était barré de deux rides profondes.

– Je ne peux pas faire grand-chose pour toi, commença-t-il.

– Je te demande rien. Juste m'héberger cette nuit.

Pat haussa les épaules.

– Je ne parle pas de ça. Tu viens là quand tu veux, ça, c'est pas un problème. C'est comme le fric. Si t'as besoin, je peux te prêter. Par contre, pour le reste, je ne vois pas ce que je peux faire.

Je ne pus m'empêcher de sourire. Et il trouvait que ce n'était pas grand-chose ! Le reste comme il disait, c'était mon histoire. Il se mouillait déjà pas mal comme ça pour moi, il m'était difficile de lui en demander plus. Je le lui dis et nous bûmes un troisième verre. Puis il se mit à bâiller. Il n'avait pas dormi la nuit précédente, me dit-il en me faisant un clin d'œil, et demain il devait plaider. Il me conduisit alors à une chambre d'amis sobre et fonctionnelle.

Je lui demandai toutefois si je pouvais utiliser son ordinateur pour envoyer un mail. Il accepta et m'installa un PC portable sur une table basse. Je fermai la porte derrière lui et allumai la bécane.

Je me connectai. Pas de nouveau message.

Je tapai alors l'adresse de Brun et lui envoyai un petit mot.

« *Norbert Viala n'est plus de ce monde. Vers qui dois-je me tourner ?*

Pour qui travaillait Fathia Driddi ? Avenue Félix-Viallet, personne ne la connaît ! ».

À cette heure-là, comme la plupart des gens normaux, Brun devait dormir. J'aurais une réponse demain. Je laissai la machine allumée et j'allai pisser. Puis je me couchai. Je n'avais pas plutôt éteint la lumière que sur mon écran une fenêtre de dialogue se mit à clignoter. Je me levai en jurant.

Brun n'était pas quelqu'un de normal.

J'ouvris ma messagerie. Cet enfoiré avait déjà répondu.

« *Vous ne pensiez tout de même pas que Fathia Driddi tapinait comme une vulgaire prostituée ? Elle vendait son corps, certes, mais pas n'importe comment ni à n'importe qui.* »

C'était une pute de luxe, quoi, pensai-je. Je repris ma lecture.

« *Quant à notre affaire, ce qui s'est passé est bien regrettable. Le témoignage de Norbert Viala aurait pu être précieux. Enfin, c'est ainsi. En attendant, voici ce que vous pouvez faire. M. et Mme André Delhomme habitent une jolie petite villa à Seyssins. Allez les voir. Ils savent beaucoup de choses sur ce qui s'est passé la nuit du 10 octobre 1992. Après, et seulement après, maître, je vous donnerai un nouveau tuyau.* »

L'enculé !

Il me menait par le bout du nez.

Il savait tout. Absolument tout. Il jouait avec moi comme un putain de chat joue avec une souris. Et il s'amusait. Parce que ça devait le faire marrer de me voir. Moi, maître Lambert ! Avocat de mes deux ! En train de me casser les couilles avec une histoire vieille de dix piges ! Sans compter l'autre là, la radasse carbonisée. Là aussi, il avait l'air bien renseigné, le fils de pute ! Il savait de quoi il en retournait et il devait être mort de rire. Hé bien quoi ! Il pouvait être content de lui, maintenant ! Il la tenait sa vengeance !

Il la tenait bien même !

Je me recouchai en râlant comme un putois. J'avais des envies de meurtre plein la tête.

Pourtant, une nouvelle chose me tracassait.

Delhomme.

Pour autant que je me souvienne, ce nom n'avait jamais été prononcé lors du procès de Brun.

Chapitre 8

Je me réveillai à l'aube. Il était 6 h. En tout et pour tout, je n'avais pas dormi plus de trois heures. Une méchante migraine me barrait le front. J'entendis du bruit dans le couloir. Pat devait déjà être levé. Je restai au lit et je fermai les paupières. Je dus me rendormir car, lorsque je rouvris les yeux, le soleil perçait à travers les persiennes. Je m'assis non sans mal sur le lit et me massai longuement les tempes. Je trouvai enfin le courage de me lever tout à fait.

Ma migraine était presque passée et l'appartement était redevenu silencieux. Je pris une douche. Pat avait laissé du café au chaud. J'en bus deux tasses avant de sortir.

Seyssins.

Ça devait être ma première destination.

Ce n'était pas forcément la plus sûre. Les flics devaient se douter que je reviendrais dans le secteur et les accès principaux seraient sûrement surveillés.

Une jolie villa, avait dit Brun.

À Seyssins, les jolies villas se trouvent sur les hauteurs. C'était d'ailleurs la même chose dans la plupart des villes bordant Grenoble. Les quartiers les plus bas étaient également les plus populaires. Plus on montait, plus les mecs avaient du fric.

Je passai récupérer ma Vespa et je filai vers le pont de Catane. Arrivé à Seyssinet, au lieu de traverser la ville, je grimpai par la route de Saint-Nizier. Puis, à quelques kilomètres de là, je pris une bifurcation qui redescendait sur Seyssins.

Je parvins ainsi dans les quartiers chics, sans faire de mauvaises rencontres.

Delhomme.

Brun ne m'avait laissé aucune autre indication que ce nom. Je me rendis dans une petite zone commerciale et je bus un café au bistrot. Puis je demandai un annuaire à la serveuse.

Il y avait deux Delhomme à Seyssins. Le premier se prénommait Raymond. Le second était le bon. Il habitait route de Saint-Nizier, un peu plus haut encore. Je réglai ma consommation avant de reprendre la Vespa.

Les Delhomme possédaient une villa cossue. Protégée du soleil par deux magnifiques pins parasols, elle surplombait Grenoble et sa vallée. À travers le portail en bois, je distinguai une piscine et un plongeoir. Je me demandai bien qui étaient ces gonzes.

J'appuyai sur le bouton de l'interphone.

Bientôt une voix nasillarde répondit.

– Oui ?

– Mme Delhomme ?

– Non, c'est la bonne.

– Je voudrais parler à monsieur ou madame Delhomme.

– Un instant.

L'interphone se coupa et se ralluma presque aussitôt. Une nouvelle voix féminine fit grésiller le haut-parleur.

– Oui ?

– Madame Delhomme ?

– C'est bien moi. Qui êtes-vous ?

– Lieutenant Lambert, police judiciaire, mentis-je, j'aurais souhaité parler d'une affaire importante avec monsieur Delhomme.

Il y eut un silence.

– Qui êtes-vous monsieur ? reprit la voix.

– Comme je vous ai dit…

– C'est une plaisanterie ?

Je me tus interloqué. J'avais dû faire une gaffe.

– Mon mari ne s'occupe plus « d'affaires », comme vous dites, depuis fort longtemps maintenant. Alors si c'est une plaisanterie, elle est de très mauvais goût. Au revoir, monsieur.

Elle raccrocha.

Je me retrouvai comme un con devant la grille close et l'interphone éteint. Je jetai un coup d'œil à droite et à gauche. Personne.

Le portail n'était pas très haut. Je pris appui avec les deux mains et, après une violente poussée, je me rétablis sur le dessus. Je l'enjambai et je sautai de l'autre côté. Je retombai avec lourdeur sur les gravillons. Je restai accroupi quelques secondes, aux aguets. Rien ne bougeait. Je finis par me relever. La porte d'entrée se trouvait au bout d'une allée gravillonnée. Je m'y rendis sans plus d'hésitation. Je décidai de laisser la politesse et les bonnes manières pour une prochaine fois et je rentrai sans demander la permission.

Le canon double d'un fusil de chasse me stoppa net dans mon élan.

Madame Delhomme, blême, tenait à bout de bras une arme trop lourde. La bonne se cachait derrière elle et tremblait de la tête aux pieds. Me gardant bien de faire le moindre geste brusque, je levai les mains en l'air avant de refermer la porte du bout du pied.

– Qu'est-ce que vous voulez ? siffla la femme.

Elle pointa le fusil vers ma poitrine. Si l'arme était chargée et que le coup partait, à cette distance-là, j'étais pulvérisé. Je dévisageai mon hôte. Petite, elle ne devait pas mesurer plus d'un mètre soixante ; la silhouette fine, elle était vêtue d'un jean délavé et d'un chemisier blanc. À son cou, une petite croix suspendue au bout d'une chaîne en argent oscillait doucement. Sa longue chevelure grise, coiffée avec soin, se répandait en cascade sur ses épaules frêles. Ses yeux, bleu-vert, irradiaient littéralement au milieu de son visage ridé mais néanmoins maquillé avec coquetterie. Elle était belle. De la beauté d'une femme qui salue de loin la soixantaine.

Campée sur ses jambes, elle me fixait avec une détermination mêlée de crainte. L'arme commençait à lui peser et le canon descendait peu à peu.

– Qu'est-ce que vous voulez ? demanda-t-elle pour la seconde fois.

– Madame Delhomme ?

Elle haussa les épaules.

– Qui voulez-vous que je sois ?

Je déglutis.

– Je souhaiterais parler à votre mari, madame.

– À mon mari ?

Je fis un pas en avant.

Le double canon se releva aussitôt. Je relevai les mains à toute vitesse.

– Ne bougez pas ! cria-t-elle.

J'étais allé un peu vite. La femme était à cran et le coup risquait de partir sans qu'elle le veuille vraiment. J'essayai de prendre une voix douce.

– Madame Delhomme, je ne vous veux aucun mal, commençai-je.

Elle ricana.

– Et c'est pour ça que vous entrez chez moi sans ma permission, et en plus en sautant par-dessus le portail !

J'ignorai sa remarque.

– Où est votre mari, madame ?

Son regard se durcit.

– Vous voulez quoi à mon mari ? dit-elle d'une voix sèche.

– Comme je vous l'ai dit tout à l'heure, je voudrais lui parler d'une affaire.

– Vous voulez parler d'une affaire à mon mari ? répéta-t-elle, pensive.

– C'est exactement ça.

– Vous connaissez mon mari ?

– Pardon ?

– Mon mari, vous le connaissez ?

Je ne répondis pas tout de suite. Il y avait un truc. Je me demandai si le mari n'était pas mort ou parti. Derrière, la bonne continuait à trembler comme une feuille. C'était une petite brune d'une trentaine d'années, genre portugaise, plutôt mignonne.

– Vous ne m'avez pas répondu, insista madame Delhomme.

Je secouai la tête.

– Désolé, je n'ai jamais rencontré votre mari, dis-je.

Elle opina du chef. Ma réponse semblait l'avoir satisfaite.

– Continuez donc à me répondre franchement et dites-moi qui vous êtes réellement; monsieur.

Je désignai le fusil.

– C'est pas évident de parler avec ça, répliquai-je.

– Je suis d'accord avec vous, constata-t-elle.

Elle tourna la tête vers la bonne.

– Grazia, s'il te plaît, appelle la police !

Il ne m'en fallait pas moins. Je bondis sur elle et lui arrachai son arme. Elle poussa un cri et les deux femmes reculèrent contre le mur. Je cassai le fusil en deux. Il n'était pas chargé. Je soupirai. La Delhomme, droite comme un « i », me défiait du regard. Genre « je t'ai bien eu, hein, connard ! » La bonne, quant à elle, s'était ratatinée au sol et se cachait la tête dans les mains. Je m'approchai d'elle et la forçai à se relever.

– Où il est ? demandai-je.

Elle me regarda avec terreur et jeta un coup d'œil servile à sa patronne. Grazia était vêtue d'une jupe noire très courte et d'un chemisier en tulle de la même couleur. Sauf qu'il était presque transparent. Et elle ne portait pas de soutif. Je zieutai ses deux petits seins. Elle était plutôt bien foutue, la bonniche ! Mais elle avait une drôle de tenue pour faire le ménage, pensai-je. Les deux femmes avaient une façon de se comporter entre elles qui me faisait bizarre. C'était indéfinissable. Mais dérangeant. Je me demandai si elles n'étaient pas gouines.

Je fis un pas en avant. La fille recula et buta contre le mur. J'avançai à nouveau. Elle se plaqua le plus possible. Sa respiration s'accéléra soudain. Je bombai le torse et ma poitrine frôla ses nichons. Elle jetait des regards éperdus à gauche et à droite. Je lui saisis le visage à pleine main et la forçai à me regarder. Je ne lus pas que la peur dans ses yeux. Son souffle se fit de plus en plus rapide. Je sentis ses mamelons se durcir.

Je me mis à bander.

– Où est ton patron ? demandai-je pour la seconde fois.

La Delhomme intervint.

– Laissez-la tranquille ! siffla-t-elle, protectrice.

Cette fois, j'en étais sûr. C'était des gouines. La Grazia pouvait marcher à la voile et à la vapeur mais la patronne et elle devaient s'envoyer en l'air entre la vaisselle et l'aspirateur.

Je me tournai alors vers madame Delhomme. Cette fois, j'en avais ma claque.

– Il est où ton mari ? grondai-je.

Elle sursauta, ne s'attendant sans doute pas à être tutoyée. Son regard furtivement erra sur ma braguette et elle se ressaisit presque aussitôt.

– Suivez-moi, dit-elle d'une voix sèche. Je vais vous conduire.

Il était donc là ! Je me demandai ce qu'il foutait.

Elle me précéda alors dans un large couloir. La bonne trottait derrière nous. Nous nous arrêtâmes devant une porte close.

– C'est ici, murmura la Delhomme.

Elle ouvrit et me laissa entrer.

Je restai figé sur le seuil.

La pièce était blanche et presque vide. À part un lit. Un lit d'hosto avec des barreaux et un compte-gouttes. Et dedans un type qui regardait le plafond sans bouger. Tout juste s'il respirait.

Je me tournai vers la femme.

– Je vous présente mon mari, André Delhomme, dit-elle dans un souffle.

Difficile de donner un âge à l'espèce de cadavre vivant allongé devant nous. Quelques rares cheveux gris et hirsutes surmontaient un visage d'une maigreur incroyable. Sur ses joues creuses, mangées par une barbe drue, sa peau semblait tendue comme celle d'un tambour. Un simple drap recouvrait son corps décharné et laissait deviner ses côtes saillantes.

– Putain, il a quoi ? bredouillai-je.

– Alzheimer, laissa-t-elle tomber. En phase terminale.

Je le regardai avec horreur. Il n'avait pas bougé depuis notre arrivée.

– Il sait qu'on est là ? demandai-je.

Madame Delhomme haussa les épaules.

– Aucune importance. Vous pouvez lui parler maintenant… si vous y tenez toujours.

Mon dégoût ne lui avait pas échappé. J'en eus presque honte. Je fis volte-face et je sortis de la pièce. J'attendis que les deux femmes me rejoignent. La Delhomme se planta alors devant moi.

– Je peux faire quelque chose pour vous ?

Pendant une seconde, je me demandai de quoi elle voulait parler.

– Peut-être, dis-je enfin. Il faisait quoi votre mari, avant…

– Avant sa maladie ? Il dirigeait une usine de fabrication de peintures industrielles.

– Depuis longtemps ?

Elle soupira.

– Si vous me disiez ce que vous cherchez, ce serait peut-être plus simple, vous ne croyez pas ?

– Est-ce que le nom d'Henri Brun vous dit quelque chose ? poursuivis-je.

Il me sembla qu'elle tiquait. Ce fut une impression fugace.

Elle sembla réfléchir et fit une moue.

– Jamais entendu.

Je la regardai alors droit dans les yeux.

– Je cherche des témoins dans une affaire qui remonte à 1992. Cette date n'évoque rien pour vous ?

Elle cilla.

– 1992, vous dites ? Non… Je ne vois pas. Désolée.

Elle mentait. Cette fois, j'en étais convaincu. Elle était en train de me baratiner tant qu'elle pouvait. Cette femme savait parfaitement de quoi je voulais parler.

– Vous suiviez les affaires de votre mari ?

Elle secoua la tête.

– De loin seulement.

Je hochai la tête. Je n'en tirerais pas grand-chose. Je pensai un instant tenter la technique des paires de baffes, mais je n'avais pas affaire à un Norbert Viala. La

Delhomme était d'une autre trempe. Les torgnoles ne la feraient pas parler, j'en étais convaincu. La bonne par contre, me paraissait plus faible. Mais en présence de sa patronne, elle resterait muette.

Je continuai à fixer madame Delhomme. Je crus alors distinguer l'esquisse d'un sourire sur ses lèvres.

Elle se foutait de moi, en plus ?

– Il y a autre chose pour votre service ?

Je fis une grimace de dépit.

– Je suppose que vous allez appeler la police dès que je serai parti ?

Elle hocha la tête.

– Vous supposez bien, monsieur… monsieur ?

Là aussi, elle mentait. Elle n'allait pas appeler les flics. Pour une raison simple. Elle n'ignorait rien de ce qui s'était passé le 10 octobre 1992. Ça devait concerner de très près son mari.

Et ça ne devait pas être très joli.

Maintenant, je pouvais partir tranquille. Les emmerdements ne surgiraient pas de ce côté. La Delhomme se taisait. Par contre, moi, j'étais bien décidé à revenir tôt ou tard.

Je pris congé. La bonne me raccompagna jusqu'à la porte. Avant de partir, je plongeai mon regard dans le sien.

– À bientôt, Grazia, murmurai-je.

Elle rougit et tourna les talons.

J'avais passé un peu plus d'une heure dans la villa. La matinée était déjà bien avancée. Je décidai de retourner chez Patrick Acciolino. J'arrivai chez lui sur le coup de 11 h. J'ignorais s'il devait rentrer chez lui pour manger le midi. Je supposais que non. J'installai donc l'ordinateur portable dans sa cuisine et je me connectai à Internet.

Après avoir ouvert ma messagerie, je vérifiai s'il n'y avait pas de nouveau message. Ma boîte était vide. Brun était demeuré silencieux. En général, il ne lançait jamais la communication. Je lui envoyais un mail et il répondait toujours. Mais il ne prenait pas l'initiative.

Je me levai, fis le tour de la table et me rassis. Je n'avais pas grand-chose à lui dire. Je n'avais même rien à lui apprendre. C'était lui qui tirait les ficelles. Par contre, ce salopard exigeait des preuves. J'écrivis.

« *Delhomme est dans un sale état. Il ne parlera sans doute plus et je n'y suis pour rien. Sa femme sait quelque chose ?* »

J'expédiai le message et je restai connecté pour attendre la réponse.

Puis j'allai fouiner dans le frigo. Je trouvai, entre autres, du jambon et du fromage. J'attrapai un bout de pain et me fis un sandwich. J'allais commencer à mordre à pleines dents, lorsque la sonnerie de l'entrée retentit. Je posai mon casse-croûte sans faire de bruit. Je me levai et me dirigeai à pas de loup vers la porte. Je ne pouvais pas ouvrir le judas. Cela se verrait de l'extérieur. Je collai donc mon oreille contre le bois. Je perçus de façon très nette une respiration. Je retins mon souffle. La sonnerie tinta à nouveau. Je m'écartai vivement. J'entendis jurer. Des pas s'éloignèrent. Je me risquai alors à regarder par l'œilleton.

Je reconnus sans mal la silhouette de Cardoso.

Merde ! Qu'est-ce qu'il foutait par ici, le flic ?

Pat m'avait affirmé que les poulets étaient déjà passés la veille. Ils n'avaient pas de raison de revenir aussi vite. À moins que…

J'écartai une sale idée. Pat n'était pas du genre à me balancer. Pourtant, j'étais troublé. Cardoso n'était pas venu pour rien. Ça ne pouvait pas être pour Acciolino. Il travaillait et l'autre devait le savoir.

Le front soucieux, je retournai dans la cuisine. Je finis mon jambon-fromage. Soudain, je remarquai la présence d'un nouveau message. Il venait de Brun. Je l'ouvris sans tarder.

« *Je vois que vous avancez, maître.* »

Il commençait à me faire chier à m'appeler sans arrêt « Maître ».

« *Loin de moi l'idée de plaindre André Delhomme. C'est un salaud. Quant à sa femme, vous pouvez y aller. Elle sait tout.*

Maintenant, chose promise, chose due : vous devriez rendre une petite visite à une certaine Armande Pichon. Ce serait mieux si vous aviez une photo de Fathia Driddi. Vous trouverez cette dame, rue Montorge.

Bonne chasse.

Au fait, comment vont votre ex-femme et votre fille ? »

Mon poing s'abattit sur la table avec force. Le fils de pute ! J'avais oublié Perrier et Dédé depuis ma dernière rencontre avec eux.

Je bondis sur le téléphone et je composai le numéro de Sandrine. À la dixième sonnerie, je raccrochai, les mains tremblantes. Il n'y avait personne. J'essayai de me raisonner. Je faisais ce qu'on me demandait. Je n'avais donc aucune raison de m'inquiéter pour Héloïse et sa mère. De plus, j'avais moi-même conseillé à Sandrine de se tirer dans le Morbihan. Ce n'était pas plus compliqué que ça. Elles étaient toutes les deux en route pour l'ouest de la France.

Hé ! Ducon ! Fallait pas paniquer comme ça, merde !

Je me serais foutu des baffes.

Je revins à l'ordinateur et je notai le nom et l'adresse donnés par Brun sur un bout de papier. La rue Montorge était proche de l'avenue Félix-Viallet. D'ici, il ne me faudrait pas plus de dix minutes à pied. J'allais me précipiter dehors lorsque je me rappelai la visite du flic. Je fis demi-tour et allai sur la terrasse. De là, j'observai la rue avec attention.

La voie semblait libre.

Je descendis pourtant à moitié tranquille. Cardoso me suivait à la trace. J'ignorai comment cela se faisait mais il semblait très bien renseigné.

Un peu trop même.

Je remontai la rue non sans jeter de temps à autre un coup d'œil derrière moi. Je ne vis personne. Mais ça ne voulait rien dire. Un flic pouvait aussi bien être planqué dans une voiture. Je traversai l'Isère sur le pont Saint-Laurent et longeai les quais jusqu'au téléphérique de la Bastille. Je marchai vite, tête baissée. Il se mit à tomber une pluie fine et glaciale. J'enfonçai mes mains dans mes poches sans ralentir.

Après avoir traversé le jardin de ville, je me trouvai rue Montorge. Je cherchai le nom d'Armande Pichon sur les boîtes aux lettres pendant un bon bout de temps. Brun aurait pu me filer le numéro, ça ne lui aurait pas coûté plus cher. Mais cet enfoiré voulait jouer jusqu'au bout. Je finis par trouver ce que je cherchais dans un hall sombre et étroit. Pichon habitait au quatrième étage. Les escaliers faisaient crade. Comme le reste. Je me demandai bien ce que je foutais là.

Je parvins sur le palier de la Pichon d'une humeur de chiotte. Je tambourinai sur la porte sans précaution.

Une voix s'éleva.

– C'est fini, c'bordel ! J'arrive, merde alors !

La lourde s'ouvrit. Une grosse femme trop maquillée, clope au bec et peignoir entrouvert sur deux énormes mamelles apparut en soufflant.

– Armande Pichon ? demandai-je.

La femme me reluqua des pieds à la tête.

– Ouais, c'est pour quoi ?

– Je peux entrer ? demandai-je.

Elle écarquilla les yeux.

– Entrer ? Chez moi ? C'est que j'travaille plus, mon mignon ! J'suis à la retraite, maintenant ! Pour tremper le biscuit, faudra aller voir ailleurs.

Une pute ! C'était encore une pute !

Je secouai la tête.

– Non, non ! J'aurais besoin de te parler, c'est tout.

– De parler ? gloussa-t-elle. Alors celle-là, on n'me l'a pas faite souvent ! Parler ? Non mais dis donc, pour qui qu'tu m'prends ? Si t'as besoin d'un curé, t'as qu'à aller à l'église !

Elle s'était soudain mise à brailler dans l'escalier et sa voix devait résonner jusqu'au rez-de-chaussée. Je soupirai. Je jetai un rapide coup d'œil autour de moi et je fonçai. Surprise, elle ne put résister et fut projetée à l'intérieur. Elle s'affala sur le parquet de tout son poids, ses deux grosses jambes en l'air. Son peignoir se releva alors jusqu'à la taille, découvrant son pubis rasé. Armande Pichon poussa un grognement fauve.

Je fermai très vite la porte et restai à une distance prudente de la femme. Elle se débattit toute seule avant de parvenir enfin à s'asseoir.

– Espèce d'enculé…, commença-t-elle.

La première baffe la fit taire.

La seconde l'envoya dinguer derechef contre le plancher.

Jugeant sans doute plus prudent de rester allongée, elle ne bougea plus. Sa lèvre inférieure avait éclaté et elle pissait le sang. Elle me jeta un regard épouvanté.

– Merde ! Si tu tiens absolument à me baiser, t'as pas besoin de me cogner, bordel ! gémit-elle.

Je lui lançai un coup d'œil circonspect. La baiser ! Même seuls sur une île déserte, je ne sais pas si je m'y risquerais !

– Lève-toi et fais pas chier, ordonnai-je. Je t'ai dit que je voulais te parler, tu piges ?

Elle hocha très vite la tête.

– C'est ça, tu veux me parler, c'est tout… j'ai bien compris.

Elle ne bougeait toujours pas. J'évitai de regarder son bas-ventre obscène.

– Lève-toi et rhabille-toi !

– Oui, bafouilla-t-elle, je me lève, voilà, ça y est, je suis debout.

Avec une vitesse surprenante, l'ancienne prostituée s'était dressée sur ses jambes. Elle désigna du doigt sa lèvre boursouflée. Je hochai la tête. Elle se précipita dans ce que je pensai être sa cuisine et ressortit presque aussitôt avec une feuille de Sopalin en guise de compresse. Je lui montrai son canapé.

– Assieds-toi.

Elle obéit. Je pris place sur un fauteuil situé en face d'elle. Je croisai les mains sur mes genoux.

– Bien, maintenant, je vais te montrer quelque chose, dis-je en plongeant la main dans la poche de mon blouson.

J'en sortis la page du *Dauphiné Libéré* avec la photo de Fathia Driddi en médaillon. Je la lui tendis. Armande Pichon saisit la feuille avec méfiance et se pencha sur la photo.

Je ne la quittai pas des yeux.

Sa réaction aurait pu passer inaperçue si je n'avais été attentif. Ce fut presque insignifiant. À peine un petit battement de cils en trop, accompagné d'une brusque tension des sourcils.

Elle leva la tête.

– Jamais vue, dit-elle.

– Sûr ?

Elle regarda à nouveau le cliché et haussa les épaules.

– Non, vraiment, j'vois pas. Désolée.

Je soupirai. Après m'être extirpé du fauteuil, je m'approchai d'elle. Puis je tendis la main gauche comme pour récupérer la page de journal. Elle grimaça un semblant de sourire.

Pas longtemps.

Ma main droite s'abattit avec force sur sa bouche. Sa tête partit en arrière et elle s'écroula de tout son long sur le canapé en piaillant.

Je fis volte-face et me rassis. La grosse femme roula sur elle-même pour se relever. Le sang barbouillait son visage.

– Ça, c'est pour t'apprendre à te foutre de ma gueule !

– Salaud ! gémit-elle.

J'approuvai.

– Si ça peut te faire plaisir.

Je la laissai s'essuyer.

– Alors, cette photo ? T'es vraiment sûre qu'elle te rappelle personne ? demandai-je après un certain temps.

Elle baissa les yeux et secoua la tête.

– Cette fille, je l'ai jamais vue, ça c'est sûr. Mais j'avais d'jà remarqué sa photo dans l'journal, hier matin…

Elle s'interrompit pour renifler.

– Et alors ? m'impatientai-je.

– Alors, quand j'l'ai vue, j'me suis dit qu'ça me rappelait quelqu'un, mais j'arrivais pas à savoir qui.

– Oui ?

– Et puis, petit à petit, ça m'est revenu.

La grosse femme s'arrêta à nouveau. Elle essaya d'éponger le sang avec son peignoir.

– T'accouches, oui ou merde ? dis-je d'une voix dure.

Elle me jeta un regard plein de reproches.

– J'suis pas sûre de moi à cent pour cent. J'peux me tromper… mais y a une ressemblance quand même.

– Une ressemblance ?

Je ne comprenais rien à ce qu'elle me racontait.

– Oui, une ressemblance avec la « Folle ».

– La « Folle » ?

– Ouais, poursuivit-elle avec un drôle de sourire. C'était « Fatima la Folle ». Mais on l'appelait « la Folle », c'était plus court.

– Fatima la Folle, hein ? sifflai-je.

Elle leva des yeux effrayés.

– C'est pas des conneries, putain ! C'est pas des conneries ! Fatima la Folle, c'était une pute, comme moi. Sauf qu'elle, elle avait un jules. Alors que moi j'me suis toujours démerdée seule.

– Je ne vois pas le rapport, dis-je sur un ton menaçant.

– Ben voilà, c'était dans les années 80. On était cinq ou six filles à tenir le pavé rue Montorge. On avait chacune notre piaule sous les toits pour amener les clients. Y avait un gars, Tonio, un rital, qui maquait les filles. Sauf moi. C'est pour ça que j'suis toujours dans le quartier d'ailleurs. Les autres, elles ont fini dans les bordels d'Istanbul ou j'sais pas où.

Je poussai un soupir d'impatience.

– Donc un jour Tonio y s'est ramené avec une Arabe. « C'est Fatima », il a dit. « Faut lui apprendre le boulot. »

– Il t'a dit ça à toi ? m'étonnai-je.

Elle haussa les épaules.

– C'est les autres qui m'ont raconté. J'allais quand même pas affranchir une poule qui risquait après de me piquer mes clients, non ! Bref, au bout d'un petit mois, elle était au point, « la Folle ».

– Pourquoi vous l'aviez appelée comme ça ?

– « La Folle » ?

– Oui.

– C'est venu petit à petit. Elle récupérait les clients les plus tordus. Tous les trucs dégueulasses c'était pour elle.

Et elle, elle disait rien. Elle acceptait tout. Sans gueuler. Sans sourire non plus, d'ailleurs.

– D'où « la Folle ».

– C'est encore après que c'est venu. Ça faisait un an qu'elle tapinait avec nous. Un jour qu'elle était avec un client, on a entendu un hurlement. On a cavalé pour voir ce qui se passait. Je sais pas ce qu'il lui avait demandé le type. Mais elle avait craqué. Le mec était à poil sur le lit avec du sang partout. Il se tordait de douleur. « La Folle », elle était debout, dans un coin de la chambre, à poil, elle aussi. Sauf qu'elle avait les couilles du mec dans la bouche.

Elle s'arrêta pensive. Je frissonnai. On ne se doute pas de ce qu'est capable de faire une fille qui pète un câble.

– J'en ai vu des trucs, mais des comme ça, jamais, murmura-t-elle.

Je ne la laissai pas ruminer trop longtemps ses souvenirs.

– Elle avait une fille, « la Folle » ?

Elle secoua la tête.

– Ben non ! C'est bien ça qui m'a étonnée ! C'est pour ça que je suis pas très sûre de moi.

On n'allait nulle part de cette façon-là.

– Et qu'est-ce qu'il lui est arrivé ensuite à « la Folle » ?

La grosse femme fit une moue d'ignorance.

– Alors là ! J'en ai pas la moindre idée !

– Vous n'avez pas pris de ses nouvelles ? m'étonnai-je.

Elle me dévisagea avec perplexité.

– Pour quoi faire ?

Évidemment.

– Son mac, Tonio, il est devenu quoi ?

– Il est rangé des affaires, mais j'en sais pas plus. Un jour, il a disparu lui aussi avec ses poules et on ne l'a jamais revu.

Je respirai un grand coup et je la regardai droit dans les yeux.

– Je veux savoir ce qu'est devenu Tonio. T'as jusqu'à ce soir vingt heures pour te rancarder. Pigé ?

– Ce soir vingt heures ? Mais…

– Tu te démerdes comme tu peux, j'en ai rien à foutre. À vingt heures, je repasse.

Je me levai et me barrai. Je lui aurais bien collé une dernière baffe pour faire bonne mesure mais le cœur n'y était pas.

J'avais l'impression de me noyer. Brun m'emmenait je ne savais pas où et je le suivais à l'aveuglette.

Fathia Driddi avait bien une mère de toute façon. Alors pourquoi pas une mère pute ? Maintenant, je ne voyais pas comment les autres filles pouvaient l'ignorer. Et puis même, quel rapport cela pouvait bien avoir avec son meurtre ?

J'en étais là de mes réflexions quand j'arrivai au rez-de-chaussée. Je posai la main sur la poignée de la porte.

C'est le contact froid du canon d'une arme sur ma nuque qui me fit hésiter.

– Alors, on va aux putes ?

Je reconnus sans mal la voix de Dédé.

Chapitre 9

Je ne bougeai plus. Avec un double coup prêt à m'emporter la moitié de la tête, je n'avais pas trop le choix.

– Ça va, tu peux te retourner, reprit la voix de Dédé.

Je fis demi-tour avec la plus extrême lenteur. Je distinguai deux silhouettes dans la pénombre.

– Mes respects, maître, dit Perrier en s'inclinant.

Ils me suivaient. Ces deux tordus devaient me filer depuis le début. Ils s'étaient attachés à mes basques et ne me lâchaient pas d'une semelle. De temps à autre, ils surgissaient, me flanquaient la trouille et retournaient dans l'ombre.

– Qu'est-ce que vous voulez ? demandai-je d'une voix lasse.

– Ce qu'on veut, tête de con ? gloussa Dédé.

– Maître ! ajouta Perrier, vous n'êtes pas sérieux ?

Je secouai la tête.

– Arrêtez de m'appeler maître ! C'est de l'histoire ancienne tout ça. Je n'ai plus plaidé depuis des années et je n'ai pas l'intention de m'y remettre.

Dédé fit un pas vers moi. Perrier l'arrêta d'un geste.

– Qui vous parle de plaider ?

– Mais..., commençai-je.

– Notre patron a besoin de conseils juridiques. Il se trouve dans une situation délicate et il a besoin d'être guidé dans ses démarches. Ce n'est pas plus compliqué que ça.

– Votre patron…

– Gardera l'anonymat tant que vous ne vous serez pas décidé à travailler pour lui.

Je fronçai les sourcils.

– Parce que vous croyez que je vais me mettre au service d'un gonze sans savoir qui c'est ? bluffai-je.

Dédé s'esclaffa.

– Ça y est ! Il a compris !

– C'est exactement ça, renchérit Perrier.

Je restai pensif. Jusque-là, j'étais presque persuadé que Brun était derrière Dédé et Perrier. Du coup, j'avais un sérieux doute.

– Écoutez, Lambert, reprit Perrier. Jusque-là, on a été compréhensif. Mais maintenant, mon patron s'impatiente.

Il avait laissé tomber le « Maître » et m'appelait par mon nom de famille. Je n'étais pas sûr que ce soit bon signe.

– Ce serait plus sage que vous nous suiviez de plein gré, ajouta-t-il d'une drôle de voix.

Je me raidis. La menace était tangible.

Dédé l'avait perçue, lui aussi. Il s'était tassé sur lui-même et semblait prêt à bondir. Le canon du Lupara luisait faiblement.

– La poule ! siffla-t-il. Parle-lui de la poule !

Perrier fit un mince sourire.

– J'allais oublier ! Mon Dieu, je ne sais pas où j'ai la tête en ce moment ! Figurez-vous, maître, que nous sommes passés voir une certaine Sandrine Moro, ce matin.

Je sursautai.

– Je vois que ce nom vous dit quelque chose, poursuivit-il sans me quitter des yeux. Cette charmante femme était sur le point de partir en vacances. À cette période de l'année ! Vous ne trouvez pas ça étrange, vous ?

J'éprouvai une sensation bizarre. Comme si mon sang se barrait petit à petit.

– Elle était avec sa fille. Une charmante gamine… n'est-ce pas, Dédé ?

Ce dernier hocha la tête très vite et ses yeux se mirent à briller.

– Figurez-vous que Dédé adore les enfants ! continua Perrier.

Ce n'était pas possible ! Cette espèce de dégénéré transgénique ne s'était tout de même pas approché d'Héloïse !

– Qu'est-ce que vous avez fait à ma fille ? dis-je d'une voix blanche.

Perrier continuait à sourire.

– Rien ! répondit-il. Nous ne lui avons rien fait. Je me suis contenté de parler avec madame Moro. Elle est de très agréable compagnie, vous ne trouvez pas ? Par contre, cette idée de partir en Bretagne à ce moment de l'année était d'un saugrenu !

Je tressaillis. L'enfoiré me livrait suffisamment de détails pour que je le croie. Mes poings se serrèrent à m'en faire péter les articulations. Soudain, je pris conscience de ce qu'il venait de dire.

– « Était saugrenu » ? bredouillai-je.

Il rit.

– J'aurais dû faire de la représentation, dit-il. Vous savez ? Comme ces types qui passent chez les gens pour vendre n'importe quoi. Je crois que j'aurais pu me débrouiller dans cette voie-là. J'ai un certain talent pour convaincre.

– Pourquoi tu as dit « était saugrenu » ? articulai-je avec lenteur.

– Parce qu'elle a changé d'avis, pardi ! Son appartement aurait été visité par deux inconnus la nuit dernière. Elle a eu très peur pour la petite, je crois. Alors quand je lui ai proposé d'installer un système de sécurité, genre alarme, caméra et tout le toutim… elle n'a pas hésité longtemps.

Les salauds. Les immondes salauds !

Dédé avait légèrement baissé le canon de son arme. Perrier savourait son petit effet. Un espace s'ouvrait devant moi. Je me ramassai sur moi-même.

À ce moment-là, la porte de l'immeuble s'ouvrit. Une jeune femme accompagnée de deux enfants apparut. Elle s'arrêta sur le seuil, interdite. Dédé avait planqué le Lupara dans son dos et restait figé. Perrier, égal à lui-même, affichait un sourire de circonstance.

Je profitai de l'opportunité.

Je me tournai vers les deux branques et je m'inclinai.

– Hé bien ! Au revoir ! Je suis content de vous avoir revus. À la prochaine !

Je bondis jusqu'à la porte et filai sans me retourner.

Une fois dehors, je me mis à cavaler vers le parc Paul-Mistral. Je n'avais pas de temps à perdre. Perrier et Dédé n'allaient pas tarder à me coller au train. Je ne savais pas jusqu'où ces types étaient capables d'aller mais je n'avais pas l'intention de leur laisser la moindre occasion de faire leurs preuves.

Je courais.

Je devais mettre Sandrine et Héloïse à l'abri. Par la force si c'était nécessaire.

Pour qui travaillaient-ils ?

Plus ça allait, moins je les voyais bosser pour Brun. Ce n'était pas le genre de la maison. Henri Brun était un pauvre gars, en fin de compte. Il avait trinqué plus que sa part et il tentait de prendre une revanche sur la vie. J'avais largement contribué à sa déchéance et il me mettait à contribution pour retrouver sa dignité. Vu comme ça, on pouvait le comprendre. Il me tenait par les couilles et de temps à autre il appuyait un peu, mais je ne le voyais pas en train de recruter des hommes de main.

Une voiture me frôla en klaxonnant. Je fis un bond et répondis par le majeur de la main droite tendu bien haut.

Ma poitrine me brûlait. Je ne ralentis pas.

Il y avait quelqu'un d'autre. Un autre homme se tenait dans l'ombre. Il tirait les ficelles de ses deux marionnettes et en voulait après moi. Après l'avocat, pour être plus précis. Ce devait donc être quelqu'un avec qui j'avais eu affaire du temps où j'étais encore maître Lambert.

Le parc. Je distinguai les arbres du grand parking au bout de la rue. Je tournai à droite à l'angle du boulevard Jean-Pain. Je m'arrêtai au feu rouge, à bout de souffle. Encore une petite centaine de mètres et c'était l'immeuble. Je fis un dernier effort.

Un escalier menait à une porte vitrée perchée en retrait sur un large perron. Sur le mur de gauche se trouvaient les interphones. J'appuyai sur celui de Sandrine et je laissai le doigt dessus.

– Oui ! cria une voix.

– C'est moi ! bafouillai-je, essoufflé.

– Téo ?

– Laisse-moi monter, vite !

– Mais…

– Je t'expliquerai ! Grouille, bordel !

Il y eut un déclic. J'ouvris la porte et me ruai dans le hall. Je me précipitai sur le bouton d'ascenseur. Il se mit à clignoter et un grondement sourd résonna aussitôt. Je profitai de l'attente pour retrouver une respiration plus calme. La cabine arriva bientôt et je me ruai dedans. J'appuyai sur le bouton du cinquième.

Pendant la montée, je n'osai pas me regarder dans la glace. Je ne devais pas être bien joli. Je portais les mêmes vêtements depuis presque trois jours et je ruisselais de sueur.

L'ascenseur stoppa sans douceur. Je poussai la porte et me retrouvai sur le palier. Sandrine était sortie. Elle m'attendait sur le pas de sa porte. À ma vue, elle écarquilla les yeux.

– Mon Dieu ! s'écria-t-elle. Qu'est-ce qui t'est arrivé ?

Ça, c'est un truc qui m'avait toujours énervé. Quand elle se mettait à s'exclamer, des conneries dans le genre « Mon Dieu » en joignant les mains devant elle.

Je ne répondis pas. Je fonçai sur elle, la saisis par le bras et rentrai dans son appartement. Je fermai la porte d'un coup de pied.

– Je t'avais dit de te barrer en vitesse ! beuglai-je.

Elle me jeta un regard effaré.

– Qu'est-ce que…

– Pourquoi t'es pas partie ?! Merde !

Elle se libéra brusquement de mon étreinte et se dressa face à moi.

– Ça suffit ! dit-elle d'une voix tremblante. Je ne sais pas dans quelle embrouille tu t'es encore fourré, mais tu n'as aucun droit de nous y mêler, ma fille et moi.

– Je te ferais remarquer que ta fille, c'est aussi la mienne ! répondis-je du tac au tac.

Loin de se calmer, elle se mit soudain à crier.

– J'essaye d'apporter un cadre rassurant et serein à Héloïse et tu voudrais nous faire plonger toutes les deux dans tes histoires sordides ?

– Justement ! dis-je bêtement.

– Justement quoi ?

– Hé bien, bredouillai-je, c'est justement pour vous protéger que je suis là.

Elle me dévisagea, interloquée.

– Non mais tu te rends compte de ce que tu dis ? Je n'en ai plus rien à faire de ta vie, Téo. Mais toi, au moins, essaye de respecter la mienne et celle d'Héloïse.

Je la regardai sans rien dire. Ce n'était pas le moment de discutailler, les deux tordus n'allaient pas tarder à rappliquer. Pourtant je répugnais à utiliser la manière forte avec elle.

– Tu as eu de la visite ce matin, je crois ? dis-je soudain.

– Oui… Comment tu sais ça ?

– C'était un gars blond avec des petites lunettes, je me trompe ?

Sandrine hocha la tête, les yeux ronds.

– Ça ne t'a pas étonnée qu'il te propose un système de sécurité alors que tu avais été visitée justement cette nuit ?

Elle resta bouche bée.

– Mais…, commença-t-elle.

– Bon, alors écoute-moi bien, Sandrine : je n'ai aucune intention de vous foutre dans la merde la petite et toi. Seulement il y en a d'autres qui s'en sont chargés à ma place. Le type de ce matin s'appelle Perrier. Il est accompagné d'un taré qui ne pense qu'à flinguer. Ils me courent après depuis trois jours maintenant. Ce sont les mêmes qui sont venus chez toi pendant la nuit et ce matin. Pour faire pression sur moi, ils sont prêts à tout, y compris vous prendre en otages.

J'avais sorti ça d'une traite. Je me tus, essoufflé. Sandrine me regardait avec horreur.

– Comment tu peux…

– Ta gueule ! la coupai-je sans douceur. Où est Héloïse ?

– À l'école du cirque. On est mercredi aujourd'hui.

– Ta voiture est garée où ?

– Qu'est-ce que…

– Ta voiture est où, merde ?

Elle haussa les épaules.

– Au parking, en face, comme d'habitude.

– Tes clefs ?

Elle désigna une boîte en bois accrochée au mur. J'en extirpai le trousseau de sa Mégane. Puis, je m'approchai de l'entrée et je prêtai l'oreille. L'escalier semblait silencieux. J'entrebâillai la porte. Rien. Je l'ouvris tout à fait et j'entraînai Sandrine avec moi. Elle protesta.

– Téo ! Bon Dieu ! Je ne peux pas partir comme ça !

Je lui décochai un regard qui lui fit ravaler ses récriminations.

J'appelai l'ascenseur. La porte du hall d'entrée claqua soudain. Je mis un doigt sur ma bouche et je m'avançai vers la cage d'escalier. Je me penchai.

Deux silhouettes grimpaient les marches deux à deux. Je me reculai en jurant.

Et ce putain d'ascenseur qui n'en finissait pas de traîner !

Je jetai un nouveau coup d'œil. Les types n'étaient plus qu'à deux étages de nous.

La cabine surgit alors et s'arrêta en grinçant. Je fis un signe à Sandrine. Nous nous précipitâmes à l'intérieur. La porte se ferma avec une lenteur incroyable. J'écrasai le bouton du rez-de-chaussée. L'appareil se mit en branle. À l'instant même où il démarrait, nous distinguâmes, à travers la porte opaque, deux silhouettes jaillir sur le palier.

Sandrine vacilla. Elle était blanche comme un linge. Elle s'appuya sur la cloison et se força à respirer calmement. Il ne fallait pas qu'elle craque. En tout cas, pas tout de suite.

Une fois arrivés, nous bondîmes. J'avais pris la main de Sandrine et je la tirai derrière moi. Nous surgîmes sur le trottoir comme deux diables.

– Ta bagnole ! hurlai-je.

Elle désigna le parking, en face.

Nous traversâmes le boulevard Paul-Mistral dans un concert de klaxons. Sandrine possédait une Mégane bleu marine qu'elle avait la sagesse de garer de façon systématique juste en face de son immeuble, sous les platanes. D'habitude, je pensais plutôt à un comportement névrotique ou maniaque. Mais là, je dois dire, j'associai ça à de la sagesse.

Bref, je lui balançai ses clefs et lui ordonnai de prendre le volant. Elle obéit sans discuter.

– On fonce chercher Héloïse, dis-je alors qu'elle démarrait.

Les pneus gémirent. J'attachai ma ceinture.

Au moment où nous quittâmes le parking, je jetai un coup d'œil en arrière. Dédé et Perrier se ruaient hors de l'immeuble.

Cela nous laissait une petite marge.

– C'est loin ? demandai-je.

– Place Jean-Vallier, c'est à côté.

Nous nous garâmes deux rues plus loin et nous courûmes jusqu'à la salle. Les gamins étaient en pleine répétition. Les uns tenaient l'équilibre sur d'énormes boules, d'autres faisaient des acrobaties au trapèze, d'autres encore jonglaient avec des balles ou des quilles.

Je reconnus facilement Héloïse au milieu des gamins. Avec sa tignasse rousse et ses longues boucles, elle ne passait pas inaperçue. Elle essayait de faire un salto avant sur un trampoline. Elle courut, prit son élan et s'écrasa comme une crêpe sur un gros tapis bleu. Je fis une grimace.

Le moniteur, un jeune avec de longs cheveux, l'aida à se relever. Nous nous approchâmes.

– Héloïse !

Elle tourna la tête et me reconnut. Un sourire illumina son visage. Puis elle remarqua sa mère à mes côtés. Son regard passa de l'un à l'autre dans un sens et dans l'autre. Elle fronça les sourcils.

Le jeune homme se tourna vers nous. Je fis un signe de la main. Il se pencha vers Héloïse et lui dit quelque chose. Elle hocha la tête. Ils s'approchèrent alors tous les deux.

Je m'accroupis pour prendre ma gamine dans mes bras. Elle s'arrêta à un mètre de moi et me fit un petit sourire. Je déglutis. Le jeune nous regardait, l'air gêné. Je restai ainsi quelques instants, puis je me relevai. Héloïse s'avança vers sa mère et lui prit la main.

Je tiquai.

Puis je me tournai vers Sandrine.

– Il faut y aller, dis-je d'une voix rauque.

Elle s'excusa auprès du moniteur, inventant un impératif familial quelconque. En sortant, je laissai ma main traîner près de celle d'Héloïse.

J'espérais qu'elle la saisirait.

Arrivé à la voiture, j'avais déjà mis mes deux mains dans mes poches depuis longtemps.

Nous nous installâmes.

– On va où ? demanda Sandrine.

– Chez Patrick Acciolino, pour l'instant.

Elle me jeta un regard surpris et démarra.

Nous garâmes la voiture sur le grand parking de l'Esplanade. C'était une vaste place en terre battue, entourée de platanes, accueillant entre autres les cirques et la foire de Grenoble. Elle était située à quelques centaines de mètres de chez Pat. Nous marchâmes d'un bon pas jusqu'à son immeuble. Je portai Héloïse pour monter les étages. Il n'y avait pas d'ascenseur, ici.

Je frappai à la porte.

Pat ouvrit presque aussitôt et nous laissa entrer. Il jeta un coup d'œil dans l'escalier. Je me fis la remarque qu'il avait dû regarder trop de films policiers.

Il nous rejoignit dans le salon. Je tenais toujours Héloïse dans les bras. Cependant, je la sentais raide et mal à l'aise. Auparavant, elle se laissait aller quand je la portais ainsi. Elle posait sa tête sur mon épaule et je fourrais mon nez dans ses cheveux.

Il s'était passé quelque chose. Ou bien l'incongruité de la situation la bloquait.

Je finis par la poser au sol.

Elle se précipita dans les jambes de sa mère.

– J'étais sur la terrasse. Je vous ai vus arriver, dit Pat.

Voilà pourquoi il n'avait pas semblé plus surpris. Il échangea un regard interrogateur avec Sandrine. Puis il se tourna vers moi.

– Tu peux m'expliquer ?

En deux mots, je lui racontai la course-poursuite dans l'immeuble.

– Et tu ne sais pas d'où viennent ces types, ni pour qui ils travaillent ?

– Je t'ai dit tout ce que je savais.

Il se mordit les lèvres.

– Pas tout à fait pourtant, laissa-t-il tomber.

Je le regardai avec surprise.

Il désigna Héloïse du menton.

– Sandrine, tu veux bien mettre un dessin animé pour la petite dans la chambre d'amis, s'il te plaît ?

Elle acquiesça et disparut avec la gamine. Je me demandai comment elle connaissait si bien son appartement.

– Téo, dit Pat sur un ton grave, il faudrait que tu joues cartes sur table avec moi.

Je hochai la tête mais restai muet.

– Tu connais le capitaine Cardoso du SRPJ ? continua-t-il.

Pat fit le tour de sa table de salon, sortit un cigare d'une boîte luxueuse et s'assit avec lourdeur dans son canapé. Un briquet jaillit entre ses doigts et il alluma sa saloperie puante. Bientôt, une épaisse fumée âcre envahit la pièce. Je me précipitai vers la porte-fenêtre pour ouvrir et aérer.

– Cardoso est passé me voir à mon bureau cet après-midi. Il m'a dit qu'il était venu ici. Il pensait que tu l'avais vu mais que tu n'avais pas voulu répondre.

– Il ne t'a pas dit de connerie.

– Ouais ?

– Ouais.

– Parce qu'il ne s'est pas arrêté là, figure-toi.

Il ne me quittait pas des yeux.

– Tu connais un certain Norbert Viala ?

Je tressaillis.

– Je vois que tu le connais, constata-t-il. Ou plutôt que tu le connaissais, devrais-je dire. Non ?

– Où est-ce que tu veux en venir ? le coupai-je d'un ton sec.

Il flanqua un coup de poing sur la table basse.

– Putain, Téo ! Les flics pensent que c'est toi qui as tué Norbert Viala !

J'écarquillai les yeux.

– Moi ?

– Oui, toi ! Téo Lambert. Casse-couilles de première classe !

Je soupirai.

– Merde, merde, merde et merde, Pat ! J'ai pas tué ce connard. Je lui ai juste collé quelques baffes pour le faire parler. Quand je l'ai quitté, il vivait encore, j'en suis sûr.

– Ça, il faudra que tu l'expliques aux flics.

Je le regardai droit dans les yeux.

– C'est même pas la peine d'y penser, dis-je avec calme.

Pat ne parut pas surpris. Il devait s'attendre à cette réponse de ma part. Il se contenta de secouer plusieurs fois la tête en prenant un air affligé.

– Si je récapitule, reprit-il enfin, on t'accuse et du meurtre d'une femme et de celui d'un gardien d'immeuble à la retraite.

– Voilà, c'est ça.

– De deux choses l'une, continua-t-il, ou bien c'est toi qui les as descendus et dans ce cas tu es mûr pour les assises, ou bien ce n'est pas toi et dans ce cas quelqu'un essaie de te faire porter le chapeau.

En résumé, c'était bien ça. Ou j'étais complètement cintré ou un salopard voulait ma peau ! Dans les deux cas, ma situation n'était pas reluisante. Je lui fis part de mes recherches sur Fathia Driddi et de celles « commandées » par Henri Brun.

– Et tu dis que les types t'attendaient dans le hall d'Armande Pichon ?

J'acquiesçai.

– Ils ont dû te suivre jusque-là, remarqua-t-il. Il reste à savoir depuis quand ils te filaient.

Je compris à quoi il pensait. Sandrine choisit ce moment pour revenir. Nous changeâmes de discussion.

Dehors, le soleil était passé derrière les montagnes. Je me levai pour allumer la lumière.

– La petite a faim. On peut lui préparer quelque chose ?

Pat se leva en souriant. Ça faisait du bien de penser à des trucs simples. La gamine a la dalle. Qu'est-ce qu'on prépare à bouffer ? Ça c'était cool, basique, propre : reposant.

On se boulotta une assiette de pâtes chacun avec une tranche de jambon. Héloïse nous raconta sa répétition en long et en large. Je me marrais avec les autres. Mais j'avais une drôle de boule dans la gorge.

Après le repas, Pat prépara un lit pour Sandrine et la petite, dans la chambre d'amis. Chacun dut ensuite poser un baiser sur le front d'Héloïse pour lui souhaiter bonne nuit. Pat et Sandrine s'exécutèrent puis regagnèrent la cuisine. Quand ce fut mon tour, je m'approchai avec appréhension. Ses gestes de recul, cet après-midi, m'étaient restés en travers du gosier. Je me penchai sur son petit visage. Elle ne me quittait pas des yeux. Je l'embrassai et me relevai. Je fis demi-tour et m'apprêtai à sortir de la chambre.

– Papa !

Je me retournai.

– Oui ?

– Pourquoi t'es là avec maman ?

Je soupirai.

– C'est un peu compliqué, tu sais...

Elle hocha la tête.

– Maman, elle dit souvent que tu es trop compliqué. Que c'est pour ça que vous avez divorcé.

Elle s'arrêta, leva les yeux au plafond comme pour réfléchir et me regarda.

– Vous allez vous remarier un jour ?

Je dus faire une drôle de tête car son visage s'assombrit.

– Bonne nuit, Héloïse, dis-je.

– Bonne nuit, papa.

Je fermai la porte.

Pat et Sandrine étaient en train de parler. Ils se turent en me voyant.

– Si je vous emmerde, vous me le dites, grommelai-je.

Je pris Acciolino à part.

– Écoute, je dois y aller. Essaie de ne pas trop lui en dire. C'est pas la peine qu'elle se fasse du mouron pour rien.

Il approuva.

– Autre chose ?

– Oui. Tu es sûr de ton appart ?

Il haussa les épaules.

– Sûr, sûr… On n'est jamais sûr à cent pour cent. Mais a priori…

– Et les deux cinglés ?

Pat désigna la porte d'entrée.

– C'est du blindé trois points. Il faudrait que tes types viennent avec de la dynamite !

Je n'étais qu'à moitié rassuré, mais je n'avais guère le choix.

Il faisait déjà bien sombre, dehors. Les lumières des habitations se reflétaient dans l'Isère. À d'autres moments, j'aurais apprécié le spectacle, mais là, je n'en avais rien à foutre.

J'avais rendez-vous avec la pute la plus moche de Rhône-Alpes. Et je ne voulais pas être en retard.

Depuis le jardin de ville, j'aperçus les premiers gyrophares dans la rue Montorge. D'instinct, je ralentis.

Pompiers, flics, SAMU, c'était la totale.

Devant chez la Pichon.

Bien entendu.

Je m'avançai dans la rue comme n'importe quel passant un peu curieux. À l'angle de la rue de Belgrade, je remarquai une prostituée. Elle était seule et se tenait sous une porte cochère. Celle-là, je l'avais déjà vue. Elle racolait parfois même en plein jour. Proche de la quarantaine, ce n'était pas une de ces greluches jetées sur le pavé pour une quinzaine. Elle faisait dans le long terme. Je m'approchai d'elle en la regardant fixement. Elle m'aperçut mais détourna les yeux. Au moment où j'arrivai à sa hauteur pourtant, elle leva la tête.

– Tu viens ? chuchota-t-elle.

Je m'arrêtai.

– C'est combien ?

– Soixante, l'amour.

Je hochai la tête. Elle ouvrit la porte située derrière elle et me fit signe de la suivre. Au deuxième étage, elle me précéda dans une petite chambre à peine éclairée. Je fermai la porte derrière moi. Elle me fit face et tendit une main.

– Tu me règles tout de suite, chéri, comme ça on n'a pas de soucis.

Je sortis mon portefeuille et comptai les billets. Elle saisit la liasse et la rangea dans une boîte. Puis elle s'assit sur le lit et commença à se déshabiller.

– Mets-toi à l'aise, te gêne pas, mon chou !

Je la laissai retirer ses bas avant de l'arrêter. Elle me regarda, interloquée.

– Ben quoi, qu'est-ce qu'il y a ? T'as plus envie ?

Elle me lança un coup d'œil aguicheur.

– Amène ton anguille, je vais te redonner le goût de vivre, moi.

Je lui souris et pris place sur une chaise, en face d'elle.

– Laisse tomber, je suis pas venu pour baiser.

– Qu'est-ce que tu veux alors ? dit-elle brusquement soupçonneuse.

Elle loucha sur la boîte où elle avait rangé mon pognon.

– T'inquiète pas, je te laisse le fric. J'ai besoin d'un tuyau et mon informatrice attitrée n'est plus disponible.

La pute écarquilla les yeux. Elle désigna la rue d'une main.

– Armande ? Bordel de dieu, tu connaissais Armande ?

Je hochai la tête.

– Qu'est-ce qui me le prouve ? demanda-t-elle soudain.

Je réfléchis une seconde à la recherche d'un détail saugrenu.

– Si je te dis qu'elle avait la chatte rasée, ça te va ?

Elle fit la moue.

– Merde, tu en connais beaucoup des rombières à son âge qui se font ce genre de fantaisie ? m'exclamai-je.

Elle haussa les sourcils.

– Qu'est-ce que tu veux savoir ?

– Tonio. L'ancien mac du quartier. Armande m'a dit qu'il était rangé des voitures. Est-ce que tu sais où il crèche ?

Elle se mit à rire.

– Qu'est-ce qui te fait marrer ? demandai-je.

– Rangé des voitures ! À propos de Tonio, ça, c'est pas mal !

Je la regardai sans comprendre.

– Ben oui ! dit-elle, Tonio, maintenant, il tient un garage en banlieue. Alors rangé des voitures… !

On ne devait pas avoir le même sens de l'humour. Ou alors c'était la situation générale qui bloquait quelque chose. Une sorte de paralysie du burlesque en quelque sorte.

– Il est où ce garage ?

– À Fontaine, dans la zone industrielle de la Poya. Il s'appelle… voyons… ça va me revenir… Ah, oui, c'est le *Garage de la Falaise* !

Après l'avoir remerciée, je la laissai se rhabiller et je descendis les deux étages avec elle. Arrivés en bas, elle reprit sa place.

J'avais logé l'ancien souteneur de « la Folle ». C'était déjà une bonne chose de faite. Et j'avais bien raison d'en profiter.

Car chez Pat, une mauvaise surprise m'attendait.

Chapitre 10

En rentrant chez Acciolino, je croisai encore du monde dans les rues. Sans le faire exprès, je bousculai un type à un croisement. Je lui lançai un regard mauvais et il s'excusa à ma place. Si j'avais eu une tête de moins, il m'aurait peut-être insulté. Là, il n'avait pas osé moufter.

Je poursuivis mon chemin sans me retourner.

Ça me rappela un con de militaire que j'avais eu la malchance de fréquenter pendant mon service, en Allemagne. « Dans la vie, y a les baiseurs et les baisés », disait-il sans cesse. C'était l'abruti galonné typique convaincu d'en savoir assez sur la vie pour donner des leçons aux bleus-bites que nous étions. Il passait son temps à nous beugler des insultes et nous obligeait à faire des pompes en scandant des chansons obscènes. Un jour, je m'étais relevé au milieu d'une série où il était question de nos mères respectives. Je m'étais avancé vers lui, les mains sur les hanches.

– Je veux bien faire des pompes, mais vous ne pouvez pas m'obliger à chanter ces saloperies, chef ! avais-je déclaré d'un ton décidé.

L'autre connard s'était interrompu dans son comptage. Ses petits yeux méchants s'étaient posés sur moi.

J'avais compris que je venais de faire une gaffe. Il avait fait un pas en avant.

– T'as dit quoi, Lambert ? m'avait-il demandé avec un drôle de sourire.

Les autres bidasses s'étaient arrêtés et nous observaient. Je m'étais raclé la gorge.

– J'ai dit que je voulais bien faire des pompes, chef.

– Ouais, et après ?

– Que je ne chanterai pas des chansons dégueulasses, chef.

Il avait fait un autre pas en avant. Il se trouvait maintenant à quelques dizaines de centimètres de moi.

– Alors, comme ça tu ne veux pas chanter mes chansons, Lambert ? susurra-t-il.

– Non, chef !

– Et pourquoi donc, Lambert ?

– Parce qu'elles sont dégueulasses, chef !

– Elles sont « dégueulasses » mes chansons ?

– Oui, chef !

Il s'était alors retourné vers les autres.

– Elles sont dégueulasses mes chansons ? avait-il beuglé.

Les gars s'étaient regardés et avaient murmuré entre eux.

– Qui pense que mes chansons sont dégueulasses, bande de tarés ?

Personne ne répondit. Il avait fait volte-face vers moi.

– Tu vois, Lambert, y a que toi pour dire que mes chansons sont dégueulasses…

Avant que j'aie eu le temps de réagir, il m'avait cueilli au foie d'un crochet du droit, doublé d'un direct au plexus. Je m'étais écroulé dans la poussière en gémissant, le souffle coupé.

– Tu vois, Lambert, avait-il ajouté, dans la vie, y a des baiseurs et des baisés. Toi, tu fais partie des baisés. C'est comme ça et c'est pour la vie.

À la suite de cette histoire, j'avais pris une semaine de trou pour insubordination. J'en avais conçu une rancune indéfectible envers les uniformes et la connerie en général.

Des années plus tard, j'avais toujours l'impression de faire partie de la cohorte des baisés de l'existence. De ceux à qui la chance n'a pas toujours souri. Et de ceux qui n'ont pas pu s'empêcher de forcer le destin à leur en foutre plein la gueule. J'aurais pu vivre presque peinard. Un bon job, une femme, une gamine, des relations, une certaine respectabilité même. Je pouvais m'estimer heureux de mon sort. J'étais parvenu à quitter la sphère des « baisés » et à tirer mon épingle du jeu sans trop me compromettre avec les autres. Malgré mes frasques extraconjugales, je gardais un certain prestige, au moins professionnel.

Mais voilà, le procès Henri Brun avait été mon épreuve du feu. L'examen initiatique pour l'entrée dans le clan des « baiseurs ». Et je l'avais foiré en beauté. Je m'étais ramassé comme il faut.

J'avais manqué de couilles. J'aurais dû écraser la tête de mon adversaire à grands coups de lattes dans la tronche. J'aurais dû ne rien avoir à branler d'un procès raté et continuer ma route.

Au lieu de ça, j'avais commencé à me poser des questions.

Ça avait été alors la dégringolade tous azimuts.

Je livrais des pizzas, je sautais des gonzesses toutes plus paumées les unes que les autres et je voyais ma gosse une fois tous les quinze jours. Puisque ça ne suffisait pas encore à faire de moi un « vrai » baisé, j'étais accusé de deux meurtres et je me retrouvais en cavale avec non seulement les flics mais aussi deux cinglés au cul.

« Tu fais partie des baisés. C'est comme ça et c'est pour la vie », disait l'autre con de militaire.

J'avais tourné et retourné cette phrase dans ma tête pendant longtemps. Aujourd'hui encore, je m'interrogeais sur la part de vrai dans les paroles de cet abruti. Ma seule certitude, c'était qu'on est tous le baisé et le baiseur de quelqu'un. Chacun à son niveau. À un degré plus ou moins important, dans un sens ou dans l'autre.

Moi, pour l'instant, je me trouvais dans la catégorie des poids lourds. Je faisais presque du cent pour cent.

J'en étais là de mes réflexions sur le sens de la vie lorsque je parvins chez Pat.

Je frappai trois coups.

Il mit un peu trop longtemps avant d'ouvrir. Cela aurait dû me préparer à la suite. Au lieu de ça, je commençai à m'impatienter. J'allai frapper derechef quand il actionna la poignée.

– Tu peux entrer, murmura Pat d'une voix bizarre.

Il demeurait dans l'ombre et je ne distinguais pas son visage.

– Quelque chose ne va pas ? m'inquiétai-je.

Sans répondre, il me tourna le dos et se dirigea vers son salon. Je le rattrapai.

– Hé ! m'écriai-je, qu'est-ce qui se passe, là ?

Il fit alors volte-face. J'étouffai un cri de surprise.

Entre les lèvres fendues, le nez comme une patate et couvert de croûtes et les deux yeux fermés, le pauvre Pat avait l'air d'être passé sous un camion. Je restai sans voix.

– Comme tu dis, bredouilla-t-il.

Je réalisai soudain ce que cela pouvait aussi signifier.

– Sandrine, Héloïse…

Il se contenta de hausser les épaules.

– Il y a un dieu pour les gonzesses, marmonna-t-il. Héloïse n'arrivait pas à s'endormir et Sandrine l'avait emmenée prendre l'air sur la terrasse. Quand ces deux crétins se sont ramenés, elles ont grimpé sur le toit. Ils n'ont même pas pensé à chercher par là.

Il essaya de sourire mais ne fit qu'une grimace douloureuse.

– « Ils ». Qui « ils » ? demandai-je.

– Tes deux potes, là. Un petit blond à lunettes et un nabot pas tout à fait terminé.

Je croisai les bras sur ma poitrine.

– Comment ils sont entrés ?

Pat fit une moue dépitée et soupira.

– Quand ça a frappé, je n'ai pas ouvert tout de suite, tu penses bien. J'ai regardé par le judas et j'ai vu le blond. Il avait un carton de pizza à la main. « Pizza Presto ! » il a dit, « de la part de monsieur Lambert ». Alors je ne me suis plus méfié.

Les bras m'en tombaient. Je ne comprenais pas comment il avait pu se faire rouler avec autant de facilité.

– Et ça ne t'a pas étonné que je t'envoie des pizzas alors qu'on venait de manger ? grondai-je.

Sans attendre sa réponse, je marchai jusqu'à la terrasse.

– Elles sont où ?

– Dans la chambre. Sandrine essaye de calmer la petite… Téo, il faut que je te dise une chose.

Je le regardai, un peu inquiet.

– Oui ?

– J'ai dû appeler les flics. Ils ne vont pas tarder. Il ne faut pas que tu restes là.

Bon Dieu ! J'avais du mal à y croire.

Je fonçai dans la chambre. Sandrine était couchée sur le lit avec la petite. Celle-ci se mit à sourire en me voyant. Je l'embrassai.

– Je dois partir, dis-je à Sandrine.

Elle me jeta un regard froid.

– T'es vraiment qu'un sale con, dit-elle d'une voix sèche. Tu fous la merde partout où tu passes. T'en as vraiment rien à foutre des autres !

C'était injuste mais je n'avais pas le temps de me lancer dans des explications.

– Explique à Héloïse qu'elle ne doit pas parler de moi aux flics.

– Ben voyons ! Tu as raison ! Ta fille maintenant... Tu n'as donc aucun respect pour personne !

Je sentais la colère prendre peu à peu le pas sur mes bonnes résolutions. Je respirai un grand coup.

– Et je leur dis quoi aux flics, moi ? poursuivit-elle sur le même ton.

– Tu te démerdes, rétorquai-je d'un air mauvais. T'as qu'à leur dire que tu couches avec Pat.

Je regrettai aussitôt d'avoir dit ça. Elle ricana.

– Mais parce que tu crois que je fais quoi, en réalité ?

Je ne répondis rien. On s'embarquait sur une discussion foirée d'avance. Je me contentai donc de hausser les épaules avec dédain et de me tirer très vite.

Acciolino m'attendait assis sur son canapé. Il se leva à mon arrivée. Il était vraiment très esquinté.

– Ils voulaient quoi les types ? demandai-je.

– C'est après toi qu'ils en avaient. Ils m'ont dit de cesser de t'héberger ou sinon ils s'occuperaient de moi sérieusement...

Il baissa les yeux.

– Tu ne peux pas rester, Téo, laissa-t-il tomber.

Je me mordis les lèvres. Les deux affreux lui avaient flanqué une jolie dérouillée et nous savions tous les deux que la prochaine serait pire. Je ne pouvais pas lui en vouloir.

Il sortit de sa poche une liasse de billets et me la tendit.

– Prends ça. C'est tout ce que je peux faire pour toi, pour l'instant. Faut pas m'en vouloir.

Il y avait une dizaine de billets de vingt. Ce n'était pas énorme mais ça me permettrait de tenir quelque temps. Je réalisai alors que je ne m'étais encore pas projeté dans l'avenir. J'avais géré les choses au jour le jour depuis la première visite des affreux au camping. Les évènements s'étaient succédé et ne m'avaient pas laissé le temps ni de souffler, ni de tirer des plans.

J'empochai le fric et je me sauvai avant l'arrivée des flics.

Je récupérai la Vespa où je l'avais cachée et je filai vers les boulevards. Il se remit à flotter. Je m'abritai sous une porte cochère et je regardai un moment la pluie tomber.

Puis je me mis à cogiter.

Des tas de questions me trottaient dans la tête. J'essayai de les écarter et d'aller à l'essentiel.

Fathia Driddi, d'abord. La fille se fait cramer et son meurtrier tente de me faire porter le chapeau. Henri Brun me dirige vers une ancienne prostituée qui croit reconnaître dans Fathia la fille d'une ancienne « collègue ». Celle-ci avait un souteneur qui depuis s'occupe de voitures en banlieue.

En parallèle, un inconnu envoie deux types pour me convaincre de travailler pour lui. Ses hommes de main éliminent peu à peu les témoins que je rencontre et mettent une pression dingue sur ceux qui m'aident.

Là-dessus, Henri Brun se propose de me donner des tuyaux à condition que je découvre par moi-même pourquoi on l'avait fait accuser de meurtre il y a dix ans. En deux mots, il me demandait de faire le boulot que je n'avais pas su faire à l'époque.

Cela faisait un sacré paquet de nœuds. Et il y avait là-dedans des trucs pas bien nets. Comment Henri Brun pouvait-il bien être au courant de la vie et des antécédents de Fathia Driddi ? Pourquoi un inconnu tenait-il tant à me faire bosser pour lui ? Le meurtrier de Fathia et lui étaient-ils une seule et même personne ?

Et enfin, dernière question : qu'est-ce que j'avais fait au bon Dieu pour me coller dans un pareil merdier ?

À force de ruminer ces conneries, je finis par m'endormir, accroupi sous ma porte cochère. Il était tard, il pleuvait des hallebardes et je ne pouvais aller nulle part. Alors, ici ou ailleurs, ça ne faisait pas grande différence. Là, au moins, les flics n'auraient pas idée de venir me chercher et je pouvais voir les gouttes tomber… Le pied, quoi.

Je rêvai de ma fille. Elle était grimpée sur une énorme boule rose avec des étoiles et tournait à toute vitesse autour de moi. L'index pointé dans ma direction, elle me regardait en se payant ma tête. Je ne comprenais pas. Je l'appelai. Seulement, ma voix ne voulait pas sortir. Je me contentai de pousser des grognements gutturaux. Alors je m'énervai. Je bondis en avant. J'essayai de l'attraper, une fois, deux fois. Mais elle était bien plus rapide que moi et m'échappait à tous les coups. Je me mis alors à pousser des cris de rage. Soudain, la sonnerie d'un téléphone portable retentit. Je regardai ma fille sans comprendre. Elle continuait à se marrer. Puis elle se figea et me regarda avec agacement. « Décroche donc, imbécile ! » dit-elle. « Tu ne vois pas qu'il pleut ? »

Je me réveillai en sursaut.

La pluie tombait toujours avec violence. J'avais des crampes dans les mollets à force de rester accroupi et il faisait froid. Un sale froid humide et pénétrant.

Le téléphone continuait à sonner.

Je mis un moment avant de réaliser ce que cela avait d'incongru… Je n'avais pas de portable ! J'ouvris alors tout à fait les yeux. À ma gauche, à quelques dizaines de centimètres de moi, un petit appareil était posé à même le sol, à l'abri de la pluie. Sur le thème de « Joyeux anniversaire », une sonnerie synthétique retentissait de façon quasi hystérique. L'écran était allumé. Je regardai bêtement autour de moi pour voir qui avait pu oublier son portable en pleine nuit et sous la pluie. Puis, je haussai les épaules, consterné par ma propre bêtise, et je pris l'appareil. Le nom et le numéro d'appel étaient affichés.

C'était Brun.

Je jurai.

« Joyeux anniversaire » commençait à me taper sur le système. Je décrochai et prêtai l'oreille. J'entendis une respiration forte.

– Allô ? dit une voix connue.

– Qu'est-ce que c'est que ces conneries ? grondai-je.

– Maître ! répondit Brun. Comment voulez-vous que nous communiquions désormais ? Vous êtes grillé absolument partout !

Je réfléchis une seconde.

– Ça veut dire quoi ?

– Ça veut dire que je vous fais cadeau de ce téléphone portable, maître. Oh ! Ne me remerciez pas ! Ça ne m'a presque rien coûté et le temps de communication est limité à une demi-heure.

– Trop gentil, grommelai-je. Comment tu m'as trouvé ?

Il ricana.

– Nous n'avons pas beaucoup de temps, poursuivit-il. Avez-vous l'heure, maître ?

Je regardai ma montre par réflexe. Il était 23 h 55.

– Nous avons cinq minutes devant nous. C'est juste ce qu'il faut pour que je vous explique les règles du jeu.

– Les règles du jeu !

– Oui, oui… ce n'est pas le moment de jouer sur les mots, maître ! J'ai besoin du témoignage de Delhomme et vous allez vous débrouiller pour l'obtenir.

Je restai silencieux.

– Maître ? Vous êtes toujours là ?

– Va te faire foutre, espèce de taré !

Il éclata de rire.

– Je vous avoue que je m'attendais à une réaction de ce type, reprit-il enfin. Alors écoutez-moi attentivement. Il vous reste deux minutes. À exactement minuit précis, vous entendrez la sirène de la police.

Je bondis sur mes pieds.

– Enfoiré, beuglai-je, qu'est-ce que tu as fait ?

– J'ai prévenu le commissariat central de votre présence, maître, sous ce porche, en pleine nuit.

Le salaud. L'ignoble petite merde ! Il m'avait balancé !

À cet instant précis, j'eus des pulsions de meurtre.

Je me souvins d'un copain qui m'avait avoué avoir eu déjà des envies profondes de trucider son ex. Il avait divorcé depuis peu et sa bonne femme lui en faisait voir de toutes les couleurs. Sur le coup, je ne l'avais pas compris. Je l'avais trouvé un peu excessif. Genre, on ne pète pas les plombs comme ça, juste parce qu'une pétasse vous prend la tête un peu plus qu'à son tour. Et là, soudain, je comprenais.

Pire ! Je le ressentais.

Je me répandis en injures et autres obscénités diverses et variées. L'autre, loin de s'énerver, répondit avec le plus grand calme.

– Une minute, maître.

Je me tus.

– Filez chez Delhomme et débrouillez-vous pour avoir ce témoignage, laissa-t-il tomber.

Je raccrochai.

Je rangeai le portable dans une poche, j'attrapai mon casque et je détachai la Vespa. Je démarrai à toute vitesse et filai en direction de l'avenue Alsace-Lorraine. Je n'avais pas fait cent mètres que j'entendis les premières sirènes. Je grimpai sur le trottoir et j'éteignis mes feux.

Puis je me retournai. Deux voitures étaient déjà garées en plein milieu de l'avenue Gambetta. Juste à l'endroit où je me trouvai peu de temps auparavant. Les flics bondissaient, l'arme au poing.

Je crachai par terre.

Brun ne m'avait pas raconté des salades. Désormais, je savais qu'il ne me lâcherait pas. Il était déterminé à aller jusqu'au bout. Je pensais comprendre pourquoi. Ce type avait été condamné pour meurtre. Personne, pas même son avocat, n'avait cru à son innocence. Et à présent, il avait la possibilité d'en apporter la preuve. Il y avait deux témoins capitaux. Norbert Viala était déjà présent sur la scène du crime et au procès en 1992. Mais il avait été abattu et il ne parlerait plus. Et puis avait surgi un témoin que personne n'avait évoqué à l'époque : Delhomme. J'ignorais tout ou presque à propos de ce type. Il avait dirigé pendant des années une entreprise de peintures industrielles et aujourd'hui il reposait dans une piaule de neurasthénique avec le cerveau aussi pressé qu'un citron.

Or tout me laissait croire que ce type avait joué un rôle non négligeable dans l'affaire Brun. D'abord, l'attitude de Viala. Il n'avait même pas pu prononcer son nom et avait paru terrorisé à l'idée de devoir le faire. Ensuite, le comportement de la petite madame Delhomme. Elle savait. C'était certain. Elle avait fait mine d'ignorer jusqu'au nom de Brun, mais il était évident qu'elle mentait. Brun avait été clair là-dessus. Si Norbert Viala ne pouvait plus rien dire, et pour cause, seule la Delhomme avait maintenant la possibilité de prouver son innocence.

Et moi là-dedans ? pensai-je. Contraint et forcé, je cavalais après ma propre rédemption. Du moins une partie, car la liste de mes péchés et adultères spirituels était longue. Très longue.

Je secouai brusquement la tête. Je ne tournais pas rond ou quoi ? C'était quoi ces idées de nazes ? Adultères spirituels ? Et mon cul alors ! Depuis que ma propre mère, Anna Brunetti, avait cessé de me forcer à suivre le catéchisme, je n'avais plus foutu un orteil dans une église. Sauf pour mon mariage. Et ça n'avait pas été une réussite ! Je me demandai pourquoi je m'étais mis soudain à penser à ces bondieuseries.

C'était peut-être à cause de la Delhomme, avec sa petite croix en argent autour du cou.

Je descendis de la Vespa et la poussai sans démarrer. Les flics n'étaient tout de même pas bien loin et le bruit du moteur les aurait sans doute alertés.

« Filez chez Delhomme ! » avait dit Brun.

Est-ce que j'avais le choix ? Pas vraiment. Ce salopard s'était donné les moyens de m'atteindre partout où il le souhaitait.

Mais en pleine nuit. J'allais réveiller la femme, comme ça ?

Je réfléchis un quart de seconde et décidai que oui.

Une fois dans l'avenue Alsace-Lorraine, je grimpai sur la bécane et je mis les gaz. Je tournai à gauche sur le cours Jean-Jaurès et roulai jusqu'à l'autopont. Là, je pris la direction de Seyssins, via le pont de Catane.

J'arrivai devant chez les Delhomme trempé à tordre. Même la météo avait décidé de m'en faire voir. J'abritai la Vespa un peu plus haut, sous un arrêt de bus et je continuai à pied jusqu'au portail. Il était fermé mais je passai par-dessus sans mal.

Accroupi sur les gravillons, j'éprouvais une sensation de déjà vécu. À part l'obscurité de la nuit. Je me glissai sans bruit jusqu'au garage. Deux voitures étaient stationnées devant. L'une derrière l'autre. La première, contre la porte à double battant, était une 306 gris métallisé. Apparemment la seconde voiture du couple. Celle de madame, sans doute. L'autre était une AX blanche. Petit bonhomme en kimono blanc accroché au rétroviseur, autocollants vantant les mérites des plages portugaises, cendrier de bord archi-plein. Là, on avait changé de propriétaire. J'évoquai la petite bonne et je l'imaginai bien au volant de cette voiture.

Et elle fabriquait quoi la petite bonne, là, en pleine nuit, chez la Delhomme ?

De deux choses l'une. Elle avait une chambre sur place et logeait là, ou bien… Je frissonnai. Pas de froid. Si je ne m'étais pas trompé sur le compte de ces deux gonzesses, elles devaient être en train de faire la bête à deux têtes quelque part dans une pièce.

Je crochetai la serrure de la porte du garage et je pénétrai à l'intérieur. Une grosse Mercedes occupait une bonne moitié de la place. Je me faufilai entre la voiture et le mur et me dirigeai vers un escalier situé au fond. Une dizaine de marches fort raides me conduisirent à une porte close. Le verrou n'étant pas tourné, je l'ouvris. Je débouchai dans un vaste couloir. Celui-là même qui menait à la chambre de Delhomme.

Je m'arrêtai et m'accroupis. Une idée m'était venue. Plutôt que de secouer la Delhomme, j'allais d'abord revoir monsieur.

Je le trouvai dans la même position que la fois précédente. Le regard fixe et les mains le long du corps. Je fermai la porte derrière moi avec précaution. Puis je m'avançai. Il n'eut aucune réaction. Je me penchai sur lui. Rien. Pas même un battement de cils un peu rapide. Je m'approchai jusqu'à toucher son oreille.

– Monsieur Delhomme, murmurai-je. Est-ce que vous m'entendez ?

Il ne réagit pas.

– Monsieur Delhomme, c'est vous que je viens voir, insistai-je. Connaissez-vous Henri Brun ?

Il me sembla noter chez Delhomme comme un frémissement. C'était à peine perceptible. Juste un petit tremblement des muscles. J'essayai autre chose.

– Comment s'appelle votre femme, monsieur Delhomme ?

Je m'écartai. Il ne broncha pas. Je continuai.

– Où avez-vous connu Henri Brun ?

Il tressaillit à nouveau. Cette fois, j'en étais sûr.

On m'avait déjà raconté une chose semblable à propos des malades d'Alzheimer. Passé un certain stade, ils semblent ne plus répondre à rien. Ils ne reconnaissent plus personne et survivent comme des légumes sans parler ni bouger. Et puis parfois, on ne sait pas pourquoi, une chose les fait réagir.

Et là, c'était clair. Le nom d'Henri Brun était un stimulus efficace. Je me penchai un peu plus encore.

– Avez-vous connu Henri Brun dans le cadre de votre travail, monsieur Delhomme ?

Il s'agita un peu plus. Il me sembla même distinguer un mouvement de tête. Je répétai ma question. Ses lèvres bougèrent mais aucun son ne sortit.

– Henri Brun était un ami à vous ?

L'homme se mit soudain à transpirer. Une odeur forte se répandit dans la pièce. Je fis une grimace.

– Vous rencontriez souvent Henri Brun ? poursuivis-je.

Son agitation se transforma en spasmes. Ses membres furent pris de tremblements irrépressibles. Je me demandai un instant si je n'étais pas allé trop loin.

– Était-ce dans le cadre de vos loisirs que vous voyiez Henri Brun ?

Sa bouche s'ouvrit de façon démesurée. Elle se tordait en tous sens sans pour autant parvenir à proférer le moindre mot. La sueur ruisselait maintenant sur le visage de Delhomme.

Et merde ! J'avais voulu le réveiller mais j'y étais peut-être allé un peu fort !

Sa respiration devint de plus en plus saccadée. Bon Dieu ! Il n'allait tout de même pas me claquer entre les doigts. Ses yeux s'agrandirent soudain.

– Ca… ca… carnet, éructa-t-il enfin.

Puis d'un seul coup, comme si l'effort avait été trop violent, il s'affaissa sur lui-même. Ses muscles se détendirent brusquement et il reprit sa position inerte.

Il avait dit quoi ? « Carnet » ? C'était bien ça. J'avais bien entendu « carnet ». Ma première idée fut qu'il s'agissait d'un carnet dans lequel il avait consigné un certain nombre de choses. Et sans doute de quoi éclairer ma lanterne sur ses relations avec Brun. Restait à savoir où se trouvait ce carnet.

À ce moment-là, un filet de lumière passa sous la porte. La Delhomme rappliquait ! Si cette fois elle avait pensé à charger son fusil, ça allait être ma fête. Je m'aplatis contre le mur et j'attendis. La poignée tourna avec lenteur. Elle espérait me surprendre. Je vis d'abord le canon de l'arme. Puis une main frêle, un bras, une jambe. Le visage de la Delhomme apparut enfin de profil. Je visai la tempe et je cognai.

Un seul coup.

Et encore pas trop fort. Je ne voulais pas l'esquinter. Juste l'étourdir un peu pour me barrer tranquille. Je reçus son corps inerte dans un bras et j'attrapai au vol le fusil avec l'autre main. Puis, je la posai avec délicatesse au sol.

Je sortis dans le couloir en faisant gaffe où je mettais les pieds. Il restait Grazia. La petite bonniche portugaise. Je ne vis personne. Elle devait pioncer comme une bienheureuse. Ou trembler comme une feuille planquée dans un coin. J'hésitai à la chercher. Je me remémorai ses petits seins pointus avec émotion, puis je me ravisai. Je traversai le couloir d'un pas rapide et atteignis la porte d'entrée. Je la déverrouillai pour sortir avant de me ruer vers le portail.

Une fois dans la rue, je courus jusqu'à la Vespa. La pluie avait cessé. Tout n'était pas perdu !

Je roulai jusqu'à la digue du Drac. Ça avait été comme une sorte de réflexe. La route était celle du camping. Je me retrouvai à quelques centaines de mètres du bungalow et une furieuse envie d'aller y voir me prit. Je dissimulai la bécane dans un taillis bordant la digue.

Je parvins rapidement rue des Allobroges. Les caravanes étaient plongées dans l'obscurité. Après m'être assuré que la voie était libre, je franchis la barrière blanche et je traversai le camp. Je marchai sur les parties herbeuses des emplacements. Le bruit des gravillons dans les allées aurait tôt fait de me faire repérer. J'arrivai ainsi jusqu'à mon bungalow.

Ou ce qu'il en restait.

Je n'avais pas entendu parler d'ouragan dans la région. Pourtant, il avait dû passer par là. Juste sur mon bungalow. La porte avait été arrachée, les fenêtres brisées, mes coussins éventrés et l'ensemble de mes placards répandu sur le sol. Je contemplais ce désastre en grimaçant. Quel foutoir !

Un bruit derrière moi me fit sursauter.

– Bouge pas d'un poil, connard, ou j'te fais sauter l'caisson ! rugit une voix dans la nuit.

Je me retournai avec lenteur.

– Putain, bouge pas, j't'ai dit !

Je poussai un soupir.

– Tu pourrais baisser ton arme, Jojo, tu vas finir par te faire mal, suggérai-je.

J'entendis un drôle de bruit, comme un hoquet.

– Téo ? interrogea une voix incrédule. C'est toi, Téo ?

– Qui veux-tu que ce soit ? dis-je en me retournant tout à fait.

Jojo, vêtu d'un simple caleçon à pois et d'un marcel blanc, exhibait ses cannes maigrichonnes et grelottantes.

– Putain, répéta-t-il, c'est toi, Téo ?

– Remets-toi, lui dis-je en riant. C'est bien moi va !

Il posa son fusil au sol en secouant la tête.

– Hé ben mon vieux, pour une surprise, c'est une surprise ! Mais qu'est-ce que tu fabriques ici ? demanda-t-il soudain soucieux.

– J'passais dans le coin…

– C'est ça. T'as vu de la lumière et tu t'es arrêté. À deux heures du mat' ? Tu te fous de ma gueule ?

– Et toi ? répondis-je du tac au tac. Qu'est-ce qu'un vioque comme toi fiche en pleine nuit dehors avec un flingue dans les mains ?

Son visage s'assombrit.

– C'est à cause de tes copains, là, les deux qu'étaient déjà venus.

– Oui ?

– Ben y sont repassés, comme tu peux voir, continua-t-il en désignant mes affaires éparses.

J'y jetai un vague coup d'œil.

– Personne n'a rien entendu ?

Il ricana.

– Ces pétochards de merde ? Je veux qu'ils ont tout entendu ! Mais tu crois qu'y en a un seul qui se serait levé ?

Je pensai que lui non plus n'avait pas bougé.

– Quant à moi, dit-il comme s'il avait deviné mes pensées, c'est à cause de la patronne. Cette vieille bique m'oblige à prendre un somnifère le soir. Au cas où j'ferais des insomnies qu'elle dit. Je peux t'assurer que depuis, ses somnifères, elle peut se les avaler par le trou du cul ! Merde alors !

Je ne pus m'empêcher de rire de l'indignation du vieux.

– Ah, ça te fait rire, toi ! Hé bien moi je peux t'assurer que depuis, la nuit, je dors mal. Le moindre bruit et me v'là debout avec mon pétard en train de tourner entre les caravanes.

Je lui collai une tape sur l'épaule. Il vacilla et me regarda avec un sourire.

– Putain, ça fait quand même du bien de te voir, dit-il en dévoilant ses chicots. Mais dis-moi, t'en es où de tes histoires avec les flics ?

Je ne répondis pas. À quoi bon ? Nous restâmes un moment silencieux. Puis il me vint une idée.

– Tu voudrais m'aider ? demandai-je soudain.

Il me dévisagea avec étonnement.

– Oui, bien sûr… Mais je sais pas…

– Est-ce que tu peux te rencarder sur une fille ?

Jojo écarquilla les yeux.

– T'inquiète pas, dis-je en riant, je ne suis pas en train de me foutre de toi. Est-ce que tu connais les Delhomme ?

– Lesquels ? Parce qu'il y en a deux : Raymond Delhomme et André Delhomme.

– André.

– L'ancien conseiller général alors ?

– Pardon ?

– L'ancien conseiller général, tu veux dire ? répéta-t-il.

Un homme politique ! Voilà ce qu'était Delhomme avant que ses neurones ne pètent un câble. Cela pouvait expliquer certaines réticences à être impliqué ou même seulement cité dans une affaire criminelle. Restait à trouver le lien qui unissait Brun et Delhomme.

– Écoute bien, Jojo. La femme Delhomme a à son service une petite Portugaise, je crois. Elle s'appelle Grazia quelque chose. Je voudrais que tu trouves où elle crèche. C'est faisable ?

Il sembla réfléchir un instant.

– Tu veux ça pour quand ?

– Avant-hier, laissai-je tomber.

Il sursauta.

– À onze heures, je t'appelle au bar. Débrouille-toi pour être là et décrocher toi-même. Ça marche comme ça ?

Jojo hocha la tête très vite en souriant.

– Tu ne devrais pas rester plus longtemps, dit-il soudain sur un ton grave. Un de ces caves serait encore capable de téléphoner aux flics pour te balancer.

Je lui serrai la main avec chaleur avant de le quitter. Je l'aurais presque embrassé.

Presque…

Une fois parti du camping, je rejoignis le taillis où j'avais caché la Vespa. Elle n'avait pas bougé. Je décidai de faire quelques pas sur la digue. Je mis les mains dans les poches de ma veste et je trouvai le téléphone de Brun. Je le sortis. J'appuyai sur un bouton, le cadran s'alluma. J'enfonçai une touche en forme de flèche. C'était le répertoire. Un seul numéro s'y trouvait. Celui de Brun.

J'appelai.

Il décrocha à la cinquième sonnerie et répondit d'une voix endormie.

– Lambert ?

Je notai qu'il avait laissé tomber le « Maître ». Ça allait sans doute revenir, je ne me faisais pas d'illusions.

– Ouais, c'est moi, dis-je.

– Merde, vous avez vu l'heure ?

Je ne répondis pas.

– Qu'est-ce que vous voulez ? insista-t-il.

– Je suis allé chez les Delhomme. Est-ce que André Delhomme était déjà conseiller général en 1992 ?

Il ricana.

– Je vois que vous avancez, maître. C'est bien.

– Tu ne m'as pas répondu.

– André Delhomme était bien conseiller général à l'époque, dit-il d'une voix agacée. Maintenant vous voulez quoi ?

– Qui était Fathia Driddi ? demandai-je à brûle-pourpoint.

Il y eut un silence.

– Je t'écoute !

Henri Brun soupira avec force.

– Vous êtes trop pressé, maître. C'est mauvais pour les nerfs, vous allez vous faire un ulcère.

– Va te faire foutre !

– Je ne vous dirai rien maintenant, de toute façon. C'est trop tôt. Beaucoup trop tôt.

– Brun ! Espèce de petit merdeux ! Tu crois peut-être que je vais continuer à bosser à l'œil pour toi ?

– Oui, laissa-t-il tomber d'une voix calme.

Puis il raccrocha.

Le con.

Il m'avait raccroché au nez.

Le pire, c'est que je ne pouvais rien faire.

Mais alors, rien de rien.

Chapitre 11

Cardoso

Le capitaine Philippe Cardoso, enquêteur à la crim' du SRPJ de Grenoble, contemplait la chemise cartonnée ouverte sur son bureau.

Rien.

Il n'avait pour ainsi dire rien.

Son dossier était vide.

Trois jours d'enquête et il se heurtait à un mur.

Il referma le dossier en soupirant. Les sourcils froncés, il leva la tête et son regard accrocha les posters de snowboard punaisés sur les murs. Son ballon d'oxygène dans cette pièce sans fenêtre qui puait la clope. Depuis sa promotion, on l'avait collé dans ce petit dix mètres carrés repeint en gris pâle. Un immense bureau métallique occupait une grande partie de la place. Deux ordinateurs, des vieilles bécanes obsolètes, ronronnaient en continu. Même celle de Blanchard. Il devait rentrer aujourd'hui après quelques jours d'absence mais Cardoso avait allumé sa machine chaque matin en même temps que la sienne. Question d'habitude.

La pendule bon marché, fixée à un clou au-dessus de la porte, indiquait 08 h 45. Dans un petit quart d'heure, il lui faudrait affronter le « Vieux » dans son bureau.

Il soupira à nouveau.

Son portable était posé en face de lui. Il le saisit et examina l'écran pour la énième fois depuis son arrivée. Il n'avait aucun message. Juana faisait la muette. Pourtant, lui, il en avait laissé des petits mots. Des courts, des longs, des tendres, des piquants, des amoureux, des désespérés. Il s'était surpassé en fréquence et en variété. En qualité, c'était autre chose. Le simple bip d'une messagerie créait une sorte de bug mental chez Cardoso. Une boule montait aussitôt dans sa gorge et refusait avec obstination de descendre. Le résultat était à la hauteur de son désespoir : effroyable. Sa voix montait alors d'un demi-ton et il ponctuait ses phrases d'innombrables « heu… » du pire effet. Ça la faisait marrer, Juana. Une fois réunis à nouveau, elle se repassait les messages avec le haut-parleur pour partager son hilarité avec lui. Sauf que lui, ça ne le faisait pas rire.

Trente-deux jours.

Il tenait les comptes. Ça faisait trente-deux jours qu'il n'avait pas vu Juana. Trente-deux interminables jours sans la toucher ni l'embrasser. Une éternité. Presque une vie.

Dire qu'il aurait dû déjà la retrouver. Quand il avait laissé ce petit mot débile pour se décommander, il savait qu'elle allait coincer. Trop indépendante. Trop fière aussi, peut-être. À cause de l'Espagne, tout ça. Couillons de machos d'Espagnols, pensa-t-il. À force de jouer les caïds avec les femmes, ils transformaient les plus libres d'entre elles en véritables rebelles. Et alors après, bonjour les dégâts ! Il fallait les prendre avec des pincettes. Au moindre faux pas, c'était l'apocalypse. Elles vous refaisaient une guerre d'Espagne sur la tête… sans les franquistes.

Une vraie calamité.

Dans le genre, Juana battait tous les records. Il faut dire que son job de photographe entretenait son caractère indépendant et libre. Ses clichés sur le Kosovo et l'Afghanistan avaient fait le tour du monde. Elle n'avait désormais aucun mal à placer ses photos et s'était sentie pousser des ailes. Elle laissait un petit mot sur la table de la cuisine ou sur le canapé et partait pour un mois, parfois deux. De temps à autre, il recevait une lettre de l'autre bout du monde. Il apprenait que la guerre en Irak était une sale guerre comme toutes les autres et qu'elle avait du mal à tenir le coup. Pourtant, elle restait là-bas.

Loin.

Et puis, un beau jour, en rentrant du boulot, il trouvait son sac de voyage dans son couloir. Elle avait pris une douche, préparé un thé et l'attendait nue dans son lit.

Jusqu'à la prochaine fois. Jusqu'au prochain petit mot dans la cuisine.

Alors, si en plus, sur le peu de temps octroyé par Juana, ils trouvaient le moyen de se disputer, c'était la totale !

Et tout ça à cause de la grippe de cet imbécile de Blanchard. Il aurait dû retrouver Juana à Lyon ce soir-là. Au lieu de ça, il lui avait fallu reprendre cette enquête à son corps défendant. Il avait tout de suite senti le plan foireux. Le truc pas net qui vous embarque dans une série d'imbroglios sans fin.

La preuve : il n'avait rien trouvé de tangible au bout de trois jours. Et maintenant, le « Vieux » allait s'y mettre.

Philippe Cardoso regarda la pendule. Neuf heures. Il fit une grimace et se leva lourdement. Il était où Blanchard ? se demanda-t-il.

Comme pour répondre à sa question, la porte s'ouvrit.

– Salut ! lança l'arrivant d'une voix encore rauque.

Jean-Pierre Blanchard était originaire de la Martinique. C'était un grand gaillard aux larges épaules et à l'allure sportive. Une semaine de grippe l'avait pourtant décalqué. Son teint était devenu d'un étonnant gris cendré. De larges cernes bleutés entouraient ses yeux noirs et en faisaient presque un personnage gothique.

Cardoso le dévisagea sans complaisance et se leva. Il referma le dossier avant de le coincer sous son bras.

– C'est l'heure, dit-il en désignant la pendule.

– Au fait, je vais mieux merci, grinça l'autre.

Cardoso ignora l'ironie et sortit de la pièce. De toute façon, il était de mauvais poil. Il allait se prendre un soufflon par le « Vieux » et il se sentait prêt à mordre la Terre entière. Blanchard le suivit en bougonnant. Cardoso lui tendit la chemise cartonnée par-dessus son épaule. Son partenaire la saisit et l'ouvrit sans s'arrêter. Il parcourut les notes dactylographiées et se tourna vers son collègue.

– C'est tout ?

Cardoso se raidit et lui jeta un regard mauvais.

Il ferait peut-être bien de s'y habituer, pensa-t-il.

– C'est tout ? hurla le « Vieux », quelques minutes plus tard.

Les deux policiers rentrèrent la tête dans les épaules.

– Et je ne parle pas pour vous, Blanchard ! Mais pour VOUS, capitaine Cardoso ! éructa-t-il en pointant un index rageur dans sa direction.

Ce dernier laissa Francis Lyjo s'énerver tout seul pendant plusieurs minutes. Le patron de la crim' était réputé pour ses coups de gueule. Lunatique, colérique, il n'en était pas moins un bon flic. D'une taille moyenne, il devait un embonpoint proéminent à sa fréquentation assidue des restaurants et pizzerias. Le « Vieux », à quelques années de la retraite, comptait bien finir sa carrière en beauté. Philippe Cardoso tenta une intervention. Il leva timidement un doigt.

– Non ! brailla l'autre. Pour l'instant, vous la bouclez. C'est moi qui parle.

Du coup, il se tut. Il saisit une bouteille d'eau minérale posée sur son bureau et but au goulot. Les deux officiers contemplèrent la pomme d'Adam de leur supérieur monter et descendre avec un drôle de bruit. Il reposa la bouteille, s'essuya la bouche du revers de la main et posa ses deux poings devant lui. Puis il les dévisagea l'un après l'autre. Cardoso soutint son regard. Blanchard préféra observer le bout de ses mocassins.

– Trois morts, grinça le « Vieux ». Vous avez trois morts qui touchent de près ou de loin Téo Lambert : Fathia Driddi, Norbert Viala et Armande Pichon. Quel est le rapport entre ces trois-là ?

Cardoso se racla la gorge.

– Justement patron, c'est…

– « Monsieur ».

– Pardon ?

– Appelez-moi « monsieur », Cardoso.

L'officier jeta un coup d'œil à Blanchard.

– Ce que je voulais dire c'est qu'il n'y a pas de rapport entre les trois. Ils ont tous un rapport avec Lambert, mais aucun entre eux. Ça, c'est un des problèmes.

– Et il y en a d'autres, je suppose, soupira le « Vieux ».

– Oui. Le plus important : Fathia Driddi. On n'a rien ou presque sur elle.

Francis Lyjo haussa les sourcils.

– Comment ça, « rien ou presque » ?

– Ben voilà, hésita Cardoso. En fait, tout ce qui la concerne n'a pas plus de trois ans d'âge.

– Qu'est-ce que c'est que ces salades, encore ? grommela Lyjo.

– On n'a pas pu remonter à plus de trois ans en arrière sur sa vie.

Le gros homme le fixait avec des yeux ronds.

– Vous vous rendez compte de ce que vous avancez, Cardoso ? dit-il lentement.

Celui-ci grimaça un sourire.

– C'est bien ce que j'ai dit, au-delà de trois ans, c'est le vide total.

– Ses papiers ?

– Certains ont été datés de plus longtemps.

– Hé bien voilà !

– Mais ils sont faux. On a contacté les administrations compétentes, Sécurité sociale, ANPE, aucun de ces organismes n'a enregistré de Fathia Driddi dans ses fichiers.

– Elle a des voisins, des amis ?

– Elle s'est établie à Fontaine, il y a trois ans. Toutes ses relations datent de cette époque. Personne, dans l'enquête de voisinage, n'a pu affirmer la connaître avant.

Francis Lyjo se leva. Il alla jusqu'à sa fenêtre, observa les nuages dans le ciel et revint à sa place.

– Profession ?

– Hôtesse.

– Poule de luxe, traduisit le « Vieux ».

– C'est à peu près ça, confirma Cardoso. Elle travaillait pour une agence lyonnaise, « Les sirènes d'or ». La patronne, une certaine madame Claudia Vincent, fait travailler une vingtaine de filles. Les clients consultent un catalogue sur Internet, choisissent leur hôtesse et réservent leur soirée. « Les sirènes d'or » s'occupent de l'hôtel et du taxi à l'aéroport.

– L'aéroport ?

– Les clients sont pour l'essentiel des hommes d'affaires parisiens ou étrangers. Et vu les tarifs de l'agence, il vaut mieux que leurs affaires marchent bien !

Le « Vieux » le fusilla du regard.

– Je vous dispense de vos sarcasmes, Cardoso. Continuez.

Il déglutit et reprit.

– Depuis trois semaines, Fathia Driddi ne répondait plus aux appels de Claudia Vincent. Par contre, c'est depuis cette période qu'on l'a vue fréquenter un bar de nuit, le Shrek. C'est là qu'elle aurait rencontré Lambert, la nuit de sa mort.

– Et avant ?

Cardoso regarda son supérieur sans comprendre.

– Oui ! Avant ! Elle avait déjà eu à faire à lui ? s'énerva Francis Lyjo.

– Apparemment non. Lambert, c'est pas bien le genre de la fille. Elle tapait plutôt dans la catégorie au-dessus. Gourmette en or et billet de première classe.

– Dans les bars de nuit, ajouta le « Vieux » avec perfidie.

– Non, bien sûr !

– Donc, depuis trois semaines cela aurait été possible, conclut-il.

Les deux hommes se turent. Blanchard les observait l'un après l'autre sans rien dire.

– Lambert est allé une fois au Shrek depuis plusieurs mois. Il a pu y rencontrer Fathia Driddi, reprit Cardoso.

– Et dans un autre bar, ce n'était pas possible ?

Le capitaine secoua la tête.

– La fille a été vue tous les soirs au Shrek pendant ces trois semaines. Apparemment c'était un joli morceau. Il y a pas mal de gars qui s'en souviennent.

– Ils ferment quel soir ? demanda soudain Blanchard.

– Au Shrek ? Le mardi.

– Alors elle aurait pu croiser Lambert ailleurs qu'au Shrek, un mardi soir, suggéra le Martiniquais.

– Impossible, affirma Cardoso.

Les deux autres le regardèrent surpris.

– Les trois derniers mardis, les gendarmes de Seyssinet ont été appelés pour tapage nocturne, précisément au domicile de Fathia Driddi.

Le « Vieux » se gratta la tête.

– Est-ce qu'elle avait eu des problèmes avec « Les sirènes d'or » ?

– Non. D'après la patronne, tout allait bien. De plus, je me suis renseigné autour de chez elle, on ne lui connaissait pas de relations suivies avec un homme. Ça ne pouvait donc pas être une histoire de cœur.

Francis Lyjo fit une moue dubitative.

– Vous avez fait une demande d'analyse ADN ?

– Les gendarmes s'en sont occupés. C'est leur secteur à Rives. On attend les résultats.

– L'autopsie ?

Cardoso soupira.

– Les chairs étaient brûlées à 90 %. Impossible de savoir si elle a été violée ou battue. Tout ce qu'on a, c'est sa dentition. Deux couronnes en or aux molaires droites qui n'ont pas fondu. Pour le reste, ça n'a rien donné. Je peux vous lire le rapport, si vous voulez.

Le « Vieux » balaya cette proposition du revers de la main. Puis ses yeux se plissèrent et il fixa Cardoso.

Qu'est-ce qu'il me veut encore ? pensa celui-ci.

– Et cette histoire de capote ? C'est quoi exactement ?

Blanchard ne put s'empêcher de glousser. Le regard de Lyjo lui fit ravaler son rire.

– Une capote usagée a été retrouvée à quelques mètres du corps et de la voiture, dit Cardoso.

Le patron opina du chef.

– Dans votre rapport, vous écrivez que la marque de la capote est la même que celles utilisées par Lambert, je me trompe ?

– C'est exact.

– Vous ne tirez pas de conclusions de cette coïncidence, tout de même ?

Espèce d'enfoiré, pensa Cardoso, tu l'as lu mon rapport, oui ou non ?

– Cardoso, avez-vous une petite idée du nombre de types qui utilisent cette marque de préservatif ?

– Hé bien…

– Hé bien quoi, bon sang ? Vous n'allez tout de même pas tous les soupçonner d'avoir tué Fathia Driddi ?

Cardoso rougit violemment.

– Un : le sperme est en cours d'analyse, dit-il d'une voix tremblante. Deux : on a trouvé des traces de pneus qui pourraient être celles du scooter de Lambert. Et trois : il n'y a pas cinquante mille types que je sache, qui ont baisé avec Fathia Driddi cette nuit-là !

Francis Lyjo sembla surpris mais se reprit très vite. Un large sourire fendit son visage rond.

– Calmez-vous, Cardoso ! Faut pas vous mettre dans un état pareil !

Va te faire voir, pensa l'officier de police excédé.

Le gros homme but une nouvelle rasade d'eau minérale.

– Bien, dit-il en s'essuyant la bouche. Et les autres maintenant ?

– Tout d'abord, Norbert Viala. Étranglé chez lui avec une cordelette laissée sur place. Des empreintes de Lambert ont été retrouvées un peu partout dans la cuisine.

– Ça a l'air d'être clair, grommela le « Vieux ».

– Pas tant que ça, poursuivit Cardoso. En fait, le commissariat central a été prévenu par téléphone de la mort de Viala.

– Vous avez localisé l'appel ?

– Une cabine publique dans un quartier voisin.

Le « Vieux » haussa les sourcils.

– Le mobile ?

– Aucun.

– Pardon ?

– Il n'y a apparemment aucun mobile. Viala et Lambert ne se connaissaient pas en fait.

– C'est quoi alors le lien entre eux ?

– Henri Brun, lâcha Cardoso. Lambert l'a défendu lors de son procès pour meurtre en 1992. Viala était alors le concierge de l'immeuble où Brun habitait.

Le patron de la crim' se passa les mains sur le visage. Blanchard transpirait à grosses gouttes.

– Qu'est-ce qu'il vient foutre là, celui-là ? dit enfin Lyjo.

Cardoso se contenta de hausser les épaules.

– Le jour de la mort de Viala, Brun a appelé la police.

– Pour quoi faire ?

– Il s'est plaint d'avoir été menacé par Téo Lambert et a demandé une protection.

Francis Lyjo réfléchit quelques secondes.

– Je ne vois pas le rapport entre les deux affaires, dit-il enfin.

– Je crois que ces deux affaires ne sont pas liées justement. Je pense que la mort de Fathia Driddi n'a rien à voir avec celle de Norbert Viala.

– Qu'est-ce qui vous fait dire ça ?

– Hé bien, plusieurs choses. D'abord Viala ne fréquentait ni les bars, ni les call-girls bien sûr. Lui, c'était plutôt pinard et télé. Ses voisins sont formels. Il ne sortait jamais et n'avait pratiquement aucune visite, à part le médecin de temps à autre et une infirmière qui lui faisait des piqûres pour son cholestérol. De plus, il n'avait jamais été vu en compagnie de Lambert. De son côté, celui-ci ne connaissait pas Fathia Driddi. Le patron de l'hôtel où il amenait régulièrement des filles a été catégorique. C'était la première fois qu'il la voyait. Je dirai bien qu'en fait le seul lien entre ces deux meurtres, c'est Lambert. Et encore par hasard !

– Trois ! s'exclama Blanchard.

Les deux autres se tournèrent vers lui.

– Trois meurtres. Il y a aussi Armande Pichon.

Le « Vieux » souffla bruyamment. Il but à nouveau une rasade et regarda tour à tour les deux policiers.

– Allons-y pour la Pichon.

– Armande Pichon a tapiné pendant plus de vingt ans rue Montorge. Elle était à la « retraite » depuis au moins dix ans. Aucun lien avec Lambert. Pourtant des témoins l'ont vu frapper chez elle peu avant sa mort. Et là où vous allez rire, c'est qu'on a appelé le commissariat central pour annoncer son décès.

– Je suis mort de rire, laissa tomber Francis Lyjo sur un ton glacial. Et Lambert ?

– Alors lui, il a eu chaud aux fesses quelques fois. Il a été balancé par Brun, puis par Pascal Jounod…

– C'est qui celui-là ?

– Un ancien collègue à Lambert. Je pense qu'il n'est pas prêt de le revoir… Bref, hier soir encore à minuit, on a reçu un coup de fil pour nous prévenir qu'il dormait sous une porte cochère du boulevard Gambetta.

– Il est cuit, constata Lyjo.

Les deux autres le dévisagèrent avec étonnement.

– Ses copains le laissent tomber, poursuivit-il, et la ville entière n'arrête pas de nous rancarder sur lui. Bientôt il n'aura plus un rond. Et là, il fera une connerie et on pourra le serrer.

Cardoso ne sembla pas convaincu. Mais il se tut. Ça ne servait à rien de contrarier le patron. Il allait faire profil bas et ensuite il continuerait son petit bonhomme de chemin, tranquille.

– Quant à vous Blanchard, continua le gros homme avec un sourire, vous travaillez en binôme avec Cardoso. Je veux un rapport tous les soirs sur mon bureau. C'est clair ? Et attrapez-moi ce connard de Lambert avant qu'on ait une dizaine de morts sur les bras !

Puis il ouvrit un volumineux dossier et s'absorba dans sa lecture. Les deux hommes hochèrent la tête de concert et laissèrent le « Vieux » en tête-à-tête avec sa littérature et sa bouteille d'eau minérale.

Une fois la porte fermée derrière eux, Cardoso se retourna pour faire un bras d'honneur à l'intention de son chef.

– Laisse tomber, dit Blanchard.

Ils rejoignirent leur bureau en silence. Une fois sur sa chaise, Cardoso alluma une cigarette.

– Viens voir par là, dit-il en pianotant sur son ordinateur.

Le Martiniquais se leva pour venir se placer derrière lui. Cinq fenêtres de dialogue s'étaient ouvertes sur l'écran.

– J'ai récupéré les disquettes des enregistrements téléphoniques des appels vers le commissariat central, annonça le capitaine. Écoute bien les cinq messages.

Il cliqua sur une icône en forme de haut-parleur. Blanchard ferma les yeux pour se concentrer sur les sons. Les voix se firent entendre, l'une après l'autre.

– Alors ? demanda Cardoso une fois l'enregistrement terminé.

Son collègue réfléchit une seconde.

– Repasse-moi celle du début et la dernière, fit-il les sourcils froncés.

Il s'exécuta.

– Je dirais que la première et la cinquième voix appartiennent à la même personne, hésita Blanchard. Par contre celles du milieu sont différentes de ces deux-là… et entre elles également.

Philippe Cardoso hocha la tête.

– J'en suis arrivé à la même conclusion, constata-t-il. Maintenant, regarde bien.

Il ouvrit une nouvelle fenêtre de dialogue et pianota sur son clavier. Une sorte de tableau à cinq compartiments apparut.

– C'est « Voice Top », dit-il, un logiciel d'analyse de fréquence vocale. Je passe les cinq enregistrements dans la machine et…

Une série de courbes se dessinèrent en même temps sous les cases. Blanchard se pencha un peu plus.

– Regarde attentivement, les trois du milieu, lui recommanda Cardoso.

– Ce sont les mêmes ? s'étonna l'autre.

– Exactement. La première et la dernière appartiennent à Henri Brun. Il s'agit de son premier appel et de celui d'hier soir. Quant aux trois autres, ce sont les voix d'une seule et même personne… mais pas d'Henri Brun.

– Lambert ?

– Non. La voix de Lambert est encore différente.

Les deux policiers restèrent silencieux quelques secondes. Blanchard rompit le silence le premier.

– Donc, fit-il d'une voix lente, il y aurait un troisième homme ?

Cardoso hocha la tête.

– Je pense qu'il y a quelqu'un d'autre derrière ces meurtres. Sauf peut-être, pour celui de Fathia Driddi. Et encore ! J'aurais tendance à croire qu'on essaye de mettre la pression sur Lambert. Regarde bien : le second message nous annonce la mort de Norbert Viala, le troisième nous apprend où Lambert est caché. Quant au quatrième il nous informe de la mort d'Armande Pichon. Or, on sait que Lambert est allé voir Viala et Pichon et presque tout porte à croire qu'il les a descendus.

– Presque ? s'étonna Blanchard.

– Réfléchis une seconde. Admettons que Lambert ait bien tué Viala et Pichon. Quelqu'un passe derrière lui et nous appelle aussitôt, d'accord. Mais l'effet est limité. Par contre, si après son départ, « on » tue Viala et Pichon et « on » appelle les flics, alors « on » est sûr que Lambert sera accusé. Là, l'impact sur Lambert est double : il est accusé de deux meurtres qu'il n'a pas commis et en plus il l'ignore !

Blanchard plissa les yeux et dévisagea son collègue.

– C'est pas un peu tordu ton truc, là ?

– Peut-être, admit Cardoso. Mais ce n'est pas complètement impossible. Si le but est de mettre une grosse pression sur Lambert, je dirais même que c'est la meilleure solution.

Philippe Cardoso écrasa son mégot dans un cendrier vide et souffla sa dernière bouffée dans l'air vicié de la petite pièce. Malgré un début de matinée un peu rude chez le « Vieux », il n'était pas mécontent de lui.

Ça faisait bien deux heures qu'il n'avait pas pensé à Juana. Un exploit, en somme. Il jeta néanmoins un coup d'œil circonspect en direction de son téléphone portable. Puis il haussa les épaules et griffonna une dizaine de noms sur un bout de papier.

– Voilà ce qu'on va faire, dit-il sur un ton décidé. On repart à zéro. On retourne voir tous ceux qui ont eu à faire avec Lambert d'une part et avec Fathia Driddi d'autre part au cours des dernières semaines.

Il tendit la liste à Blanchard.

– Il doit y avoir, quelque part, un lien entre Lambert, Driddi, Brun et les autres macchabées, décréta Cardoso. C'est ça qu'il faut trouver. Moi, je retourne cuisiner Acciolino, son copain, et l'ex-femme de Lambert. De ton côté, tu recommences l'enquête de voisinage au début. En fin d'après-midi, on se retrouve ici. Prends deux ou trois flics en uniforme avec toi, ça impressionne toujours.

– On ne sait pas ce qu'on cherche, c'est ça ?

Le capitaine fit un sourire goguenard.

– On ne peut rien te cacher ! Tu sais que tu es futé, toi, dis donc ?

Blanchard grommela et enfila sa veste.

– Je t'offre un café ?

Les deux hommes, après avoir fermé leur bureau, traversèrent le couloir jusqu'à la machine à café. Deux autres policiers sirotaient déjà une boisson pâlichonne mais chaude. Ils regardèrent arriver Cardoso et Blanchard avec un sourire sardonique.

– Alors les filles, dit le plus grand, ça gaze à la crim' ?

– Il paraît que le grand chef vous a à la bonne ? Pas vrai, les chéries ? ajouta le second, un petit chauve hilare.

Les deux officiers de police haussèrent les épaules en bougonnant. Blanchard glissa quelques pièces dans la machine et celle-ci se mit à ronronner. Un gobelet en plastique se présenta et fut bientôt rempli d'un liquide fumant. Il tendit la boisson à Cardoso avant de recommencer l'opération pour lui.

Bientôt ils buvaient tous les quatre en silence. Le Martiniquais s'adressa aux deux autres.

– Vous êtes sur quoi en ce moment ?

Ils se regardèrent en pouffant.

– Vous avez de la chance d'avoir un boulot drôle, lança Cardoso d'un ton sec.

Le petit se figea.

– Hé ! Cool ! dit-il. On est sur une histoire de disparition, voilà.

– Ouais, c'est comique, constata Cardoso.

Le grand le dévisagea d'un air navré.

– Faut que tu déstresses, mon pote. Tu vas faire un ulcère !

– J't'emmerde !

Blanchard s'interposa.

– Vous arrêtez vos conneries, oui ?

Il se tourna vers les deux autres.

– C'est quoi alors, le truc ?

Le petit chauve le regarda longuement avant de se détendre.

– Une plainte pour enlèvement de personne majeure, laissa-t-il tomber.

– C'est ça qui est drôle ? ironisa Cardoso.

Le grand soupira.

– Ce qu'il y a de marrant dans l'histoire, dit-il, c'est qu'il y a un type qui fait l'enquête à notre place.

Cardoso et Blanchard échangèrent un regard surpris.

– C'est une fille qui a disparu depuis trois jours…, reprit le petit. En fait, elle n'a pas donné signe de vie, c'est pas qu'elle a disparu. C'est une sorte d'artiste… elle fait des sculptures dans un hangar désaffecté à Fontaine. Elle squatte plus ou moins.

– Et alors ?

– Ben, elle a un admirateur. Un type qui bosse dans une imprimerie du même secteur. Il est venu nous voir hier pour nous annoncer la disparition de cette nana. Apparemment, il a flashé sur la fille. Et comme il faut encore !

– Et ce con est persuadé qu'elle s'est fait enlever parce qu'il ne l'a pas vue depuis trois jours.

Cardoso pensa furtivement à Juana et à ses fuites récurrentes.

– Et pas vous ? demanda-t-il.

– Quoi « pas nous » ?

– Je veux dire, vous ne croyez pas à un enlèvement, bien sûr.

Les deux hommes gloussèrent. Le grand se calma le premier.

– Tu rigoles ? La gonzesse a dû s'envoyer en l'air ailleurs et puis c'est tout. Non, ajouta-t-il, le problème c'est que le type a porté plainte et qu'on doit s'y coller.

– Et cet abruti a déjà fait sa propre enquête, vous vous rendez compte ? Il est passé voir tous les gens que la fille connaissait, même son dentiste ! Vous réalisez un peu ?

Blanchard commençait à ricaner. Cardoso hésitait encore. Devait-il suivre ces deux crétins dans leur délire ou continuer à faire la tronche ? Il opta pour la première option et se détendit.

– Et alors, demanda-t-il, elle a de bonnes dents ?

– Putain ! éclata de rire le petit. D'après le dentiste, elle a une superbe dentition… à part deux couronnes en or !

Cardoso se figea brusquement.

– T'as dit quoi ?

Les trois autres se regardèrent interloqués.

– Ben… qu'elle a de bonnes dents, commença le policier décontenancé.

– Et après ?

– À part deux couronnes en or… aux molaires droites, bredouilla-t-il.

Chapitre 12

Le plus dur avait été entre quatre et cinq heures du matin. L'humidité s'était mise à remonter du sol et un froid glacial m'avait peu à peu gelé les os. J'avais beau me recroqueviller sur moi-même et me taper les épaules avec les mains, rien n'y faisait. J'avais même pensé un moment faire démarrer la Vespa pour me réchauffer avec la chaleur du pot. J'avais finalement abandonné l'idée. Je n'avais pas beaucoup d'essence et j'ignorais quand je pourrais à nouveau faire un plein. N'y tenant plus, je me mis debout et sautillai sur place.

Le remède fut pire que le mal. Le peu de chaleur préservée entre ma veste et ma peau se fit la malle sans demander son reste.

Je pensai aux sans-abri. Aux zonards de toutes sortes qu'on voit traîner dans les rues quelle que soit la saison. Déjà au mois de septembre, je n'étais pas bien fier, alors je les imaginais en plein hiver.

Vers six heures, je ne tenais plus en place. Je grimpai sur la Vespa et me sauvai à la recherche d'un bistrot ouvert. J'en trouvai un, pas loin, à Seyssinet. Un petit troquet à la façade repeinte en bleue. Le patron, un homme à la chevelure grisonnante, venait d'ouvrir. Il était en train de mettre en route ses machines. Après avoir garé la

Vespa, je poussai la porte et me précipitai au chaud. Le type me jeta un regard méfiant. Je m'approchai du comptoir en me frictionnant les mains.

– Fait pas chaud, hein ? lançai-je sur un ton détaché.

Il grommela quelque chose d'incompréhensible avant de me répondre par une question.

– J'vous sers quoi ?

– Un p'tit noir, bien serré.

– Ça marche !

Pendant que le café passait, deux types entrèrent dans le bar. Ils s'accoudèrent près de moi non sans m'avoir auparavant salué d'un signe de tête. Ils commandèrent eux aussi un café. Ils se mirent à parler du temps, du réchauffement de la planète et du froid de canard de ce matin. L'un d'eux me dévisageait avec un peu trop d'insistance. Je fis un quart de tour et plantai mon regard dans le sien. Il détourna les yeux.

Trop tard. Il m'avait photographié la tronche. Si, plus tard, un flic lui demandait qui était au bar ce matin, il pourrait parler d'un grand baraqué avec le nez cassé.

J'étais un fuyard et je l'avais oublié.

J'avalai mon jus encore brûlant. Puis je sortis quelques pièces de ma poche pour payer le patron. Il empocha ma monnaie et la rangea dans son tiroir-caisse. Je me barrai sans me retourner.

Dehors, il faisait moins froid. Du moins j'en eus l'impression. Peut-être parce que je m'étais réchauffé dans le troquet. En tout cas, cette fois, je ne me mis pas à trembler comme une vierge devant un phallus en érection.

Je devais faire gaffe. À tout et à tout le monde. Fixer le bitume de la rue et le carrelage des bistrots. Éviter le regard de face genre « casse-toi, pauv'con ». Marcher tête et queue basses et surtout ne pas faire de vagues.

Pour avoir une petite chance de m'en tirer, je n'avais pas d'autre espoir.

En grimpant sur la Vespa, je ricanai tout seul.
L'espoir.
Une vraie connerie, oui.
Tout ça me filait la nausée. Chaque matin, l'espoir me gerbait sur les pompes et les relents de vomi me soulevaient l'estomac.
Il n'y a rien de pire que les dégueulis de l'espoir au petit matin.

Je filai droit sur Fontaine. La Poya plus exactement. La zone industrielle collée à la falaise. Les premières murailles de calcaire du Vercors formaient un abri naturel contre le vent du sud. Des entreprises s'étaient installées là, derrière le boulevard Paul-Langevin, fief des vendeurs de voitures et concessionnaires de toutes sortes. Dissimulés par les façades aguichantes des grandes marques automobiles, des hangars pas toujours très nets s'étendaient sur quelques hectares.
Je tournai pendant un moment à la recherche du *Garage de la Falaise*. Je finis par le dégotter, en face de l'école d'escalade de la Poya. Une enseigne rouillée surplombait un rideau de fer encore baissé. La tôle, recouverte d'une vague peinture blanchâtre et fatiguée, laissait apparaître des traces de rouille en plusieurs endroits.
Je regardai ma montre. Il était presque 07 h. Le type n'embaucherait sûrement pas avant une bonne heure. Je garai la Vespa sur le trottoir opposé et j'attendis.
Tonio.
Je ne connaissais même pas son nom de famille.

Les soixante minutes qui s'écoulèrent me laissèrent le temps de déprimer. J'essayai de ne pas me laisser embarquer par un spleen auto-suggestif et je tentai plutôt de cogiter.

Le garagiste était l'ancien maquereau d'une certaine « Fatima la Folle » disparue après avoir coupé les couilles d'un client. Elle ressemblait apparemment à Fathia Driddi mais on ne lui connaissait pas d'enfant. Pourtant, jusque-là, c'était bien la seule chose constructive que j'avais trouvée sur Fathia. Sa ressemblance avec une ancienne pute castratrice.

J'avais presque envie de ricaner. Presque. Car cela n'avait rien de drôle. Contraint et forcé, je courais après deux lièvres à la fois. Du coup, je ne faisais rien de très convaincant. Ma mère m'avait toujours dit de ne pas faire plusieurs choses à la fois. J'aurais décidément mieux fait de l'écouter.

Vers moins le quart, Tonio arriva. Il conduisait une Fiat Bravo rouge. Ça ne s'inventait pas. Un maquereau dans une tire écarlate doublé d'un rital dans une Fiat. Cela tenait à la fois du pléonasme et du lieu commun.

L'homme qui sortit de la voiture était plutôt petit. Sa chevelure blanche, coiffée avec soin en arrière, anoblissait un visage aux traits presque lourds. Vêtu d'un pantalon de toile et d'une veste claire, il ne ressemblait pas encore à un garagiste. À un vieux mac à la retraite, oui, mais pas à un manuel avant l'embauche.

Il referma avec précaution la portière de son véhicule. Il me jeta un vague coup d'œil, puis vérifia le verrouillage automatique avant de se diriger vers le garage. Je le vis s'arrêter devant l'entrée et pointer une sorte de télécommande. Le rideau de fer se leva en grinçant. Il entra.

Il ne m'avait pas paru étonné par ma présence. Du moins, il n'avait rien laissé paraître.

Je cadenassai la Vespa et je traversai la rue. Je n'hésitai pas plus d'une seconde avant de franchir la large porte.

Le garage de Tonio ressemblait à n'importe quel garage. Ça puait l'huile de vidange et il y avait du bordel partout. Tout au fond, un double écriteau indiquait le bureau et les toilettes. Le vieux mac avait dû aller se changer. Je décidai d'attendre son retour.

– Vous cherchez quelqu'un ?

Je sursautai.

En fait, il avait attendu que je rentre avant de surgir dans mon dos. Je me retournai avec lenteur. Il me faisait face, les jambes à peine écartées et les deux mains dans le dos. Il était toujours vêtu de son costume clair. J'en conclus que ma présence l'avait intrigué même s'il n'en avait rien laissé voir.

– Tonio, c'est vous ? demandai-je sans préambule.

Le visage du vieil homme marqua la surprise. Mais il se maîtrisa très vite et ses traits se figèrent à nouveau.

– Qu'est-ce que vous voulez ?

Ses deux mains restaient planquées dans son dos. Il devait être armé.

J'essayai d'être aimable. Je tentai un sourire.

– Je cherche Tonio…

– Y a pas de Tonio ici, me coupa-t-il.

Je plantai mon regard dans le sien. L'homme avait une bonne tête de moins que moi, entre vingt et trente ans de plus et il était mort de trouille.

Je fis un pas en avant. Il recula d'autant.

– Alors comme ça, il n'y a pas de Tonio ici ? dis-je avec lenteur.

Il se contenta de secouer la tête. J'opinai du chef et avançai un peu plus. Il garda la distance avec moi. Je tendis l'index vers la porte.

– Je peux sortir ?

– Pardon ?

– Si vous restez devant l'entrée, je ne pourrai pas sortir, expliquai-je avec calme.

Il fit alors ce que j'attendais. Il se décala sur le côté. Juste de quoi me laisser passer. Ça me permit d'apercevoir ses mains. Une clef ! Il tenait une grosse clef à molette. Je jubilai.

Je passai devant lui sans toutefois rien montrer. Arrivé à sa hauteur, je m'arrêtai net.

– Au fait, Tonio, dis-je sur un ton presque badin, ça ne te gêne pas trop de te foutre de ma gueule ?

Il ouvrit la bouche pour répondre mais je ne lui en laissai pas le temps. Je fis un pas en avant et lui décochai une baffe en pleine figure. Pas trop forte. Juste assez pour qu'il arrête de me prendre pour un naze. Il eut un hoquet de surprise et porta aussitôt les mains à son nez en glapissant. La clef tomba à terre derrière lui.

– Putain ! Mon nez ! brailla-t-il.

Le sang dégoulinait déjà entre ses doigts. Je me demandai si je n'avais pas cogné un peu fort, tout de même. Je le saisis par le col et le poussai devant moi. Il se débattit à peine.

– Qu'est-ce que vous voulez ? piailla-t-il.

– Ta gueule !

Nous traversâmes le garage. La porte de son bureau n'était pas fermée à clef. Je la poussai avec le pied et envoyai valser le bonhomme au milieu de la pièce. Il perdit l'équilibre, trébucha sur une chaise aux pieds métalliques et s'écroula avec fracas. Je fermai derrière moi. J'attrapai une seconde chaise et pris place en face de lui.

– Assieds-toi ! commandai-je.

Il balbutia quelques paroles incompréhensibles mais obéit. Le sang avait pissé jusque sur son costume. Je pris un rouleau d'essuie-tout posé sur le bureau et le lui tendis. Il s'en saisit et entreprit de nettoyer son visage. La partie inférieure de sa figure était repeinte en marron-rouge, genre crade. Je m'impatientai vite.

– Laisse tomber, Tonio. Tu te referas une beauté tout à l'heure.

Il suspendit son geste et me lança un regard servile. Je croisai les mains.

– Bien, commençai-je. T'as compris que ça ne servait à rien de me prendre pour un con, maintenant ?

– Oui, souffla-t-il.

– Tonio, c'est bien toi ?

– Oui.

– Et t'as fait le maquereau pendant quelques plombes rue Montorge.

– Oui, c'est ça.

Je la lui jouais état civil. Il me confirma son pedigree et on put passer aux choses sérieuses.

– Tu connaissais Armande Pichon ?

– Oui, dit-il sans réfléchir.

– C'est elle qui m'a parlé de toi.

– Ah ?

– Elle a travaillé pour toi ?

– Armande ?

– Oui.

Il secoua la tête.

– Rue Montorge, la plupart des filles ont tapiné pour moi, mais pas Armande. Elle voulait rien savoir.

Il haussa les épaules.

– Qu'est-ce qu'elle me veut Armande ? reprit-il.

– « Voulait ».

– Pardon ?

– « Qu'est-ce qu'elle voulait, Armande ».

Il me dévisagea avec surprise.

– Elle est morte la nuit dernière.

Il accusa le coup et secoua la tête.

– Je peux fumer ? demanda-t-il.

Je le regardai. La mort de la Pichon l'avait à peine étonné. Je ne lui demandai pas de fondre en larmes mais il prenait la nouvelle un peu à la légère.

– Tu fumeras tout à l'heure, ducon.

Il sursauta.

– Vous êtes qui exactement ?

Il devenait curieux soudain le petit maquereau !

– C'est pas ton problème, Tonio, laissai-je tomber.

Il soupira. Je poursuivis.

– Maintenant, je voudrais que tu me parles de « Fatima la Folle ».

Il écarquilla les yeux.

– Fatima ?

– Oui. Fatima, dite « la Folle », par ses consœurs de la rue Montorge.

– Merde, ça remonte à quelques plombes tout ça, dit-il en faisant une grimace.

– Eh oui, mon petit Tonio, parfois, les souvenirs faut les brasser un peu, même si ça pue !

– Pourquoi vous en avez après Fatima ?

Je le dévisageai et posai mes deux mains à plat sur mes genoux. Il regarda mes paluches non sans inquiétude.

– Tonio, dis-je posément, je pose les questions et tu réponds. C'est clair ?

Il hocha la tête très vite.

– Fatima a travaillé pour toi ?

– Oui.

– Combien de temps ?

– Une bonne année.

– Elle faisait quoi ?

Il me jeta un coup d'œil goguenard.

– Joue pas au con. T'as parfaitement compris ce que je voulais dire.

Il se reprit.

– C'est elle qui se tapait tous les tordus, tous les trucs un peu spéciaux. Ce que les autres ne voulaient pas, en fait.

– Et pourquoi elle ?

– Elle ne disait rien.

– Comment ça ?

– Elle était cintrée. Depuis le début.

– Depuis ta rencontre avec elle ?

– Oui, c'est ça.

– Je t'écoute.

Il sembla surpris. Je commençai à m'énerver.

– Ta rencontre, bordel ! Comment ça s'est passé… tout ça !

– Fatima, je l'ai trouvée dans un caniveau, ou presque. Je me souviens, c'était un soir d'avril. Ça caillait dur et il flottait comme vache qui pisse. Elle était accroupie à la porte de mon immeuble. Trempée comme une soupe.

– Elle faisait la manche ?

– Même pas. Elle était là, c'est tout.

– Et après ?

– Je suis monté chez moi. Là, je me suis dit qu'une gonzesse qui est en train de crever en pleine nuit sous la flotte, c'est une occas'. Alors, je suis redescendu pour voir sa tronche. Elle était crade et c'était une Arabe mais elle avait l'air pas mal. J'ai voulu lui parler, elle ne m'a pas répondu. Tout juste si elle me voyait. Je l'ai prise par un bras et je l'ai fait monter chez moi.

– Et elle n'a rien dit ?

– Rien ! Pas un mot ! C'était comme un zombie. Le regard fixe et la bouche entrouverte. Par contre, elle puait. Ça, elle dégageait comme il faut !

– Bref, une fois chez toi…

– Je lui ai fait boire un truc assez fort, pour la réchauffer et puis je l'ai amenée dans la salle de bains.

– Oui ?

– Elle est restée, là, plantée comme une asperge.

– Un piquet.

– Pardon ?

– On dit « planté comme un piquet », pas comme une asperge.

Il haussa les épaules.

– Et alors ?

– Ben alors je l'ai dessapée et je l'ai foutue sous la douche. Hé bien, même là, elle ne réagissait pas ! Je l'ai aspergée et elle a quand même pris un savon pour se laver. Une fois propre, ça donnait un joli morceau de fille. Plutôt bien foutue. Avec ce qu'il faut, là où il faut !

– Et je suppose que tu t'es payé en nature ?

– Pas tout de suite. D'abord, j'ai fouillé ses frusques. Bien sûr, elle n'avait pas de papiers. Mais j'ai trouvé autre chose.

– C'est-à-dire ?

– Un reçu de l'hôpital.

– Lequel ?

– L'hôpital Nord, à la Tronche.

– Son nom était marqué dessus, je suppose ?

– Oui. Mais il avait été effacé. J'ai essayé de le déchiffrer mais il n'y a rien eu à faire.

– Quel service ?

– Pardon ?

– L'hôpital, c'était quel service ?

Il me jeta un drôle de coup d'œil.

– La maternité, laissa-t-il tomber.

– La maternité ?

– Oui, la maternité…

Je laissai passer un petit silence. Juste ce qu'il fallait pour montrer ma réprobation.

– Tu te fous de ma gueule, Tonio.

Ce n'était pas une question. C'était un constat. Un constat d'intention, pour être plus précis. Le vieux maquereau dut lire quelque chose de peu rassurant dans mon regard car il devint très pâle et se mit à gesticuler.

– C'est pas des conneries ! J'vous jure que cette gonzesse, elle venait de la maternité ! D'ailleurs, je l'ai gardé ce reçu.

– Il est où ?

– Dans mes papiers.

Je le dévisageai, incrédule.

– Ici, là ?

Il hocha la tête.

– C'est dans mon portefeuille... juste là dans la sacoche qu'est sur mon bureau.

Je me tournai et découvris une sacoche en cuir posée au milieu d'un tas de documents et de factures.

– Et tu veux me faire croire que t'as gardé le reçu de maternité de Fatima la Folle depuis toutes ces années dans tes petits papiers ?

Il m'adressa un coup d'œil torve.

– Je ne veux rien vous faire croire, c'est comme ça. Je l'ai glissé un jour dans mes papiers et je ne l'ai jamais enlevé. Ça ne vous est jamais arrivé à vous ce genre de truc ? Videz votre portefeuille, je suis sûr que vous serez surpris.

Je ne répondis rien. Par contre, j'effectuai un quart de tour et saisis la sacoche. C'était un simple étui d'une vingtaine de centimètres sur trente avec une fermeture à pression. Une longue lanière de cuir permettait de le porter en bandoulière. Je n'avais jamais aimé ce genre de truc. C'était pratique, mais moche. Je l'ouvris avant d'en vider le contenu à même le sol. Tonio fit une grimace. Tombèrent pêle-mêle une boîte de préservatifs, un peigne, des tickets de tram, un paquet de Dunhill, un briquet imitation or et un portefeuille en croco. Je balançai la sacoche à terre. Puis, je me penchai en avant pour attraper le larfeuille. Je ne quittai pas le vieux mac des yeux. Il n'avait pas l'air bien vaillant comme ça, mais j'avais appris à me méfier. Enfin, je me redressai, me calai du mieux possible et croisai mes jambes devant moi. J'ouvris le croco et le vidai avec application sur le béton.

Un morceau de papier jauni tomba avec le reste. Je le ramassai et le dépliai. C'était le reçu. Ou plutôt le bon de sortie comme l'indiquait l'en-tête. Je jetai un regard étonné à Tonio. Il haussa les épaules. Vingt années à traîner dans les papiers du maquereau avaient eu raison de l'encre de l'administration. Seule, la date était encore lisible : mercredi 30 mars 1983.

– Tu l'as trouvée quand, Fatima, en bas de chez toi ?

– C'était vers Pâques, en 83, répondit-il sans réfléchir.

Ça collait.

– Elle aurait erré presque deux semaines dans les rues après son passage à la maternité ?

Il fit une moue dubitative.

– Et elle était toute seule ?

Il me dévisagea comme si j'étais débile.

– C'était une épave, Fatima, quand je l'ai trouvée. Elle ne ressemblait à rien et puait à trois kilomètres. Quand on est comme ça, on est forcément tout seul.

Je le fusillai du regard.

– Essaie pas de faire de l'esprit, Tonio, t'es pas à la hauteur. D'après toi, elle était allée faire quoi à la maternité ? Se faire enlever les varices ?

Il fit une grimace.

– Donc, tu me confirmes qu'elle était seule ?

Il hocha la tête sans répondre.

– Elle a fait quoi du bébé ? poursuivis-je pour moi-même.

– Du bébé ?

– Il y a au moins deux solutions : le père l'a récupéré, il a foutu la mère à la porte, puis il s'est barré… à l'étranger par exemple. Ou alors, la mère s'en est débarrassée avant de péter un câble.

– Il y en a une autre…

Je levai la tête et dévisageai Tonio.

– Comment ça ?

– Il y a une autre solution, répéta-t-il.

– Je t'écoute.

– Elle est partie sans le bébé.

– …

– Elle a quitté la maternité sans le bébé. Elle a accouché sous X.

Je regardai le vieux maquereau sans y croire. Il souriait comme un gamin qui a trouvé la bonne réponse à un problème de maths.

– Dis donc, mon petit Tonio, dis-je, on dirait que les baffes ça t'a reconnecté le neurone ?

Tonio m'apprit également que Fatima avait été internée à Saint-Égrève à la suite de l'agression de son client. Il s'en était alors désintéressé et n'avait pas cherché à prendre des nouvelles. Elle y était peut-être encore, il n'en avait aucune idée. Je pris congé sur ces entrefaites. J'avais déjà passé pas mal de temps chez le garagiste et je n'allais sans doute pas tarder à être bousculé par Brun.

En roulant vers l'hôpital Nord, je repensais à ce que je venais de découvrir. Si Fatima la Folle avait bien eu un bébé en 1983, celui-ci aurait aujourd'hui 20 ans. À quelque chose près, l'âge de Fathia Driddi. Or, Armande Pichon avait cru reconnaître les traits de Fatima la Folle sur le portrait de Fathia. Cela faisait beaucoup de coïncidences.

De là, mes pensées changèrent de cap pour dériver de façon inattendue. 1983… les souvenirs liés à cette année-là résonnaient singulièrement. Ça avait été un cap. Je venais d'avoir dix-huit ans. Je bénéficiais alors pour le dernier été des vacances du Comité d'Entreprise des Impôts. Depuis ma petite enfance, je partais en camp de vacances tous les mois d'août avec le CE. C'était bien la seule chose que mon père absent avait jamais faite pour moi. Tous les ans, je retrouvais les mêmes gamins au camp de Méaudre, sur le plateau du Vercors. Certains partaient à l'étranger mais ma mère n'avait jamais voulu que j'aille plus loin que les Quatre Montagnes. Logés sous des tentes de l'armée, nous y passions des moments inoubliables. 1983 était la dernière année que j'avais passée avec Stéphane et Dominique. Mes copains d'enfance et mes compagnons d'adolescence. Bizarrement, je n'ai jamais cherché à les revoir en dehors de Méaudre. Ils étaient liés à l'été, à la déconnade tous azimuts et aux flirts. Je ne voulais pas les associer à autre chose. Par la suite, je n'ai même pas essayé de les retrouver. Les premières années, la vie m'a entraîné dans son fameux tourbillon et je n'y ai plus pensé. Puis, avec l'âge, je m'étais refusé de retrouver leur trace. Par peur. De la déception. De ternir une image trop belle. De noircir une carte postale.

Le destin est un sale con. La même année, ma vie changeait en douceur et celle d'une future pute déjantée basculait dans l'horreur. Coïncidence de merde.

Sur le pont de Catane, le klaxon furieux d'un quinquagénaire hystérique me tira de mes pensées. J'avais laissé un feu repasser au rouge sans bouger. Planté au milieu de la chaussée, j'empêchais le type de passer. Je lui jetai un coup d'œil. Ce con baissa sa vitre et se mit à gueuler. Je posai la Vespa sur sa béquille et me dirigeai vers lui, l'œil mauvais. Il remonta sa vitre à toute vitesse, mais dans sa panique ne pensa pas à verrouiller sa portière. Je l'ouvris sans douceur et attrapai le gars par le col de sa chemise.

– Hé, ducon ! T'as des hémorroïdes ou quoi ?

L'autre roulait des yeux terrifiés. Je le secouai un peu et son col me resta entre les mains. Saloperie de camelote. Je secouai la tête.

Un concert de klaxons retentit alors. Le feu était à nouveau vert. Je n'allais pas arracher les cols de chemise de toute la queue. Je me contentai de faire un bras d'honneur à la Terre entière avant de grimper sur la Vespa et de me barrer.

Je traversai la ville, passai devant la préfecture avant de m'engager sur la portion de double voie rejoignant l'autoroute de Chambéry. Après quelques centaines de mètres, je pris une sortie sur la droite. Je dépassai le funérarium et poursuivis ma route.

Je ne tardai pas à arriver devant les tours de l'hôpital Nord. Grands bâtiments, grands parkings, grande entrée, ici on n'avait pas fait dans la demi-mesure. Il y avait de quoi recevoir une bonne partie de Grenoble en cas d'épidémie de gastro. Seul le personnel n'était pas à la hauteur. En quantité bien sûr…

Dans le vaste hall carrelé, je me dirigeai vers un comptoir surmonté d'une pancarte. « Accueil » y était écrit en gros. Cela dit, la gonzesse assise en dessous n'avait pas dû avoir le temps de le lire. Ou alors, c'était ma dégaine qui ne lui revenait pas. Compréhensif, je la laissai achever la lecture d'une note quelconque avant de commencer à trépigner. Puis je me penchai par-dessus la large tablette et je lui soufflai dans la tronche.

– La maternité, c'est où ?

Elle leva un visage trop maquillé vers moi avant de me répondre du bout des lèvres.

– Tout droit. C'est écrit au-dessus de l'ascenseur.

Je la regardai sans rien dire et me retirai avec lenteur, maîtrisant tout juste une sérieuse envie de la baffer. Je réalisai que j'étais à cran. Les évènements s'enchaînaient à toute vitesse et ce n'était pas fini. Et puis, j'avais soif. Je n'avais pas bu une goutte d'alcool depuis une éternité et une putain de sensation me tétanisait les muscles.

Je fonçai vers les ascenseurs. D'un coup d'œil, je vérifiai l'étage de la maternité avant d'obliquer en direction des escaliers. J'avais horreur des cages.

J'arrivais au palier du premier quand mon portable se mit à vibrer. Je m'arrêtai et le sortis de ma poche avec précipitation. Le numéro de téléphone de Brun clignotait sur l'écran. J'appuyai sur toutes les touches en même temps pour essayer de l'éteindre. La sonnerie finit par s'arrêter, je n'étais pas persuadé d'y être pour quelque chose.

Je poursuivis ma progression.

Depuis la naissance d'Héloïse, je n'avais plus jamais mis les pieds dans une maternité. C'est un monde à part. Les odeurs, les bruits, le regard des gens, rien n'est comme ailleurs. C'est une bulle, une quatrième dimension dans l'hôpital. Ici, on n'essaie pas de préserver la vie, on la donne. Alors forcément, ça change les relations entre les gens.

Je trouvai le bureau des infirmières au milieu du service. Trois femmes en blouse blanche prenaient leur pause en buvant un café. Elles étaient en grande discussion et ne remarquèrent pas tout de suite ma présence. Je toquai à la porte avant de m'avancer d'un pas. La plus âgée se retourna alors. Elle ne devait pas avoir plus d'une quarantaine d'années. Ses cheveux très noirs, relevés en un chignon strict, lui donnaient un air sévère. Elle me dévisagea des pieds à la tête. Ce devait être la chef car elle prit la parole la première.

– Oui ?

Je me raclai la gorge avant de répondre.

– Je travaille pour maître Roland, notaire à Grenoble, inventai-je. Dans le cadre d'un contentieux portant sur une procédure testamentaire, j'enquête sur une naissance litigieuse. Pourriez-vous m'aider, mesdames ?

Les femmes échangèrent un regard étonné. Je m'étais surpassé mais le contraste entre ma dégaine limite crade et mon vocabulaire châtié ne devait pas plaider en ma faveur.

Le chignon noir haussa les sourcils et répondit d'une voix pincée.

– Vous n'avez pas pensé à consulter l'état civil, monsieur ?

Je me mordis les lèvres.

– À vrai dire, répliquai-je, le litige porte justement sur l'état civil. Il semblerait que l'accouchement n'ait pas été fait sous le véritable nom de la personne.

Nouveaux regards perplexes.

– Et en quoi nous pourrions vous aider, alors ? demanda la « chef » en me jetant un drôle de coup d'œil.

– Voilà, nous avons juste besoin d'une confirmation. Il s'agirait d'une naissance « sous X », datant de mars 1983… Vous pourriez vérifier dans vos fichiers l'exactitude de la date et les différentes naissances dans votre service.

Les trois femmes semblaient quelque peu décontenancées par ma démarche. Elle devait leur paraître incongrue, surtout venant d'un type avec ma dégaine. D'un autre côté, je n'enfreignais aucune loi ni aucun règlement.

– Cécile, vous voulez bien aider monsieur ? se décida enfin l'infirmière en s'adressant à la plus jeune.

Cécile fit une grimace. Elle me jeta un coup d'œil agacé et s'installa à un ordinateur.

– C'est quoi votre date exactement ?

– Le 30 mars 1983.

Elle pianota sur son clavier et une série d'écrans défilèrent sous nos yeux. Les deux autres femmes quittèrent la pièce. Cécile fit une moue.

– Vous voulez savoir quoi à cette date ?

– Est-ce qu'une Fatima a bien accouché ce jour-là ?

Cécile se tourna vers moi.

– Vous avez un nom de famille ?

– Driddi ? me hasardai-je.

Elle jeta un vague regard à son fichier et soupira.

– C'est une naissance sous X, je ne peux rien vous dire.

– Et merde !

– Pardon ? demanda-t-elle d'un air surpris.

– Je vous prie de m'excuser, me rattrapai-je.

Nous restâmes silencieux. Elle continua à pianoter.

– C'est bizarre, reprit-elle soudain, vous n'êtes pas le premier à vous renseigner sur ce nom.

Je sursautai.

– Qu'est-ce que vous venez de dire ?

– Que vous n'êtes pas le premier à vous intéresser à ce cas. Lors d'une naissance sous X, un dossier est constitué. Il contient tous les éléments permettant éventuellement à l'enfant de retrouver sa mère des années plus tard. La mère a le droit de demander le secret absolu sur son identité, mais là ce n'est pas le cas. Or, depuis la création du Conseil National pour l'Accès aux Origines Personnelles, le Cnaop, en 2002, les recherches sur leurs origines sont facilitées pour tous les nés sous X. En tant que maternité, notre terminal est relié à celui du Cnaop. Et là, visiblement, le dossier a été ouvert.

– Vous pouvez savoir par qui ?

Elle haussa les épaules.

– Si le dossier a été consulté, ça ne peut être que par l'enfant né sous X.

– Vous avez son nom ?

Cécile me jeta un coup d'œil réprobateur.

– Le dossier a été consulté quand ?

Elle soupira.

– J'en demande trop, d'accord, laissai-je tomber.

L'infirmière éteignit sa machine et se leva.

– Je ne vous raccompagne pas, dit-elle.

L'entretien était fini.

Je la remerciai et m'éclipsai.

Je n'allai cependant pas très loin. Après avoir poussé la porte de l'escalier, je la laissai à peine entrouverte et j'attendis. Cécile ne tarda pas à traverser le couloir pour rejoindre ses collègues. Je jetai un coup d'œil à gauche et à droite et je me faufilai derechef jusqu'au bureau des infirmières.

Personne.

Je n'avais pas beaucoup de temps. Je m'installai à la place de Cécile et j'allumai l'ordinateur. La machine se mit à ronronner. Une série d'icônes apparurent. J'ouvris plusieurs fichiers avant de tomber sur le bon. C'était la liste des naissances du 30 mars 1983. Je lançai l'imprimante. À ce moment-là, j'entendis des pas dans le couloir. Je jurai. Et cette foutue bécane qui prenait son temps ! J'arrachai la feuille et me ruai vers la sortie.

Trop tard.

Cécile apparut sur le seuil. Elle ouvrit de grands yeux en me découvrant.

– Salut chérie ! J'avais oublié mes cigarettes, dis-je.

Elle remarqua alors l'ordinateur allumé.

– Mais… qu'est-ce que vous…

Je ne la laissai pas terminer. Je frappai sous le menton. D'un coup sec. Juste assez pour l'étourdir et me laisser quelques minutes de répit. Elle s'écroula dans mes bras et je la posai avec délicatesse sur le sol. Puis je déguerpis.

À l'instant où je franchissai le seuil de l'étage, un hurlement me parvint. Les infirmières avaient découvert leur copine.

Je dégringolai les marches quatre à quatre, traversai le hall de l'hôpital comme un fou et filai à toutes jambes à travers le parking. Je détachai la Vespa, enfilai mon casque avant de démarrer plein gaz en direction du centre.

La moisson n'était pas mauvaise. Pas exceptionnelle, mais ça aurait pu être pire, pensai-je en slalomant entre les voitures. Fatima la Folle avait bien accouché sous X, et si j'avais bien interprété les silences de l'infirmière, Fathia Driddi semblait être sa fille. Bon. Mais ça ne suffisait pas à expliquer pourquoi on l'avait butée ni pourquoi on me collait son meurtre sur le dos.

Je garai la Vespa près du jardin de ville. Je rentrai dans le premier troquet, commandai un Martini et demandai au garçon de m'apporter l'annuaire. La liste imprimée comprenait une quinzaine de noms. J'en trouvai sept sur Grenoble. Les autres femmes devaient venir de la banlieue, s'être mariées ou être passées sous un camion.

Au fond de la salle, je remarquai une cabine téléphonique. Je m'y installai avec ma liste et un crayon et je passai mes coups de fil. J'en ressortis au bout d'un quart d'heure.

Sur les sept numéros, un était le bon. Annick Marini partageait la même chambre que Fatima Driddi, il y avait vingt ans de cela, à l'hôpital Nord. Elle habitait place Jean-Achard, à deux pas d'ici et acceptait de me rencontrer.

Je retrouvai ma table et commandai un autre Martini. Je le bus cul sec. J'allais régler mes consos quand mon portable sonna à nouveau. Je jurai. Je l'avais oublié celui-là.

Je jetai un coup d'œil à l'écran.

C'était Brun.

Chapitre 13

J'appuyai sur une touche. La voix de Brun me parvint aussitôt.

– Vous êtes un sacré voyageur, maître !

– …

– Allô ?

– Je suis là. C'est quoi ces conneries ?

Il rit.

– Ce ne sont pas des « conneries », comme vous dites. Mais la vérité, n'est-ce pas ? Seyssins, Fontaine, l'hôpital Nord, maintenant le centre… Si vous n'appelez pas ça voyager !

Ce salaud me suivait. Pris d'une sorte d'inquiétude, je me tournai dans tous les sens pour essayer de le repérer.

– Alors, poursuivit-il, avez-vous un peu avancé ?

Je ne répondis pas. Cet empaffré devait être planqué quelque part dans le coin en train de me mater et de se fendre la pêche.

– Allô !

– Ouais, c'est bon. T'es où ?

Il se garda bien de répondre mais je perçus son rire à peine étouffé.

– Vous m'êtes presque sympathique, voyez-vous ? Vous avez une sorte de naïveté déconcertante.

– Tu sais ce qu'elle te dit, ma naïveté déconcertante ?

– Voilà ! C'est tout à fait vous ça ! La grande brute ingénue…

Cette fois, il rit à gorge déployée.

Une grande brute ingénue ! Ce petit trou du cul me traitait de grande brute ingénue !

– Brun, grinçai-je, ton humour à quatre sous me court la manivelle. Viens-en au fait et sans détour. Tu m'appelles pour quoi exactement ?

– Je vous l'ai déjà demandé, me semble-t-il. Où en êtes-vous de notre petite affaire ?

– Depuis cette nuit ?

– Par exemple. Vous avez un peu avancé, je suppose ?

Je fis une grimace.

– Tu plaisantes, mon petit Brun ! Tu ne crois pas que je vais bosser à ton service vingt-quatre heures sur vingt-quatre tout de même ?

– Quel dommage que vous preniez cela sur ce ton, maître…

– Je t'emmerde, Brun !

– Oui, oui, je vois bien…, dit-il d'un ton las. Je vous rappelle dans une dizaine de minutes.

Il coupa aussi sec la communication. Je regardai mon téléphone, interloqué. Je réalisai alors que j'avais parlé à voix haute. Les clients du bar me dévisageaient d'un air intrigué et échangeaient entre eux des coups d'œil. Je regroupai mes petites affaires avant de me lever. Le garçon s'approcha de moi. Je lui tendis un billet. J'attendais ma monnaie lorsque les sirènes de la police retentirent au loin. Pour moi ? Pas pour moi ? Je ne me posai pas la question plus longtemps et me tirai en courant. Je décrochai la Vespa et rejoignis la place Grenette. Je me garai près du tram. C'était le genre d'endroit idéal pour se dissimuler dans la foule. Des magasins, des terrasses, des rues piétonnes et des ruelles dans tous les sens. Du père de famille au zonard à crête, ils étaient tous là. C'était la vraie place « popu » de Grenoble. Entre la Fnac, les galeries Lafayette et la librairie Arthaud, le bon petit peuple avait le choix pour claquer son fric de fin de mois. Et il y allait de bon cœur. À voir le nombre de personnes sortant des magasins avec des sacs plein les bras, je me demandais où elle était la crise ! Ça m'arrangeait bien, du reste. Il n'y a rien de mieux que la foule pour passer inaperçu.

J'adoptai donc un rythme plus souple et me dirigeai vers la place Jean-Achard par des chemins détournés. En fait de place, ce n'était rien moins qu'un parking entouré d'immeubles. Je m'y arrêtai pour chercher le numéro indiqué par Annick Marini.

Le vibreur de mon portable me chatouilla. Je le sortis de ma poche en maugréant.

– Ouais ?

– C'est Brun.

– Pas la peine de me donner ton pedigree à chaque fois ! T'es le seul à posséder ce numéro.

– Justement, il fallait que je vous dise, maître…

Je sentis poindre une sourde inquiétude.

– Oui ?

Il changea de sujet.

– Comment avez-vous trouvé ma petite démonstration ?

– Ta petite démonstration ? répétai-je.

J'avais peur de comprendre.

– La police, voyons ! Comment imaginez-vous que les policiers soient intervenus aussi vite, hein ?

– C'est toi ? dis-je d'une voix blanche.

– Hé oui, mon brave ami ! Il faut dire, à ma décharge, que vous m'avez un peu cherché, non ?

Je n'y croyais pas. Ce fils de pute m'avait balancé aux flics une fois de plus. Il ne se contentait plus de me coller aux basques jour et nuit. Il était passé à la vitesse supérieure. Il allait désormais me flanquer les flics au cul à chaque occasion. Deux choses m'intriguaient : comment il pouvait me suivre ainsi sans arrêt et pourquoi il se mettait soudain à me mettre la pression de la sorte. Brun n'agissait pas sans raison. C'était un type méthodique. Taré et dangereux, mais pas bordélique. Jusque-là, il me faisait courir après des infos. Il me distillait ses connaissances au compte-gouttes et c'était donnant, donnant. Tu me fais ça et je te refile tel ou tel tuyau.

Mais, désormais, il ne m'apprenait plus rien.

Il était sec !

Et le seul moyen pour lui de s'assurer de ma collaboration était de me mettre la pression. Pour l'instant, il ne s'en sortait pas trop mal et ne me laissait guère de choix.

– Allô ?

– T'inquiète, mon petit Brun, je suis là. Je réfléchissais…

Il gloussa.

– Qu'avez-vous donc de plus sur notre ami le conseiller général ?

– Je vois que tu te rappelles notre petite conversation nocturne, c'est bien !

– Ne prenez pas ce ton goguenard avec moi, maître. Vous n'avez pas les moyens de jouer les cadors… Je vous écoute.

Sa voix s'était fait tranchante. Je changeai de ton.

– Le conseiller général Delhomme, commençai-je, est aujourd'hui plus proche d'une cucurbitacée que d'un homme politique. Pourtant quand je lui ai parlé de toi, ça ne l'a pas laissé de bois… si je puis dire !

– Ah, oui ! Qu'est-ce qu'il a dit ?

– Entre deux raclements de gorge, il a réussi à articuler un mot.

Je me tus.

– Oui ?

– …

– Bon Dieu ! Vous allez me le dire, oui ou non ?

– Je suis content d'apprendre que tu me laisses le choix, mon petit Brun.

– Lambert ! De quoi vous a parlé Delhomme ?

Je restais muet. Et pourquoi je lui donnerais satisfaction à ce salopard ? Parce que je faisais aujourd'hui ce que j'aurais dû faire il y a dix ans pour le procès ? Parce que j'avais la pétoche de me faire alpaguer par les flics ?

J'optai pour la seconde raison.

– Il a parlé d'un carnet, laissai-je tomber.

– Un carnet ?

– Ouais, un carnet. Sans doute le genre de truc où il devait consigner ses petits secrets.

– Il me le faut, dit-il d'une voix blanche. Je veux ce carnet.

– J'ai quoi, en échange ?

– En échange ?

Il semblait groggy.

– Oui, en échange. Tu ne crois pas que je vais bosser pour toi rien que pour la gloire ?

– Pour la gloire ! Parce que vous croyez que c'est de la gloire dont il s'agit ? En échange de votre travail, espèce de petite merde d'avocat, vous avez ce dont votre incompétence m'a privé pendant dix longues années : la liberté. Mais attention ! Au moindre faux pas, je vous balance une fois de plus aux flics et cette fois je dirigerai la chasse jusqu'à ce qu'ils vous mettent la main dessus ! Ce soir, je veux que vous ayez une bonne nouvelle pour moi.

Il raccrocha.

Brun. Ce petit con de Brun dirigeait encore la partie d'une main de fer. J'avais cru un instant que la chance avait tourné et je m'étais planté.

Mais c'était toujours lui le boss. Le maître du jeu.

Je restai quelques secondes immobile sans réagir. Puis j'appelai Jojo.

– Allô ?

– Jojo, c'est moi, Téo.

– Putain, ça fait un moment que j'attends ton coup de fil ! T'as vu quelle heure il est ?

Je jetai un coup d'œil sur ma montre. Elle affichait 12 h 30.

– T'as mon tuyau ?

– Ouais, t'as de la chance que je t'ai à la bonne... c'est le cas de le dire !

Il éclata de rire. Je le laissai se poiler.

– Ça y est ? dis-je enfin. T'as fini tes singeries ?

– « À la bonne » ! gloussa-t-il. Je t'ai à la bonne et je devais te trouver l'adresse de la bonne !

Je soupirai.

– Ça va, Jojo, t'es gentil, tu m'épargnes ton humour. J'ai pas le cœur à me bidonner avec tes calembours. La petite bonne, elle crèche où ?

Je dus écarter le combiné de mon oreille pour laisser Jojo tousser.

– Ouais, dit-il d'une voix éraillée. Qu'est-ce que t'as dit ?

– L'adresse de la bonne, Jojo, s'il te plaît, répétai-je d'une voix lasse.

– Tu la trouveras rue Louis-Armand, à côté d'une école. Elle loue une petite chambre dans un pavillon et possède une AX blanche.

Je me rappelai de la voiture. Ça devait être elle. J'avais envie de lui demander comment il s'était procuré toutes ces informations. Puis je me ravisai. Avec Jojo, les explications se transforment souvent en sable mouvant. On met un pied dedans et on ne sait jamais jusqu'où on va aller. Ce type, c'était le roi de l'enlisement.

– Tu peux te renseigner sur ses horaires de travail ?

– C'est déjà fait, mon Téo ! Je sais qu'aujourd'hui elle est en congé, par exemple. Par contre, elle embauche ce soir à vingt heures. Demain... voyons, demain elle doit reprendre à sept heures du matin...

– OK, Jojo, ça ira comme ça ! l'interrompis-je. Tu sais que tu es quelqu'un de précieux, toi ?

Il souffla dans le téléphone.

– Arrête tes conneries !

– Si, si, j'insiste. Tiens, si t'étais une gonzesse, je t'embrasserais !

Il protesta avec vigueur avant de me raccrocher au nez. Je ne pus m'empêcher de sourire. Brave Jojo !

Je levai les yeux vers les immeubles de la place Jean-Achard. Pendant notre discussion, j'en avais profité pour faire le tour des lieux et repérer la bonne entrée. Je repérai le nom d'Annick Marini sur la liste de l'interphone, puis j'appuyai sur le bouton. Une voix grésilla.

– Oui ?

– Maître Lambert.

– Ah ? Vous pouvez monter, c'est au troisième… L'ascenseur est en panne, vous m'excuserez !

Après avoir poussé la lourde porte en bois, je pénétrai dans un hall aux murs fraîchement repeints. J'empruntai ensuite un étroit escalier à la rambarde en fer forgé. Je parvins essoufflé sur le palier du troisième. Il y avait deux portes. Je trouvai la bonne et je sonnai.

Elle s'ouvrit presque aussitôt.

Annick Marini était une petite femme d'une bonne quarantaine d'années. Bien habillée, bien maquillée, bien coiffée, c'était le genre de gonzesse que le labeur ne devait pas défriser tous les jours. Elle me dévisagea avec surprise.

– Vous êtes maître Lambert ?

Les avocats qu'elle connaissait ne devaient pas me ressembler. Outre ma tenue vestimentaire olé-olé, je n'avais pas la tête de l'emploi. En temps habituel je faisais déjà un peu tache, mais alors là, après plusieurs jours de cavale, une barbe hirsute et les cheveux gras, je ne rassurais pas la bourgeoise.

– Je vous ai parlé au téléphone tout à l'heure à propos de Fatima Driddi, dis-je de ma voix la plus douce.

– C'est bien vous alors, conclut-elle sans bouger pour autant.

Je m'impatientai. Je ne me voyais pas m'entretenir de Fatima Driddi dans le couloir et elle n'avait pas l'air de vouloir me laisser entrer.

– Je peux… ? demandai-je en désignant l'intérieur de l'appartement.

Elle hésita. Puis elle fit volte-face et ouvrit la porte en grand. Je me retrouvai dans un vaste couloir ocre et rouge. Des reproductions sous verre de tableaux de maîtres ornaient les murs. Elle se planta devant moi, les mains sur les hanches, les sourcils froncés, un peu inquiète.

– Vous vouliez savoir quoi… maître ?

Je souris.

– Je n'irai pas par quatre chemins. Comme je vous l'ai dit au téléphone, j'ai trouvé votre nom dans la liste des accouchées du 30 mars 1983 à l'hôpital Nord. Ce même jour, une certaine Fatima Driddi mettait au monde une petite fille, dans des circonstances apparemment un peu particulières. C'est l'objet de mes investigations. Vous comprenez ?

Elle hocha la tête.

– Ce que vous faites n'est pas illégal, n'est-ce pas ? s'inquiéta-t-elle.

Je haussai les sourcils.

– Il n'y a rien d'illégal dans tout ça, dis-je sur un ton très professionnel. Je cherche uniquement à établir un certain nombre de vérités.

Elle opina du chef à nouveau. Une lueur dubitative persistait toutefois dans son regard. Et celle-là, je n'étais pas sûr de la lui faire passer. J'enchaînai aussitôt.

– Vous avez donc eu l'occasion de croiser ma cliente ? bluffai-je.

– Oui… à l'hôpital… c'est ce que je vous ai dit tout à l'heure…

– Bien, vous étiez dans la même chambre ?

– Oui.

– Votre hospitalisation a duré combien de jours ?

– Raoul est né par césarienne. Je suis restée une semaine à l'hôpital. J'avais fait une hémorragie et il me fallait des soins.

– Vous êtes arrivée quel jour ?

– L'opération était prévue pour le 29 mars. Je suis donc arrivée la veille au soir et je suis sortie le 05 avril.

– Comment s'est passée votre rencontre avec Fatima Driddi ?

Elle se passa une main sur le visage.

– Mon Dieu, cela fait si longtemps…

Je la laissai remettre en ordre ses souvenirs.

– C'était le soir du 29 mars, commença-t-elle. Il était déjà tard. L'infirmière était passée dans ma chambre, il pouvait être dix-neuf, vingt heures. J'étais fatiguée. Je somnolais à moitié. Soudain, j'ai entendu des cris dans le couloir. Ce n'était pas une dispute, c'étaient plutôt des cris de douleur mêlés à des pleurs. « Pauvre femme ! », j'ai pensé. Et puis aussitôt je me suis dit : « J'espère qu'ils ne vont pas la mettre dans ma chambre ! » Le lit à côté du mien avait été libéré le matin même. Évidemment, la porte s'est ouverte et ils l'ont amenée. Sur le coup, j'ai eu peur. On aurait dit une folle. Allongée sur un brancard, elle gesticulait dans tous les sens en pleurant et en criant. Ses vêtements étaient sales et déchirés. Et puis ses cheveux ! Mon Dieu, je me souviendrai toujours de ses cheveux ! Elle avait une longue chevelure noire, sans doute de très beaux cheveux, mais dans un état ! Ce n'était qu'un paquet de nœuds et de poussière ! Son visage était maculé de crasse. Et ses ongles ! Je me rappelle ses ongles parce qu'elle se griffait le visage. Elle avait de longs ongles noirs de saleté. Je crois que je n'avais jamais vu quelqu'un dans un état pareil.

Elle se tut, plongée dans ses souvenirs. Puis elle redressa la tête avec un petit sourire gêné.

– Je vous avoue que lorsque je l'ai vue, ça ne m'a pas réjouie ! J'ai même demandé aux infirmières si elles n'avaient pas une autre chambre pour cette pauvre femme. « Il n'y a plus de place ailleurs ! » m'a-t-on répondu. Vous savez comment c'est dans ces cas-là. On se dit : « Mince, pourquoi c'est sur moi que ça tombe ? » Et puis on se fait une raison.

Je ne pus m'empêcher de faire une grimace. Je connaissais bien le « mince, pourquoi c'est sur moi que ça tombe », décliné sous différentes formes. Chez moi, c'était plus près du « putain, c'est encore pour ma tronche ! » ou bien « bordel, c'est pour ma gueule ». Dans tous les cas le résultat était le même. Comment il disait, déjà, l'autre con de militaire ? Il y a des baisés et des baiseurs ? C'était cela, oui. Il y a ceux qui passent leur temps à essuyer les giclures de dégueulis sur le bas de leur pantalon et les autres.

Et moi, je faisais partie de ceux qui ont besoin en permanence d'une éponge pour se nettoyer.

La petite madame Marini, par contre, avait traversé ses petites périodes, comme tout le monde. Mais à voir sa dégaine de bourgeoise bien mise, je doutais qu'elle fasse partie des perdants de la vie.

Quoique ! Il faut se méfier des apparences, comme dirait l'autre. Les sourires de façade cachent parfois de belles éclaboussures !

– Maître ?

Je sursautai. Je m'étais laissé aller à mes divagations et Annick Marini me rappelait gentiment à l'ordre.

– Donc, vous avez un peu tiqué lorsque Fatima Driddi a été amenée dans votre chambre ?

– Exactement, confirma-t-elle. Plus tard, les infirmières sont venues lui faire une injection de sédatif pour la calmer. Puis elles l'ont emmenée quelque part. À son retour, j'ai vu qu'elles l'avaient lavée. Ses cheveux étaient coiffés et elle avait revêtu une chemise de nuit. Vers dix heures du soir, elle a cessé de pleurer. Par contre, elle gémissait, doucement, la tête dans son oreiller. Moi, j'étais épuisée. La cicatrice de la césarienne me faisait souffrir et je ne parvenais plus à dormir. J'avais beau essayer de me faire une raison, je trouvais ça un peu dur tout de même. C'est vers minuit que j'ai essayé de l'appeler. « Madame ? » j'ai dit. Elle ne m'a pas répondu tout de suite. Elle continuait à gémir. J'ai dû insister. Au bout d'un moment, elle a enfin relevé la tête. C'était une jeune femme, elle devait avoir à peu près mon âge, une petite vingtaine d'années. Malgré les larmes, elle avait un beau visage aux traits réguliers. J'ai commencé à parler. D'abord toute seule. Elle ne semblait pas comprendre ce que je disais et s'était replongé la tête dans son oreiller.

Elle se tut à nouveau. Je jetai un coup d'œil sur ma montre. Elle prenait son temps la petite madame Marini. Elle surprit mon regard et rougit.

– Vous avez raison, dit-elle. Quand je me plonge dans mes souvenirs, je me laisse facilement déborder. Il faut dire que là tout de même, c'était plutôt fort. Je venais de mettre au monde mon premier enfant et je subissais le désespoir le plus total d'une femme inconnue !

– Et donc ? m'impatientais-je.

– Et donc, enchaîna-t-elle sans se démonter, c'est au bout de plusieurs heures qu'elle a accepté de me parler. Et encore, je ne comprenais pas toujours. Parfois elle se lançait dans une longue tirade en arabe. Puis elle se reprenait, s'excusait et reprenait en français.

– Madame Marini… que vous a-t-elle dit ?

– Hé bien, voilà ! D'après ce que j'ai pu comprendre, elle avait été fichue à la porte de chez elle.

– De chez son mari ?

– Non. De chez ses parents.

– Elle n'était pas mariée alors ?

Elle haussa les épaules.

– Vous en connaissez beaucoup des femmes mariées qui vivent chez leurs parents ?

Je fis une grimace.

– Donc, poursuivit-elle, elle n'aurait pas dû se trouver enceinte et avait essayé de le dissimuler à sa famille. Seulement, ce genre de chose, ça ne peut pas se cacher très longtemps. Aussi, quand sa mère s'en est rendu compte, elle s'est empressée de tout raconter son mari. Inutile de vous dire que ce dernier a apprécié. Je vous passe les insultes et les coups. La pauvre s'est donc retrouvée du jour au lendemain à la rue et sans un sou.

– Elle est arrivée à l'hôpital longtemps après ça ?

Elle fit une moue.

– Apparemment, elle a traîné une bonne dizaine de jours dans la rue avant de se faire ramasser par le SAMU, tordue par des contractions.

– Et ensuite ?

– Après, je ne sais pas. J'ai fini par m'endormir. Le lendemain, lorsque je me suis réveillée, elle n'était plus là. J'ai appris ensuite qu'elle avait accouché au petit matin et qu'elle s'était enfuie de l'hôpital.

– Avec son bébé ?

– Non, laissa-t-elle tomber. Elle l'avait abandonné.

– Vous avez vu l'enfant ?

– Cela m'a été interdit. On m'a expliqué qu'il s'agissait d'une naissance sous X et que la loi était formelle là-dessus.

Elle soupira.

– Je n'en ai plus jamais entendu parler… jusqu'à votre coup de fil, tout à l'heure.

Nous restâmes silencieux quelques instants.

– Que devient-elle ?

– Fatima Driddi ? répondis-je. C'est bien mon problème.

– Et son enfant ? Vous savez quelque chose ?

Je secouai la tête. Elle me jeta soudain un coup d'œil soupçonneux.

– Ce n'était pas vous le père, tout de même ?

J'écarquillai les yeux. Je dus ensuite faire preuve de toute ma persuasion pour la convaincre de mon innocence dans la triste histoire de Fatima Driddi. Puis je remerciai Annick Marini et je pris congé d'elle.

Peu à peu, le portrait de Fatima Driddi prenait forme et couleurs.

Durant l'été 1982, la beurette se fait engrosser. Sa famille ne le supporte pas et la flanque à la porte. Après avoir connu la galère de la rue, elle finit à l'hosto où elle accouche le 30 mars 1983 d'une petite fille. Là, elle abandonne son bébé et se retrouve tout naturellement sur le trottoir, sous la protection de Tonio. Protégée ou pas, elle craque au bout de quelques mois et se fait interner après avoir castré un client avec les dents.

À partir de là, on n'entend plus parler d'elle.

Par contre, une vingtaine d'années plus tard, sa fille retrouve sa trace. Il existe des instances et des associations destinées à aider les enfants nés sous X à retrouver leur famille. Elle avait dû faire appel à l'une d'entre elles et mener sa propre enquête. Toujours est-il, qu'après avoir retrouvé sa mère, elle reprend son nom et se fait appeler Fathia Driddi.

Peu de temps après, elle meurt dans des circonstances plutôt étranges et « on » essaye de me faire porter le chapeau.

Je repensai à ce qui avait conduit les flics jusqu'à moi. Les témoins du Shrek et la capote. Je ricanai. Le jeune flic avait parlé d'analyse d'ADN. Aujourd'hui, j'étais presque sûr du résultat. Le sperme trouvé dans le préservatif devait être le mien.

Cela confirmait au moins une chose : une espèce de petit salopard avait monté une véritable combine destinée à me faire accuser de meurtre.

Mais ça, je m'en doutais déjà !

Par contre, ça pouvait laisser penser que le choix de Fathia Driddi comme victime n'était pas dû au hasard. Y avait-il un lien entre Fathia Driddi ou Fatima Driddi et moi ? J'avais beau me creuser les méninges, je ne voyais pas. Pourtant j'en étais convaincu. Ce lien existait.

Et puis le hasard, moi, je n'y crois pas beaucoup. Surtout dans une embrouille comme celle-là. Choisir justement une fille avec un passé comme celui de Fathia relève du coup monté. De la combine.

Qui est-ce qui pouvait m'en vouloir assez pour me foutre dans une telle mouise ?

Il y avait Brun.

Mais notre histoire se réglait d'une façon parallèle. Quoique… après tout, pourquoi n'y aurait-il pas collusion entre Brun et le meurtrier de Fathia ?

Je haussai les épaules.

Il avait aussi ce type-là, celui qui m'avait collé ses deux roquets aux basques. Tiens, d'ailleurs, je ne les avais pas vus depuis un moment ces deux-là ! Dans le genre bizarre, c'était pas mal, ça aussi. Un gars envoie deux voyous convaincre par tous les moyens un ancien avocat de bosser pour lui.

Je fis une grimace.

Jusque-là, j'avais surtout cherché à me débarrasser des guignols. J'aurais peut-être dû plutôt remonter cette piste en fin de compte ? Suivre le bras qui me collait des coups de bâtons…

Donc, soit j'attendais que ces connards me retrouvent, soit je forçais le destin. Seulement, je ne voyais pas bien comment faire. Je n'avais aucun moyen d'entrer en contact avec eux.

Je choisis donc la première solution.

Je décidai de poursuivre la piste de Fathia Driddi. Or, celle-ci morte, seule sa mère pourrait m'être utile.

Dernière destination connue, me dis-je en traversant la place Jean-Achard, l'hôpital psy, Saint-Égrève.

Je filai d'abord jusqu'à un bistrot de la place Vaucanson pour acheter un jambon-beurre. C'était l'heure de pointe aux comptoirs des troquets. Entre l'œuf-mayo, les croques des deux sexes et les sandwiches de toutes sortes, ça bouchonnait dur sur le boulevard du zinc. Ma taille et mon pif de boxeur me facilitèrent la tâche. Je trouvai une place sans trop de difficultés entre deux commerciaux en costume bleu marine qui échangeaient des plaisanteries graveleuses avec une collègue. Celle-ci riait jaune et tentait de garder un air détaché. J'appelai le garçon et commandai mon casse-croûte et un cognac. Les deux types en costard sombre se penchaient tantôt en avant, tantôt en arrière afin de poursuivre leur conversation. La jeune femme, se tortillait, mal à l'aise. Leurs blagues étaient foireuses. Et vulgaires. Je jetai un coup d'œil torve à l'un puis à l'autre. Ils m'ignorèrent. Le garçon m'apporta ma commande. J'avalai d'un trait mon cognac et mordis à pleines dents dans le casse-dalle. Puis je me tournai vers le gars à ma droite. Il me dévisagea d'un air furieux et se pencha un peu plus pour continuer sa discussion.

– J'te dérange pas ? lui demandai-je, la bouche pleine.

Il sursauta et tenta de me contourner.

– T'as raison, dégage, poursuivis-je en postillonnant, parce que tes blagues de merde, elles font rire que toi et ton abruti de pote.

Il voulut rétorquer quelque chose mais je mis mon doigt sur ma bouche.

– Ta gueule, fis-je.

Il rejoignit son pote en maugréant. Je croisai le regard de la fille et lui fis un clin d'œil.

Elle rougit.

Fier de ma petite victoire, je réglai mes consommations puis je me tirai.

Je récupérai la Vespa place Grenette. Au moment où je démarrai, je jetai un coup d'œil à la jauge d'essence. Le niveau était au plus bas. Le voyant n'était pas encore allumé, mais cela ne saurait tarder. Je calculai rapidement. Je devais pouvoir arriver jusqu'à Saint-Égrève sans tomber en rade. Après, il me faudrait trouver une solution.

Je fis le dernier kilomètre à pied.

La Vespa était lourde et je transpirai comme un phoque. Je la cachai dans un buisson à quelques centaines de mètres de l'hôpital. Je n'étais déjà pas bien joli à voir avant ça, mais alors là, ça allait être le pompon ! Crade, moite et puant.

Un vrai roman.

À l'accueil, la secrétaire, une petite brune mignonne, me lança un regard effaré.

– Vous désirez ? demanda-t-elle d'une voix hésitante.

J'essayai de me donner une contenance.

– Maître Lambert, avocat au barreau, j'aurais souhaité m'entretenir avec le médecin traitant de Mme Fatima Driddi, s'il vous plaît.

Ses sourcils se relevèrent à peine. Elle pianota sur son ordinateur.

– Qui est son médecin ?

Je secouai la tête.

– Aucune idée, dis-je.

– Vous savez dans quel service elle est hospitalisée ?

Je fis une grimace.

– Bon, fit-elle, vous savez peut-être depuis combien de temps elle est chez nous ?

Elle attendit en vain quelques secondes puis releva la tête et me fixa droit dans les yeux.

– Vous m'épelez son nom ?

– D-R-I-D-D-I, articulai-je. Fatima est son prénom.

Elle entra ses informations et attendit. Elle leva les yeux vers moi.

– Vous êtes avocat ?

Elle aurait dit « vous vous foutez de ma gueule ? », l'effet n'aurait pas été moindre. Je hochai néanmoins la tête.

– Madame Fatima Driddi peut être un élément à décharge dans une affaire concernant un de mes clients, dis-je sur un ton sentencieux.

La brunette plissa les yeux et me lança un coup d'œil torve.

– Ah, voilà ! Il s'agit du docteur Durant. Paul Durant… par contre, je ne peux pas vous laisser entrer, monsieur, désolée.

Je haussai les sourcils.

– Il s'agit d'un service particulier de l'hôpital. Le docteur Durant peut venir si vous le souhaitez.

– Vous pouvez l'appeler ?

– Je vais voir s'il est disponible.

Elle regarda sa montre.

– Vu l'heure, il doit être encore au foyer en train de boire le café.

Elle décrocha un téléphone et composa un numéro.

– Salut, c'est Josy, dit-elle… Oui ça va, et toi ?… Dis-moi, Durant est dans le coin ?… Oui ?… Tu peux lui dire qu'on le demande à l'accueil ?… D'accord j'attends.

Elle se tourna vers moi.

– J'ai compris, la devançai-je.

Josy hocha la tête en souriant. Elle se mit à jouer avec son stylo en attendant son interlocuteur. Puis elle tressaillit.

– Docteur Durant ? C'est Josy à l'accueil… Excusez-moi de vous déranger mais un monsieur vous demande… Non, un monsieur, c'est un avocat… Ce n'est pas celui de votre femme, non… Il voudrait vous parler à propos d'une patiente… Madame Driddi… Oui… à tout de suite, docteur.

La secrétaire raccrocha en rougissant.

– Vous avez de la chance ! dit-elle. Vous pouvez vous asseoir par là, poursuivit-elle en désignant des fauteuils entourant une table basse, il ne va pas tarder.

J'obéis sans discuter et m'installai en face.

Je n'eus pas à attendre très longtemps. Un type d'une quarantaine d'années, genre beau mec sportif grisonnant sur les tempes, pénétra bientôt dans le hall d'accueil d'un pas décidé. Josy sursauta à son arrivée et me montra du doigt en faisant une moue incrédule. Il lui adressa un clin d'œil qui la fit rougir, puis il s'avança vers moi.

Je me levai.

Je le dominai d'une bonne demi-tête. Je lui tendis la main.

– Vous êtes… ? demanda-t-il sans la saisir.

– Maître Lambert, avocat au barreau de Grenoble.

– Ah ! Vous êtes avocat…

Il me dévisagea des pieds à la tête. En fin de compte ce type avait une tête de con. Il faisait partie de ces gonzes séducteurs avec les jolies femmes, virils avec leurs pairs, et hautain et méprisant avec tous les autres.

– Je suis désolé, monsieur…

– Maître, le coupai-je.

Durant s'interrompit pour me lancer un regard circonspect.

– Je suis désolé, « Maître », reprit-il, mais le cas de madame Driddi présente certaines particularités qui font que, malheureusement, vous ne pouvez pas la voir.

– Je comprends bien, docteur, mais vous-même pouvez peut-être…

– Non. Je crains que cela ne soit également impossible. Dans le meilleur des cas, si vous aviez été de la famille. Mais là… le secret professionnel, vous savez…

Je restai pensif.

– La famille ? demandai-je soudain. Parce que quelqu'un de sa famille serait venu la voir ?

Le toubib me regarda avec lassitude.

– Monsieur… Ho ! pardon, « Maître », je vous en prie. Je ne peux rien vous dire.

Il se foutait de ma gueule. Une envie subite me prit de lui balancer une mandale à travers la tronche.

Je me contentai de serrer les dents et de grimacer un vague sourire. Je n'avais rien à gagner à faire un scandale dans l'hosto. Je décidai de faire profil bas.

– Je vous remercie quand même, docteur, dis-je, le souffle court, au revoir…

Durant me répondit à peine et fit volte-face. En passant devant la secrétaire, il ne put s'empêcher de jouer au bellâtre.

– Vous travaillez cet après-midi, Josy ?

Elle secoua la tête et en rougit de contentement, la cruche !

– Quel dommage ! poursuivit-il sans attendre sa réponse, je vous aurais emmenée au golf…

Puis, il s'éloigna.

Je sortis du bâtiment et me retrouvai sur le parking des toubibs. Si Durant ne bossait pas cet après-midi, il passerait sans doute bientôt par là pour récupérer sa voiture. Je n'avais qu'à attendre et le cueillir au bon moment.

J'aurais presque mis ma main à couper qu'il n'avait pas parlé de la famille de Fatima Driddi par hasard.

Chapitre 14

La pause de midi devait prendre fin car de nombreuses voitures venaient peu à peu occuper les places vides du parking. Je me dissimulai derrière un fourgon et j'attendis. Pendant que les toubibs débarquaient les uns après les autres, je me demandai pourquoi Durant m'avait presque jeté. Le secret professionnel n'expliquait pas tout.

J'eus bientôt l'amorce d'une réponse.

Une Renault 19 entra dans le parking et se gara de façon complètement anarchique par rapport aux autres. Le conducteur sembla d'abord hésiter, tourna à la recherche d'une place, puis en fin de compte grimpa sur une pelouse juste en face de la porte d'entrée. Le parking des visiteurs se trouvait un peu plus loin, ce n'en était donc pas un.

Je ne reconnus pas tout de suite la silhouette du type. C'est sa démarche qui me fit tilter : Cardoso.

Quand je parlais de hasard ! Je viens voir le psy de Fatima Driddi et quelques minutes plus tard un flic se ramène…

Il pénétra dans le bâtiment pour en ressortir peu de temps après avec Durant. Celui-ci avait abandonné sa blouse blanche de service pour revêtir un col roulé noir et une veste en velours. Les deux hommes échangèrent quelques mots. Le flic notait des choses sur un petit carnet et le toubib faisait son numéro de bon citoyen. Puis ils se séparèrent après une poignée de main. Le psy prit la direction du parking. Il s'arrêta à la hauteur des premières voitures et sembla chercher son véhicule. Son regard se fixa soudain et il se dirigea dans la direction opposée à la mienne.

Je jurai. Si je ne faisais pas très vite, j'allais rater ce connard. Plié en deux, je courus aussi vite que je pus pour le rattraper. Je parvins assez vite à combler mon retard. Trois voitures seulement nous séparaient. Il s'arrêta devant une BMW bleu métallisé et sortit un jeu de clefs de sa serviette. Je grignotai encore quelques mètres.

Il ouvrit sa portière et se courba.

En un clin d'œil, je fus dans son dos et le poussai sans douceur dans sa bagnole. Il se mit à gueuler. Je refermai tant bien que mal derrière moi. Il se débattait le bougre ! Un coup de coude m'ouvrit la lèvre. Le goût du sang me rendit furieux. Je réussis à le repousser sur le siège du passager. Il tenta de ruer des deux pieds en même temps. Cet enfoiré visait mon visage. Je balayai ses jambes d'un revers et je me jetai sur lui de tout mon poids. Je parvins à saisir sa gorge. Puis je serrai.

Les yeux exorbités, la langue tirée, il devint vite écarlate avant de se mettre soudain à bleuir. Il se mit à pousser des râles d'une façon inquiétante.

Je desserrai mon étreinte et m'écartai. Le toubib se ramassa sur lui-même pour reprendre son souffle. Les yeux larmoyants, il se massait le larynx d'une main tout en prenant appui de l'autre sur le tableau de bord. Il finit par se calmer.

– Qu'est-ce que vous voulez, merde ? balbutia-t-il d'une voix rauque.

Je le fixai droit dans les yeux.

– C'est toi qui as appelé les flics ?

Il hocha la tête et détourna le regard.

– Ils sont déjà passés hier. Ils enquêtent sur un meurtre dans la région. Ils nous ont demandé de les prévenir si quelqu'un cherchait après Fatima Driddi. C'est tout.

– Et toi, tu t'es empressé de les appeler dès que j'ai foutu les pieds dehors ?

Il haussa les épaules.

Je soupirai.

– Vous voulez quoi au juste ? geignit-il.

– Tout. Je veux tout savoir sur Fatima Driddi.

Il ricana.

– Et ça te fait rire en plus ?

– C'est pas ça ! C'est que si vous voulez tout savoir sur Fatima Driddi, ça va être du rapide.

Je le regardai, interloqué.

– Fatima Driddi n'a pratiquement pas ouvert la bouche depuis 1984. Cette femme, c'est le mutisme le plus complet. On ne sait rien sur elle ou presque.

– Tu as parlé de sa famille…

– Pardon ?

– Tout à l'heure, tu as parlé de quelqu'un de sa famille qui serait venu la voir.

– Ce n'est pas tout à fait ce que j'ai dit…

– Fais pas chier, Durant. Et commence pas à couper les poils de couille en huit. Tu n'as pas dit ça par hasard et tu le sais très bien. Essaye pas de me prendre pour un branque.

Il sursauta et une lueur d'effroi traversa son regard. Il se ressaisit très vite. Puis, il prit un air pensif.

– Sa famille, c'est beaucoup dire. C'était il y a bien six mois de cela. Les dates exactes sont notées dans le dossier de Fatima Driddi mais je ne les connais pas par cœur. Bref, une jeune femme, vingt ans, pas plus, a demandé à voir Fatima Driddi. C'était la première fois que quelqu'un se manifestait pour elle. Elle a prétendu être la fille de Fatima. Elle a voulu savoir comment elle était arrivée là, comment elle vivait, puis elle a demandé un entretien avec elle.

– Vous avez accepté ?

– Une visite en vingt ans, on n'allait pas chipoter !

Il se tut.

Fathia Driddi était donc venue voir sa mère. Elle en avait retrouvé la trace. Tonio n'en avait jamais entendu parler, mais Armande Pichon se souvenait d'une jeune fille en qui elle avait justement cru reconnaître la fille de Fatima.

– Elles ont parlé ? demandai-je.

Durant se gratta le menton.

– C'est bien ça qui nous a étonnés. Dès la deuxième visite…

– Elle est venue plusieurs fois ?

– Dès la deuxième visite, reprit-il, elles sont restées toutes les deux des heures à parler et à pleurer.

– Elles parlaient de quoi ?

Il fit un geste d'ignorance avec les mains.

– Pas la moindre idée.

Je pris un air menaçant.

– Vous n'allez pas recommencer ? hoqueta-t-il. Si je vous dis qu'on n'a rien su de leurs conversations, c'est qu'on n'a rien su !

Il avait l'air sincère.

– Combien de fois Fathia est venue voir sa mère ?

– Fathia ? Vous la connaissez ? demanda-t-il, surpris.

Zut ! Je m'étais laissé aller et je n'avais pas fait gaffe. Je bougonnai une vague explication. Ça ne sembla pas convaincre le toubib car il me jeta un regard soupçonneux.

– Alors ? m'impatientai-je.

– Elle est venue au moins cinq fois en l'espace de deux mois. Ensuite on ne l'a plus revue qu'une fois par mois environ.

– Jusqu'à quand ?

Il réfléchit.

– Sa dernière visite remonte au mois dernier.

Une petite idée commençait à poindre dans mon esprit.

– Quand elle voyait sa mère, ça se passait où ?

– Nous avons une salle de rencontre pour les cas difficiles. C'est un lieu spécialement aménagé où nous pouvons intervenir rapidement si c'est nécessaire.

– Et durant ses déplacements dans l'hôpital, est-ce qu'elle a pu rencontrer d'autres patients ?

– La fille ou la mère ?

– La mère d'abord.

Il haussa les épaules.

– Oui, ça peut faire partie des choses possibles.

– Je veux une réponse claire, toubib. Est-ce que Fatima Driddi a rencontré d'autres patients dans l'hôpital ?

– Merde ! Oui, elle a rencontré d'autres patients !

– Qui ?

Il fit un nouveau geste d'ignorance.

– Ce que vous devez savoir, c'est qu'avant leur sortie, je veux dire dans les mois qui précèdent leur sortie de l'hôpital, les patients sont soumis à un traitement de moins en moins fort. L'objectif est qu'ils puissent se réinsérer dans la société. Du coup leurs conditions d'internement sont également allégées et ils bénéficient d'une plus grande liberté de déplacement dans l'enceinte de l'établissement. Il y a plusieurs personnes qu'elle aurait pu rencontrer. Vous voulez une liste complète ?

– Henri Brun était ici, n'est-ce pas ?

Le psy eut l'air étonné.

– Vous en connaissez beaucoup d'autres comme ça ?

– Est-ce que Fatima Driddi ou sa fille auraient pu rencontrer Henri Brun et parler avec lui ? insistai-je d'une voix sèche.

Il réfléchit.

– Ce n'est pas impossible, dit-il enfin. Avant sa libération, Henri Brun pouvait se déplacer un peu comme bon lui semblait, ici. Il a très bien pu croiser Fathia Driddi.

Je savais désormais comment Brun connaissait autant de choses sur Fathia Driddi et comment il avait pu me guider dans mes recherches. Jusqu'à un certain point, bien sûr. Je laissai le toubib non sans l'avoir allégrement menacé des pires représailles s'il caftait la moindre chose aux flics. Il m'assura être, à l'avenir, muet comme une tombe.

Je n'en crus pas un mot. Cela va de soi.

Je me tirai vite fait du parking. J'avais déjà bien trop traîné dans le secteur. Je retrouvai ma Vespa un peu plus loin. Je me rappelai que le réservoir était vide. Je n'avais plus un rond.

Je pris mon portable et appelai au secours.

Patrick Acciolino répondit à la quatrième sonnerie.

– Allô ?

– C'est Téo.

– …

– Allô ?

– Putain, Téo, qu'est-ce que tu fous ?

– J'ai besoin d'un coup de main, mon vieux.

Je lui expliquai rapidement de quoi il retournait et lui demandai de venir le plus vite possible.

– Tu me laisses trois petits quarts d'heure ?

Je raccrochai.

Il arriva une heure plus tard. Je commençais à tourner en rond. Je ne le reconnus pas tout de suite dans son quatre-quatre Mitsubishi. Il s'arrêta près de moi et sortit de son véhicule. Son visage était crispé.

– Un problème ?

Il me jeta un drôle de coup d'œil puis regarda très vite à droite et à gauche.

– Depuis l'autre jour, j'ai l'impression que les flics me surveillent, dit-il. J'espère avoir été assez discret pour venir jusqu'ici. Ta Vespa se trouve où ?

Je la désignai de l'index.

– On la monte, ordonna-t-il.

Il abaissa son porte-moto situé à l'arrière du véhicule et nous installâmes mon scooter. Nous grimpâmes ensuite sans traîner dans le quatre-quatre et Pat démarra. Après quelques kilomètres, il se détendit.

– Dans le vide-poches, à ta droite, tu vas trouver une grande enveloppe. Tu peux la prendre et l'ouvrir.

Je fis ce qu'il dit.

– Il y a quatre cents euros en coupures de cinquante et cent en coupures de vingt. C'est tout ce que j'ai pu trouver en si peu de temps. Ça pourra aller ?

Je hochai la tête.

– Comment vont Héloïse et Sandrine ?

Il fit une grimace.

– La petite va bien. Elle n'est pas retournée à l'école et elle se croit en vacances.

– Et Sandrine ?

– Elle est furieuse que tu les aies mêlées à tes histoires.

Je hochai la tête.

– Elles sont où ?

Pat me jeta un coup d'œil en coin.

– Tu ne m'en voudras pas, Téo. Mais il vaut peut-être mieux que tu ne le saches pas. Du moins tant que tout n'est pas réglé.

J'accusai le coup. Pourtant, il avait raison. Je les avais déjà assez foutues dans la merde. Nous restâmes silencieux.

– Je peux te demander une dernière chose ? dis-je au bout d'un moment.

– Je t'écoute ?

– Je pourrais parler à Héloïse ? Au téléphone, bien sûr.

Acciolino ne répondit pas tout de suite. Nous étions arrivés à la hauteur de Sassenage. Il prit une rue sur la droite après une station-service et nous longeâmes les contreforts du Vercors. Il se gara à proximité d'une compagnie de cars. Après avoir coupé le moteur, il se tourna vers moi.

– Téo… je ne sais pas comment te dire ça… Tu sais, Sandrine et moi…

J'écoutais mon pote s'enfoncer et ça me faisait presque marrer. Il prenait des gants pour me dire qu'il sautait mon ex-femme ! J'aurais pu lui dire : « Hé ! C'est bon ! T'en fais pas ! Si tu la fais grimper aux rideaux et que tu t'éclates, c'est cool pour vous deux ! Y a pas de quoi en faire un plat ! » Au lieu de ça, je le laissais s'embourber dans des explications foireuses, dans des tentatives de justifications merdiques au possible.

C'est qu'il devait y avoir une suite.

Et ça je le pressentais.

– … Alors du coup, pour Héloïse, c'est un peu pareil, tu vois ?

– Non. Je ne vois pas.

– Bien… Je vais être une sorte de beau-père pour elle, tu comprends ?

– Une sorte de beau-père ? De quoi tu parles, là, Pat ?

Il soupira et posa les deux mains sur son volant.

– Merde, Téo, fais un effort, bon Dieu !

– Un effort ? Tu veux que je fasse un effort pour quoi ?

Il se racla la gorge.

– Je vais vivre avec Sandrine et Héloïse. Je vais travailler pour un cabinet d'avocats-conseils à Nice. On va quitter la région tous les trois. Voilà pourquoi tu dois faire un effort.

Je déglutis avec difficulté.

– Je suis désolé de t'apprendre ça comme ça, en ce moment, mais jusque-là Sandrine n'osait pas t'en parler. Et on va bientôt partir.

Je secouais la tête. Je ne comprenais plus rien. Ce qu'il me disait n'arrivait plus que par bribes.

– Quand ? demandai-je d'une voix rauque.

– Dans deux semaines. Cela fait déjà trois mois que le déménagement est planifié.

Trois mois. Depuis trois mois, ils me faisaient un petit dans le dos. Sans rien me dire. Comme des putains de vautours.

– Héloïse est au courant ?

Il hésita.

– … Oui, bien sûr.

– Depuis quand ?

– Comment ça depuis quand ?

– Depuis quand ma fille est au courant, bordel de merde ! me mis-je à brailler.

– Depuis le début, laissa-t-il tomber.

– Le début ? Mais le début de quoi, Pat ? hurlai-je. Depuis que tu baises avec Sandrine ? Ou depuis que t'as décidé de te barrer avec ma fille ?

Acciolino secoua la tête.

– Ne le prends pas comme ça, Téo. Ça ne te mènera nulle part…

Je le regardai froidement.

– Tu ne partiras pas avec Héloïse.

Il soupira mais resta muet.

Je le saisis par l'épaule.

– T'as entendu ? gueulai-je. Tu ne partiras pas avec ma fille ! Tu ne peux pas partir avec elle !

– Téo…

– Et arrête de m'appeler Téo, enfoiré de faux cul !

Je l'agrippai par les épaules et je le secouai tout en lui braillant dans la figure. Je crois qu'à ce moment-là, j'aurais pu le tuer. J'avais envie de le tuer. De lui éclater la tête sur son volant recouvert d'une housse en cuir. De lui faire sortir ses putains de mensonges à grands coups de lattes dans la gueule.

Puis, à bout de souffle, je le lâchai. Il restait figé, pâle comme la mort.

J'avais perdu. Tout. Jusqu'à ma fille. Le peu d'espoir qui me restait encore venait de me gerber les derniers relents de bile acide sur les godasses. Une fois de plus.

Sans le regarder, j'empochai le fric et je descendis du quatre-quatre. Je détachai la Vespa.

Il y avait une station-service pas loin.

Je pourrais y faire le plein.

J'avais autre chose à faire maintenant. Des tas de putains de choses, même. Et j'avais intérêt à m'y coller sans traîner et sans trop réfléchir. D'accord, je venais de me prendre à nouveau une bonne branlée et j'étais à moitié sonné, groggy, KO, tout ce qu'on veut, en fait. D'accord, mon existence déjà bien déglinguée venait encore une fois de recevoir un coup de pioche et elle allait avoir du mal à s'en remettre. Et pourtant, je n'avais pas le droit de me laisser aller ! Je devais agir et bouger. Même si ce n'était pas facile.

« Pense à autre chose ! » m'avait dit une fois une copine. Je lui avais éclaté de rire au nez. Quand on est dans la merde jusqu'aux oreilles, c'est difficile de sentir une autre odeur.

Je me retrouvai soudain à Seyssins, dans la rue Louis-Armand. Je ne savais pas combien de temps j'avais mis pour venir jusqu'ici. Je ne savais pas non plus par où j'étais passé. Il me restait des impressions diffuses de mon trajet Saint-Égrève-Seyssins. De vagues images de voitures, de camions, de motos. La circulation, quoi. Puis un type en colère descendu de son semi-remorque à un feu rouge. Et de nouveau le type, cette fois avec la bouche grande ouverte et du sang sur la figure.

Rue Louis-Armand. Je trouvai la villa, au numéro 12, avec l'AX blanche de la bonne. C'était une petite maison grise avec des volets bleus. Je sonnai au portail. Une dame âgée ouvrit sa porte et me dévisagea avec inquiétude. Je demandai Grazia. Elle désigna le sous-sol de son index et referma très vite.

Une petite allée de gravillons menait jusqu'à une porte vitrée opaque surplombée par le perron de la petite vieille. Je toquai à la vitre et j'attendis. Pas de réponse. Je jetai un coup d'œil à ma montre. Il était déjà quinze heures. Elle devait être partie.

Je m'apprêtai à partir lorsque la porte s'ouvrit brusquement.

La petite bonne apparut sur le seuil, en peignoir. Les cheveux en bataille et les paupières gonflées par le sommeil, elle me dévisageait avec hébétude.

– Quelle heure il est ? demanda-t-elle d'une voix peu assurée.

Je lui répondis. Elle hocha la tête plusieurs fois. Puis elle me regarda avec attention et me reconnut soudain.

– Qu'est-ce que vous voulez ? grommela-t-elle.

– Vous dormiez ? demandai-je, incrédule.

Elle acquiesça en se frottant les yeux. Elle marmonna quelque chose. Je crus reconnaître les mots « fête » et « crevée ».

Elle se tenait appuyée d'une main au chambranle de sa porte. De l'autre, elle tentait désespérément de maintenir fermé un peignoir récalcitrant. Le souvenir de ses petits seins, entraperçus à travers un chemisier de tulle chez la Delhomme, m'émoustilla soudain.

– J'ai besoin de vous parler, dis-je.

– Maintenant ? Là ?

J'opinai du chef. Elle fit une grimace.

– Entrez..., dit-elle enfin. Ne vous occupez pas du désordre, je n'ai pas eu le temps de faire le ménage.

Je la suivis à travers un étroit et sombre couloir. Nous débouchâmes dans une petite cuisine équipée de quelques étagères en bois, d'un mini-four et d'une plaque de cuisson. Une table sur tréteaux occupait un pan du mur. Elle mit en route sa cafetière.

– Je me passe sous la douche et je suis à vous... Les tasses sont là, ajouta-t-elle en désignant une tablette accrochée au mur.

Elle sortit. J'étais un peu interloqué. Ma précédente visite chez Delhomme aurait dû lui flanquer une trouille bleue. Au lieu de ça, elle se conduisait comme si nous nous connaissions depuis des lustres. Drôle de fille.

Je m'occupai des tasses, trouvai le sucre avec les conserves et posai le tout sur la table. Sur une autre étagère, je dégottai une bouteille de cognac à moitié vide et deux verres. Puis, j'attendis le retour de Grazia.

Elle revint bientôt, toujours vêtue de son seul peignoir, mais cette fois maquillée et coiffée. Ses cheveux très bruns ruisselaient en cascade sur ses épaules et sa démarche s'était faite plus souple. Son vêtement, en partie dompté, laissait deviner la naissance d'une gorge blanche. Elle surprit mon regard et me dévisagea avec effronterie. Elle s'avança non sans insolence et s'assit en face de moi.

– Merci, dit-elle en désignant la cafetière et les tasses.

Je hochai la tête. J'ouvris la bouteille de cognac et interrogeai Grazia d'un signe de tête. Elle poussa son verre dans ma direction. Nous sirotâmes notre petit café-cognac en silence.

– Bon, dit-elle en posant sa tasse vide sur la table, qu'est-ce que vous voulez ?

– J'ai besoin de vous.

– Vous avez besoin de moi ? répéta-t-elle avec une nuance de moquerie dans la voix.

Si elle se foutait de moi, c'était mal parti.

– J'ai besoin de rentrer chez votre patronne.

Grazia écarquilla les yeux.

– Rien que ça ?

– Non. Il faut également que je fouille sa maison.

Elle manqua de s'étrangler.

– Vous ne manquez pas de culot, dit-elle avec ironie.

Je ne répondis pas.

– Qu'est-ce que j'y gagne ? demanda-t-elle avec le plus grand sérieux, cette fois.

Je réfléchis.

– Deux cents ?

– Trois cents, laissa-t-elle tomber.

– Ça marche pour trois cents euros, et tu me fais entrer ce soir quand tu embauches.

Elle leva un sourcil interrogateur. Et ce n'était pas mon soudain tutoiement qui la surprenait.

– Comment tu sais que je travaille ce soir ?

J'éludai la question.

– Je peux te demander autre chose ?

– Ça dépend de ce que je risque.

Je la regardai dans les yeux.

– Je voudrais prendre une douche.

Grazia me dévisagea avec effronterie.

– C'est risqué ?

La conversation prenait une drôle de tournure, loin de me déplaire d'ailleurs. La jeune femme se leva et me précéda jusqu'à une petite salle de bains.

– Je vais te chercher une serviette.

Je n'attendis pas son retour pour me déshabiller et me précipiter sous la douche. Je tirai le rideau à fleurs et j'ouvris les deux robinets à fond. Cela faisait trois jours, depuis mon départ de chez Acciolino en fait, que je n'avais pas pu me laver. Je laissai l'eau ruisseler sur moi pendant un moment avant de prendre le shampoing-douche de Grazia. J'allai sans doute un peu sentir la gonzesse avec ce parfum à la pêche mais ça m'était égal. Je me savonnai plusieurs fois de la tête aux pieds puis me rinçai longuement. Enfin j'arrêtai l'eau et tirai le rideau.

Je sursautai.

Grazia, l'œil goguenard, attendait, adossée au mur, un drap de douche plié sur les bras. Je ne tentai même pas de me dissimuler à son regard. Elle me dévisagea de haut en bas avec un petit sourire avant de me tendre la serviette. Je m'en saisis pendant qu'une drôle de chaleur m'envahissait peu à peu le bas-ventre. La jeune femme se détacha alors du mur avec lenteur et sortit de la pièce.

Je m'ébrouai et me frictionnai avec vigueur. Après avoir jeté un coup d'œil désabusé en direction de mes fringues crades, je dus me résoudre à les enfiler à nouveau. Une fois vêtu, je retrouvai Grazia dans la cuisine. Elle rinçait les tasses. Je m'approchai d'elle. Elle se retourna soudain et se trouva face à moi. Son peignoir était ouvert. Ses petits seins blancs paraissaient très émus. Ses hanches s'arc-boutaient. Je posai ma main sur son ventre. Elle tressaillit et sa respiration se fit plus rapide. Mes doigts glissèrent jusqu'à son sexe et se mêlèrent à une fine toison bouclée. Son bassin se mit à onduler d'une façon presque imperceptible, tout d'abord. Puis ses lèvres gonflées s'ouvrirent sous mes caresses. Mon majeur s'enhardit dans son vagin. Elle gémit. Son corps tout entier ondoyait. Ses doigts s'attaquèrent alors à la braguette de mon jean. Elle me repoussa brusquement et s'accroupit devant moi avant de m'engloutir. Je fermai les yeux. Durant une éternité. Une main caressait mes couilles tandis que l'autre découvrait mes fesses. Quant à sa bouche… ses lèvres, sa langue, elles jouaient la Sonate au Clair de Lune, Summertime, le Temps des Cerises et des répertoires entiers d'improvisations à couper le souffle sur ma bite qui n'en pouvait plus. Soudain je me retrouvai entre ses cuisses. Alors ce fut la chevauchée des Walkiries et celle des Amazones, l'éruption du Krakatoa et celle de l'Etna, l'Empire des sens et son tramway le bien-nommé, celui du désir bien sûr, le dernier tango et la valse à mille temps.

Les bras accrochés à mon cou, les jambes nouées autour de ma taille, scotchée contre le mur de sa cuisine, elle se mit à hurler, gueuler, beugler, brailler. En portugais, bien sûr. C'est dans sa langue maternelle que l'on jouit. Je l'accompagnai pour faire bonne mesure. En moins sonore. Question de personnalité.

Elle poussa un dernier gémissement, glissa son visage dans mon cou avant d'ouvrir les yeux.

– Je boirais bien un petit cognac, murmura-t-elle d'une voix presque timide.

Je me retirai d'elle en douceur et la posai au sol. Elle récupéra son peignoir et, dans un étonnant accès de pudeur, s'en couvrit avant de s'affaler sur une des chaises de la cuisine. Je la rejoignis, la bite encore très en forme, et nous servis deux verres d'alcool.

Nous bûmes en silence.

Grazia reprit la conversation la première.

– Tu cherches quoi chez les Delhomme ?

J'évitai de répondre.

– Ça fait longtemps que tu travailles chez eux ?

Elle fit une moue.

– Cinq ans, bientôt six… Tu ne réponds jamais aux questions qu'on te pose ?

– Tu les connais bien, alors ?

– Assez oui… Tu sais que c'est assez chiant ?

J'avalai une gorgée de cognac.

– Alors ? insista-t-elle. Qu'est-ce que tu cherches ?

J'hésitai encore. D'un côté je me méfiais des réactions de Grazia. Je me demandai jusqu'où elle était attachée à ses patrons. D'un autre côté, une fille qui accepte trois cents euros pour me faire entrer en douce chez eux a la fidélité vacillante.

Je tentai le coup.

– Je vais essayer d'être concis, lui dis-je en la fixant. Tes patrons dissimulent un petit carnet qui renferme la clef d'une erreur judiciaire vieille de dix ans. J'ai aucune idée du contenu de ce carnet mais j'ai besoin de mettre la main dessus. Voilà.

Elle m'écoutait, les sourcils froncés.

– Et cette erreur judiciaire, elle te concerne ?

– Indirectement, oui.

Grazia hocha la tête.

– Un petit carnet, ça ne te dit rien ? me hasardai-je.

– Un petit carnet ? Non, je ne vois pas.

– Autre chose, alors, peut-être ?

– Quel genre d'autre chose ?

– Je ne sais pas… le genre pas net, pas clair, voire inavouable.

Elle sourit.

– Ça, le genre inavouable, les Delhomme connaissent. Ou plutôt connaissaient, du temps où Monsieur avait encore toute sa tête. « Pas net, pas clair », par contre, c'est une question de point de vue.

– Ah ? fis-je intéressé. Et ils roulaient pour quoi, les Delhomme ?

– Le cul, laissa-t-elle tomber.

Je déglutis. Ça la fit rire.

– C'étaient des vrais obsédés du cul, poursuivit-elle. Sous toutes ses formes. Le samedi soir, chez eux, c'était la débauche totale, avec vidéo et tout le toutim.

J'écarquillai les yeux.

Les Delhomme en bêtes de sexe, pourquoi pas après tout !

– Alors comme ça, leur salon se transformait en lupanar ?

– Leur salon ? Sûrement pas ! Ils étaient mieux organisés que ça. C'est dans leur cave que ça se passait.

– La cave ? demandai-je, incrédule.

– Oui, mais attention ! Pas dans le râtelier à vin ni sur l'établi de Monsieur ! Mais plutôt dans le studio, là où il y a tout le confort.

– Un studio maintenant ?

Elle soupira.

– Au fond du garage, il y a une étagère avec des casiers à vin. Cette étagère est fixée sur un rail et coulisse. Derrière, il y a la porte du studio.

Je plissai les yeux.

– Dis donc, dis-je sur un ton soupçonneux, tu as l'air de bien connaître !

La jeune femme haussa les épaules.

– Qu'est-ce que tu crois que je faisais pendant qu'ils s'envoyaient en l'air ? Le ménage au premier ?

Je ne sais pas à quel moment elle avait dénoué le cordon de son peignoir. En tout cas, elle avait bien calculé son coup. Elle se leva soudain et dévoila une fois de plus sa nudité. Elle s'approcha de moi à pas lents, les yeux fixés sur mon sexe qui montra aussitôt de vifs signes d'intérêt.

Vers 20 h, Grazia stoppa sa voiture devant le portail des Delhomme. Elle descendit pour ouvrir. Quant à moi, dissimulé sous une couverture à l'arrière, j'essayai de ne pas étouffer. Elle s'installa à nouveau à sa place, redémarra, s'arrêta, coupa le moteur et redescendit pour fermer le portail. Elle revint à la voiture et me tapa sur l'épaule.

– On fait comme on a dit, murmura-t-elle en faisant semblant de chercher quelque chose à l'arrière. Je laisse le garage entrouvert mais tu attends un peu avant de descendre.

Je grommelai un vague assentiment.

Je laissai passer quelques minutes avant de me glisser dehors. Il faisait déjà nuit et l'obscurité me facilita la tâche. Je poussai la porte du garage. Grazia m'avait tout expliqué. Je devais aller tout droit, contourner un énorme congélateur et passer par une porte de service. Les murs du garage étaient équipés de petites fenêtres qui laissaient entrer la lumière des lampadaires de la rue. Je pus ainsi me diriger sans trop de difficultés. Je débouchai bientôt dans une pièce plus vaste encombrée de matériel de jardinage. Je poursuivis mon chemin. Un couloir puis un escalier me menèrent à la cave à vin. Je repérai l'étagère coulissante et actionnai le mécanisme. Une simple porte en bois était dissimulée derrière. Je l'ouvris. À tâtons, je trouvai un interrupteur et j'allumai la lumière.

Le rouge était la couleur dominante. Des coussins comme de l'éclairage. Malgré deux immenses canapés et un bar, la pièce faisait encore spacieuse. Trois caméras, sur pieds, étaient couvertes de leur housse en plastique. Je passai le doigt dessus et le retirai couvert de poussière. Cela n'avait pas servi depuis assez longtemps, sans doute. Tout au fond, une gigantesque bibliothèque exhibait ses rayonnages vides. Je m'approchai. Là encore, je relevai des traces de poussière. Mais cette fois, je pouvais distinguer les empreintes des cassettes vidéo sur les étagères. Leur contenu avait été débarrassé il y avait peu. Je me demandai si ma récente visite chez les Delhomme pouvait en avoir été à l'origine.

– Vous cherchez quelque chose, sans doute ? clama une voix derrière moi.

Je sursautai et me retournai pour me retrouver nez à nez avec la gueule du fusil de chasse des Delhomme.

Avec, de l'autre côté du canon, « Madame ».

Décidément..., pensai-je.

Le sourire crispé, les lèvres pincées, elle réitéra sa demande.

J'avalai ma salive avec difficulté avant de pouvoir répondre.

– Si je vous dis que je me suis trompé de porte, vous ne me croirez sans doute pas ?

Elle se contenta de ricaner.

– Qu'est-ce que vous voulez encore ? demanda-t-elle d'une voix glaciale.

– Bien...

– La somme n'était pas complète la dernière fois ? Il vous en faut encore plus ?

Je haussai les sourcils. Là, je ne pigeais plus rien.

– De quoi...

– Vous me direz, me coupa-t-elle, maintenant que je vous tiens, je vais vous abattre comme un chien et je serai enfin débarrassée de vous.

Je n'aimais pas le ton sur lequel elle parlait.

Je n'aimais pas la grimace de haine sur son visage.

Et encore moins la couleur de ses doigts crispés sur la gâchette.

De là où elle se trouvait, si jamais elle tirait, elle m'explosait la tête. Je n'aurais aucune chance.

– Madame...

– Ta gueule, espèce de merde ! grinça-t-elle d'une voix suraiguë. Ça fait des années que tu nous pourris la vie ! Hé bien maintenant, c'est terminé !

Folle ! Elle était folle !

Une ombre passa alors derrière elle. C'était Grazia. Elle leva un manche de pioche à bout de bras et l'abattit sur la tête de sa patronne. Cela fit un drôle de bruit. La Delhomme poussa un cri et vacilla sans lâcher son arme. Le coup n'avait pas été porté avec assez de force. Delhomme se tourna vers sa bonne, incrédule. Grazia ouvrit des yeux horrifiés mais leva à nouveau son arme improvisée pour frapper une seconde fois.

Ce fut la bonne.

Le fusil tomba à terre et la femme s'écroula à côté. Un mince filet de sang coula le long de son oreille.

Grazia me jeta un regard épouvanté avant de tourner de l'œil.

Quelques instants plus tard, j'avais installé les deux femmes chacune sur un canapé. Je restai près de la Delhomme. Je craignais ses réactions à son réveil et je voulais être sûr de ne pas subir un pétage de plombs. Le sang s'était arrêté de couler. J'avais trouvé un torchon et, après l'avoir humidifié, j'avais essuyé les traces séchées sur son visage.

Elle ne tarda pas à ouvrir les yeux. Elle se mit aussitôt à gesticuler et à pousser des cris. Je la giflai à plusieurs reprises. Elle s'arrêta sur-le-champ et se mit à gémir.

– Madame, dis-je de ma voix la plus douce. Vous m'avez pris pour quelqu'un d'autre. Je ne sais pas de qui il s'agit mais je vous assure que je n'en veux pas après votre argent.

Elle me lança un coup d'œil circonspect.

– Écoutez, poursuivis-je, je vais être franc avec vous. C'est vrai que je suis venu chercher quelque chose ici. Mais ce n'est pas de l'argent. Ce que je cherche, c'est un carnet. Un carnet qui appartient à votre mari. Ce serait un peu long de vous expliquer pourquoi mais ce carnet est très important pour moi.

Je me tus pour observer ses réactions. Elle s'était calmée et elle m'écoutait. C'était déjà ça. Je poursuivis.

– J'ignore tout de cette histoire d'argent mais je pense que quelqu'un vous terrorise. C'est ça ?

Elle hocha la tête.

– Peut-être que vous devriez m'expliquer, vous ne croyez pas ?

À ce moment-là, Grazia reprit connaissance à son tour. Elle se leva, encore très pâle et nous rejoignit. Elle s'assit à côté de moi et s'adressa à sa patronne. La Delhomme nous regardait l'un après l'autre, sans comprendre.

– Faut pas m'en vouloir, madame, dit la jeune femme. Je n'avais pas le choix… Je pense que vous pouvez tout lui dire.

Le regard de la femme se durcit aussitôt. Elle parvint à s'asseoir et se passa les mains sur le visage. Puis elle resta ainsi, sans bouger, durant de longues secondes. Enfin elle redressa la tête et fixa le mur devant elle.

– Du chantage, murmura-t-elle. Cela fait des années qu'on nous fait chanter, mon mari et moi.

– À propos de vos parties fines, je suppose ? demandai-je.

Elle sursauta.

– Qu'est-ce qui vous autorise…

– Je vous en prie, la coupai-je. Ne me prenez pas pour un imbécile. Vos cassettes-là, ce n'était pas des souvenirs de vacances que je sache ?

Grazia me jeta un regard furieux. Je l'ignorai.

– Madame Delhomme, continuai-je, je n'en ai rien à foutre de ce que vous faisiez dans ce studio. Mais peut-être qu'il y a un rapport entre votre maître chanteur et le carnet de votre mari.

Elle haussa les épaules.

– Je ne sais même pas qui est ce maître chanteur, dit-elle.

– Pardon ?

– Je ne connais pas ce maître chanteur, répéta-t-elle sur un ton las. Je ne l'ai jamais vu, ni entendu.

– Je ne comprends pas.

– Pourtant, c'est facile, ricana-t-elle. Tous les six mois, j'envoie une somme d'argent en poste restante à une certaine adresse. Et c'est tout.

Cela devenait loufoque. Je regardai Grazia. Elle comprit ma perplexité et s'adressa à la Delhomme.

– Je crois vraiment que vous pouvez TOUT lui dire.

La femme soupira et fit un mince sourire.

– Avec mon mari, nous invitions des amis de façon régulière, reprit-elle d'une voix incertaine. Avec certains d'entre eux, les soirées se finissaient ici, au studio. Parfois nous faisions venir également des professionnelles pour expérimenter des choses un peu… un peu hard, dirais-je. Tout était filmé. Nous avions recruté une équipe de vidéastes spécialisés dans les tournages de pornos. Bien sûr, les cassettes restaient ici et aucune copie ne sortait jamais du studio. Jusqu'au jour où mon mari a reçu une cassette par la poste.

– C'était quand ?

– Il y a deux ans de cela.

– Et votre mari était encore…

– Oui. Il était encore capable de réfléchir et de penser. Toujours est-il que la cassette n'est pas venue toute seule. Le lendemain nous recevions une lettre avec des instructions pour payer le maître chanteur.

Elle se tut. Son mari, en tant qu'homme politique, avait dû céder au chantage. La diffusion d'une seule cassette des partouzes du conseiller général aurait fait tache dans le milieu.

– Comment ça s'est passé, ensuite ?

– Je ne sais pas.

– …

– C’est facile à comprendre pourtant, poursuivit-elle, agacée. Mon mari savait qu’il était condamné à terme par la maladie. Il a tout organisé pour qu’après lui je n’aie à m’occuper de rien. Il a noté ce que j’avais à faire et ça je vous l’ai déjà dit.

– Vous n’avez donc aucune idée du nom du maître chanteur.

– De son vrai nom, aucune.

– Vous envoyez bien l’argent à quelqu’un, pourtant ?

– Oui.

– Et à qui ?

Elle me jeta un drôle de regard avant de répondre.

– À John Kennedy, à la poste principale de Grenoble, murmura-t-elle.

Je comprenais pourquoi elle avait hésité à lâcher ce nom. Dans le genre grotesque, c’était balèze. Je n’insistai pas sur ce chapitre. Le type s’était protégé avec un nom loufoque convaincu en même temps que personne ne chercherait à découvrir sa véritable identité. Par trouille. C’était logique.

Je réfléchis. Peu à peu, il me semblait entrevoir une partie de la vérité.

– Madame, dis-je au bout d’un moment. Je pense que votre mari possédait bien un carnet dont il vous a caché l’existence. Il avait besoin d’une mémoire fiable. Comme il sentait la sienne défaillir, il s’est mis à noter un certain nombre de choses concernant ses affaires les plus importantes. Voilà pourquoi, lorsque je lui ai parlé d’Henri Brun, il a aussitôt mentionné ce carnet.

Les deux femmes hochèrent la tête de concert.

– Et sur ce carnet, poursuivit la Delhomme, il y aurait le véritable nom du maître chanteur ?

Je haussai les épaules.

– C’est bien possible.

Elle se leva soudain.

– Alors, il faut le trouver…

Chapitre 15

Le capitaine Philippe Cardoso épongea son front en sueur.

– On reprend à zéro ! Nom, prénom, adresse, profession... tout le bazar, quoi !

En face de lui, les épaules de l'homme s'affaissèrent de plusieurs centimètres. Son visage poupon grêlé de taches de rousseur se décomposa. Il passa sa main droite dans sa tignasse frisée avant de regarder le policier avec désespoir.

– On ne va pas encore recommencer ? gémit-il.

Cardoso haussa les épaules.

– Mais enfin ! Je vous ai déjà tout dit au moins trois fois ! s'indigna l'homme. Sans compter ce que j'ai déjà raconté à vos collègues !

– Eh bien, ça fera la quatrième avec nous, rétorqua Blanchard en allumant une cigarette. On vous écoute.

– Andrieux Gérald, 9 rue des Buissières, Sassenage, imprimeur, récita l'autre d'une voix monocorde.

Il se tut, soupira et reprit sur le chapitre de son état civil sans cacher son agacement.

Cardoso leva une main pour l'arrêter.

– Écoutez, Andrieux, nous aussi on en a marre. Ça fait trois heures qu'on est dans ce bureau à répéter les mêmes choses, et ça ce n'est drôle pour personne... Mais c'est comme ça ! Vous n'aviez qu'à pas jouer les détectives et on ne vous aurait pas remarqué.

Gérald Andrieux, atterré, leva les deux bras au ciel.

– Bon sang ! Si j'avais su…

– J'aurais pas venu, termina Blanchard goguenard.

Les deux autres lui jetèrent un regard consterné.

– Vous ne connaissez pas vos classiques, dit-il en rougissant. « Si j'aurais su, j'aurais pas venu »… c'est Petit Gibus… dans *La Guerre des boutons*… Ça ne vous dit rien ?

Cardoso le fusilla du regard avant de s'adresser à nouveau à Andrieux.

– Pour résumer : il y a trois jours, vous aviez rendez-vous avec Léa Tardy au restaurant-pizzeria *Notte e di*, sur les quais de l'Isère.

– C'est bien ça.

– Votre rendez-vous était prévu à vingt heures et vous avez attendu votre invitée jusqu'à vingt et une heures trente.

– Exactement.

– Vous n'avez pas cherché à la contacter ?

– Je ne connais pas son numéro de portable et de toute façon je n'en ai pas moi-même.

– Et chez elle ?

– Elle n'a pas de téléphone fixe.

– De là, vous en avez conclu qu'il lui était arrivé quelque chose…

Andrieux afficha un mince sourire.

– À cause de cette histoire de copine qu'elle devait voir brusquement, ce soir-là. C'est ça qui m'a intrigué !

– Redites-moi ça encore une fois, demanda Cardoso.

L'homme soupira.

– À vingt et une heures, le serveur du resto m'a apporté un message griffonné sur un post-it. D'après lui, une femme se nommant Léa Tardy aurait appelé pour s'excuser de ne pas être venue prétextant un rendez-vous important avec une amie.

– Et d'après vous, c'est ça qui cloche ? intervint Blanchard.

Andrieux se tourna vers lui.

– Ce n'est pas son genre à Léa, dit-il en secouant la tête. Ce n'est pas le genre de fille à poser des lapins comme ça et à trouver ensuite des prétextes bidon.

Les deux policiers échangèrent un regard.

– Et cette copine, vous n'avez pas idée de qui cela peut être ? s'enquit Cardoso.

L'autre haussa les épaules.

– C'est ce que je me tue à vous dire ! s'exclama-t-il. Léa est une solitaire. C'est une artiste. Elle n'a pas de copines. Elle a des clients, des relations, mais pas d'ami.

– À part vous ? le coupa Blanchard.

– À part moi, grimaça Andrieux.

Cardoso joignit les deux mains sur la table et fixa l'homme en face de lui.

– Et il ne vous est pas venu à l'idée qu'elle pouvait faire sa vie sans vous ? demanda-t-il d'une voix posée.

– Comme ça ? En me posant un lapin un soir de resto ? Ça ne tient pas debout… Et puis il y a son vélo tout de même ! On a retrouvé son vélo dans son atelier. Et elle, Léa, elle ne part jamais sans son vélo !

– Hé oui ! Son vélo ! le singea soudain Blanchard excédé. Le vélo de l'artiste qui va bientôt devenir un témoin capital ! C'est ça que tu veux nous faire avaler, Andrieux ? Tu vas te foutre de nous encore longtemps ?

L'autre ouvrit des yeux effarés et blêmit. Il ouvrit la bouche pour dire quelque chose mais le policier ne lui en laissa pas le temps.

– Tu sais ce que je crois ? ajouta le policier d'une voix sèche. Je crois que ta copine elle t'a oublié ce soir-là parce qu'elle avait un autre rancard. Et ça tu ne peux pas l'encaisser.

Cardoso leva les deux mains en signe d'apaisement et fit signe à Blanchard de s'approcher de lui. Il lui glissa un mot à l'oreille. L'autre hocha la tête et sortit du bureau. Le capitaine fit un sourire à Andrieux.

– Je crois qu'on est tous très fatigués. Je vais reprendre plus calmement, vous voulez bien ?

L'homme ferma les yeux avant de hocher la tête d'un air las.

– Comment avez-vous rencontré Léa Tardy ?

– À l'imprimerie. Elle était passée pour faire une plaquette pour une expo. Ses sculptures m'ont plu et on a sympathisé.

– C'est tout ?

– Comment ça, c'est tout ?

– Vous avez juste sympathisé ou vos relations se sont-elles... approfondies ?

– On est devenu amis, c'est tout, en effet, dit-il, gêné.

– Vous lui connaissiez des relations masculines ?

– Non.

– Est-ce que vous avez remarqué, chez Léa Tardy, un changement de comportement ces derniers temps ?

Andrieux rougit. Ce qui n'échappa pas au policier.

– Depuis plusieurs semaines, dit-il enfin, Léa s'était mise à faire des trucs qui ne lui ressemblaient pas.

– Par exemple ?

– Bien... Ce qu'il faut savoir, c'est que jusque-là, elle avait ses petites habitudes.

– Lesquelles ?

– La bibliothèque, d'abord. Elle lisait beaucoup et venait chercher des bouquins au moins une à deux fois par semaine.

– Et alors ?

– Alors ? Depuis trois semaines, elle n'avait pas mis les pieds à la bibliothèque.

Cardoso leva les yeux.

– C'est tout ?

– Non, il y avait aussi ses cours de roller. Tous les mardis soir, elle allait à l'anneau de vitesse prendre des cours de free-style.

– De quoi ?

– De free-style. Ce sont des sortes d'acrobaties en rollers. Bref, là aussi, depuis au moins trois semaines elle n'y est pas allée.

Le capitaine hocha la tête et nota sur un carnet. Depuis le départ de Blanchard, l'homme se décoinçait peu à peu. Cardoso se mit à souhaiter que son collègue ne revienne pas tout de suite.

– Oui ?

– Il y a encore autre chose, hésita-t-il.

– Je vous écoute ?

– Bien voilà, Léa s'était mise à sortir le soir.

Cardoso le regarda dans les yeux.

– Ce n'est tout de même pas interdit que je sache ? Ni exceptionnel ?

L'autre fit une grimace.

– Non, ce n'est pas ça ! Ce que je veux dire, c'est qu'elle avait changé ses habitudes depuis quelque temps et ça, c'est pas normal.

– C'est louche, quoi.

– Comment ça « louche » ?

– Elle avait changé ses habitudes depuis trois semaines sans que vous en connaissiez les raisons et vous pensez que c'est louche.

Andrieux hocha la tête très vite.

– C'est exactement ça ! s'exclama-t-il. La bibliothèque qu'elle ne fréquente plus, les cours qu'elle sèche et ce bar où elle sort…

Il se mordit les lèvres et se tut soudain.

– De quel bar parlez-vous, monsieur Andrieux ? demanda Cardoso d'une voix douce.

L'autre grommela quelque chose d'incompréhensible.

– Vous en avez un peu trop dit, poursuivit le policier. De quel bar s'agit-il ?

L'homme soupira.

– Le Nirvana, dit-il sur un ton de mépris. C'est dans les rues piétonnes.

– Comment savez-vous qu'elle fréquente ce bar ?

– …

– Je répète ma question, monsieur Andrieux. Comment savez-vous que Léa Tardy fréquentait ce bar ces dernières semaines ? insista Cardoso.

Sa voix était devenue sèche et autoritaire. Andrieux se rendit compte du changement de ton et pâlit.

– Je l'ai suivie, dit-il, piteux.

– Vous avez suivi Léa Tardy ?

– Oui, je l'ai suivie ! Je ne comprenais pas ce qui arrivait. J'ai voulu savoir !

Il se tut à nouveau et fixa le sol.

– Qu'éprouvez-vous pour Léa Tardy, monsieur Andrieux ?

– Qu'est-ce que vous voulez dire ? s'affola l'homme.

Cardoso le regarda dans les yeux.

– Ma question est simple pourtant. Êtes-vous amoureux de Léa Tardy ?

Andrieux hocha la tête comme un gamin pris en faute. Le policier soupira.

– Est-ce que vous vous rendez compte que je pourrais vous faire inculper ?

L'homme écarquilla les yeux.

– Pour atteinte à la vie privée ! rugit le capitaine. Vous n'êtes pas détective, vous n'êtes pas flic, bref, vous n'avez pas à suivre les gens et à les épier !

Une ombre passa derrière la porte et celle-ci s'ouvrit. Blanchard entra dans la pièce et s'assit en face d'Andrieux. Ce dernier se raidit.

– Alors, il a quoi de spécial le Nirvana ? demanda Cardoso.

– Le Nirvana ? répéta l'homme comme pour gagner du temps.

– Oui, le Nirvana, le bar fréquenté par votre copine, dit le policier excédé.

– C'est un bar de gouines, laissa tomber Blanchard.

Les deux policiers se regardèrent. Andrieux confirma les dires du policier.

– Léa Tardy était lesbienne ? s'étonna le capitaine.

– Pas que je sache, non.

– La preuve, ironisa Blanchard.

Cardoso lui jeta un regard glacial avant de se tourner à nouveau vers Andrieux.

– Dernière question, connaissez-vous une certaine Fathia Driddi ?

– Qui ça ?

Après le départ d'Andrieux, Philippe Cardoso était sorti fumer une cigarette. Ce type lui avait collé un début de migraine et il avait eu besoin de prendre le large pendant quelques minutes avant de réunir son équipe. Soudain, son portable se mit à vibrer dans sa poche.

Juana, pensa-t-il aussitôt.

Pris d'une sorte de frénésie, il manqua de faire tomber son téléphone. Il le porta à l'oreille sans même vérifier le nom de son interlocuteur. Le logo sonore de son fournisseur retentit. Une pub ! Une fichue bon Dieu de pub ! Les sourcils froncés, il jura à voix haute. Puis il éteignit son appareil avec rage avant de rentrer dans son bureau.

Jean-Pierre Blanchard, Martin Charrier et Élise Bossin, qui portait bien son nom, l'attendaient déjà. Les trois flics se turent à son arrivée. Cardoso attaqua sans préambule.

– C'est un peu merdique, dit-il.

Les autres grimacèrent.

– Léa Tardy ? demanda Élise Bossin.

Cardoso lui jeta un rapide coup d'œil avant de répondre. La jeune femme n'avait pas trente ans. Physique passe-partout, cheveux blonds coupés en brosse, épaules de nageuse, Élise était un bon flic. Le genre qui va droit au but. Sans détour.

– Ouais, répondit Cardoso. La jeune femme a disparu il y a trois jours. Plusieurs choses portent à croire qu'il pourrait, peut-être, exister un lien entre elle et Fathia Driddi.

Les flics échangèrent un regard entre eux. Le capitaine poursuivit.

– Un : depuis plusieurs semaines, elle change brutalement de comportement et se met à fréquenter un bar de lesbiennes…

– Ça, c'est grave ? ironisa Élise.

Martin Charrier pouffa. Les trois hommes connaissaient les préférences sexuelles de leur collègue.

– Laisse tomber, dit Cardoso. Je disais donc, elle se met à fréquenter le Nirvana, sèche ses cours de roller et ne va plus à la bibliothèque municipale.

Il se tut.

– Le Nirvana ? releva Élise après quelques instants. Je connais… enfin, disons que j'y suis passée une ou deux fois. C'est pas terrible d'ailleurs.

– Je suppose que tu as autre chose ? s'enquit Martin Charrier.

Âgé d'une petite quarantaine, le flic était le genre petit et trapu, chemise ouverte et médaillon autour du cou.

– Ce qui nous a fait établir un lien entre Léa Tardy et Fathia Driddi, continua Cardoso, c'est le rapport du dentiste de Léa Tardy. Les deux couronnes au côté droit de la jeune femme correspondent parfaitement à celles du cadavre carbonisé de Fathia Driddi.

– Ça pourrait être la même femme ? demanda Charrier.

– Aucune chance. L'emploi du temps de Fathia Driddi ne colle pas du tout avec celui de Léa Tardy. On a vérifié.

– Ce n'est pas un peu gros ça comme coïncidence, les couronnes aux mêmes endroits ? s'étonna Bossin.

Cardoso lui jeta un regard éloquent.

– Justement, mais j'y reviendrai plus tard. Autre chose maintenant : comme personne ne s'est manifesté après l'annonce de la mort de Fathia Driddi, Blanchard a fait le tour des familles Driddi du département. Ça non plus, ça n'a presque rien donné.

Élise Bossin haussa les sourcils.

– « Presque » ?

Blanchard prit une chaise et la mit à l'envers avant de s'asseoir.

– Ouais, « presque », répéta le Martiniquais. J'y suis allé avec trois poulets. J'ai bien fait parce que rien que sur Grenoble on a retrouvé dix familles Driddi…

– Abrège, Blanchard, soupira la jeune femme.

L'autre feignit d'ignorer la remarque.

– Ensuite, on s'est partagé les banlieues, poursuivit-il. Là non plus, personne ne connaissait Fathia Driddi. Pourtant, on a quand même visité neuf familles avec ce nom-là.

Cardoso commençait à s'agiter à son tour. Blanchard le remarqua.

– Bref, apparemment Fathia Driddi n'était pas du coin. Enfin, c'est ce qu'il nous était apparu. Du coup avec mes poulets on s'est lancé dans une recherche élargie à la région Rhône-Alpes… jusqu'au coup de fil de l'hôpital.

Charrier et Bossin haussèrent les sourcils. Cardoso prit le relais de son collègue.

– De l'hôpital psychiatrique de Saint-Égrève, précisa-t-il. Au moment de la pause de midi, nous avons reçu un appel de l'hôpital pour nous signaler qu'un type avait demandé à rencontrer une de leur patiente du nom de Fatima Driddi. Cette fois, c'est moi qui y suis allé. La description du type correspond à Téo Lambert.

– Et comme ça, la boucle est bouclée, énonça Blanchard sur un ton satisfait.

– Je n'irai pas jusque-là, tout de même, le coupa Cardoso. Le psy qui s'occupe de Fatima Driddi a été formel sur plusieurs points. Un : c'est bien Téo Lambert qui est venu le voir. C'est d'autant plus vrai, qu'après mon passage le toubib s'est fait braquer par lui sur le parking. Lambert devait l'attendre caché dans un coin. Deux : une jeune femme est venue il y a plusieurs mois rendre visite à Fatima Driddi. Je vous laisse deviner son nom…

Élise Bossin se mordit les lèvres.

– Si je comprends bien, Fathia Driddi est venue voir quelqu'un de sa famille à l'hôpital psychiatrique, c'est bien ça ?

Cardoso hocha la tête.

– Il y a une chose qui m'échappe, poursuivit la jeune femme d'un air pensif. Toutes les recherches concernant Fathia Driddi se sont heurtées jusque-là à un mur au-delà de trois ans. On a établi que tous ses documents étaient des faux. Et là, d'un seul coup, elle a une famille ! C'est qui au fait, sa sœur ? Sa mère ?

– C'est sa mère.

– Et on a quoi sur elle ? demanda Charrier.

– Pas mal de choses, répondit Blanchard. Elle a été ramassée par les urgences en 1984, dans une chambre de la rue Montorge.

Élise Bossin leva les yeux.

– Elle faisait la pute ?

– Les infirmiers l'ont retrouvée en train de bouffer les couilles de son client, poursuivit Blanchard.

Les autres firent une grimace de dégoût. Charrier frissonna et serra les jambes.

– Elle tapinait pour un certain Tonio. Depuis son admission forcée à Saint-Égrève, elle n'a pas ouvert la bouche… sauf avec Fathia Driddi.

Cardoso déplia alors une grande feuille de papier blanc couverte de noms et de flèches.

– J'ai essayé de mettre tout ça au clair, dit-il. Et voilà ce que ça donne.

Les autres jetèrent un coup d'œil circonspect sur le schéma et hochèrent la tête.

– C'est le bordel ton machin ! laissa tomber Blanchard, exprimant là les pensées des deux autres.

Cardoso se raidit.

– Fatima Driddi, dit-il sur un ton sec, ancienne prostituée, est donc la mère de Fathia Driddi, pute de luxe dans une agence lyonnaise. Or, une vieille tapineuse, Armande Pichon, a été abattue rue Montorge là où précisément on a arrêté Fatima il y a vingt ans. Vu l'âge de la Pichon, les deux femmes se connaissaient sûrement. Sans compter que Lambert a été formellement reconnu dans le coin. Et ce n'est pas tout.

Il pointa l'index de sa main droite sur un nom écrit en rouge et entouré plusieurs fois.

– Henri Brun, ancien client de Téo Lambert, a été hospitalisé pendant dix ans à Saint-Égrève. Il a été établi avec certitude qu'il a été en contact avec Fatima Driddi. De là à supposer qu'il a également rencontré Fathia Driddi, il n'y a qu'un pas ! Là aussi, Lambert a été en contact avec lui le lendemain du meurtre de Fathia Driddi. C'est d'ailleurs Brun qui avait téléphoné à la police pour se plaindre d'avoir été menacé par Lambert.

Blanchard plissa les yeux et fit une moue.

– Ça fait un ménage à trois d'enfer ! Brun-Driddi-Lambert !

– Ce n'est pas tout à fait un ménage à trois, précisa Élise Bossin. Si c'était le cas, on pourrait alors établir des relations entre les trois. Pour l'instant qu'est-ce qu'on a ? Brun-Driddi, OK. Brun-Lambert, aussi. Driddi-Lambert, ça marche. Seulement, c'est comme si à chaque fois on avait des relations parallèles.

– Exactement, renchérit Charrier, et trois relations à deux avec les mêmes personnes, c'est un peu gros. Il y a forcément un fil qui les relie.

Cardoso le désigna du doigt.

– Martin ! Tu te rancardes sur Tonio et tu essayes d'en savoir le plus possible sur la femme. Je crains que Lambert ait un tramway d'avance sur nous, on a intérêt à se magner ! Bossin, tu files à Fontaine et tu vérifies tous les lieux fréquentés par Léa Tardy. Il faut vérifier pas à pas son emploi du temps ces derniers jours. Passe voir les deux guignols qui bossent sur son dossier, ils te feront peut-être gagner du temps. Blanchard, tu mets la main sur Brun et tu le cuisines jusqu'à ce que tu aies du neuf. Je suis presque sûr que ce type-là joue un drôle de jeu. Quant à moi, je vais à l'anneau de vitesse. C'est apparemment le dernier endroit où devait aller Léa Tardy avant sa disparition.

Les flics se levaient déjà lorsque le téléphone sonna. Blanchard décrocha, répondit deux mots et tendit l'appareil à Cardoso.

– C'est pour toi.

Celui-ci fit une grimace. Il saisit le combiné et le porta à son oreille. Il le décolla aussitôt de quelques centimètres. Tous reconnurent la voix du « Vieux ». Le patron de la PJ poussait sa beuglante. Le capitaine ferma les yeux et laissa l'autre gueuler. Il raccrocha bientôt, excédé. Les autres se gardèrent de poser la moindre question. Cardoso, l'œil noir, ramassa ses papiers et fusilla du regard ses trois lieutenants.

– Qu'est-ce que vous avez à me regarder comme ça ? Vous avez entendu comme moi, non ? Au boulot !

Assis dans sa voiture, sur le parking de la PJ, Cardoso contemplait son portable d'un air désabusé. Juana, Juana, pensait-il, pourquoi tu n'appelles pas ? Pourquoi tu ne réponds pas ? Il se répéta les deux questions en boucle plusieurs fois. On dirait une chanson, se dit-il, une de ces chansons de charme un peu ringardes des années 70 ou 80. Sauf que là, il n'était pas dans une chanson, lui. Mais dans sa voiture de flic à attendre un coup de fil de plus en plus improbable.

Improbable ? Et pourquoi improbable ? On dépassait les trente jours sans nouvelles, d'accord. Mais ce n'était pas une raison. Quoique…

Bon sang, mais qu'est-ce qu'elle fichait donc ?

Il composa son numéro et appuya sur le bouton d'appel. La sonnerie retentit, une fois, deux fois, trois fois, puis le répondeur se déclencha, « *Bonjour…* ». Il raccrocha avant la fin de l'annonce.

Il ricana. Ça aussi c'était une connerie. Raccrocher sans laisser de message. Elle ne supportait pas.

– Pourtant, ce n'est pas compliqué ! lui avait-elle dit un jour.

Elle venait de découvrir plusieurs appels en absence sans aucun message.

– Soit tu n'as rien à dire et dans ce cas tu n'appelles pas, avait-elle poursuivi, soit tu as quelque chose à dire et alors tu laisses un petit mot. Au moins qu'on sache à quoi s'en tenir. Si c'est important ou pas. Si c'est grave ou pas.

Il l'avait alors prise dans ses bras et l'avait serrée très fort en la couvrant de baisers.

– Arrête ! Tu me fais mal ! avait-elle protesté en se dégageant de son étreinte. Non je t'assure, ça m'énerve ! Regarde-moi ça ! Cet imbécile a appelé quatre fois et je ne sais toujours pas pourquoi !

Cardoso ne put s'empêcher de faire une grimace. Elle avait quand même un foutu caractère de chiotte ! Il refit le numéro. Cette fois, il laissa l'annonce passer en entier. Après le traditionnel « bip », il déglutit avant de parler.

– C'est moi… Tu sais comment je suis, j'ai horreur des répondeurs. En fait, je suis assez nul pour improviser un message. Voilà… je suis sur une enquête assez merdique… Je suis désolé pour l'autre soir mais je ne pouvais vraiment pas venir… Il faudrait que tu comprennes… Je ne suis pas libre comme toi, j'ai un patron… C'est un sale con d'ailleurs, mais je t'en ai déjà parlé… En bref, je suis coincé ici et je ne sais pas pour combien de temps… J'aimerais bien que tu me rappelles, tu sais… Tu me manques… Je voudrais bien entendre le son de ta voix… même si tu es en colère… Je…

La messagerie vocale lui annonça de façon brutale que son temps de parole avait expiré. Cardoso jura et coupa la communication. Encore une fois, il se sentait nul. Avec cette sensation de s'enfoncer un peu plus à chaque mot prononcé. Des mots plats et vides d'ailleurs. Voire puérils.

Il sortit une cigarette et la porta à ses lèvres. La première bouffée était toujours la meilleure. De sa main gauche, il ouvrit sa fenêtre et souffla la fumée dehors.

Puis il démarra.

Les travaux dans Grenoble n'arrangeaient pas la circulation. La nouvelle ligne de tram ne serait pas en service avant des années et le chantier occupait une grande partie du boulevard Joseph-Vallier. Des ribambelles de plots rouges et blancs délimitaient l'espace réservé aux ouvriers et aux machines, créant ainsi des chicanes, des contre-allées artificielles, et des sens uniques… Le plus drôle dans l'histoire était encore l'aspect éphémère de ces constructions en plastique. Les impératifs du chantier imposaient de modifier les tracés et les sens de circulation de façon régulière. Les conducteurs grenoblois avaient fini par acquérir, avec le temps, une remarquable capacité d'adaptation.

À part, peut-être, le capitaine Cardoso qui ne pouvait pas s'empêcher de se planter régulièrement. Après s'être retrouvé deux fois en circulation contraire, il parvint enfin à quitter le boulevard et à prendre la direction de l'ancienne patinoire.

L'élite des « roller-men » se retrouvait là, sur l'ancien anneau de vitesse des patineurs sur glace. Édifié pour les J.O. de 1968, il avait été dégelé des années après. Seule était restée la structure de béton, terrain de jeux idéal des adeptes du roller.

Cardoso trouva une place en face du bowling. Il ferma sa voiture, enfila son blouson de cuir et alluma une clope avant de se diriger vers l'anneau.

La plupart des patineurs étaient des jeunes, la moyenne d'âge se situant autour d'une vingtaine d'années à tout casser. Le policier remarqua toutefois quelques familles avec des enfants. Il ne put s'empêcher de sourire. Bras et jambes écartés, casqués, équipés de protections à chaque articulation, la catégorie papa-maman-rejeton ne faisait pas dans l'esthétique. Le rythme saccadé de leur progression et leur dandinement de gauche à droite faisaient plus penser à des pingouins sur la banquise qu'à des patineurs.

Cardoso les observa un moment, le sourire aux lèvres. Puis son attention se reporta sur un groupe de jeunes à l'autre extrémité de l'anneau. Ils étaient une dizaine autour d'un grand type coiffé de longues tresses. Une ribambelle de petits plots bleus et rouges était posée devant eux. Le gars décomposait un mouvement de jambes destiné à slalomer entre les plots en faisant des figures avec les rollers.

Le policier s'approcha.

Vêtu d'un long tee-shirt gris-vert, d'une sorte de pantalon élimé découvrant le haut de son caleçon, le jeune répéta encore une fois ses consignes. Puis il fit un signe de la main et son public s'éparpilla autour de lui pour tenter de mettre en application ses instructions. Cardoso les regarda un moment avant de se diriger d'un pas décidé vers le jeune. Celui-ci remarqua alors sa présence et lui fit un signe de la main.

– C'est pour des cours de free ? lui demanda-t-il en roulant vers lui.

Le policier sourit sans répondre.

– C'est tous les soirs entre quatre et six heures, sauf quand il fait nuit, pendant l'hiver, poursuivit l'autre. Tu viens quand tu veux...

Cardoso sortit sa carte de police. Le visage du jeune se ferma.

– C'est pour quoi ? dit-il d'une voix sombre.

– J'aurais quelques questions à vous poser sur une de vos élèves.

– Maintenant, là ?

Le capitaine fit un petit signe de tête.

– Vous pouvez pas attendre la fin du cours, là ? tenta-t-il. Il reste une petite heure et...

Le regard de Cardoso lui fit ravaler ses paroles. Il grommela quelque chose avant de se tourner vers ses élèves. Puis il frappa dans ses mains.

– Stop ! On arrête tout !

Les autres le dévisagèrent avec perplexité.

– Vous faites deux tours cool, un tour rapide, un passage avec les plots, et vous recommencez. Vous enchaînez ça pendant une demi-heure. C'est parti !

Les premiers s'élancèrent sans se faire prier. Quelques-uns hésitèrent, échangèrent entre eux des regards surpris, avant de suivre le mouvement avec un entrain modéré. Le jeune se tourna vers Cardoso.

– J'vous écoute.

– Léa Tardy, est-ce que ce nom vous dit quelque chose ?

– Léa Tardy ? J'avais bien une Léa comme élève mais je ne savais pas que son nom était Tardy.

– Sous quel nom vous la connaissiez ?

Il fronça les sourcils.

– Comment ça sous quel nom ?

– Vous venez de me dire que vous ne saviez pas que le nom de Léa était Tardy. Alors vous la connaissiez sous quel nom ?

Le jeune fit un large sourire.

– Ah, non ! Vous n'y êtes pas du tout ! C'est que le nom de famille de mes élèves, je ne les connais pas moi ! Ils peuvent me dire qu'ils s'appellent Duchemol ou Trucmuche, c'est pas mon problème. À vrai dire, je m'en fous complètement !

Cardoso le regarda sans comprendre.

– Cherchez pas, c'est pas compliqué ! ajouta le jeune en riant. Vous venez avec vos rollers, vous me filez cinq euros par cours de deux heures et c'est marre. Après, vous pouvez me dire ce que vous voulez de votre vie… Qu'est-ce que vous voulez que ça me fasse ?

– Et en cas d'accident ? ne put s'empêcher de demander le policier.

L'autre haussa les épaules.

– Sans compter qu'avec moi, vous êtes sûr d'avoir le meilleur ! Demandez autour de vous, vous verrez bien.

Philippe Cardoso n'avait pas l'intention de mettre en doute ses capacités de patineur.

– Donc, reprit-il, une de vos élèves s'appelait bien Léa.

– Oui.

– Ça fait longtemps que vous l'avez vue ?

Le jeune se gratta la tête.

– C'est marrant que vous cherchiez après elle, parce que justement tout à l'heure je me demandais pourquoi elle ne venait plus.

– Donc, ça fait combien de temps qu'elle ne vient plus ?

– Je dirais bien que ça fait quelques semaines… deux ou trois peut-être… plutôt trois que deux d'ailleurs.

Cela collait avec ce que lui avait dit Andrieux à la PJ.

– Et vous vous demandiez pourquoi elle ne venait plus ?

– C'est pas vraiment ça, répondit le jeune en riant. Je crois qu'elle avait tapé dans l'œil d'un pote et il voulait savoir si elle devait revenir ou non.

– C'est qui ce pote ?

Le type se tourna vers l'anneau et mit ses mains en visière. Il scruta la piste et désigna un grand gars en train de faire des acrobaties.

– Tenez voilà, vous voyez le mec en train de faire des figures là-bas, c'est lui.

Cardoso photographia mentalement l'acrobate.

– Et jusque-là elle était assidue à vos cours ?

– Léa ? plutôt deux fois qu'une ! Aux beaux jours, elle venait même plusieurs fois par semaine. Ça m'a quand même étonné un peu qu'elle ne vienne plus, comme ça, sans prévenir.

– Hum… Il s'appelle comment votre copain ?

– Pardon ?

– Votre copain là-bas, comment il s'appelle ?

– Lui ? C'est Smile.

– Smile ? s'étonna Cardoso.

– Oui, confirma le jeune en évitant le regard du policier, c'est parce qu'il est toujours en train de sourire…

Le capitaine hocha la tête. Ce n'était pas la peine de lui faire un dessin.

– Vous voulez bien aller me le chercher ?

L'autre opina du chef et s'élança sur la piste. Cardoso le suivit des yeux, appréciant l'aisance et la fluidité de ses mouvements. Il s'arrêta devant Smile et lui parla à l'oreille. Celui-ci leva les yeux et chercha le policier des yeux. Il le repéra puis s'adressa à son copain en gesticulant avec véhémence.

Merde, il ne va pas venir, pensa Cardoso.

Finalement, les deux jeunes vinrent vers lui. Smile n'était pas si grand que ça, remarqua le policier. Ses rollers lui conféraient quelques centimètres de plus, c'est tout. Il arriva très vite et pila in extremis devant Cardoso. Celui-ci, par réflexe, recula d'un pas.

P'tit con, pensa-t-il.

Le jeune avait chaussé une paire de lunettes noires et posait avec insolence.

– Salut, dit-il.

– C'est vous Smile ?

L'autre ricana. Son copain se tourna alors vers lui.

– Arrête tes conneries, c'est pas drôle. C'est pas les stups, j't'ai dit.

Le visage de Smile se figea.

– Ferme ta gueule, putain ! Tu crains, toi !

Cardoso s'approcha alors de lui.

– Écoute-moi, petit branleur, dit-il d'une voix sèche. Si tu crois que ça ne se voit pas que tu es complètement raide, tu te colles le doigt dans l'œil. Et jusqu'au coude encore. Mais tu vois, t'as une sacrée chance, parce qu'aujourd'hui, je m'en fous complètement. Hier, je t'aurais embarqué, demain je te coffrerai sûrement, mais pas aujourd'hui… c'est cool la vie, non ?

Le type avait blêmi.

– Qu'est-ce que vous voulez ? demanda-t-il d'une voix blanche.

– Léa… Tu sais quoi sur elle ?

Il secoua la tête et se gratta la nuque.

– Pas grand-chose, en fait. Elle me plaisait bien cette fille mais je crois que j'étais pas trop son genre. Je sais même pas ce qu'elle faisait dans la vie.

– Tu avais parlé avec elle ?

– J'avais bien essayé d'engager la conversation, dit-il en haussant les épaules, mais ça n'avait rien donné.

Pas étonnant, pensa Cardoso, avec ta dégaine de loqueteux...

– Tu n'as aucune idée de pourquoi elle ne vient plus au roller ?

Smile fit une moue d'ignorance.

– Une dernière question pour tous les deux cette fois : est-ce qu'elle s'était liée avec quelqu'un plus particulièrement ici ?

Les deux jeunes secouèrent la tête.

Cardoso les laissa finalement repartir. Il n'apprendrait plus rien de ces deux-là. Sa visite chez les roller-men n'avait pas été très fructueuse. Il avait eu confirmation de l'absence de Léa Tardy aux cours de free-style, certes, mais c'était tout.

Il jeta un dernier coup d'œil aux acrobates sur roues et fit une grimace. Il se promit d'essayer un de ces jours.

Il quitta l'anneau de vitesse et reprit la contre-allée en face de l'ancienne patinoire. Le temps se gâtait. De gros nuages obscurcissaient le ciel. Il n'allait pas tarder à flotter, pensa-t-il. Une bise froide se mit à souffler, détachant encore quelques feuilles sur les platanes. L'humeur déjà morose de Philippe Cardoso en prit un coup. Il allait ouvrir sa portière quand il sentit une présence dans son dos.

– M'sieur, attendez ! clama une voix.

Il se retourna d'un coup. C'était un des élèves du cours de free-style. Un tout jeune, cette fois. Il ne devait pas avoir plus de dix-huit ans. Le policier plissa les yeux.

– Oui ?

– Je m'appelle Julien Didier, et je vous ai entendu tout à l'heure.

– Oui ?

Il se racla la gorge.

– Vous cherchez Léa, c'est ça ?

Cardoso le dévisagea avec attention. Il avait encore un visage de gamin avec quelques traces d'acné sur les joues. Une épaisse tignasse frisée retombait presque sur ses épaules. Il était vêtu d'un large sweat-shirt délavé et d'un pantacourt beige.

– Tu connais Léa ? demanda enfin Cardoso.

L'autre se tortilla, mal à l'aise.

– Je ne la connais pas vraiment, mais je l'avais remarquée au cours.

Décidément, pensa le policier, elle les allume tous.

– Je l'avais remarquée comme ça, c'est tout, ajouta Julien comme s'il avait deviné ses pensées.

– Et alors, tu sais quelque chose sur Léa ?

– Je ne sais pas si ça peut vous aider, mais je l'ai aperçue mardi dernier à côté de la patinoire.

Cardoso tressaillit. Il y a trois jours ! Ça correspondait au rendez-vous manqué avec Andrieux ! Pile le soir de sa disparition ! Il se força à maîtriser son excitation.

– Tu ne te trompes pas, c'est bien mardi soir que tu as aperçu Léa ?

– Oui, oui, c'est bien ça, confirma le jeune.

– Ici, à la patinoire ?

– Oui ! D'ailleurs ça m'a étonné, ça faisait au moins trois semaines qu'on ne l'avait pas vue. Elle avait ses rollers sur l'épaule, elle venait au cours, quoi.

Cardoso fronça les sourcils.

– Et alors ?

– Eh bien voilà : au moment où elle passait devant la patinoire, il y a une voiture qui s'est arrêtée sur la contre-allée. Là, il y a une femme, une jeune, qui est sortie et qui l'a appelée.

– Comment elle était ?

Le jeune rougit.

– Pas très grande, brune… et assez mignonne en fait.

– Qu'est-ce qui s'est passé ensuite ?

– Hé bien, au début, Léa a continué comme si elle n'avait pas entendu. Alors l'autre l'a rattrapée, elle s'est plantée devant elle et elles se sont engueulées.

Julien se tut.

– Et puis ? s'impatienta Cardoso.

– Ben, ça a duré pendant un bon moment.

– À propos de quoi elles se disputaient ?

Le jeune fit une moue.

– Ça je ne pourrais pas dire. Déjà, je n'étais pas très à l'aise de les voir s'engueuler comme ça, alors en plus je n'allais pas m'approcher pour les écouter !

Pourtant, ça ne t'a pas empêché de rester jusqu'au bout, pensa le policier.

– Et puis, au bout d'un moment, elles sont tombées dans les bras l'une de l'autre. Même que je me suis demandé si… enfin… vous comprenez quoi ?

Cardoso pensa au Nirvana. Si Léa Tardy avait viré sa cuti, elle pouvait bien être la maîtresse d'une autre femme.

– Après, tout a été très rapide. Elles sont montées dans la voiture et elles sont parties.

Le policier resta pensif quelques secondes. Il alluma une cigarette et regarda le jeune dans les yeux.

– C'était quoi comme voiture ?

Julien fit un large sourire.

– Ça, j'ai eu le temps de la voir. C'était une petite 206 bleue.

Chapitre 16

Rien.

Que dalle.

Des clopinettes.

Pas la moindre trace de ce foutu carnet.

On avait pourtant tout fouillé. Et même à trois, ça nous avait pris une partie de la nuit. On avait quadrillé chaque pièce, de façon méthodique, presque scientifique. Et les pièces, dans cette baraque ce n'est pas ce qui manquait. Entre la chambre de Monsieur, celle de Madame, celles des gosses pourtant barrés depuis longtemps, les chambres d'amis et celles pour les rejetons des amis, chacune, bien sûr, avec sa propre salle de bains et sa chiotte privée, des piaules et des recoins, j'en avais plein le dos.

Surtout qu'on n'avait rien trouvé.

À trois heures du matin, je laissai Grazia et sa patronne se papouiller au plumard et je me cassai de fort méchante humeur.

Je n'avais pas fini de râler. La petite bonne m'ayant amené jusque-là en voiture, il me fallait désormais redescendre à Seyssins plaine à pied. Cela me prit une bonne demi-heure. Sous la flotte. Parce que, bien sûr, il s'était mis à rincer. Une saloperie de pluie froide en plus. Arrivé rue Louis-Armand, j'étais trempé à tordre. Et gelé par-dessus le marché.

Mais ce n'était pas tout. Je n'étais pas au bout de mes mauvaises surprises. Le portail de la maison de Grazia était fermé à clef ! Pour moi ça ne posait pas de problèmes, je n'en étais pas à un portail de plus ou de moins. Par contre, là où ça coinçait, c'était pour la Vespa. J'avais beau être costaud, je ne pouvais pas la faire passer au-dessus.

Putain, qu'est-ce que j'ai juré ! Une nuit de merde, un temps de chiotte et je ne pouvais même pas me barrer !

J'enfonçai mes mains dans mes poches et je fis demi-tour. J'étais décidé à remonter dans les hauts de Seyssins et à m'incruster chez la Delhomme. Je voulais au moins passer la nuit au sec.

Enfin, cela devait se limiter à une simple intention.

Je n'avais pas fait trois pas que je sentis une présence dans mon dos. Je n'eus pas le temps de me retourner. Quelque chose de froid se posa sur ma nuque. Je me figeai.

– Salut ma poulette ! T'es en vadrouille ?

Je reconnus le timbre un tantinet nasillard de Dédé.

– Vous pouvez nous faire face, maître, ajouta cette fois la voix de Perrier.

Mes épaules s'affaissèrent. Ça commençait à faire beaucoup. Je subissais de plein fouet la loi des séries. L'accumulation des emmerdes. La collection des tuiles. Je disais quoi à propos de l'espoir ? Qu'il me dégueulait sur les pompes ? Mais là, c'était la gastro aiguë ! La salmonellose !

En tout cas, je ne sais pas ce qu'il y avait dans mon regard, mais ils firent une drôle de tête au moment où je leur fis face. Perrier recula d'un pas et Dédé pointa son automatique sur ma tronche.

– Tout doux, ma poule, on se calme ! dit-il.

– Vous voulez quoi encore ? demandai-je d'une voix blanche.

Perrier fit une moue désappointée.

– Vous n'êtes pas raisonnable, maître. Vous vous rendez compte de ce qu'il nous a fallu comme perspicacité pour vous retrouver ?

Justement, ça ne me plaisait pas beaucoup tout ça. On me retrouvait avec un peu trop de facilité, me semblait-il.

– Je vous emmerde, répondis-je.

Dédé agita son arme sous mon nez.

– Parle pas comme ça où j't'explose ! éructa-t-il.

Je le regardai droit dans les yeux. Il blêmit et recula d'un pas.

– Il va falloir que vous nous suiviez, maître, intervint Perrier.

Je me tournai vers lui.

– Va te faire mettre, tocard ! Je ne vous suivrai nulle part !

Dédé ôta la sûreté de son arme et engagea une balle dans la culasse. Quant à Perrier, il ouvrit sa veste et découvrit un holster. Il en extirpa un petit calibre. De sa main gauche, il sortit de sa poche un silencieux et le vissa sur le canon de son feu.

L'enfoiré était équipé pour la circonstance ! Autant Dédé ne risquait pas trop de tirer par crainte d'ameuter le quartier avec la détonation, autant Perrier me faisait maintenant du souci. Ce fut à mon tour de reculer.

– Hé ! Tu vas où comme ça ? grinça Dédé.

Je me figeai.

– Amène-toi, ma jolie ! Ton taxi est arrivé, poursuivit-il en rigolant.

Il se croyait drôle, cet abruti. Perrier lui lança un regard de mépris. L'autre ravala son rire.

– Allez, grouille ! On n'a pas que ça à foutre, ajouta-t-il d'une voix sèche.

Je n'avais guère le choix. Perrier ouvrit la marche. Je passai derrière lui, suivi de près par son acolyte. Je n'avais plus qu'une arme pointée sur moi. Dans quelques mètres, nous serions à la voiture. Il serait alors trop tard. Je me décidai sur-le-champ.

Je fis volte-face et lançai mon pied en avant. La pointe de ma chaussure frappa le canon du flingue. Surpris, Dédé le lâcha et poussa un cri. Je ne lui laissai pas le temps de se remettre et fonçai. Je le dégageai d'un coup d'épaule avant de plonger pour récupérer l'arme. Du coin de l'œil, je la vis s'envoler et retomber avec lourdeur sur le trottoir. Déjà, je roulai au sol et tendis la main vers le calibre.

Une piqûre à l'épaule me stoppa net dans mon élan. Merde, une guêpe, pensai-je. J'essayai de prendre l'arme mais mon bras refusa de répondre. Je me mis à genoux et jetai un œil à Perrier. Celui-ci, le visage dur, avait encore son feu à bout de bras, pointé vers moi. Il m'a tiré dessus, l'enculé ! me dis-je. Une sensation de brûlure m'envahit alors. Je regardai. Une tache sombre s'élargissait sur mon blouson. La douleur arriva ensuite, par vagues successives, comme une marée montante. J'essayai de résister.

En vain.

Les maisons se mirent à tourner au-dessus de ma tête.

J'eus la sensation confuse d'être porté comme un sac à patates, puis jeté sur la banquette arrière d'une voiture. Des portières claquèrent.

Je perdis connaissance.

Il me sembla émerger à une ou deux reprises, avant de me réveiller tout à fait. La première fois, des silhouettes penchées sur moi gesticulaient d'une façon désordonnée. Des éclats de voix me parvinrent faiblement, comme à travers un mur de coton. Puis je sombrai à nouveau. Je ne suis pas très sûr de la seconde fois. Peut-être me suis-je vraiment réveillé ? Peut-être pas. Il me sembla juste avoir distingué une ombre penchée sur mon épaule. Je ressentis alors une douleur violente, comme si on m'arrachait mon bras.

Blanc. Tout était blanc. Un vrai blanc, lisse, sans tache.

Perçu à travers mes paupières mi-closes, ce manque de couleur m'intriguait. Je ne comprenais pas ce que c'était. Puis, les évènements de la nuit me revinrent peu à peu. La piqûre de guêpe, mon épaule. J'essayai de bouger. La douleur m'arracha un gémissement. J'ouvris les yeux tout à fait.

J'étais dans une chambre. Allongé sur un lit. À poil. Juste recouvert par un drap. Blanc, lui aussi. Un hôpital, pensai-je tout d'abord. Non, c'était idiot. Les deux affreux ne m'avaient pas amené à l'hôpital. Sans compter le papier peint. Ça ne faisait pas hôpital comme papier peint. Saumon imitation crépi avec une frise moderne pour faire la jonction avec le plafond blanc. C'était plutôt chaud. Peu à peu, je reprenais conscience. Sur une chaise, quelqu'un avait jeté en vrac mes habits. Je reconnus ma chemise avec une large tache rouge. À ma gauche, sur une petite table de nuit en bois, on avait posé une carafe d'eau, un verre et une soucoupe métallique. Je jetai un œil à mon épaule. Une large bande l'enveloppait. Je me demandai qui avait bien pu jouer l'infirmière. Je ne voyais ni Dédé ni Perrier dans le rôle.

Je me tournai sur le côté avec précaution. Je m'appuyai ensuite sur mon bras valide et tentai de m'asseoir. Mes tempes se mirent à battre la chamade. Je dus fermer les yeux pour ne pas tomber dans les pommes. Je me forçai à respirer à fond. J'ouvris les yeux à nouveau et j'appelai. Ma voix résonna de façon grotesque dans la petite pièce. Je recommençai, plus fort cette fois. Puis une autre fois. Et encore une.

J'entendis bientôt des bruits de pas derrière la porte de la chambre. Perrier entra le premier. Aussitôt suivi de Dédé. Je soupirai. Mais mon attention fut attirée par une troisième silhouette restée un peu en retrait. Tiens, pensai-je, le voilà qui sort enfin de sa tanière.

– Bonjour, Téo ! As-tu bien récupéré ?

Je tressaillis. Le timbre de cette voix avait quelque chose de familier. Je fis mentalement le tour de mes connaissances sans parvenir à identifier mon interlocuteur. Je secouai la tête.

– Mon Dieu ! Quel effort pour essayer de te rappeler de moi ! Cherche encore un peu, Téo ! Tu verras, tu finiras par trouver, j'en suis sûr !

Ça devait remonter à loin. Plusieurs années sans doute.

– Allez, je vais t'aider. C'était avant ton mariage. Mais dépêche-toi, je vais finir par me vexer !

Avant Sandrine ? Ce devait être dans les années 80 alors ! Je me passai la main sur le visage. Je ne crevais pas d'envie de jouer aux devinettes.

– Qu'est-ce que je fous ici ? dis-je sur un ton sec.

Le type, dans l'ombre, éclata de rire.

– Tu n'as pas changé, mon vieux Téo ! Tu vas toujours droit au but et sans détour, hein ? Comme avec les filles, dans le temps…

Je fronçai les sourcils. Une idée m'effleura soudain. Non ! Ce n'était pas possible !

L'homme fit un pas en avant. J'écarquillai les yeux.

– C'est toi ? fis-je ahuri.

Un sourire satisfait fendit son visage.

– Comme tu vois, mon petit Téo, c'est bien moi, Dominique.

J'en restais comme deux ronds de flanc. Dominique Combe. Le copain d'enfance. Celui des quatre cents coups. Des étés chauds dans le Méaudrais. Stéphane,

Dominique et moi. Les trois mousquetaires, les trois Daltons, les trois brigands, les trois tout ce qu'on veut, en fait. Les inséparables, tout simplement. On se retrouvait tous les étés en colo. Aux mêmes dates. Au même endroit. Pour faire les mêmes conneries et bien d'autres encore. Jusqu'en 83. Jusqu'à ce que la vie nous alpague chacun de notre côté.

Je restai pensif quelques instants, puis je secouai la tête.

Un vieux pote a envie de me revoir après vingt ans sans nouvelles, je veux bien le comprendre. Mais si ce vieux pote envoie des gonzes pour me flinguer, il y a un truc qui déconne. Et pour l'instant, son invitation était un peu cavalière.

Je le dévisageai. Il vieillissait bien et avait une certaine classe, il fallait l'avouer. Il portait avec élégance un costume beige et une chemise col Mao. Son visage bronzé était tout juste ridé et sa chevelure abondante retenue par une queue-de-cheval grisonnait à peine aux tempes. Ses yeux étaient toujours de ce gris profond que je lui enviais adolescent. Il avait juste un peu grossi. La bonne bouffe, le manque de sport : la quarantaine, quoi.

– Tu m'expliques ? demandai-je.

Dominique fit un signe de tête et ses deux acolytes sortirent de la chambre. Il s'assit avec précaution sur le bord du lit et me regarda avec sympathie.

– Tu dois trouver que tout ça est un peu démesuré juste pour retrouver un vieux copain, dit-il.

Je haussai les sourcils et le regardai dans les yeux.

– Bon, je vois, poursuivit Dominique.

Il désigna mon épaule bandée.

– Je suis vraiment désolé. Ces deux imbéciles sont des incapables. Je leur avais bien dit pourtant, pas de violence, Téo est un ami… si, si… un grand ami et je ne veux pas qu'il lui arrive quoi que ce soit. Et voilà le résultat…

J'avais du mal à déceler s'il se foutait de moi ou pas. Il semblait sincère mais je n'aurais juré de rien.

– Je t'ai demandé une explication, insistai-je.

Il se mordit les lèvres, se leva, alla jusqu'à une petite fenêtre et regarda dehors. Je l'entendis soupirer plusieurs fois. Puis il revint et s'assit à nouveau près de moi. Là, il se passa la main dans les cheveux avant de reprendre la parole.

– Je vais tout te raconter depuis le début.

J'opinai du chef. Il inspira un grand coup.

– Bien. Si tu te rappelles de moi, tu dois te souvenir que l'école, ça n'a jamais été mon fort. Après le bac, je n'ai pas voulu continuer mes études. Je voulais travailler et gagner ma vie. J'ai fini par rencontrer une fille dont le père travaillait à l'époque pour France 3 – Rhône-Alpes. Il m'a fait rentrer dans son équipe. Au début, je balayais les plateaux… enfin, presque. Bref, peu à peu, il m'a appris le boulot et au bout de trois années passées avec lui, je savais faire des images, les monter, réaliser un reportage. Je me suis alors lancé pour de bon dans la réalisation de documentaires. Ça a plutôt bien marché et je me suis fait un nom dans le milieu. Par la suite, j'ai monté une société de production qui aujourd'hui tourne plutôt bien. Et… pour mes affaires, disons, j'ai besoin d'un avocat-conseil en qui je puisse avoir confiance.

Il se tut.

Il me prenait pour un con. Si tout le monde se cherchait un avocat de cette façon-là, plus personne ne voudrait porter la robe noire. Je le lui dis. Il grimaça un sourire gêné.

– Ce n'est pas si simple… Je peux fumer ? Ça ne te dérange pas ?

– Si.

– Je vais ouvrir la fenêtre, alors.

Je le regardai se lever et s'éloigner du lit. En fait, il n'avait pas changé. Il n'en avait toujours fait qu'à sa tête. Il aimait décider, diriger les autres. Ados, on se prêtait bien au jeu. Il avait de bonnes idées et on se payait de bonnes tranches de rigolades. Les dernières années pourtant, ses initiatives prenaient parfois des tournures assez limite. Ses bêtises de gamin effronté devenaient peu à peu des conneries de pré-délinquant : vols, fumette, le tout agrémenté de quelques actes de vandalisme. Je ne me sentais pas toujours très à l'aise dans ces comportements délictueux. Pourtant quelque chose me fascinait alors. Le « Mal » devenait accessible durant un mois et je m'en repaissais sans trop d'états d'âme. Stéphane et moi suivions Dominique dans presque tous ses délires coupables.

Jusqu'à la dernière année.

L'été 1983, les hormones devaient le travailler d'une drôle de façon. Le cul était devenu sa préoccupation principale. Pour Stéphane et moi ce devait être la dernière année en camp. Dominique, lui, avait déjà passé l'âge et faisait du camping sauvage non loin de nous. Nous nous retrouvions chaque soir, en marge des activités proposées par les animateurs. On partait alors « à la chasse », comme on disait.

– Comme ça, ça ira ? me demanda Dominique en soufflant la fumée par la fenêtre.

Je haussai les épaules.

– Ma société ne s'est pas montée toute seule, dit-il soudain. Il a fallu du fric, plein de fric. Je t'épargne les détails pour l'instant. En tout cas, je me suis démerdé tout seul pour l'obtenir ce fric. Je n'ai rien demandé à personne.

– C'est bien ! T'es une grande fille ! ironisai-je.

– Te fous pas de moi, Téo ! Je n'ai pas rigolé tous les jours, moi.

Alors là, il m'en bouchait un coin. Parce qu'il croyait que moi j'avais passé ma vie à me marrer !

– Je ne veux pas dire que pour toi la vie a dû être facile, ajouta-t-il comme s'il avait percé mes pensées... mais tu vois, cette société... c'est ma chose. C'est moi qui l'ai créée. De A jusqu'à Z.

Allons bon ! Il allait faire sonner les violons maintenant !

– Tu voudrais pas arrêter ton cinéma et jouer franc jeu avec moi ? le coupai-je avec sécheresse.

Il se tut à nouveau et fit une grimace.

– Pour gagner ce fric, j'ai fait des trucs pas toujours très clairs, laissa-t-il tomber.

– Ouais ?

– Voilà. C'est tout.

– Et qu'est-ce que je viens faire là-dedans, moi ?

– Justement. Toi tu es avocat.

– J'étais avocat, précisai-je. Aujourd'hui... enfin, il y a quelques jours encore, je livrais des pizzas.

Dominique me jeta un regard effaré.

– Sois pas con ! Je t'offre la possibilité de travailler avec moi...

– Tu ne m'as rien offert du tout pour l'instant. Tu t'es contenté de m'envoyer deux connards qui ont fini par me tirer dessus. Maintenant, ce que j'ai dit à tes guignols, c'est que si c'est un avocat que tu veux, il y en a plein dans les pages jaunes. Et moi, tu me laisses à mes pizzas.

Il me balança un coup d'œil genre « t'en as pas marre de dire des conneries ? » et revint s'asseoir sur le lit.

– Cigarette, dis-je en agitant ma main valide devant moi.

Il soupira et retourna à la fenêtre.

– C'est toi que je veux !

– Va te faire voir.

– T'es le meilleur que je connaisse.

Je manquais m'étrangler.

– Tu vas te foutre de moi longtemps encore ? La dernière fois qu'on s'est vu, je venais d'avoir mon bac. Et tu prétends que je suis le meilleur avocat que tu connaisses ? Et puis merde ! J'ai d'autres choses à foutre que d'écouter tes salades. J'ai ma vie moi aussi, et en ce moment elle n'est pas très reluisante.

– Je sais.

– Ah ! Tu sais ? ricanai-je. Alors fous-moi la paix et laisse-moi partir.

D'une pichenette, Dominique jeta sa cigarette par la fenêtre. Il se pencha pour observer sa trajectoire et se redressa, satisfait. Lorsqu'il se tourna vers moi, son visage s'était durci.

– Tu n'as pas beaucoup le choix, mon vieux Téo. En ce moment même, tous les flics de Grenoble ou presque sont à tes basques. On est bien d'accord ?

Je hochai la tête.

– Or, j'ai besoin de quelqu'un de sûr pour ce que j'ai à faire… Et je n'ai trouvé personne qui accepte de se mouiller pour moi. Le seul qui pourrait convenir, c'est toi, parce que tu ne peux pas faire autrement… Au fait, tu as raison, je ne connais pas grand-chose à ta carrière et je m'en fous complètement.

Cette fois, il parlait de façon sincère. J'accusai tout de même le coup.

– Comme je t'ai dit, poursuivit-il, j'ai monté ma société, Réserve Productions, avec des capitaux acquis pas toujours très… honnêtement, dirais-je. Or, je suis sur le point de fusionner avec une société américaine, Nature Project, spécialisée dans le documentaire animalier. Seulement, les Ricains veulent des garanties de fiabilité pour engager leurs capitaux dans une fusion.

Il s'arrêta et me dévisagea.

– Tu n'as pas l'air de comprendre !

Je fis une moue.

– Disons que je ne suis pas sûr de comprendre à cent pour cent. Tu as besoin de moi pour donner une respectabilité à ta comptabilité ?

– Ce n'est pas tout à fait ça. J'ai besoin de quelqu'un qui me représente là-bas.

– Là-bas ?

– Oui. À Los Angeles. C'est là que se trouve le siège de Nature Project.

J'écarquillai les yeux.

– Et tu comptes sur moi pour aller aux États-Unis ?

– Exactement.

Je ricanai.

– Alors là, ce n'est même pas la peine d'y penser. Je ne foutrai pas les pieds chez les Ricains.

Dominique poussa un soupir et fit quelques pas dans la pièce. Il hésita à sortir une nouvelle cigarette mais se ravisa.

– Il y a autre chose encore…

Là, je craignais le pire.

– J'ai reçu une série de lettres… disons… des lettres de menace.

– Et alors ? dis-je en le regardant de travers.

– Comment ça « et alors » ? Si jamais ces lettres tombent entre les mains des avocats de Nature Project, je suis cuit, putain, complètement cuit !

Sa voix était montée d'un ton dans les aigus. L'émotion sans doute.

– T'as fait des conneries ? Enfin, des grosses conneries ?

Il évita mon regard.

– Qui n'a jamais fait de conneries dans sa vie…

Il ne m'avait pas répondu.

– Engage un détective.

– Un privé ? Pas question.

Là, je ne comprenais plus.

– Qu'est-ce que tu veux, au juste ?

Il soupira et cette fois se décida à allumer sa cigarette. Il tira deux bouffées coup sur coup.

– Je veux quelqu'un qui ne pose pas trop de questions, qui ne fouine pas trop loin mais qui me débarrasse de ces merdes, gronda-t-il.

– Et c'est moi que tu vois dans ce rôle-là ? Tu veux que je nettoie tes chiottes et que je me barre aux États-Unis ensuite ?

– Oui, putain de Dieu ! gueula-t-il. Parce que toi, t'es déjà dans une telle merde que ça peut que te rendre service !

Un culot pareil, ce n'était pas permis. Je plissai les yeux.

– Déballe tout, j'en ai ma claque de tes salades.

– Voilà, j'ai reçu une série de messages, par mail. Il y en avait trois en tout. Le contenu en est assez évasif. Il ne fait référence à rien en particulier, mais il laisse imaginer que j'ai commis quelque chose de répréhensible.

– Et c'est faux bien sûr !

Il me jeta un regard courroucé.

– Il faut trouver le type qui a envoyé ça et s'en débarrasser.

– Pourquoi tu n'envoies pas tes deux connards ?

– Je les enverrai quand tu auras mis la main dessus. Mais surtout ce que je veux, c'est que tu me fabriques un passé nickel-chrome.

Je commençais à comprendre.

– Si je ne me trompe pas, tu me demandes de réécrire ton histoire et d'aller défendre le morceau chez tes futurs associés.

– C'est à peu près ça.

– En échange, je gagne quoi ?

Il sourit. De son espèce de sale sourire hypocrite.

– Des honoraires royaux… et le plus important : la liberté.

– La liberté ? répétai-je sur un ton dubitatif.

Il hocha la tête plusieurs fois.

– Tu les as par là tes messages ?

Dominique se dirigea vers la porte et frappa trois coups. Aussitôt celle-ci s'effaça devant Perrier.

– Passez-moi l'enveloppe, Perrier !

L'autre lui tendit une large enveloppe marron. Dominique s'en saisit et le remercia. Puis il se tourna vers moi, prit les trois feuillets glissés à l'intérieur et les lança sur mon drap.

– Tu peux jeter un œil !

Je me penchai pour les attraper et les approcher de moi. Le premier était laconique et presque puéril : « *Un pour tous, tous pour un* ». Le second, plus prosaïque, n'était qu'une suite d'insultes à caractère sexuel. Je levai les yeux vers Dominique. Il haussa les épaules. Quant au troisième, il se contentait de poser une question : « *Combien de temps te reste-t-il avant qu'il y ait prescription : 8 ans, 17 ans, 22 ans ?* »

Je posai les feuillets.

– La prescription est de trente années. Sauf pour les crimes contre l'humanité qui eux sont imprescriptibles. Tu n'as pas commis un crime contre l'humanité ?

Il fit une grimace.

– Cela veut dire qu'il s'agit de quelque chose qui s'est passé soit il y a huit ans, soit il y a dix-sept ans, soit il y a vingt-deux ans.

Je le regardai fixement.

– Il y a vingt-deux ans, murmurai-je comme pour moi-même. Ça nous fait faire un sacré bon en arrière…

– Tu as vu l'adresse ? me coupa-t-il.

Je jetai un rapide coup d'œil. cemoi@laposte.net. C'était un alias. Je le lui dis.

– C'est évident, confirma Dominique.

Nous restâmes silencieux quelques instants.

– Tu n'as aucune idée de ce dont il s'agit ? demandai-je soudain.

Il secoua la tête.

Avec un peu trop de précipitation, à mon goût. Dominique n'avait pas la conscience tranquille, c'était clair. Mais en plus, j'étais presque certain qu'il connaissait l'auteur des messages et qu'il savait parfaitement de quoi il s'agissait.

Vingt-deux ans…

C'est marrant les coïncidences. Ça fait spéculer. On se dit, tiens donc, quand même, c'est pas croyable ! Et on a bien raison de se dire ça. En l'occurrence, beaucoup de choses me ramenaient à cette année-là. Une idée germait, peu à peu dans mon esprit. Oh ! Ce n'était pas grand-chose, pour l'instant, encore. Mais ça ne demandait qu'à prendre de l'ampleur et à enfler.

– Tu as revu Stéphane ? demandai-je tout à coup.

Dominique sursauta.

– J'ai reçu un coup de fil de lui, il y a quelques semaines. Il se fait appeler Steve maintenant. Ça fait un peu ringard, mais, bon, c'est son problème.

– Il te voulait quoi ?

– Oh ! rien… discuter comme ça…

– Qu'est-ce qu'il devient alors, ce vieux Stéphane ?

Il me jeta un regard en coin avant de répondre.

– Il habite sur le plateau du Vercors, dans un coin paumé, je ne sais pas où exactement… Je te trouverai l'adresse, si tu veux. Bon, on ne va pas ressasser les souvenirs, ça fait vieux combattants. Comment tu vois les choses, désormais ?

J'hésitai avant de répondre. Il me fallait surtout du temps. Et ça, je n'en avais pas des masses.

– J'ai besoin de récupérer quelques affaires, de régler un ou deux trucs et je m'occupe de toi.

Dominique se pencha vers moi et me fixa droit dans les yeux.

– Téo, t'es pas en train de me préparer un coup de pute, par hasard ?

Je lui rendis son regard.

– Qu'est-ce qui te fait dire ça ?

Il fit deux pas en direction de la porte puis se retourna d'un coup.

– Tu sais que c'est dans ton intérêt de ne pas faire le con, hein Téo ?

Je n'avais pas besoin d'être devin pour savoir à quoi il faisait allusion. Nous pensions tous les deux à Sandrine et Héloïse. Elles étaient devenues un bras de levier très efficace pour lui.

Dominique avait été mon ami.

Ça faisait longtemps déjà.

Désormais, c'était un sale con qui me tenait par les couilles.

Il sortit et laissa la place à Perrier et à son acolyte, non sans leur avoir donné ses instructions. Je parvins à me vêtir au prix de quelques contorsions douloureuses. Perrier s'approcha pour m'aider mais je le repoussai en grognant.

– On y va, dis-je une fois présentable.

Nous suivîmes un long couloir.

– On est où ici ? demandai-je à mes geôliers.

– Saint-Martin-le-Vinoux, répondit Dédé. Chez les bourges.

Perrier haussa les épaules et soupira.

– Nous vous ramenons à Seyssins, maître. Ça vous convient ?

Je m'arrêtai.

– Arrête de m'appeler maître ! Je ne sais pas ce que vous avez tous, à m'appeler comme ça, mais ça commence à me casser les couilles, quelque chose de bien.

Perrier pâlit. Dédé se marra.

Nous grimpâmes dans une BMW noire. Perrier s'assit au volant tandis que Dédé me tenait en joue sur la banquette arrière.

– Laisse tomber ton flingue, lui dis-je. Vous m'avez allumé la nuit dernière, tu ne crois pas que je vais recommencer mes acrobaties avec le bras en écharpe !

Il se contenta de ricaner et m'enfonça le canon dans les côtes. Nous démarrâmes.

Saint-Martin-le-Vinoux était accroché aux contreforts du massif de la Chartreuse comme une tique sur le cou d'un clébard. Des ribambelles de villas cossues émergeaient d'une végétation domestiquée le long de ruelles bigrement pentues. Je plaignais les cyclistes. En tout cas, la vue sur Grenoble et les massifs alentour était imprenable.

Nous traversâmes l'agglomération et parvînmes à Seyssins. Perrier profita d'un feu rouge pour se tourner vers moi.

– Camping ?

Je hochai la tête.

La BMW se gara juste en face de l'entrée. Je jetai un rapide coup d'œil avant de sortir. La patronne était là. À sa place. Elle semblait ne pas avoir bougé depuis la dernière fois. Accoudée à la balustrade, les sourcils froncés, elle observait cette voiture sombre et inconnue. J'ouvris la portière et sortis, suivi de près par Dédé. Il gardait une main dans la poche de sa vareuse kaki. À ma vue, la patronne écarquilla les yeux. Je lui fis un petit signe de la main. Elle y répondit à peine. Je passai devant le bar et y jetai un coup d'œil rapide. Le vieux Jojo, derrière son comptoir, me reconnut et pâlit. Je le vis esquisser un pas en avant puis s'arrêter net. Il venait d'apercevoir Dédé. Je m'engageai dans l'allée centrale, conscient des regards insistants qui se posaient sur nous. Je me dirigeai vers mon bungalow. Ou plutôt ce qu'il en restait après le passage nocturne des deux branques.

Je fus surpris. Jojo avait nettoyé les alentours et réparé la porte. J'essayai d'ouvrir mais elle était fermée à clef. Je me retournai.

– Qu'est-ce que tu fous ? demanda Dédé en se dandinant d'un pied sur l'autre.

Je haussai les épaules.

– C'est fermé.

Mon gardien fit une grimace.

– Bon. On fait quoi ?

Je désignai la silhouette de Jojo au bout de l'allée. Dédé recula d'un pas pour le voir tout en me gardant dans son champ de vision. Le vieux brandissait un trousseau de clefs et affichait un large sourire.

– Alors, on est de retour ? me dit-il sur un ton badin.

Il me fit un clin d'œil.

– J'ai essayé de remettre tout ça en état. Y a des connards qui avaient foutu un de ces bordels, là-dedans !

Dédé ricana avec nervosité.

Jojo ouvrit la porte et s'effaça.

– Après vous, dit-il.

Je passai le premier, suivi de près par Dédé. Ce dernier avait l'air de plus en plus nerveux.

L'intérieur du bungalow gardait de jolies traces du passage des deux tordus. Quelques placards demeuraient encore sans porte et mes affaires avaient été entassées sur ma table. Je me tournai vers Dédé.

– Beau travail !

– Je t'emmerde, rétorqua-t-il. Grouille-toi de prendre tes affaires et on se casse. J'aime pas rester enfermé.

Nous étions tous les trois à l'intérieur. Dédé se trouvait entre Jojo et moi. Le vieux lui tapa sur l'épaule.

– Dites donc…, commença-t-il.

Il n'eut pas le temps de finir. Dédé avait fait volte-face avec une vitesse surprenante.

– Me touche pas, connard ! éructa-t-il.

Je ne le laissai pas en dire plus. Il me tournait le dos. J'en profitai. Je le frappai à la hauteur des reins. Il poussa un grognement étouffé et tomba à terre. Je saisis sa tête à deux mains malgré ma douleur à l'épaule et d'un mouvement circulaire balançai mon genou dans sa figure. Il s'écroula.

Du bout du pied, Jojo vérifia qu'il ne bougeait plus.

– On n'a pas le temps de se faire des politesses, me dit-il. Frappe-moi !

Je le dévisageai avec surprise.

– S'il pense que je t'ai aidé, on va tous morfler ici. Vaut mieux qu'il s'imagine que t'es tout seul.

Je hochai la tête. Il avait raison.

– Merci, Jojo, dis-je.

– Ta gueule et cogne !

Je visai avec soin la mâchoire et frappai un coup sec. Le vieux partit dans les vapes. Je le rattrapai in extremis et l'allongeai au sol.

Je n'avais pas de temps à perdre. Perrier n'allait pas tarder à se poser des questions.

Je maîtrisai une furieuse envie de déguerpir à toutes jambes et sortis du bungalow. L'entrée principale m'était interdite. Par chance, il y avait, au fond du camping, un large trou dans le grillage dissimulé par un arbuste au feuillage dense. Les jeunes l'utilisaient pour faire le mur sans être vus. Je m'y dirigeai d'un bon pas. Autour de moi, la curiosité était à son comble. Les gamins me montraient du doigt et les gens hochaient la tête d'un air entendu.

Faute de sortir avec discrétion, j'aurais tout de même quelques minutes d'avance sur Perrier.

Arrivé sur place, je dus écarter les branches pour me frayer un passage à quatre pattes. J'écartai les mailles du grillage et rampai en soufflant. Mon épaule me brûlait. Heureusement que le ridicule ne tue pas, pensai-je en me traînant sur la terre. Je parvins enfin de l'autre côté. Je contournai le grillage et me retrouvai dans la rue des Allobroges.

Dans sa voiture, Perrier me tournait le dos.

J'avais cent mètres à faire et une petite rue me mettrait à l'abri.

Je les franchis au pas de charge.

Le regard scotché sur l'entrée, Perrier n'avait pas bougé.

Ruisselant de sueur, je poursuivis ma progression vers la rue Louis-Armand.

Il me fallait maintenant récupérer ma Vespa.

Chapitre 17

Mon épaule me faisait mal et mes vêtements, rendus moites par la sueur, collaient à ma peau. Ma barbe drue me démangeait et devait me donner l'allure d'un réfugié. Ce que j'étais d'ailleurs. Un réfugié de la poisse. Un sursitaire de la galère.

Comble du comble, j'avais soif. D'alcool, pas de flotte. J'avais besoin de me réchauffer le cœur et me cramer le gosier. Me déconnecter deux ou trois neurones pour aplanir le flux de mes pensées. Éviter les vagues et les lames de fond. Surtout les lames de fond d'ailleurs. Ce sont les plus chiantes. Elles vous ramassent la gueule en un rien de temps et vous laissent sur le carreau.

Grazia avait un bon petit cognac. Il m'avait laissé un petit goût de « reviens-y » dans le palais.

Bien sûr, la porte de son studio était fermée à clef. J'essayai de chercher où elle avait pu les planquer. Je soulevai quelques pots de fleurs sans conviction avant de bénir le manque d'imagination de la petite bonne. Un gros galet posé sur le rebord de la fenêtre dissimulait à peine une clef plate. J'ouvris la porte avec fébrilité.

Je n'aimais pas le tremblement de mes mains.

Je filai dans sa cuisine et me jetai sur la bouteille de cognac. Je bus à même le goulot. Deux, trois rasades. Plus une petite pour la route.

Je me sentis tout de suite beaucoup plus calme. Ma mâchoire se décontracta et les muscles de mes épaules se relâchèrent. Je pris le temps de tirer une chaise et de m'asseoir. J'avais besoin de remettre tout ça en ordre dans ma tête. Les événements s'étaient précipités ces dernières heures et je commençais à ne plus y voir très clair.

Henri Brun, d'abord. Il avait connu Fathia Driddi et pouvait très bien s'être servi d'elle pour me mettre la pression. Le soir où j'étais sorti du Shrek, j'avais aperçu sa silhouette dans la foule. Premier hasard foireux. Il ne devait pas passer par là pour prendre l'air, le petit Brun. J'imaginai la suite. Il nous file, attend la sortie de la fille, guette le moment où elle va rentrer dans sa voiture et la braque. Après, les choses ont dû aller très vite. Il l'emmène dans un coin tranquille, la bute et la crame avec sa bagnole. Il restait un détail, pensai-je en me servant un verre. La capote. Le flic m'avait parlé d'une capote. J'avais bien une petite idée, un peu tirée par les cheveux mais pas impossible. Brun est en bas de l'hôtel où je m'éclate avec la gonzesse. Lorsqu'il pense qu'on a fini nos acrobaties, il s'incruste jusque dans la piaule pendant qu'on pionce et cherche un objet compromettant pour moi. Il tombe sur ma capote et se tire en vitesse.

Je rotai et emplis mon verre à nouveau. J'avais déjà pas mal picolé. Il était temps de faire un break. Je rebouchai la bouteille et la rangeai sur l'étagère. Puis je m'assis avec lourdeur.

Brun m'en voulait. C'était peu de le dire. Il avait dû imaginer cette putain de machination pour me contraindre à prouver son innocence dans le meurtre d'Abdallah Braïm.

Il me mettait la pression avec les flics, me distillait des informations au compte-gouttes sur Fathia Driddi et me contraignait ainsi à chercher les preuves de son innocence. C'était donnant, donnant. En faisant comme s'il était le seul à pouvoir quelque chose pour moi, il ne me laissait guère le choix. Je devais travailler pour lui ou j'étais cuit.

Là-dessus, Dédé et Perrier entraient en scène, téléguidés par Dominique Combe, ancien ami d'enfance s'il en était. Ça aussi, dans le genre drôle de hasard, c'était balèze. Au moment où mon destin fait une série de pets foireux, un type que je n'ai pas vu depuis vingt ans surgit brusquement avec une idée en tête : me faire bosser pour lui et l'aider à donner une respectabilité à ses affaires. J'ignorais dans quoi il avait trempé, mais ça ne devait pas être trop reluisant.

Là, mon pote, tu peux aller te faire foutre, pensai-je. Je ne suis pas prêt de mouiller ma chemise pour toi.

Sans compter ces mails incendiaires qui faisaient référence à une connerie passée. Et là, mon intuition me disait que j'avais peut-être bien intérêt à creuser dans cette direction.

Creuser ?

C'était plutôt marrant comme mot. Creuser pour trouver une solution. Ça n'allait pas ensemble. On creuse sa tombe, ça oui. On enterre sa vie et ses espérances, je pouvais l'admettre. Mais faire un trou pour dénicher une solution, ça ne collait pas.

Là, en l'occurrence, je le sentais bien : plus je creusais, plus je m'enfonçais. C'était logique, en fait. Je creusais ma propre fosse à purin, mon trou à merde et j'avais en même temps les deux pieds dedans.

Parce que, finalement, la grande question dans tout ça, c'était bien : comment se sort-on d'un merdier pareil en évitant au mieux les éclaboussures ?

Je me levai, repris la bouteille et m'envoyai une longue rasade au goulot.

Depuis le début, je prenais des coups de pieds au cul. Normal ! Je passais mon temps à me débiner. Et quand on tourne le dos aux emmerdes, ils vous bottent les fesses.

Et maintenant, je creusais.

Je devais arrêter mes conneries et faire front.

Surtout qu'une petite idée germait tranquillement dans ma caboche.

Étourdi par l'alcool, je me levai en prenant appui sur la table. Un téléphone. Je devais de toute urgence trouver un téléphone. Je trouvai un vieil appareil à fil sur la table de nuit de Grazia. Les draps étaient encore défaits. Je restai un moment immobile, face au lit. Des images défilèrent devant mes yeux. Le joli petit cul de la donzelle, ses hanches qui ondulaient entre mes mains… Ma bite s'en émut toute seule. Je frissonnai et secouai la tête pour reprendre mes esprits.

Je m'assis sur le lit et saisis le combiné.

Dédé et Perrier avaient déjà dû prévenir Dominique de ma fuite. Comme ils l'avaient déjà fait dans un passé proche, ils allaient sans doute s'en prendre à Sandrine et Héloïse.

Je devais les mettre en garde de toute urgence. J'appelai Acciolino. L'empaffré ne répondit pas. J'essayai le portable de Sandrine. « *Bonjour, je ne suis pas là pour le moment mais…* » Je raccrochai. Puis je refis le numéro et laissai cette fois un message.

Je ne pouvais rien faire de plus pour elles.

J'espérais juste qu'Acciolino leur avait trouvé une bonne planque.

Je cherchai ensuite un annuaire téléphonique et trouvai le numéro de Steve Moreno à Lans-en-Vercors. J'essayai plusieurs fois, en vain. Je reposai l'appareil et restai pensif. Que faire ? Je ne pouvais pas monter sur le plateau avec la Vespa. J'allais la cuire aux premiers lacets.

Je composai cette fois le numéro des Delhomme. On décrocha à la seconde sonnerie.

– Oui ?

Je reconnus la voix de Grazia.

– C'est moi, Téo. Tu finis à quelle heure ?

– Hé bien dis donc ! dit-elle en riant, t'es un drôle de type, toi !

– Tu ne m'as pas répondu.

Elle hésita.

– J'ai fini… Je m'apprêtais à rentrer.

– Bon, je t'attends.

Il y eut un silence.

– Téo ?

– Oui ?

– Tu m'attends où ?

– Chez toi.

Nouveau silence.

– Tu es devant chez moi ?

– Non. Je suis chez toi.

Je raccrochai et retournai dans la cuisine. Je me servis un cognac et j'attendis. Le claquement d'une portière m'avertit bientôt de son arrivée. La porte d'entrée s'ouvrit à la volée et se referma en claquant. Grazia surgit.

Comme je m'y attendais, elle était furieuse.

– C'est pas parce qu'on a baisé ensemble qu'il faut que tu t'incrustes ! commença-t-elle.

J'ignorai sa colère.

– J'ai besoin que tu m'emmènes sur le plateau.

Elle manqua de s'étrangler.

– Sur le plateau… du Vercors ? Tu te fous de moi ?

– À Lans-en-Vercors, au hameau des Blancs, très exactement.

Grazia me regarda droit dans les yeux puis secoua la tête et s'assit sur une chaise.

– Sers-moi un cognac, dit-elle.

Je lui obéis. Elle le but d'une traite et reposa son verre d'un geste sec.

– Donne-moi une bonne raison de te rendre ce service, dit-elle enfin.

Je lui jetai un coup d'œil équivoque. Elle secoua très vite la tête.

– Non, non. Ça ne marche pas… On s'est éclaté au lit, mais ça n'est pas une bonne raison.

Je fis un pas dans sa direction. Elle se leva et recula. Je la dévisageai des pieds à la tête. Elle avait revêtu un chemisier noir et une jupe très courte de la même couleur. Des collants ou des bas couvraient sa peau sans dissimuler tout à fait ses jambes. Je me demandai si elle portait une culotte.

– J'ai des ennuis. Des gros ennuis. Je ne peux pas t'en dire plus. Il faut que tu me croies sur parole.

Je n'avais pas forcé le ton. Mais mon intonation avait dû sonner juste. Son visage se détendit. Je vis alors qu'elle regardait mon épaule. Le bandage faisait une épaisseur sous la chemise.

– T'as quoi, là ?

– 9 mm.

– …

– Une balle, quoi.

Cette fois elle écarquilla les yeux.

– Merde, c'est pas du baratin alors !

Un quart d'heure après, nous roulions en direction du plateau. Grazia conduisait. Sa jupe, remontée jusqu'à la limite des bas, découvrait un petit centimètre de dentelle noire. Ma main s'égara sur sa cuisse.

Coup d'œil. Petit sourire en coin. Cette gonzesse était une vraie promesse.

Je m'enhardis et repoussai les limites de mon exploration. Mes doigts quittèrent le nylon, jouèrent un moment avec les entrelacs de dentelle avant d'apprécier la tiédeur de sa cuisse. J'effleurai à peine sa peau. Elle frémit. Ses jambes s'ouvrirent un peu plus. Je poursuivis mes investigations, sans hâte, et parvins ainsi jusqu'à sa touffe. Mon intuition était juste. Elle ne portait pas de culotte.

Nouveau coup d'œil. Nouveau sourire.

Elle savourait ma surprise, qui n'en était pas vraiment une.

Je massai son pubis à pleine main, glissant mes doigts entre ses poils frisés. Puis, avec le pouce et l'index, j'écartai délicatement ses lèvres et enfonçai mon majeur dans sa fente déjà humide. Elle tressaillit et laissa échapper une exclamation étouffée. Ses hanches se mirent à onduler malgré sa position inconfortable et sa conduite perdit de sa fluidité.

La respiration haletante, Grazia me lança un regard en coin et loucha sur la bosse qui ornait mon bas-ventre.

Je continuai à la caresser. Tantôt titillant son clitoris, tantôt immergeant mon majeur dans la moiteur de sa motte.

Elle jouit à la hauteur de la Tour Sans Venin. Se crispant soudain sur son volant, elle se mit à gémir, les yeux à moitié fermés. Puis elle poussa un cri et son corps tout entier se raidit.

La voiture fit un sérieux écart sur la route et provoqua les coups de klaxon furieux d'un conducteur surpris.

Grazia reprit peu à peu son souffle et ses esprits. Je récupérai ma main et essuyai mon doigt trempé sur sa cuisse.

Je bandais toujours et je finissais par me sentir un peu à l'étroit dans mon falzar. Profitant d'une ligne droite, Grazia lâcha son levier de vitesse et vint s'assurer de ma virilité. Elle gloussa.

– Tu veux qu'on s'arrête ?

Oh que oui, je voulais m'arrêter avec elle ! Prendre un petit chemin de traverse et lui retrousser sa jupe. Découvrir son joli petit cul et me glisser tout entier dans sa grotte aux mille merveilles. Ma bite, raide comme une queue de pelle, n'en pouvait plus et j'avais de plus en plus de mal à déglutir.

– On n'a pas le temps, dis-je pourtant la mort dans l'âme.

J'essayai d'ignorer sa mine désappointée et me forçai à penser à autre chose.

Pas facile.

Nous parvînmes ainsi à Lans-en-Vercors, chacun plongé dans ses propres pensées.

– On va où, maintenant ? demanda-t-elle quand nous dépassâmes les premières maisons du village.

Je lui indiquai sur la gauche l'ancienne route entre Villard-de-Lans et Lans-en-Vercors. Après quelques kilomètres, nous arrivâmes au hameau des Blancs. Au niveau de la route, en fait, c'étaient les Hérauts, avec une petite école et quelques maisons de part et d'autre. Une voie, sur la gauche, conduisait aux Blancs. Nous l'empruntâmes.

Je n'avais pas l'adresse exacte de Stéphane Moreno. Il y avait des maisons partout et je ne voyais pas comment j'allais le trouver. Je désignais à Grazia un gros type barbu vêtu d'une salopette bleue qui flânait le long de la route. Elle s'arrêta à son niveau et je baissai la vitre. Le barbu me jeta un regard interrogateur.

– Bonjour ! Vous savez où on peut trouver Stéphane Moreno ?

Le type sursauta.

– Vous avez dit qui ?

– Stéphane Moreno, répétai-je.

L'homme nous regarda d'un air grave.

– Vous êtes journaliste ?

Ça y est. On était tombé sur le cintré du coin.

– Ouais, c'est ça, on est journalistes, fis-je en riant.

Il recula d'un pas et nous fit un bras d'honneur.

– Dans ce cas, vous pouvez aller vous faire foutre ! s'exclama-t-il. On n'a pas besoin de publicité, ici. Ça suffit comme ça.

Puis il nous tourna le dos et s'en alla.

Grazia et moi échangeâmes un regard consterné. Je jetai un coup d'œil à gauche et à droite : personne.

– Recule jusqu'au type, ordonnai-je.

Elle passa la marche arrière et la voiture fit une embardée. Nous dépassâmes le gars.

– Arrête-toi !

Elle pila. Je bondis hors de l'AX et me jetai sur le barbu. Il n'eut pas le temps de réagir. Je faisais une bonne demi-tête de plus que lui. Je l'empoignai par le col et le secouai. Il se mit à couiner.

– Lâchez-moi, merde ! Qu'est-ce que vous voulez ?!

Il tenta de se débattre et de me ficher un coup de poing. J'esquivai de justesse. Ce coco-là commençait à me casser les couilles. Je lui flanquai une gifle. Il brailla. Je recommençai.

Il se tut.

Cette fois, il regardait mon poing fermé brandi au-dessus de son visage.

– Continue à gueuler, connard, dis-je d'une voix glaciale, et je te casse la tête.

– Vous cherchez quoi, putain ? gémit-il.

– Stéphane Moreno, je t'ai dit, tête de nœud. À moins qu'il ne se fasse appeler Steve Moreno.

L'homme secoua la tête.

– Vous ne risquez pas de le trouver, dit-il sur un drôle de ton.

– Et pourquoi ça ? demandai-je.

Le barbu soupira et secoua la tête.

– Il est décédé, laissa-t-il tomber, il y a une bonne semaine déjà.

Je sentis le sang quitter mon visage. Il fait bien froid ici, me dis-je soudain.

– Hé ! Vous allez bien ?

Le type me regardait avec inquiétude. Grazia sortit de la voiture et s'approcha de moi. Avec le bruit du moteur, elle n'avait pas dû entendre.

– Qu'est-ce qui se passe ?

– J'sais pas ! J'ai dit à votre copain que le gars que vous cherchez est mort la semaine dernière et ça a l'air de lui faire un sacré choc. Dites donc, faudrait qu'il change de métier s'il est aussi sensible !

Je me tournai vers lui et lui lançai un regard noir. Il ravala ses sarcasmes.

– Vous n'êtes pas journalistes, vous autres ? C'est ça, hein ? poursuivit-il.

– Comment il est mort ? demandai-je d'une voix incertaine.

Il écarquilla les yeux.

– Alors là vous m'épatez ! J'ai jamais vu des journalistes qui en savaient aussi peu !

La moutarde me montait au nez de façon très sérieuse. J'avais une furieuse envie de claquer la gueule à ce connard. Grazia dut le sentir car elle intervint à temps.

– Vous feriez mieux de répondre à nos questions, dit-elle sèchement.

L'autre se contenta de hocher la tête.

– Puisque vous y tenez, dit-il. Hé bien voilà, on a retrouvé le corps de M. Moreno, chez lui. C'est les cris des chiens qui ont alerté les voisins. Les clébards s'étaient mis à brailler sans arrêt. Et pour cause ! Plus personne ne leur donnait à manger. Alors vous pensez ! Quinze chiens affamés, ça fait un sacré tintouin ! Alors les voisins sont allés voir ce qu'il se passait. C'est là qu'ils ont trouvé M. Moreno dans un sale état… Ça devait faire plusieurs jours qu'il était mort et il paraît que ça puait !

– De quoi il est mort ? le coupai-je.

Il fit une grimace.

– C'est là que ça se corse. On l'a tué, figurez-vous ! Tué par balles !

J'essayai de ne pas montrer mon émotion.

– Il avait les jambes fracassées et le visage à moitié arraché à ce qu'il paraît.

J'avais envie de vomir.

– Bien sûr, on ne sait pas qui a fait ça. Les gendarmes de Villard ont interrogé tout le voisinage mais personne ne sait rien, ni n'a rien entendu… C'est bizarre, non, vous ne trouvez pas, vous ? Surtout qu'on n'a rien volé chez lui !

Stéphane. Le troisième larron. Mort. Et de quelle façon ! Putain, quelle vie de merde nom de Dieu ! Et l'autre là qui continuait. Il n'avait donc pas encore compris, ce taré, que j'allais me le faire !

– En fait, ricana-t-il, c'était sûr que ça pouvait pas être un voleur. Il y avait rien à voler chez lui !

Cette fois, je l'attrapai par le col et je le plaquai contre la voiture. Mon visage était tout près du sien.

– Dégage avant que je te tue !

Il pâlit.

Je le lâchai.

Sans demander son reste, il tourna les talons et décampa. À peine rentré chez lui, ce con était bien capable d'appeler les gendarmes. Il ne fallait pas rester là.

– J'ai bien cru que tu allais le cogner, dit Grazia d'une toute petite voix.

– On se tire, répondis-je.

Nous grimpâmes dans la voiture.

Grazia fit demi-tour un peu plus haut et nous prîmes la direction de Grenoble.

C'était bizarre. L'annonce de la mort de Stéphane m'avait fait un choc. Mais cela ne me peinait pas comme j'aurais pu m'y attendre. Le Stéphane que je connaissais avait dix-huit ans et on faisait les quatre cents coups ensemble. Il n'habitait pas au hameau des Blancs à Lans-en-Vercors. Celui-là était un inconnu. Un type de quarante piges, dont je ne connaissais rien, ou presque. Il avait sa vie, ses goûts, ses galères, sa maison, et j'étais étranger à tout ça. Je n'avais rien partagé avec lui. Alors sa mort ne pouvait pas me faire de la peine.

Elle pouvait juste me renvoyer à un passé déjà lointain et révolu depuis belle lurette. Générer de la nostalgie. Me faire regretter le temps qui passe et notre jeunesse qui s'est barrée avec.

Mais il y avait autre chose encore. C'était toujours ma petite idée. Ce petit germe, là dans un coin. Il venait de prendre une jolie ration d'engrais et avait installé de belles racines.

Les évènements confirmaient peu à peu mon intuition. Je pressentais la vérité. Je n'étais pas encore tout à fait capable de la formuler, mais dorénavant je savais dans quelle direction me tourner. Je n'avais plus besoin de fuir. J'allais pouvoir faire face.

– Tu vas bien ? Tu es sûr ? s'inquiéta soudain Grazia.

Je réalisai que je souriais. Elle devait me prendre pour un vrai timbré.

Trois bons quarts d'heure furent nécessaires pour rejoindre l'appartement de Grazia. Il était environ 15 h 30 lorsqu'elle poussa la porte d'entrée. Je la laissai nous servir un petit porto et je m'installai près du téléphone avec l'annuaire et de quoi noter. Puis, j'appelai la mairie de Grenoble. Après quelques palabres et divers renvois dans un service ou dans un autre, j'obtins ce que je cherchai.

Cinq noms.

Et peut-être la clef de mes emmerdements.

Pendant ce temps-là, Grazia avait pris une douche et passait et repassait devant moi en déshabillé. Son peignoir entrouvert découvrait un carré de peau blanche, un bout de sein, quelques poils bruns. Elle me frôlait à chaque apparition et les volutes de son parfum me saoulaient presque autant que son porto.

Je reposai le combiné et saisis l'annuaire. La présence insistante de mon hôte me rendait nerveux et j'avais du mal à me concentrer. J'épluchai toutefois les pages blanches de façon méthodique et, au bout d'une bonne demi-heure, j'étais parvenu à loger quatre noms sur cinq. Les trois premiers habitaient Grenoble et le dernier Sassenage. Je notai avec soin numéros de téléphone et adresses et les appelai chacun à leur tour.

Je procédai de la même manière pour mes quatre correspondants. J'attendais qu'on décroche, puis je vérifiai l'identité de mon interlocuteur et je raccrochai aussitôt. Je cherchai juste à m'assurer de leur présence.

Puis, je posai l'annuaire par terre, étendis mes jambes et m'étirai. Grazia se planta alors devant moi. Cette fois, elle avait dénoué la ceinture de son peignoir. Je me rinçai l'œil sans vergogne, bien au contraire. Elle sourit, s'approcha un peu plus, et me caressa l'entrejambe du bout du pied. Je bandai aussitôt.

J'attendis la nuit pour sortir de chez elle. Je me glissai alors par la porte de son appartement. J'avais pris soin d'éteindre toutes les lumières et je me faufilai jusqu'au portail. De là, je jetai un coup d'œil sur la rue Louis-Armand.

J'avais bien fait de me méfier.

À quelques dizaines de mètres en amont, la BMW des deux guignols était garée le long du trottoir. Je distinguai à l'intérieur deux silhouettes sombres. Je jurai. Ces crétins n'allaient pas me lâcher comme ça. Je fis demi-tour et rentrai chez Grazia. Nue au milieu des draps épars, elle n'avait pas bougé depuis tout à l'heure. Je la secouai doucement. Elle ouvrit les yeux.

– Qu'est-ce que tu veux ? gémit-elle.

– Il y a une autre issue que le portail d'entrée ?

Elle se dressa sur un coude.

– Qu'est-ce que tu racontes ?

Je soupirai.

– Je suis coincé. Il y a deux types qui m'attendent dans la rue. Il faut que je sorte par un autre endroit que le portail.

– C'est qui ces types ?

– Peu importe. Ils m'ont déjà fait un petit cadeau, dis-je en montrant mon épaule. C'est pas des rigolos… Dis-moi juste comment je peux partir d'ici sans me faire repérer.

Grazia haussa les épaules.

– Il n'y a pas d'autre sortie.

– … non ?

– Non, tu as bien entendu.

– Et je fais comment, alors ? demandai-je.

Elle me regarda et poussa un soupir.

– Tu attends que je me lève.

Elle enfila un short et un sweat-shirt, sauta dans une paire de tennis et prit ses clefs de voiture posées sur le frigo.

Quelques minutes plus tard, nous sortîmes dans la rue Louis-Armand. Grazia conduisait, bien sûr. Quant à moi, j'étais allongé, ou plutôt plié en plusieurs morceaux, au pied de la banquette arrière.

Elle roula un peu et m'appela.

Je me dépliai en jurant. Puis elle s'arrêta et je passai à côté d'elle.

– Alors ?

– Je crois qu'ils n'y ont vu que du feu, répondit-elle.

Je regardai derrière. La rue était vide.

– Comment tu vois les choses maintenant ? demanda-t-elle.

– Tu me poses en ville, je me démerderai tout seul.

– Et moi ?

– Soit tu rentres chez toi et tu te boucles sérieusement, soit tu as un autre endroit où aller.

– Avec toi par exemple ?

Je secouai la tête et la regardai dans les yeux.

– Je suis en cavale, Grazia. Ça veut dire que j'ai les flics au cul. Si on te chope avec moi, tu plonges. Tu vois ce que je veux dire ?

Elle hocha la tête et fit la moue.

– Je te laisse où, alors ?

Mon premier « rendez-vous » se trouvait rue Ampère, juste à côté du pont de Catane. Grazia se gara le long du trottoir avant de me regarder droit dans les yeux.

– Fais gaffe à toi, Téo.

Elle me posa un baiser sur les lèvres. Je frissonnai.

Puis je sortis de la voiture et claquai la portière. Elle baissa alors sa vitre.

– Hé ! Téo !

Je me retournai.

– Te fais pas d'idées ! lança-t-elle. C'est juste parce que t'es un bon coup ! Ce serait dommage qu'on ne s'éclate pas encore une fois ou deux, tu crois pas ?

Et sans attendre ma réponse, elle démarra.
Drôle de fille, pensai-je.

Je sortis mon petit papier de ma poche. Le premier nom était celui d'un certain Paul Grenier. Je le trouvai au quatrième étage sur les interphones. Je sonnai.

– Ouais ? répondit bientôt une voix éraillée.

– Paul Grenier ?

– Ouais, c'est pour quoi ?

– Écoutez, mon nom ne vous dirait rien, mais j'aurais besoin de vous rencontrer.

Il y eut un silence.

– Vous savez quelle heure il est ?

Je fis une grimace.

– Je dirais entre neuf et dix…

– Vingt et une heure cinquante-cinq exactement.

– Écoutez…

– Rien du tout. Vous me foutez la paix ou j'appelle les flics.

Je n'insistai pas.

Je me barrai en vitesse avant de voir rappliquer la flicaille et je me dirigeai vers ma seconde adresse.

Cette fois, c'était cours Berriat. Je coupai par les petites rues, et je parvins bientôt le long du tram. Je suivis la voie jusqu'à ce qu'elle tourne vers la gare de Grenoble et je continuai tout droit. Je laissai deux rues sur ma gauche et me trouvai face à l'imposante porte cochère en bois d'un immeuble ancien. Cette fois, il n'y avait ni code ni interphone. Je pénétrai dans un hall sombre. Je dégotai le nom du type dans l'enfilade de boîtes aux lettres. Michel Perraillon, deuxième étage, droite. Un escalier de bois tout juste éclairé me conduisit devant une porte à la peinture douteuse. J'appuyai en vain sur le bouton de sonnette. Je frappai alors à la porte trois coups brefs.

J'entendis des pas traînants de l'autre côté, puis le petit bruit caractéristique d'un judas.

– C'est pour quoi ?

C'était une voix de fumeur. Un peu rauque.

– Michel Perraillon ?

– Oui.

– Je suis désolé de vous déranger à cette heure, mais j'aurais besoin de vous parler.

– Me parler ? À onze heures du soir ?

– Oui, je sais bien, ça peut paraître incongru, mais il s'agit d'une affaire importante.

– …

– Monsieur Perraillon ?

– Je suis là… On se connaît ?

Cette fois ce fut à moi d'hésiter.

– On s'est déjà rencontré, il y a fort longtemps, dis-je enfin. Je m'appelle Téo Lambert. Mon nom vous rappelle quelque chose ?

– Téo Lambert, vous avez dit ?

Il y eut un silence. Il devait réfléchir.

– Bon sang, ça me dit bien quelque chose, mais ça remonte à…

– Une vingtaine d'années, monsieur Perraillon. À l'époque, je vous appelais Michel et on se tutoyait.

J'entendis le cliquetis d'un verrou et la porte s'ouvrit soudain.

Michel Perraillon ne collait pas, loin s'en faut, à l'image qui me restait vaguement. À vrai dire, si je n'avais pas cherché à le revoir, je ne sais même pas si je m'en serais rappelé. De l'ancien directeur des colonies de Méaudre, à l'allure svelte et sportive, il ne restait pas grand-chose. Un type mal rasé en peignoir, la cinquantaine, le visage bouffi surmonté d'une tignasse grisonnante, chaussé d'une paire de mules défraîchies, me dévisageait avec curiosité d'un œil humide.

– Téo Lambert ? répéta-t-il d'une voix incertaine.

Je grimaçai un sourire.

– Méaudre, les colos des impôts dans les années 80, ça vous revient ?

Son visage s'éclaira soudain.

– Mais oui ! Ça y est ! Je vous remets ! Méaudre, si, si, je vois…

Je ne savais pas ce qu'il voyait vraiment. Il semblait chercher au plus profond de sa mémoire en quoi mon nom lui était familier.

– Et comment je peux vous aider ?

– Il s'agit d'une affaire assez ancienne… Elle date de 1982.

Il siffla.

– Oui, en effet. Ça commence à dater… Voyons, ça ne fait pas moins de…

– Vingt ans.

Il hocha la tête et son regard se perdit.

– Vingt ans, répéta-t-il comme pour lui-même. Putain, ça ne me rajeunit pas… Méaudre…

Puis il se reprit.

– Et donc ?

– Voilà, dis-je, est-ce que vous vous rappelez quelque chose de particulier qui aurait pu se passer durant l'été 1982 à Méaudre ?

Il ricana.

– Quelque chose de particulier ? Mais il n'y avait que ça, des « choses particulières » à Méaudre ! C'était un festival de « choses particulières » !

– Je suis sérieux, monsieur Perraillon, le coupai-je avec sécheresse.

Je n'avais pas envie de le voir se mettre à disjoncter genre crise de nostalgie aiguë.

Il déglutit et me dévisagea froidement.

– Je ne peux rien faire pour toi, mon vieux, me dit-il soudain familier. Méaudre, c'est du passé et j'aime pas beaucoup remuer les choses anciennes.

Je plissai les yeux.

– Monsieur Perraillon…, commençai-je.

– Laisse tomber les « Monsieur Perraillon ». Ça fait bien longtemps que plus personne ne m'appelle ainsi. « Miche » ou « l'épave », c'est comme ça qu'on parle de moi maintenant. Alors viens pas m'emmerder avec tes souvenirs de jeunesse… Tu vois ce que je veux dire ?

Son regard s'était durci. Sa voix aussi d'ailleurs. Elle était en plus devenue amère. Je le dévisageai avec attention. Ce type n'en avait plus rien à foutre de la vie. Ça se voyait sur sa tronche. Les traits marqués par l'alcool, les tremblements des paupières, les yeux rouges. Il devait picoler depuis des années et se détruire à petit feu.

Il attendait la mort.

Je frissonnai.

Il avait fait table rase sur le passé depuis bien longtemps. Alors bien sûr, il ne me voyait pas d'un très bon œil avec mes questions à la con. À touiller dans la vase de sa mémoire, je risquais fort de faire ressurgir des fantômes indésirables. Et ça, apparemment, il n'en avait aucune envie.

Puis, tout le monde le sait : quand on remue la vase, ça pue toujours.

Je n'insistai pas plus que ça. Même les baffes ne le feraient pas parler. Je repartis donc, bredouille.

Il me restait un dernier nom sur Grenoble : Marie Pascualone.

Son appartement se trouvait au-dessus d'une pizzeria, sur les quais. À quelques encablures de celui d'Acciolino, en fait.

J'y parvins aux alentours de minuit. L'heure ne plaiderait pas en ma faveur mais je tentai le tout pour le tout. J'appelai par l'interphone. Une voix masculine me répondit.

– Oui ?

– Je suis bien chez Marie Pascualone ?

– Pardon ?

– Marie Pascualone habite bien ici ?

– C'est pour quoi ?

– Je pourrais lui parler ?

– Vous avez vu quelle heure il est ? Vous êtes de ses amis ?

J'hésitai.

– Pas vraiment, mais je suis une ancienne connaissance.

Il me sembla entendre chuchoter.

– Elle dort, je suis désolé, repassez demain, dit la voix.

J'eus une idée.

– Pouvez-vous lui dire que je viens de la part de Michel Perraillon ?

Je perçus une exclamation étouffée.

– Qui êtes-vous ? demanda soudain une voix féminine.

– Marie Pascualone ?

– C'est bien moi. Qui êtes-vous ? Qu'est-ce que vous voulez ?

– Je ne sais pas si mon nom vous dira quelque chose. Je m'appelle Téo Lambert.

– On se connaît, non ?

– Disons qu'on se connaissait, il y a assez longtemps.

– Et vous venez de la part de Michel ?

– Je viens de le voir, il y a quelques minutes… Vous voulez bien me laisser entrer ?

– Il lui est arrivé quelque chose ?

– Non.

– Écoutez… il est tard et…

– Je n'en aurais pas pour longtemps, je vous assure.

L'interphone fit un drôle de bruit et les voix me parvinrent étouffées. Marie Pascualone avait dû poser sa main sur l'émetteur et discutait avec son mari.

Un déclic se fit entendre.

– Montez, c'est au troisième, à droite.

Je m'exécutai.

Je me souvenais bien de Marie. Elle était alors assistante sanitaire à la colo de Méaudre. À peine plus âgée que nous, c'était une fort jolie fille. Nous profitions de chaque occasion pour flirter gentiment et elle se prêtait au jeu non sans déplaisir.

C'est une femme d'une petite quarantaine d'années qui m'attendait sur le seuil. Vêtue d'un tailleur noir élégant, elle me regardait avec curiosité. Derrière elle, se trouvait un type plus âgé, d'allure sportive.

Je dévisageai Marie des pieds à la tête. Je retrouvai sans mal la silhouette tonique et le regard décidé de l'ancienne assistante sanitaire.

– On rentre tout juste du cinéma, dit-elle. Vous avez de la chance, on ne s'était pas encore couché.

Un pan de la chemise du type dépassait de son pantalon. À mon avis, ils n'avaient pas l'intention de dormir tout de suite.

J'avais envie de demander à Marie ce qu'elle était allée voir, mais je me retins. Elle m'observait toujours, cherchant dans mes traits quelque chose de familier. Son regard s'éclaira soudain.

– Téo Lambert ?… Téo ! Avec un prénom aussi peu banal, j'aurais dû m'en rappeler plus vite. Ça me revient maintenant. C'était mes premières années comme assistante sanitaire à Méaudre.

Elle se tourna vers l'homme.

– Tu sais, chéri, je t'en ai parlé… Méaudre !

Le type bougonna quelque chose d'incompréhensible et fit demi-tour.

Marie haussa les épaules.

– Vous venez donc de la part de Michel ?

Je fis une grimace. J'allais devoir lui donner un minimum d'explications.

– Je peux entrer ?

Elle hésita, puis s'effaça devant moi.

Après avoir refermé la porte, elle me précéda dans un petit salon aux murs couverts d'étagères ployant sous des tonnes de disques. Une impressionnante collection de vieux vinyles côtoyait des ribambelles de CD. Dans un coin, un piano droit, couvert de partitions, brillait faiblement sous la lumière d'une petite lampe.

Marie me désigna un fauteuil et se dirigea vers un mini-bar.

– Whisky ?

Je hochai la tête.

Après avoir rempli à moitié nos deux verres, elle prit place en face de moi.

– Alors ?

Je lui en racontai le strict minimum. Elle écouta avec attention. Quand j'eus fini, elle se resservit un autre verre. Son visage était devenu soucieux.

– Je crois que je peux vous aider, dit-elle.

Chapitre 18

Je marchais à grandes enjambées sur les trottoirs de Grenoble. J'avais besoin de faire le vide.

Je traversai sans la voir la place Hubert-Dubedout et ses cons de drapeaux.

Transpirer un bon coup. Évacuer mon trop-plein d'alcool et mettre mes idées en place.

Trois ou quatre putes, des petites blacks, me firent des œillades sur le cours Jean-Jaurès. Je les ignorai.

Mes idées, elles venaient de prendre une sacrée baffe dans la tronche. Une demi-heure après les révélations de Marie Pascualone, je me demandais encore si je n'étais pas en train de cauchemarder.

Sur la rampe d'accès à l'autopont, juste avant le boulevard Joseph-Vallier, un travelo promenait sa silhouette dégingandée au milieu de la chaussée. Il marchait comme un mannequin de pacotille, tortillant son cul d'une façon grotesque.

– Salut, ma poule ! me lança-t-il.

Je lui fis un doigt d'honneur. Il haussa les épaules et se détourna.

Je poursuivis ma route.

Une pluie fine se mit à tomber. Une pluie d'automne. Froide à souhait. Les gouttes d'eau qui ruisselèrent bientôt sur mon visage avaient un goût salé. La sueur, sans doute.

Des petits branleurs, dans une tire déguisée en bête de course, traversèrent le boulevard plein gaz. Ils pilèrent à un feu rouge, avant de redémarrer en faisant hurler les pneus.

L'eau s'infiltrait maintenant dans mon cou et je commençais à ne plus avoir très chaud. Je me mis à l'abri sous une porte cochère. Je m'accroupis et m'essuyai la figure. Ma peau était grasse. Je me sentais sale.

Et ce n'était pas uniquement physique.

« L'été 82, avait dit Marie Pascualone en opinant du chef, fut un été singulier. J'avais vingt-deux ans à l'époque. C'était ma deuxième saison comme assistante sanitaire pour le CE des impôts… Et la dernière. »

Je l'avais regardée sans comprendre. On avait fait pas mal de conneries, mais pas au point d'écœurer une fille comme elle. Je le lui avais dit.

Elle m'avait dévisagé d'un drôle d'air.

– Tu ne sais donc rien ?

Rien ? À propos de quoi, bon Dieu ?

Elle avait fait une moue de surprise et nous avait resservi un autre whisky.

– Tu vas en avoir besoin, avait-elle murmuré.

Le rideau de pluie s'était épaissi. Il formait désormais un mur presque opaque, déformant les objets et les lumières. Un halo blanchâtre entourait le sommet des lampadaires et se reflétait dans les flaques de plus en plus grandes qui envahissaient la chaussée.

Un mur.

Une vitre teintée altérant ma perception de la réalité.

J'avais joué le rôle de l'innocent. Du naïf un peu débile qui n'a rien compris à rien. Plus occupé à compter mes poils de couilles qu'à regarder autour de moi, je n'avais rien vu, rien senti.

Et pourtant ça puait.

– C'était un jeudi, avait poursuivi Marie. Le 28 juillet 1982 très exactement. Trois jours avant la fin du camp de Méaudre. Ça ne te dit toujours rien ?

J'avais haussé les épaules.

Elle avait soupiré.

– Je crois que tu ne sais vraiment rien, alors. Au début, j'ai pensé que tu étais au courant mais que tu jouais l'imbécile.

J'avais avalé une gorgée de whisky. C'était du Johnny Walker. Il n'était pas mauvais.

– Tu veux vraiment tout savoir ? avait-elle demandé brusquement.

Je finissais par me poser moi-même la question. Elle prenait beaucoup de précautions et ce n'était pas bon signe. J'avais hoché la tête. Bon sang, après des jours de galère, je n'allais pas me défiler tout de même !

Elle avait allumé une cigarette, une blonde d'une marque américaine. Après avoir tiré deux taffes, elle l'avait posée sur le rebord d'un cendrier. La fumée s'était alors élevée à la verticale avant de s'éparpiller dans l'air. Je gardais un moment le regard scotché sur les volutes gris-bleu. Puis j'avais dévisagé Marie sans ciller.

Ses yeux étaient verts. Vert d'eau. Comme les torrents de montagne.

– Je t'écoute, avais-je dit d'une voix rauque.

Elle avait dégluti avant de se lancer.

La pluie n'en finissait pas. J'avais trop tardé avant de m'abriter et j'étais trempé. Maintenant, le froid me faisait grelotter. Un sale froid humide et pénétrant. Une rage sourde m'envahit peu à peu. J'avais envie de gueuler, de cogner. Putain de haine. Et il n'y avait pas que le froid et la pluie.

Je m'étais fait sodomiser la conscience et les souvenirs.

À sec.

Je me relevai d'un seul coup et je sortis de mon abri. À l'angle d'une rue perpendiculaire au boulevard, derrière les rangées de plots blancs et rouges des travaux du nouveau tramway, j'aperçus une cabine téléphonique.

Je m'y précipitai et composai le numéro de Grazia.

– Allô ? dit une voix endormie.

– C'est moi.

– Téo ? Ça va ?

– Tu peux venir me chercher ?

Elle poussa un soupir.

– T'es où, là ? dit-elle enfin.

– À l'angle de la rue Ivory et du boulevard Joseph-Vallier.

Grazia soupira à nouveau.

– Je suis là dans une dizaine de minutes, dit-elle.

Je raccrochai et m'adossai à la paroi de verre. L'eau ruisselait et de véritables cataractes déferlaient jusqu'au bitume du trottoir. Les enseignes lumineuses des magasins m'apparaissaient toutes déformées.

Encore une fois.

« Ce soir-là, on avait organisé la boum de fin de camp. On était un peu sur les dents. Avec les ados, les soirées comme ça étaient toujours risquées. Il ne fallait pas qu'une fille reparte enceinte. Bref, les choses s'étaient plutôt bien passées et à deux heures du matin, tout le monde était couché. Enfin, c'était ce qu'on croyait. Comme quoi, on n'est jamais assez vigilant... J'avais rejoint ma chambre, après avoir fait un dernier tour des dortoirs avec Michel et je m'étais rapidement endormie.

C'est à quatre heures du matin que des coups frappés à ma porte m'ont réveillée. J'ai fini par émerger, non sans mal, et je me suis levée. J'ai ouvert la porte. Au début je n'ai rien vu. Puis j'ai fini par distinguer une masse sombre sur le sol. J'ai allumé la lumière.

– Qu'est-ce que tu fais là ? ai-je demandé à la forme recroquevillée devant moi.

À ce moment-là, je n'avais pas encore réalisé ce qui se passait. Je me demandais juste ce qu'une gamine fichait à cet endroit et à cette heure.

Elle a relevé la tête.

J'ai alors compris que quelque chose n'allait pas.

Ce n'était pas une gamine.

C'était une femme de ménage. Une jeune embauchée pour la saison.

Fatima, elle s'appelait. »

Fatima… Fatima la Folle. La bouffeuse de couilles de micheton. La cinglée enfermée depuis des années dans une chambre capitonnée et nourrie à grands coups de pilules et de drogues diverses.

« Je me suis précipitée vers elle et je l'ai aidée à se lever. L'infirmerie était juste à côté. Je l'ai installée sur une chaise et j'ai pu mesurer l'étendue des dégâts. Ses deux yeux étaient presque fermés. Son nez avait doublé de volume et des croûtes de sang avaient séché dans ses narines jusque sur son menton. Ses lèvres fendues béaient et lui interdisaient de fermer la bouche.

Elle empestait l'alcool. Cette fille était complètement ivre.

J'ai continué mon inspection.

Le pire était à venir.

Ses mains étaient crispées sur ce qui restait de son chemisier. Je les lui ai dénouées avec lenteur, tout en lui parlant doucement. Elle tremblait. Lorsqu'enfin elle a abandonné son vêtement et découvert sa poitrine, j'ai eu un haut-le-cœur. Son corps était couvert de bleus et de griffures et ses seins portaient les traces de brûlures de cigarettes.

Et ce n'était pas tout.

Elle portait une grande jupe blanche qui descendait jusqu'aux pieds. Le tissu, là aussi, avait été déchiré et brûlé. J'ai écarté les lambeaux pour l'examiner. Son bas-ventre et ses cuisses étaient couverts de sang séché.

Je me suis relevée et j'ai couru au lavabo pour vomir.

Elle avait été violée de la façon la plus sauvage.

J'ai passé le reste de la nuit avec elle. Je l'ai dessoûlée et nettoyée. Ce n'est qu'après qu'elle a commencé à pleurer. Comme si elle prenait peu à peu conscience de ce qui lui était arrivé. Elle pleurait, pleurait, sans pouvoir s'arrêter. Je l'ai alors allongée dans l'infirmerie avec un cachet pour la contraindre à dormir. Lorsque sa respiration est devenue plus calme, je suis allée trouver Michel pour tout lui raconter. Nous avons décidé d'attendre son réveil pour appeler les gendarmes. Je suis retournée à l'infirmerie et je suis restée avec elle. Vers le milieu de la matinée, elle a commencé à s'agiter. Elle gémissait dans son sommeil. Puis elle a fini par se réveiller. Elle s'est assise sur le lit, a ramené ses genoux sur sa poitrine et a commencé à se balancer d'avant en arrière. J'ai essayé de lui parler, sans succès. Pourtant, lorsque j'ai évoqué les gendarmes, elle a secoué sa tête très vite de gauche à droite. Je suis alors sortie pour trouver Michel.

À mon retour, elle n'était plus là.

Nous l'avons cherchée en vain le reste de la matinée. Elle s'était enfuie.

Après maintes discussions, nous avons décidé de ne pas prévenir les gendarmes et de n'en parler à personne.

Nous n'avons plus jamais entendu parler d'elle. »

Saloperie d'intuition. Elle m'avait amené pile où il fallait. Je raccrochais peu à peu les wagons et j'obtenais un joli train de purin.

Après son viol, Fatima finit par rentrer chez elle. Elle se rend compte après quelque temps qu'elle est enceinte mais elle parvient à cacher son état jusqu'à un certain point. Et ensuite… Se fait-elle virer de chez elle ? Décide-t-elle seule de partir ? En tout cas, elle finit par accoucher sous X à l'hôpital et se retrouve à la rue.

La suite, je la connaissais déjà. Tonio la ramasse et la met sur le trottoir. Puis elle pète un câble et se retrouve en hôpital psy pour des lustres.

Une petite vingtaine d'années plus loin, sa fille la retrouve et apprend toute la vérité. Mais elle n'est pas toute seule ! Henri Brun, qui purge une peine d'internement grâce à ma pomme, passe assez de temps avec elle pour connaître son histoire. Or, cet enfoiré n'a qu'une idée en tête : me faire payer son addition.

Marie Pascualone était restée un long moment la tête baissée. Du bout des doigts, elle jouait avec sa cigarette et faisait tomber petit à petit la cendre dans le cendrier. Elle avait fini par se redresser et me regarder dans les yeux.

– Ça m'a hantée pendant des années, avait-elle soufflé. Je revoyais sans cesse le visage de cette pauvre fille, ses yeux vides, et ce sang partout.

Son visage était devenu gris. Elle me paraissait soudain avoir pris un sacré de coup de vieux.

– Il reste les salopards qui ont fait ça…, avait-elle alors ajouté. On n'a jamais su qui c'était.

Normal, avais-je pensé. Pas d'enquête, pas de suspect donc pas de coupable. Et pourtant…

– Tu vois Téo, avait-elle poursuivi sans cesser de me fixer, aujourd'hui, après tout ce que tu m'as dit, je me demande bien ce que tu faisais la nuit du 28 juillet 1982.

Je n'avais pas pu m'empêcher de ricaner. J'attendais ça depuis un moment déjà. Le raccourci était trop évident. J'avais reniflé et avalé d'un coup le reste de mon whisky.

La nuit du 28 juillet 1982... Je me rappelais bien comment je l'avais commencée cette nuit-là. Avec qui et tout ce que nous avions bu.

Mais par contre, comment elle s'était terminée, je n'en avais aucun souvenir.

Le bruit de la pluie sur la tôle de la cabine avait quelque chose de rassurant. Il m'enveloppait dans une espèce de sphère sonore. Les bruits extérieurs parvenaient assourdis, déformés, presque méconnaissables.

Une voiture s'arrêta et braqua ses phares sur la cabine. Je me protégeai les yeux de la lumière. Ça pouvait être les flics ou même une bande de branleurs décidés à se payer une tranche de rigolade.

– Téo ! C'est moi !

Je reconnus la voix de Grazia.

Je me ruai hors de mon abri et je fonçai jusqu'à la petite AX.

– On va où ? me demanda-t-elle après que j'eus trempé son siège.

– Personne ne t'a suivie ?

– Je ne crois pas, répondit-elle en secouant la tête... Alors, on va où ?

Je ne réfléchis pas longtemps. Une seule personne désormais pouvait m'aider. Je le lui dis.

– Tu veux aller sonner chez Dominique Combe à trois heures du matin ?

Je hochai la tête.

– Merde, Téo ! Ça ne peut pas attendre demain ? Je te ramène à Seyssins, tu dors quelques heures et après je te conduis à Saint-Martin-le-Vinoux. Ce ne serait pas mieux comme ça ?

Je posai déjà la main sur la poignée de la portière. J'allais dire un truc pas sympa mais elle ne m'en laissa pas le temps.

– T'es un emmerdeur, Téo, dit-elle. Mais je ne t'apprends rien, je suppose ?

Elle démarra.

La maison de Dominique était plongée dans l'obscurité. Je m'approchai du portail et je reconnus la BMW des deux connards garée dans la cour. Puis je retournai voir Grazia. Elle m'observait non sans inquiétude. Je fis un mince sourire.

– Vaut mieux que tu rentres chez toi...

– Et toi, tu vas faire quoi ?

– Disons que je vais m'inviter chez un ancien copain d'enfance...

Elle me lança un regard réprobateur.

– Ça va mal finir cette histoire. Je ne sais pas si c'est une bonne idée, dit-elle en secouant la tête.

Son joli visage s'était orné d'une ride horizontale. Celle des soucis.

– De toute façon, elle est déjà mal barrée. En tout cas pour moi, murmurai-je, ça ne peut pas être pire, tu sais ?

Grazia haussa les épaules. À travers sa vitre ouverte, elle me tendit ses lèvres. J'y posai un baiser.

– T'es vraiment un sale con d'emmerdeur, Téo, dit-elle avant de démarrer.

Je regardai la voiture disparaître, puis je me tournai vers la grande maison. Sur un pilier soutenant la grille d'entrée, j'avisai un interphone surmonté d'une caméra. J'appuyai longuement sur le bouton. Après quelques secondes, j'entendis un petit clic métallique. L'appareil se mit à grésiller.

– Entre, Téo, dit une voix endormie, c'est ouvert.

Je poussai la grille devant moi et pénétrai dans une allée gravillonnée. Les lampadaires de la rue éclairaient un jardin en étages, à la pelouse rase. Des essences d'arbres variées, disposées de façon savante, semblaient s'y épanouir. Je parvins jusqu'à un petit escalier. Je le gravis et m'apprêtai à frapper à la porte. Celle-ci s'ouvrit soudain. Le sourire grimaçant de Perrier m'accueillit.

– Soyez le bienvenu, maître, grinça-t-il.

Je lui aurais volontiers balancé mon poing dans la gueule mais le canon de son 7.65 m'en dissuada. Il s'effaça et fit un brusque mouvement avec son arme. Je passai devant lui. Après avoir refermé la porte, il me poussa en avant.

– Vous prendrez la troisième à droite, dit-il.

J'obéis et débouchai dans un salon aux murs couverts de tableaux. Ce n'était pas des toiles de maîtres, loin de là. Dominique ne devait pas connaître grand-chose à la peinture. Il avait investi, c'est tout.

Pour l'instant mon hôte n'était pas encore là. Perrier désigna deux fauteuils, en vis-à-vis, au centre de la pièce.

– Je vous en prie, maître, susurra-t-il, prenez place.

Je lui décochai un regard furieux et je m'assis.

Un pas lourd se fit bientôt entendre dans le couloir. Je tournai la tête vers la porte. Dominique apparut, vêtu d'un peignoir satiné, une cigarette pendue aux lèvres. Il fit un geste autoritaire et Perrier s'éclipsa. Une quinte de toux le plia en deux. Il finit par se redresser, les yeux larmoyants, et prit place en face de moi.

Je le dévisageai avec dégoût.

– Tu devrais arrêter de fumer, dis-je, t'es en train de crever.

Il balaya ma remarque d'un revers de la main.

– T'as réfléchi à ma proposition ?

Je plissai les yeux.

Incroyable ! Il ne s'étonnait même pas que je débarque chez lui en pleine nuit après avoir largué ses gorilles. Ce type, devant moi, était un étranger. On se tutoyait, on avait un passé commun, mais c'était devenu un étranger. Derrière ses yeux gonflés et cernés, derrière son visage bouffi, je reconnaissais à peine les traits de mon ancien complice. Sa vie s'était construite autour de magouilles, de combines diverses et de mensonges quasi permanents. La mienne valait bien une brouette de fumier, certes. Et dans les deux cas ça puait. Mais pas de la même façon. Je fis une moue. En fin de compte, je ne savais pas trop laquelle de nos deux vies était la plus nauséabonde.

– Alors ? insista-t-il.

– Va te faire voir, Dominique, je n'en ai rien à foutre de ta proposition.

Il se raidit et son regard se durcit.

– Qu'est-ce que tu veux ?

– Stéphane est mort, tu es au courant ?

Il hocha la tête. Son visage n'avait exprimé aucune émotion.

– Tu sais pourquoi, je suppose ?

Il tira une bouffée sur sa cigarette et souffla la fumée devant lui.

– Et pourquoi je le saurais ?

– 1982.

– Pardon ?

– Le 28 juillet 1982… ça te dit quelque chose peut-être ?

Ses traits s'étaient figés. Son regard vacilla l'espace d'une seconde. Mais il se ressaisit aussitôt et retrouva son aplomb. Il haussa les épaules.

– Tu sais, moi, les vieux souvenirs… je préfère les laisser au fond des tiroirs.

Je ricanai.

– Peut-être bien, mon vieux. Seulement, tu vois, tes vieux souvenirs, vu comme ils me cassent les couilles depuis quelques jours, ils ont dû se barrer de tes tiroirs !

Il me fixa dans les yeux.

– T'es venu pour quoi exactement ?

– Pour savoir ce qu'il s'est passé exactement le 28 juillet 1982.

Dominique se passa la main dans les cheveux. Il croisa ses doigts derrière sa tête et s'étira.

– Si j'ai bien compris, tu me réveilles à trois heures du matin pour que je te raconte comment on t'a couché complètement bourré un soir de cuite, il y a une vingtaine d'années, c'est bien ça ?

Je plantai mon regard dans le sien.

– Il est mort de quoi, Stéphane ?

Dominique gonfla les joues et fit une moue d'ignorance.

– Il a été abattu, et salement même, dis-je. Mais tu ne le savais pas, bien sûr…

Il ne répondit rien et continua à soutenir mon regard.

– Tu m'as parlé de messages de menaces que tu avais reçus… je ne me trompe pas ? Stéphane a été flingué. Moi, on essaye de me coller un crime sur le dos… Tu ne trouves pas que ça fait un sacré paquet de coïncidences quand même ?

Il prit un paquet de cigarettes de la poche de son peignoir et en sortit une clope. La flamme bleue d'un briquet en or jaillit. Il tira deux taffes.

– Et alors ?

Je rugis.

– Comment ça « et alors » ? T'as pas l'impression que ça fait beaucoup pour une simple cuite ?

– Je ne vois pas le rapport, poursuivit-il.

– Tu ne vois pas le rapport ? ricanai-je.

Il haussa les épaules.

– « Fatima Driddi », ce nom ne te dit rien peut-être ?

Cette fois, il avait pâli. Sa cigarette manqua lui échapper des doigts. Il se racla la gorge et déglutit avec difficulté. Puis il secoua la tête de gauche à droite.

– Tu as dit comment ?

Je plissai les yeux.

– Me prends pas pour un con, Dominique. Tu as très bien compris. Je veux savoir ce qu'il s'est passé cette putain de nuit du 28 juillet 1982 à Méaudre. Est-ce que c'est vous qui avez violé Fatima Driddi cette nuit-là ?

Cette fois, je criai presque.

– Va te faire foutre, Téo ! beugla Dominique.

Il s'était levé et son visage était devenu très rouge.

– Va te faire foutre, répéta-t-il en faisant de grands gestes avec les mains. On s'en branle de cette nuit-là ! C'est du passé ! C'est fini ! Y a plus rien à voir !

À mon tour je me mis debout. Je le dépassai de quelques centimètres. Je le toisai.

– Pas moi, dis-je d'un ton sec. Je suis désolé, mais moi je ne m'en fous pas. Je veux savoir qui a violé cette fille.

Dominique me tourna le dos et fit quelques pas dans sa pièce. Il tirait comme un malade sur sa clope et un nuage de fumée envahit bientôt l'espace. Il alla jusqu'à une fenêtre et l'ouvrit. Un air frais m'atteignit rapidement. Je frissonnai. Il fit volte-face.

– Tu ne te souviens de rien alors ? dit-il d'une voix doucereuse.

Je le fixai sans répondre.

– Tu avais l'air d'apprécier, pourtant, poursuivit-il.

Ce fut à mon tour de déglutir avec difficulté. Ce salaud n'allait tout de même pas me faire croire ça ?

– Chacun son tour, on se l'est faite la petite Arabe. Et je peux t'assurer que t'étais pas le dernier à prendre ton pied.

J'eus une brusque nausée. Une sorte de drôle de froid m'envahit peu à peu.

– Dommage que tu ne te rappelles pas, elle était bonne pourtant.

Ce n'était pas vrai ! Pas ça !

– D'accord, il a fallu la cogner un peu pour qu'elle la ferme, mais à trois on n'a pas eu trop de mal.

Et il continuait, l'enfoiré. Il me voyait me décomposer sous ses yeux et il jouissait de son effet.

Et puis soudain, je perdis le contrôle de moi-même.

Je l'attrapai par le col et le plaquai au mur.

– C'est des conneries, hurlai-je en le secouant. Dis que c'est des conneries, bordel ! Dis-le ou je te tue !

La porte s'ouvrit brusquement et Perrier et Dédé bondirent dans la pièce. Je me retournai et me trouvai face à la gueule du 7.65 de Perrier. Dédé, lui tenait son Lupara à canon scié à bout de bras. Tous les deux visaient ma tête. Dominique réajusta son peignoir et se recoiffa.

– Assieds-toi, ordonna-t-il.

J'obéis.

– Je crois que tu n'as pas bien compris, Téo. Tu es dans une merde noire. Et pour l'instant il n'y a que moi qui peux t'aider vraiment.

J'avais à peine la force de ricaner. Mes mains tremblaient encore.

– C'est ça, dis-je pourtant. Tu vas aller voir les flics et leur dire que je ne suis pour rien dans tout ça.

Il soupira et me jeta un regard navré.

– Écoute-moi bien, dit-il en articulant avec lenteur. Je t'offre un aller simple pour les USA, une bonne place où tu vas te faire des couilles en or et une conscience toute neuve par-dessus le marché. C'est pas beau, ça ?

– Et toi par la même occasion, tu es sûr que personne ne saura jamais la vérité !

Il sourit.

– Ça y est ! Il a compris.

Je secouai la tête.

– Il y a une chose que tu oublies, Dominique.

– Oui ? dit-il sur un ton amusé. Je t'écoute.

– C'est que la vérité, il y a déjà quelqu'un qui la connaît.

– Et c'est bien pour ça que je t'ai demandé de retrouver cet enfoiré. Une fois que mes gars s'en seront occupés, on sera tranquille.

Il avait pensé à tout. Il se débarrasse du témoin qui nous emmerde depuis le début et il m'envoie à Pétaochnok pour être peinard. Ce salaud avait pensé à tout.

– Et Stéphane ?

– Oui ?

– Qui l'a buté ?

Il haussa les épaules.

– Aucune importance, laissa-t-il tomber.

Cela voulait dire quoi ça ? Que c'était lui ? Qu'il n'en savait rien ?

Je lui posai la question.

– Je n'y suis pour rien, affirma-t-il.

Ça ne lui coûtait pas grand-chose de me dire ça, pensai-je.

– Alors ? Qu'est-ce que tu penses de ma proposition ?

Je le dévisageai. Il n'avait pas l'air inquiet. C'était un joueur. Il nageait dans des eaux troubles depuis trop longtemps pour se laisser impressionner par une partie de poker. Que j'accepte ou que je refuse, il trouverait une solution de toute manière. Pour l'instant, je faisais partie de ses projets, je pouvais lui être utile. Dès lors que je ne servirais plus à rien, il n'hésiterait pas à se débarrasser de moi. J'avais intérêt à jouer son jeu. Du moins pour l'instant.

– Ça me semble correct, dis-je.

Un large sourire fendit son visage.

– Hé bien voilà ! Je savais qu'on pourrait s'entendre ! dit-il.

Je sentis les deux hommes se détendre derrière moi. On allait finir par se congratuler si ça continuait.

Dominique se dirigea vers un petit bar et sortit une bouteille de scotch et deux verres. À ce moment, un bruit de pas se fit entendre dans le couloir. Combe leva la tête et sourit.

– Tu vas pouvoir faire la connaissance de ma fiancée, dit-il. Entre, Lisa ! Entre ! nous avons un invité-surprise !

Mon vieux copain avait du goût. C'était un joli brin de fille. Jeune.

Un peu trop jeune pour lui d'ailleurs.

La fiancée était une petite blonde aux cheveux très courts et à la silhouette svelte. Une nuisette de soie découvrait des jambes nerveuses et bronzées. Elle me fixait avec insolence.

Je restai figé.

– Hé bien, remets-toi, ricana Dominique.

Il me désigna de l'index.

– Lisa, voici Téo. Téo, Lisa.

– Salut, Lisa, dis-je.

– Salut, Téo, répondit-elle.

Dominique sortit un troisième verre du bar.

Quant à moi, je ne pouvais pas détacher mon regard de la fille. Elle était certes très jolie mais ce n'était pas tout.

Même avec les cheveux blonds et très courts, j'avais reconnu sans mal Fathia Driddi.

Chapitre 19

Cardoso

Le tic-tac de la pendule emplissait à lui tout seul le bureau du capitaine Cardoso. Quelques jurons bien sentis en troublaient parfois la régularité métronomique. L'OPJ, penché sur son clavier d'ordinateur, bataillait ferme avec son rapport. S'il traînait trop, le « Vieux » allait encore gueuler. Alors il se grouillait. Ou plutôt, il essayait. Une lettre après l'autre, avec les deux index, je vous prie. C'était déjà un progrès. Jusque-là, il se servait de son seul index droit. En tout cas, il ne ménageait pas ses efforts. Des gouttes de sueur perlaient sur son front, témoignage, s'il en fallait, de son extrême concentration.

Il s'arrêta, relut son texte sur son écran et rejeta sa tête en arrière. Sa nuque était raide. Il avait grand besoin de se détendre. Il prit une cigarette pour se la coller entre les lèvres. La flamme bleutée de son Zippo jaillit et il tira une bouffée. Il observa la fumée grise se perdre dans la pièce puis se leva. Il avait mal aux jambes, aux bras, aux poignets. Quand est-ce qu'ils allaient se décider à embaucher des secrétaires ? pensa-t-il.

À ce moment, on toqua à la porte.
– Entrez ! beugla-t-il.

Ils étaient deux. Un homme et une femme, entre cinquante et soixante ans. De taille modeste, vêtus avec soin mais sans goût, ils se tenaient sur le pas de la porte et semblaient hésiter à entrer.
– Je peux vous aider, peut-être ? demanda le policier.
L'homme se racla la gorge.
– Vous êtes le capitaine Cardoso ?
Celui-ci approuva d'un signe de tête.
– Je m'appelle Gérard Ramuz… et voici mon épouse, Madeleine Ramuz.
Philippe Cardoso opina du chef.
– On pourrait vous parler ?… Cinq minutes, pas plus, s'empressa-t-il d'ajouter.
Le capitaine haussa les épaules.
– J'ai beaucoup de travail en ce moment…
Gérard Ramuz s'approcha alors en tendant une coupure de presse. Cardoso sursauta. C'était la première page du *Dauphiné Libéré* datant du lendemain de la découverte du corps de Fathia Driddi. La photo de la jeune femme illustrait un article rédigé sans talent. Le policier le connaissait pour l'avoir lu avant de le découper et le ranger dans le dossier.
Il dévisagea Gérard Ramuz avec plus d'attention. L'homme avait les traits tirés. Comme quelqu'un qui n'avait pas beaucoup dormi depuis plusieurs nuits. La paupière de son œil gauche, agitée de petits tics nerveux, témoignait de ce manque de sommeil. Sa main tendue tremblait légèrement.
– Oui ? demanda Cardoso.
– C'est Fathia, laissa tomber l'homme.
Les yeux du policier se plissèrent. Il contourna son bureau et approcha deux chaises.

– Asseyez-vous, je vous en prie.

Les Ramuz semblèrent un peu se détendre. Ils prirent place en face du bureau. Madeleine Ramuz tenait son sac à main serré contre elle et ne quittait pas des yeux son mari. Celui-ci, guère plus à l'aise, avait gardé la coupure de presse à la main.

– Vous vouliez me parler de cette jeune femme, peut-être ? demanda Cardoso d'une voix douce en désignant l'article.

Ils hochèrent la tête de concert.

– Je vous écoute.

Les Ramuz échangèrent un regard incertain. Gérard Ramuz respira un grand coup et se lança.

– Je vais acheter le *Dauphiné Libéré* tous les matins depuis trente ans, commença-t-il. C'est une habitude que j'ai prise, comme ça. Je lis la première page en même temps que je déjeune et après je pars au boulot. Seulement, ce matin-là, c'est ça que j'ai trouvé.

Il tendit l'article en direction du policier. Le regard de Madeleine se voila et elle baissa la tête.

– Et vous connaissiez Fathia Driddi, n'est-ce pas ? s'enquit Cardoso.

Les Ramuz sursautèrent.

– Fathia qui ? demanda la femme.

Le policier la dévisagea avec lassitude.

– Fathia Driddi, soupira-t-il. La jeune femme dont parle l'article.

Madeleine Ramuz secoua la tête à toute vitesse.

– Je ne comprends rien à ce que vous racontez, monsieur, dit-elle d'une voix tremblante. Mais je crois que vous ne pouvez pas savoir l'effet que ça nous a fait de voir notre fille ainsi dans le journal.

Cardoso manqua s'étrangler.

– Votre fille ? hoqueta-t-il.

Son mari soupira.

– Madeleine, je t'en prie ! Tu sais bien que c'est ainsi qu'ils l'ont appelée dans le journal !

Nouveau coup d'œil entre les Ramuz.

– Oui ! Fathia Ramuz était bien notre fille ! confirma Gérard Ramuz.

Le policier ferma les yeux. De deux choses l'une. Ou bien ces zozos se payaient sa tête, ou bien sa compréhension de la situation allait bientôt faire un grand bond. Il se passa les mains sur la figure et dévisagea les Ramuz.

Ils n'avaient pas l'air de rigoler.

– Vous prétendez donc que Fathia Driddi était votre fille ? répéta-t-il.

– Adoptive ! Fathia était notre fille adoptive, intervint avec force Madeleine Ramuz.

L'OPJ posa les deux mains sur son bureau.

– Racontez-moi ça, je vous prie, dit-il avec douceur.

La femme se mordit les lèvres et lança un regard implorant à son mari. Celui-ci soupira.

– Madeleine ne pouvait pas avoir d'enfant, commença-t-il. Après plusieurs traitements tous plus inefficaces les uns que les autres, nous avions perdu espoir. Nous avons alors fait une demande d'adoption en 1979. C'est en 1983 que nous avons eu enfin une réponse. J'avais alors trente-neuf ans et Madeleine trente-cinq. Les services sociaux nous ont appelés un beau jour, nous disant que nous pouvions adopter une petite fille qui avait un mois. Elle s'appelait Fathia. C'est tout ce que nous avons su d'elle.

Il se tut.

– Vous êtes certain qu'il s'agit de la même Fathia ? demanda Cardoso.

Madeleine Ramuz lui jeta un regard scandalisé.

– Nous avons vécu dix-huit ans avec elle, monsieur.

– Dix-huit ans ? s'étonna-t-il.

– Oui. Il y a deux ans de cela, après son dix-huitième anniversaire, Fathia est partie et ne nous a plus donné de nouvelles… jusqu'à il y a trois jours.

Cardoso les regarda l'un après l'autre.

– Vous avez une idée de ce qui l'a poussée à partir ?

– Oui…

Le policier fit un signe de la main pour l'inciter à poursuivre.

– Hé bien, voilà, commença Gérard Ramuz. Jusqu'à l'adolescence, Fathia n'avait posé aucun problème. Nous vivions ensemble comme s'il s'agissait de notre propre fille. Nous habitons à Vizille, dans une petite maison avec un jardin. Ce n'est pas très grand, mais pour nous trois ça suffisait bien. Vers quatorze-quinze ans ça a commencé à se gâter. Elle était Arabe, nous pas et elle se rendait bien compte qu'il y avait quelque chose de différent entre nous.

Il fit une pause.

– Alors elle a commencé à poser des questions, poursuivit Madeleine. On a essayé de faire ça en douceur, pourtant. Mais le jour où on lui a dit qu'elle n'était pas notre vraie fille, on a eu l'impression de l'assommer. Elle s'est enfermée dans sa chambre et n'en est plus sortie pendant deux jours.

Nouveau silence.

– Alors, elle a commencé à déraper…, intervint Cardoso.

Les Ramuz se regardèrent. Madeleine hocha la tête.

– Oui, c'est ça, murmura-t-elle, elle a commencé à déraper.

– Elle s'est mise à vouloir sortir le soir. Comme nous ne voulions pas, elle se sauvait de la maison. Ses résultats scolaires ont chuté d'une façon spectaculaire. Nous avons même été convoqués par le proviseur du lycée pour une histoire de drogue. Par deux fois, elle a fugué pendant une semaine complète. Elle n'a jamais voulu nous dire ce qu'elle avait fait. Et puis, peu après avoir fêté ses dix-huit ans, c'était le 29 mars 2001, elle est partie pour de bon. Et nous n'avons plus eu de nouvelles.

– Non, plus aucune…

Un silence lourd s'installa. Les Ramuz regardaient leurs pointes de pieds. Gérard Ramuz se tortillait sur sa chaise, mal à l'aise. Cardoso sortit une cigarette de son paquet posé sur son bureau et l'alluma.

– En somme, si je comprends, bien, Fathia vous en a fait voir pendant son adolescence.

Le couple haussa les épaules.

– Ce qui nous a fait le plus mal, dit Madeleine d'une voix tremblante, ça a été qu'elle ne nous donne plus aucune nouvelle.

– Vous n'avez donc aucune idée de ce qu'elle a fait entre 2002 et 2004 ?

Gérard Ramuz secoua la tête. Cardoso les dévisagea l'un après l'autre. Il hésitait. Avait-il le droit de leur dire que leur fille adoptive était devenue une prostituée de luxe ? D'un point de vue strictement moral, il n'était pas sûr que ce soit très bien. Il préféra se taire.

Il leur demanda alors de tout lui répéter pour pouvoir prendre leur déposition. Puis les Ramuz voulurent savoir où était le corps de Fahtia.

– À la morgue, répondit Cardoso. Quand l'enquête sera bouclée vous pourrez en disposer afin de l'inhumer… Je ne vous conseille pas d'aller le voir. Le corps est très abîmé.

Les Ramuz pâlirent puis hochèrent la tête de concert. L'entretien avait l'air terminé mais ils ne paraissaient pas en être certains. Ils se tortillèrent sur leurs chaises, mal à l'aise. Cardoso ne bougeait pas. Les yeux dans le vide, il semblait réfléchir.

Soudain, il sembla se réveiller.

– Vous ne m'avez pas encore parlé de son caractère. Quel genre de fille était Fathia ? demanda-t-il.

– Vous ne nous l'avez encore pas demandé ! rétorqua Madeleine Ramuz avec agressivité.

Son mari posa sa main sur son épaule et la massa doucement.

– Fathia, dit-il avec un sourire, était du vif-argent. Toujours sur le pied de guerre, partante pour tout. Que ce soit des balades en montagne, des spectacles à aller voir… non, c'était une jeune fille dynamique et pleine d'énergie…

Sa voix se brisa.

– Mais cela avait changé après que vous lui avez dit qu'elle n'était pas votre fille ?

– Oui et non, répondit Madeleine Ramuz. En fait, cela n'avait pas complètement changé.

– Qu'est-ce que vous voulez dire exactement ? s'étonna Cardoso.

– Hé bien voilà, son caractère et sa personnalité étaient toujours les mêmes : dynamique, énergique. Mais par contre, elle s'en servait pour faire ses bêtises.

Cardoso nota tout cela et les regarda à nouveau.

– Une dernière petite chose. Pourquoi ne venez-vous que maintenant à la police ?

Le couple échangea un regard gêné.

– À quoi bon ? souffla Gérard Ramuz. Notre fille était morte. Ça aurait servi à quoi de venir plus tôt ?

– Et maintenant ?

– Comment ça « maintenant » ?

– Pourquoi vous êtes-vous décidés à venir maintenant ?

Ils haussèrent les épaules.

C'est bon, pensa le policier, je ne vais pas vous casser les pieds plus longtemps. De fait, les Ramuz semblaient plutôt éberlués.

– Je vous demanderai de me laisser votre adresse précise et un numéro de téléphone où je pourrai vous joindre, s'il vous plaît.

Le policier nota leurs coordonnées sur son carnet et raccompagna le couple. Ils le saluèrent avec gravité et partirent. Gérard Ramuz, le bras passé autour de la taille de sa femme, semblait la soutenir.

Pauvres gens, pensa Cardoso en refermant la porte de son bureau.

Il s'installa face à son ordinateur et relut plusieurs fois ses notes.

Puis il se leva à nouveau et s'approcha de son tableau. Il compléta son schéma, griffonna deux ou trois petites choses et recula pour admirer son œuvre. Quelque chose commençait à se dessiner. Pour l'instant, ce n'était qu'une impression, une suite de sensations diffuses, d'intuitions spontanées. Mais il le sentait. C'était là, tout près. Le puzzle de cette affaire prenait forme, peu à peu.

Il retourna s'asseoir, décrocha son téléphone et passa plusieurs longs coups de fil.

Après avoir reposé le combiné, il regarda sa montre : 18 h 15.

Ses flics auraient dû être là depuis un moment déjà. Il recula son fauteuil de plusieurs dizaines de centimètres pour avoir la place d'allonger ses pieds sur son bureau. Enfin, il croisa ses doigts derrière sa tête et poussa un long soupir.

Manque de bol, en contemplant les paperasses étalées devant lui, il aperçut son portable.

Celui-ci, couché au milieu des papiers, semblait se foutre de lui. C'est fou ce qu'on s'attache à ces trucs-là, se dit Cardoso. Il avait longtemps refusé d'en acheter un pourtant.

– Ça fait trente ans que je vis sans et je ne m'en porte pas plus mal, répétait-il à ceux qui s'en étonnaient.

Et puis un jour, il avait craqué. Il était rentré dans une boutique et en était ressorti une demi-heure après avec un petit appareil tout neuf et un forfait de deux heures de communication par mois pour un prix défiant toute concurrence. Si, si, je vous assure que sur le marché on ne fait pas mieux aujourd'hui, avait dit la vendeuse.

Depuis, le petit combiné polyvalent avait fait de lui son esclave. Branché en permanence, couvé du regard neuf minutes sur dix, caressé, cajolé, supplié, il faisait désormais l'objet de toutes les attentions. Il était devenu indispensable, voire vital.

Cardoso lui décocha un regard haineux. Saloperie de portable, pensa-t-il, tu vas sonner, oui ?

Il fronça soudain les sourcils et se pencha en avant. Une icône clignotait de façon frénétique sur son écran.

Un appel en absence ! Il avait eu un appel et il avait trouvé le moyen de ne pas l'entendre. Un comble alors qu'il attendait le moindre signe de Juana !

Ah ! Juana !

C'était comment déjà la chanson de Brassens ? « *Une peau de vache déguisée en fleur…* », ou un truc dans le genre en tout cas.

Elle savait bien pourtant que ses enquêtes lui imposaient parfois des horaires décousus. Un peu comme pour elle d'ailleurs ! Lorsqu'elle partait deux ou trois mois sur un reportage à l'autre bout du monde, il traînait son blues pendant des jours et des nuits. Il n'avait guère le choix.

Il se demandait parfois où étaient les limites entre ses velléités d'indépendance et un égoïsme viscéral.

Un bruit de pas résonna dans les couloirs vides de l'Hôtel de Police. À cette heure-là, seul le personnel de ménage se trouvait encore dans les locaux. Exception faite des quelques retardataires finissant de taper leur rapport, il n'y avait plus personne. Après 17 h, les bureaux étaient désertés.

Cardoso rectifia sa position et alluma une cigarette. Une silhouette féminine se profila à contre-jour.

– Entre, Bossin ! lança le capitaine.

L'OPJ poussa la porte et pénétra dans le bureau. Cardoso admira la démarche athlétique de la jeune femme. Elle n'en était pas moins féminine pour autant. Il caressa des yeux la courbure de ses hanches et la rondeur de sa poitrine. Il se demanda un instant si ça aurait pu coller entre eux deux. Mais elle avait d'autres penchants et ça ne lui laissait aucune chance. Il chassa cette pensée. Élise Bossin semblait fatiguée. Elle prit une chaise et s'assit avec lourdeur. Puis elle agita sa main devant son visage comme pour écarter la fumée de cigarette. Elle jeta un coup d'œil autour d'elle et interrogea du regard son supérieur.

– Hé oui, ma chérie, il n'y a que nous deux dans ces immenses bureaux vides, plaisanta Cardoso. Tu prends des risques à rester là !

Élise lui lança une œillade effarouchée.

– Mon Dieu ! s'exclama-t-elle en joignant les mains. Un satyre !

Ils se mirent à rire.

Des voix retentirent alors. Ils reconnurent sans mal celles de Jean-Pierre Blanchard et Martin Charrier. Le Martiniquais entra le premier, suivi de près par le quatrième flic. Les deux hommes s'assirent de part et d'autre d'Élise Bossin.

Cardoso posa ses deux poings sur la table.

– Bon… Qui commence ? demanda-t-il.

Charrier leva la main et extirpa d'une poche de son blouson un petit carnet aux coins cornés. Les sourcils froncés, il tourna les pages avant de s'arrêter avec un sourire de satisfaction.

– Antonio Cerramitù, dit Tonio, commença-t-il. Né en 1928 à Corrato. Il fait partie des Chemises Noires dès l'âge de douze ans jusqu'en 43. Obligé de fuir l'Italie à cause de ses fréquentations mussoliniennes, il arrive en France en 1945, après la Libération : il a alors dix-sept ans. En dix ans, il devient un des caïds de Grenoble. Prostitution, racket, braquage, drogue. Il a un joli palmarès mais n'a jamais été arrêté. Depuis une dizaine d'années, il se serait rangé et gère un petit garage dans la zone industrielle de la Poya, à Fontaine. Les stups pensent qu'il s'agit d'une couverture, mais ils n'ont pas encore réussi à le coincer.

Il se tut pour allumer une cigarette. Cardoso eut un geste d'impatience.

– Voilà pour l'essentiel, reprit Charrier. En ce qui concerne notre affaire, Tonio a maqué Fatima Driddi pendant près d'une année, rue Montorge. Il lui aurait mis le grappin dessus vers Pâques 1983. D'après lui, elle zonait dans la rue avec un ticket de la maternité pour seul bagage.

– Et cet enfoiré fait acte de charité, je suppose, grinça Élise Bossin.

Martin Charrier lui lança un regard équivoque.

– Exactement, ma chérie. Tonio a confirmé que Fatima avait accouché à l'hôpital Nord et qu'elle avait abandonné son bébé sous X. Après le pétage de plombs de Fatima Driddi, Tonio s'en est complètement désintéressé. Que voulez-vous ! La charité a ses limites !

– Tu as le ticket, je suppose ? demanda Cardoso.

Martin Charrier lui tendit un sachet en plastique transparent. L'OPJ le saisit et en examina le contenu.

– 30 mars 1983..., murmura-t-il en reposant le sachet sur son bureau. Et Fathia Driddi est née le 29 mars 1983.

– Ce n'est pas fini ! l'interrompit Charrier.

Cardoso leva la tête.

– Lambert est déjà passé voir Tonio ! Apparemment, il en sait autant que nous !

– Si ce n'est plus ! renchérit Blanchard, jusque-là muet.

Le capitaine le dévisagea avec surprise puis se tourna à nouveau vers Charrier.

– Termine, je t'en prie !

– Donc, Lambert est passé voir Tonio. Visiblement, il avait de bons arguments et le vieux maquereau lui a déballé tout ce qu'il savait.

– Et voilà comment Lambert a su où trouver Fatima Driddi à Saint-Égrève, conclut Élise Bossin.

Cardoso se leva et nota un certain nombre de choses sur son tableau. Puis il raconta la visite des Ramuz. À la fin de son exposé, les policiers restèrent muets. Blanchard interrompit le silence le premier.

– Pour Fathia Driddi, on n'a plus beaucoup de zones d'ombre.

Il tendit l'index vers le tableau.

– De sa naissance en 1983, à sa mort en 2004, on a à peu près tout…

– Je ne crois pas que ce soit si simple, l'interrompit Cardoso. Voyons ce que tu as trouvé, Élise.

La jeune femme haussa les épaules.

– Je suis allée fureter dans la vie de Léa Tardy… et j'ai découvert des trucs assez intéressants. Tout d'abord, tout ce que j'ai pu trouver corrobore le témoignage d'Andrieux. Léa Tardy avait une vie plutôt simple pour une artiste : des habitudes chez les commerçants du quartier, la bibliothèque municipale, etc., de temps en temps, il y avait bien un mec dans son pieu, mais rien de suivi de ce côté-là. Et puis, un beau jour, ça dérape ! La petite Léa se met à avoir des fourmis dans les jambes.

Elle sort… et pas n'importe où ! Le patron du Nirvana les a reconnues formellement.

– « Les a reconnues » ? s'étonna Cardoso.

– Quand je vous disais que c'était intéressant ! sourit Bossin. Elles étaient deux. L'une était Léa Tardy. Elle était accompagnée d'une autre fille.

– Fathia Driddi ? s'enquit Charrier.

– Sans doute…

– Pourquoi « sans doute » ?

– Fathia Driddi est arabe, non ?

Les autres acquiescèrent.

– Bon, hé bien cette fille qui accompagnait Léa Tardy est blonde.

– Blonde ! s'exclama Blanchard.

– Hé oui ! Une petite blonde, de la même taille que Léa Tardy, toujours d'après le patron du Nirvana.

– Elle avait les cheveux longs ou courts ? demanda soudain Cardoso.

– Courts, pourquoi ? répondit Élise Bossin, surprise.

Le capitaine se passa la main sur le menton. Sa barbe crissa sous ses doigts. Il faudrait que je me rase, tout de même, pensa-t-il.

– Léa Tardy, commença-t-il, suivait des cours de roller, à l'anneau de vitesse. Or, le soir de sa disparition, une jeune femme brune aux cheveux longs est venue la chercher.

Les autres se regardèrent sans comprendre.

– Elle est venue chercher Léa Tardy en voiture, poursuivit-il. Dans une 206 bleue.

– Bon Dieu de nom ! s'exclama Blanchard. C'est la voiture qui a cramé !

– Et les cheveux, alors ? demanda Élise Bossin, dubitative.

Cardoso haussa les épaules.

– C'est pour ça que je voulais savoir si elle avait les cheveux longs ou courts. Avec des cheveux courts, elle pouvait facilement mettre une perruque brune.

– Alors, dans ce cas, ça peut être Fathia Driddi, conclut Charrier.

Ils se turent. Cardoso en profita pour allumer une cigarette. Élise Bossin secoua les mains de façon frénétique, pour éloigner la fumée. Le capitaine ignora ses gestes de mauvaise humeur et continua à tirer sur sa clope.

– Pour récapituler, dit-il enfin, Fathia Driddi, d'une façon ou d'une autre, a fait connaissance avec Léa Tardy, il y a déjà plusieurs semaines. Le soir du meurtre, Léa ne vient pas au rendez-vous avec Andrieux mais elle part avec Fathia. Quelques heures plus tard, on retrouve la voiture de Fathia Driddi, carbonisée, au bord de la route avec un cadavre à l'intérieur. Dans un premier temps, on pense logiquement que le corps est celui de la jeune Arabe…

– Et maintenant on est convaincu que Fathia est bel et bien vivante et que Léa Tardy est dans un tiroir de la morgue, termina Blanchard.

Les quatre policiers restèrent pensifs quelques instants. Martin Charrier rompit le silence le premier.

– Ça lui a fait un drôle d'emploi du temps à Fathia ce soir-là ! Elle s'occupe de Léa Tardy, puis elle va au Shrek, elle lève Téo Lambert, s'envoie en l'air une partie de la nuit, se barre avant l'aube et carbonise la voiture avec sa copine dedans.

– Ça peut coller avec son caractère, affirma Cardoso. Les Ramuz l'ont décrite comme une battante débordant d'énergie.

Élise Bossin siffla.

– De l'énergie elle doit en avoir. Mais il y a quand même quelque chose de bizarre…

– Oui, confirma Charrier croyant avoir deviné ses pensées. Je ne vois pas l'intérêt de la mise en scène avec la capote et le fait de mettre en cause Lambert.

– À croire qu'il y avait déjà quelque chose entre elle et Lambert, avant cette histoire, poursuivit Bossin, pensive. Comme si tous ses efforts avaient été faits dans le seul but de mettre en cause Lambert, justement.

Cardoso fit une grimace.

– Tu as quoi sur Henri Brun ? demanda-t-il brusquement à Blanchard.

Celui-ci soupira.

– Ce type est un vicelard de première. Il a l'art de vous emmêler les pinceaux et au bout d'un moment on ne sait plus pourquoi on est là…

– Bref ?

– Bref. Il en veut à mort à Lambert. C'est lui qui l'a défendu lors de son procès dans les années 90. Apparemment Lambert n'avait pas été à la hauteur et Brun a morflé. Il ne lui a jamais pardonné.

Martin Charrier hocha la tête.

– On a relu son dossier. Il a été condamné pour le meurtre d'un Arabe. Diagnostiqué « psy », il a fait dix ans d'internement. On sait qu'il y a rencontré et Fatima et Fathia Driddi.

Cardoso lui jeta un drôle de regard. Il n'aimait pas le ton sur lequel il avait prononcé le mot « Arabe ». Il y avait mis une nuance de mépris qui n'avait échappé à personne. Blanchard avait sursauté. Ses origines martiniquaises le rendaient susceptible à toute sorte de provocation raciste. À la suite d'une blague foireuse de Charrier, il avait un jour pété les plombs. Il l'avait attrapé par la gorge et l'avait collé au mur.

– Redis une fois une connerie comme ça, avait-il grincé, et je te casse ta sale gueule de connard.

– Il pourrait chercher à se venger, alors ? s'enquit très vite Élise Bossin.

Blanchard hésita quelques secondes avant de répondre.

– Il le fait. On a déjà reconnu la voix de Brun avec Voice Top. Il avait téléphoné plusieurs fois de suite à la police pour balancer Lambert. Par contre, il y avait un autre type qu'on n'a pas réussi à loger.

– Une minute ! Comment Henri Brun a fait pour trouver Lambert et nous le balancer ensuite ? Nous, ça fait trois jours qu'on lui court après et on n'en a pas encore vu l'ombre ! s'exclama Cardoso perplexe.

Blanchard eut un petit sourire.

– Je vous ai dit que c'était un vicieux ! Avant le meurtre de Fathia Driddi, enfin, celui de Léa Tardy, Henri Brun avait déjà retrouvé Lambert et il le suivait depuis un moment. Il lui a suffi de coller une puce électronique sous le siège de sa Vespa et de suivre ses déplacements sur son ordinateur personnel !

Cardoso s'étrangla.

– C'est pas vrai ! Je rêve ! Et pourquoi tu ne m'as pas dit ça plus tôt ?

– Cool, capitaine ! répondit Blanchard d'un ton sec. Un : j'ai appris ça cet après-midi. Deux : sa puce est tombée en carafe et il n'a plus de nouvelles de Lambert depuis hier. De plus, je l'ai convoqué pour demain matin à l'Hôtel de Police. Tu trouveras tout ça dans mon rapport…

Les deux hommes se toisaient. Élise Bossin intervint.

– Hé les petits coqs ! On se calme ! Je crois qu'on est tous un peu à cran. Essayons de récapituler plutôt.

– Ouais, c'est ça, on va récapituler, ironisa Charrier.

Cardoso se leva et arpenta son bureau de long en large. Il souffla et revint en face de ses policiers.

– Bien, dit-il. Henri Brun cherche à se venger de Lambert, c'est acquis. Est-ce pour autant une raison pour monter une machination infernale avec Fathia Driddi ? Parce que si on suit votre raisonnement, c'est quand même drôlement tordu, non ? Convaincre une fille qu'il a croisée à l'hôpital de tuer une autre fille pour assouvir sa propre vengeance, je ne sais pas pour vous, mais moi ça me paraît un peu tiré par les cheveux.

Les trois autres le regardèrent, en partie convaincus seulement.

– Par contre, j'ai autre chose, ajouta alors Cardoso. Lors de ma courte visite à Saint-Égrève, j'ai fait un relevé d'empreintes de Fatima Driddi. J'ai porté mon relevé au service anthropométrique et j'ai obtenu les résultats tout à l'heure. Puis j'ai appelé les services d'immigration à la préfecture.

Il se tut, prit le temps d'allumer une cigarette et de souffler la fumée dans la pièce. Élise Bossin le fusilla du regard.

– Donc, reprit-il en lisant ses notes, Fatima Driddi est née à Alger en 1963. Elle arrive en France en 1970, avec un passeport algérien. Son père, Abderramane Driddi, était déjà sur le sol français depuis 1964. Tous les deux ans, il faisait venir un de ses gamins. Fatima a suivi l'école jusqu'en 1979. Ensuite, elle a fait des petits boulots. Jusqu'en 1982.

Il fit à nouveau silence.

– Et après ? demanda Élise Bossin.

– Après… rien. On perd sa trace, jusqu'à l'épisode de la rue Montorge.

– Ses boulots… c'était quoi ? s'enquit Blanchard.

– Le dernier en date était un emploi de femme de ménage dans un centre de vacances, en juillet 1982.

Élise Bossin leva la main.

– Une minute, dit-elle. Si je compte bien, de juillet 1982 à mars 1983, il y a neuf mois, non ?

– Exactement, répondit Cardoso en souriant, je crois qu'on est arrivé à peu près aux mêmes conclusions.

– C'est-à-dire ? demanda Charrier en faisant une grimace.

Élise Bossin lui jeta un coup d'œil navré.

– C'est-à-dire que si Fathia Driddi est née en mars 1983 et que Fatima Driddi a disparu en juillet 1982, alors c'est là qu'il s'est passé quelque chose…

– Et Lambert dans tout ça ? insista Charrier.

Cardoso sourit à nouveau.

– Si tu avais étudié le dossier de Lambert comme je te l'avais demandé, tu saurais que Téo Lambert, durant son adolescence, a fréquenté les centres de vacances du comité d'entreprise des impôts. Le dernier en date étant celui de Méaudre…

– En juillet 1982, compléta Bossin. Le même que Fatima Driddi !

Les quatre policiers se turent. Cardoso contemplait ses officiers avec un demi-sourire. Ça avait l'air de cogiter dur dans leur tête de flic.

– Il en reste un…, lâcha Blanchard.

– Oui ?

– Un point sombre… pour ne pas dire noir, poursuivit-il en jetant un coup d'œil en coin à Charrier.

Celui-ci se contenta de hausser les épaules.

– Je t'écoute, dit Cardoso.

– Hé bien, il manque le type qui a passé les coups de fil pour prévenir de la mort de Viala et de Pichon. On peut difficilement dire que c'est un simple témoin.

– D'autant plus qu'il a prévenu pour les deux meurtres ! Ça ferait une drôle de coïncidence, non ? renchérit Élise Bossin.

Cardoso écrasa sa cigarette dans son cendrier. Jusque-là, son raisonnement fonctionnait plutôt bien. Mais cet inconnu lui gâchait la fête. Sans compter que cette fois, il n'avait rien. Mais alors rien de rien !

Il tripota son paquet de clopes de façon machinale, joua avec son Zippo et leva la tête. Il regarda ses flics et se racla la gorge.

– On reprend depuis le début, dit-il.

Blanchard levait déjà la main pour protester lorsqu'un téléphone sonna.

C'était le portable de Cardoso.

Celui-ci devint très rouge.

À la troisième sonnerie, il consentit à tendre le bras. Il fit pivoter l'appareil vers lui et lui jeta un coup d'œil méfiant.

Il fonça les sourcils.

L'écran n'affichait pas de numéro d'appel.

Il saisit le portable et prit la communication.

– Oui ?

Il blêmit, écouta son interlocuteur et hocha la tête plusieurs fois. Puis, il posa sa main gauche sur le micro du téléphone et fixa le mur, droit devant lui.

– C'est Lambert… Il veut me rencontrer.

Chapitre 20

Coincé dans une cabine téléphonique, je transpirais à grosses gouttes.

– Il faut que je vous rencontre, répétai-je au flic d'une voix rauque.

Il n'avait pas l'air de percuter. Ma proposition devait lui sembler saugrenue et il ne se pressait pas pour piger. Bien sûr, ça faisait plusieurs jours qu'il me cavalait après pour meurtre et, d'un seul coup, je lui tombais tout cuit entre les mains. Il avait de quoi rester estomaqué.

Je jouais mon va-tout.

– Fathia Driddi est vivante, soufflai-je.

Une exclamation étouffée me parvint.

J'abattis une nouvelle carte.

– Je sais qui a tué Abdallah Braïm le 10 octobre 1992, et j'ai la preuve de l'innocence d'Henri Brun.

Cette fois, près un court silence, le poulet répondit.

– Je suppose que tu ne veux pas venir ici ?

Je ricanai.

– Ne me prenez pas pour un con ! Rendez-vous plutôt à la cabine téléphonique en face du camping des Trois Pucelles à Seyssins. Je vous appellerai pour vous filer un rancard sûr... Évidemment, vous venez seul et sans arme, ajoutai-je.

– Quelle heure ?

Je regardai ma montre.

– Voyons, il est dix-neuf heures… Mettons dans une demi-heure, ça vous convient ?

Le flic accepta ma proposition et je raccrochai. Je me demandai s'ils avaient eu le temps de loger la cabine. Je haussai les épaules. Peu importe, après tout. De toute manière, s'il le voulait vraiment, Cardoso avait de quoi me coffrer. À quelque chose près, il savait où me trouver.

Je sortis de la cabine et je fis un signe de victoire à Jojo. Il grimaça un sourire crispé et secoua la tête.

– Je ne sais pas si t'as eu une bonne idée, dit-il. Ça m'étonnerait qu'il vienne tout seul, ton flic.

C'était l'évidence même. Dans quelques dizaines de minutes, le quartier serait sans doute bouclé. Cardoso viendrait seul à la cabine, j'en étais convaincu, mais il prendrait ses précautions.

Seulement, moi, je n'avais pas le choix.

Les choses avaient pris une drôle de tournure dès le matin.

Mes visites nocturnes chez Marie Pascualone puis chez Dominique Combe m'avaient laissé abasourdi. Et encore, le mot est faible ! Peu à peu, les implications de ce que j'avais appris me sautaient à la gueule.

Un viol !

J'aurais donc conclu mon dernier séjour à Méaudre par une biture magistrale et un crime sexuel ? J'avais du mal à y croire.

Pourtant, d'après Dominique, il n'y avait guère de doute.

On avait acheté deux packs de bière et une bouteille de vodka à l'épicerie de la place du village. Pendant que les autres faisaient leur boum, on s'était installés dans un pré et on avait commencé à picoler. L'alcool m'était vite monté à la tête et en un rien de temps, j'étais parti dans les vapes. C'est moi qui aurais sifflé la fille en premier. Les autres auraient continué sur ma lancée. Des quolibets, on serait passé aux insultes, puis on l'aurait coursée, rattrapée, battue… et violée.

Combe rigolait en me racontant ça. Il avait de la chance si ça le faisait rire. Moi, ça me collait la nausée.

Un violeur ! J'étais un violeur…

Mais ce n'était pas tout ! Si nous avions violé Fatima Driddi, et qu'elle était tombée enceinte, alors… l'un de nous trois était le père de son enfant ! J'avais donc une chance sur trois d'être le père de Fathia Driddi !

J'avais alors peut-être baisé une nuit entière avec ma propre fille !

Je m'étais senti blêmir.

– Ça ne va pas bien ? avait ricané Dominique Combe.

Je m'étais précipité à la fenêtre. J'avais juste eu le temps de l'ouvrir avant les premiers spasmes. Je m'étais penché pour dégueuler. Agrippé à la rambarde, j'avais laissé mon estomac révulsé se vider. Des filets de bile jaunâtre coulaient le long de mon menton. Des gouttes d'une sueur glaciale ruisselaient sur mon front et me piquaient les yeux. Je m'étais épongé avec le revers de ma manche, et je m'étais retourné en me tenant au mur.

Et ce salaud de Combe qui se marrait.

Dès le début du récit de Dominique, sa « fiancée » s'était éclipsée. Elle était revenue peu de temps après avec un plateau et trois tasses de café. Elle l'avait posé sur une table basse puis s'était tournée vers moi. Elle m'avait dévisagé avec insistance. J'avais senti le sang quitter mon visage. Elle avait alors compris que je savais tout. Ses traits s'étaient figés et son regard s'était brusquement durci.

– Un petit café ? m'avait-elle demandé sans me quitter des yeux.

Elle s'était tournée vers Dominique.

– Ton ami n'a pas l'air d'aller bien, avait-elle dit.

Combe avait éclaté de rire.

Il pouvait encore rire, ce connard ! Sans doute pas longtemps d'ailleurs… Steve avait eu son compte et moi j'avais les flics au cul pour un meurtre que je n'avais pas commis. Il restait Dominique. Ce gros tas de merde sans scrupule, vautré dans un fauteuil en cuir en face de moi.

Il avait désigné Fathia.

– Elle est pas jolie, ma fiancée ? avait-il éructé. Figure-toi que ça fait presque un an qu'on se connaît, maintenant.

Il l'avait couvé des yeux.

– On finira peut-être par se marier, avait-il murmuré, je ne sais pas.

La fiancée lui avait rendu son regard.

J'avais hoché la tête.

Combe s'était levé, pour aller pisser, nous avait-il précisé.

– Tiens donc compagnie à mon copain, avait-il dit à Fathia… Tu sais Lisa, Téo est un vieux copain. C'est un grand avocat. On a fait des tas de trucs ensemble, et maintenant il va travailler pour moi. C'est pas beau la vie ?

Je sentais le regard de Fathia peser sur moi. J'aurais voulu disparaître. Combe s'était éloigné.

J'avais levé les yeux. Fathia, une tasse de café à la main, ne cessait pas de me dévisager.

– Salut Téo, avait-elle dit.

– Salut, avais-je répondu d'une drôle de voix.

– Sympa de se retrouver là, non ?

J'avais dégluti avec difficulté.

Elle s'était approchée de moi et avait posé une main sur ma cuisse. J'avais sursauté.

– Je ne me souvenais pas de toi si timide ! avait-elle ironisé.

Sa main était remontée jusqu'à mon entrejambe et elle avait commencé à me masser de façon très suggestive.

Je m'étais brusquement écarté.

– Ça suffit ! Qu'est-ce que tu veux ?

Elle s'était levée d'un bond.

– Que tu fermes ta gueule, avait-elle sifflé. Je suis Lisa, la fiancée de ton vieux pote avec qui tu as fait les quatre cents coups. Et c'est tout.

Ça ne me satisfaisait pas.

– Qu'est-ce que tu vas faire ? avais-je demandé.

Elle avait ricané.

– C'est pas ton problème, Téo. T'as juste à te taire et à regarder. Sans rien dire. Sans intervenir. Comme vous avez dû faire pendant que vous violiez ma mère chacun votre tour… Ça ne te rappelle rien, ça ?

J'avais vacillé.

– On dirait que ça te revient ? Tant mieux ! Tu vas voir, c'est chouette les souvenirs d'adolescence.

La nausée me reprenait. À ce moment, j'avais entendu les pas pesants de Dominique Combe, dans le couloir. Fathia s'était penchée à mon oreille.

– Au fait, ta fille s'appelle Héloïse, je crois ? Elle plaît beaucoup à Dédé, tu sais ?

Je m'étais écarté, horrifié.

– Qu'est-ce que…

Fathia avait posé l'index sur sa bouche.

– Chut…, avait-elle murmuré avec un drôle de sourire alors que Combe revenait.

J'étais sorti de chez Dominique en titubant. Il m'avait fallu dégueuler plusieurs fois avant de me sentir à peu près d'aplomb sur mes jambes.

Je ne sais pas comment je suis parvenu à traverser Grenoble à pied. Un brouillard opaque obscurcissait ma conscience. Des images se bousculaient dans ma tête et des visages grimaçants dansaient des farandoles infernales devant mes yeux.

J'étais arrivé juste avant l'aube chez Grazia. J'étais trempé et gelé. Une pluie fine d'automne s'abattait sur la ville. Une épaisse couverture nuageuse cachait le sommet des montagnes et formait une sorte de couvercle dense sur le bassin grenoblois.

Elle avait ouvert la porte et ses yeux s'étaient écarquillés.

– Téo ! avait-elle crié.

Je l'avais poussée sans douceur et je m'étais écroulé sur une chaise.

Grazia m'avait servi d'office un cognac. Je l'avais bu d'une traite et j'avais tendu mon verre derechef. Le second avait achevé de me réchauffer. Puis je m'étais foutu à poil et j'avais pris une douche brûlante. Quand j'étais sorti, rouge comme une écrevisse, Grazia avait déjà mis mes vêtements à sécher. Elle m'avait dévisagé avec gravité.

– Je suppose que tu ne peux rien me dire ?

J'avais secoué la tête. C'était inutile, en effet.

Elle avait regardé sa montre.

– Je dois aller travailler, dit-elle. Je ne rentrerai pas avant dix-sept ou dix-huit heures, ce soir. Tu trouveras de quoi manger dans le frigo.

Elle s'était alors approchée de moi et avait passé ses mains sur mon visage.

– Mon pauvre Téo, avait-elle murmuré. Je ne sais pas ce qui t'est arrivé, mais sincèrement, je te plains.

Puis elle m'avait posé un baiser sur les lèvres et elle était partie.

J'avais passé une bonne demi-heure à essayer de joindre Acciolino. Il m'avait affirmé pouvoir mettre Héloïse et Sandrine à l'abri, mais les menaces de Fathia m'avaient fait froid dans le dos.

Son téléphone fixe ne répondait pas. Il n'y avait même pas d'annonce d'absence. En outre, je possédais deux numéros de mobile. Je les avais composés plusieurs fois, l'un après l'autre. À chaque fois, j'avais laissé un message. En vain.

D'une certaine façon, cela me rassurait plutôt. Si je ne parvenais pas à les toucher, c'est qu'Acciolino les avait planquées comme il faut. Il n'y avait alors pas de raison que les tordus les trouvent avant moi !

Le portable de Brun était hors service. La batterie était vide et je n'avais pas de chargeur.

Putain, putain et putain, répétais-je à voix haute.

Puis je m'étais levé. Un éblouissement m'avait fait vaciller. J'avais dû me tenir au mur pour ne pas m'étaler de tout mon long. J'avais alors réalisé que je n'avais pas dormi depuis plusieurs jours. Je m'étais jeté sur le lit de Grazia sans défaire la couette.

J'avais aussitôt fermé les yeux.

Une petite demi-heure, avais-je pensé avant de sombrer, rien qu'une petite demi-heure avant de repartir en chasse.

J'avais été réveillé par la sonnerie du téléphone. Je m'étais levé non sans mal et j'avais décroché.

– Oui ? avais-je dit d'une voix pâteuse.

– Téo ?

– Hum…

– C'est Grazia… Tu dormais ?

– Hum…

– Bon. Tu peux m'écouter, là ?

J'avais dû faire un effort pour me clarifier les idées.

– Qu'est-ce qu'il y a ?

– C'est madame Delhomme…

– Oui ?

– Elle a trouvé dans les papiers de son mari un numéro de compte en banque dont elle n'avait jamais eu connaissance.

– Oui ?

– Bon sang ! mais tu ne comprends pas ? Le carnet qu'on cherchait partout, c'est là qu'il était !

Je ne percutais pas.

– Comment ça, « là » ?

Grazia avait commencé à perdre patience.

– Merde, t'es chiant à la fin. Ce numéro de compte en banque correspond à un numéro de coffre à la Banque Centrale du Dauphiné.

Je restai silencieux. Peu à peu, ses paroles parvenaient jusqu'à mon cerveau. Je réalisai soudain.

– Bon sang, le carnet ! Bien sûr ! Vous êtes allées le chercher ?

– C'est exactement ce que je me tue à te dire, répondit Grazia d'une voix lasse.

– Vous l'avez avec vous ?

– Oui ! Oui !

– J'arrive !

Je raccrochai aussitôt. Grazia avait fait une lessive avec mes affaires et son combiné machine à laver-sèche linge avait presque fini son dernier cycle. Je l'arrêtai et en sortis mes habits. Ils étaient presque secs. Je parvins à les enfiler malgré une désagréable humidité résiduelle et sautai sur ma Vespa.

Grazia m'attendait devant chez la Delhomme. Je garai mon scooter et j'ôtai mon casque. Elle me sourit et me tendit les lèvres. J'hésitai une seconde de trop. Son regard se ternit. Je me penchai en vitesse et l'embrassai. Ses yeux s'illuminèrent à nouveau et elle me fit signe de la suivre chez sa patronne. Je lui obéis, interloqué.

Cette fille me déroutait. Je me demandai si elle n'était pas en train de s'attacher un peu trop à moi. Pourtant, ce n'était pas le moment, me dis-je en savourant le balancement de ses petites fesses juste devant moi.

Madame Delhomme, vêtue d'un chemisier blanc et d'une jupe droite bleue marine, était assise dans son salon, sur un immense canapé en cuir. Permanentée et maquillée avec soin, elle ne manquait pas de classe. Sur ses genoux, reposait un petit carnet en cuir. Elle remarqua mon regard et fit un mince sourire.

– Tout est là-dedans, souffla-t-elle. Approchez-vous donc, monsieur Lambert, vous allez apprécier, j'en suis certaine.

J'obéis et je pris place près d'elle. Elle me tendit l'objet. Le carnet avait la taille d'un cahier d'écolier. À vue de nez, il devait bien y avoir une centaine de feuillets. Une reliure en cuir patiné lui conférait une certaine élégance. J'interrogeai la Delhomme du regard. Elle hocha la tête.

J'ouvris le carnet.

Charles Delhomme était quelqu'un de très organisé. Il avait répertorié avec un soin presque maniaque les détails de chaque tournage. Une page par cassette. Il y en avait exactement cent quatre-vingt-sept. À chaque fois, étaient mentionnés la date du tournage en grosses lettres noires, puis le thème de la soirée, le nom des invités et celui des cameramen.

– Il ne laissait rien au hasard, déclara la Delhomme.

Et pourtant, ça ne l'avait pas empêché de se faire baiser en beauté, pensai-je.

Je tournai les pages. Les dates défilaient à toute vitesse : 1999, 1995, 1992. Je m'arrêtai. 23 décembre, 17 novembre… 10 octobre 1992. J'y étais ! La nuit du meurtre d'Abdallah Braïm !

Je regardai à nouveau la Delhomme. Elle était devenue très pâle.

Je consultai la liste des invités. Ils étaient une dizaine ce soir-là. Bingo !

Henri Brun faisait partie de la joyeuse fête !

Voilà pourquoi il n'avait pas pu tuer Abdallah Braïm. Au moment du crime, il était en pleine partouze ! Et avec quels partenaires ! Monsieur le conseiller général en personne et son épouse.

C'était donc ça que j'aurais dû trouver il y avait une dizaine d'années pour disculper Henri Brun.

Je fis une grimace et m'apprêtai à fermer le carnet quand il me sembla reconnaître un nom familier au milieu des autres. Je m'arrêtai net et relus la page, entièrement cette fois. Bon Dieu, je ne m'étais donc pas trompé ! Le second cameraman, là. Je connaissais son nom ! Putain, je le connaissais bien même…

C'était Dominique Combe.

Je m'étais tourné vers Grazia.

– Tu as vu ça ? avais-je demandé d'une drôle de voix.

Elle avait paru surprise.

– Oui ?

– Bon Dieu, m'étais-je énervé. C'est Combe ! Dominique Combe, bordel ! Ça ne te dit rien ?

Grazia avait plissé les yeux.

– Ton vieux copain ?

– C'est lui qui est derrière tout ça ! Ça ne peut être que lui ! m'étais-je écrié d'une voix fébrile.

La Delhomme me regardait sans comprendre.

– Si, avais-je poursuivi avec impatience. Vous croyez au hasard, vous ? Pas moi.

Elle avait fait une moue.

– Je ne suis pas sûre de bien comprendre…

– Cela fait combien de temps que vous payez le maître chanteur ?

– Deux ans.

– Vous m'aviez dit que la somme qu'il demandait avait augmenté, n'est-ce pas ?

– C'est exact.

– Depuis quand ?

La Delhomme avait semblé faire un effort de mémoire.

– Je dirais bien… neuf mois.

– Et dans quelle mesure est-ce que ça a augmenté ?

– Au début, il me réclamait à chaque fois la somme de 1 500 euros, en petites coupures. Mais depuis ces neuf mois, on est passé à 2 000 euros, puis 2 500, jusqu'à 3 500 dernièrement.

– C'est bien ça. Et en ce qui concerne la fréquence des paiements ?

– Là aussi ça a changé… depuis la même date à peu près, je reçois des demandes tous les deux mois.

– Au lieu de… ?

– Avant, c'était plutôt tous les six mois.

J'avais pris le temps de réfléchir.

Il y a un moment jouissif dans l'assemblage d'un puzzle : c'est quand l'image apparaît. Quand on commence à reconnaître du concret et qu'on peut mettre des mots dessus. Là, en l'occurrence, j'éprouvais la même chose. Depuis quelque temps déjà, il me semblait posséder à peu près l'essentiel des pièces. Pourtant, à part une vague intuition, rien de concret n'avait encore surgi. Et puis là, d'un seul coup, la Mary Poppins des imbroglios avait claqué des doigts et une esquisse commençait à poindre.

– Vous avez la dernière lettre du maître chanteur ? avais-je demandé soudain.

– … Oui, bien sûr.

– Je peux la voir ?

La Delhomme avait hésité. Elle avait interrogé Grazia du regard. Celle-ci avait hoché la tête. Elle s'était alors levée et avait quitté la pièce.

Grazia s'était approchée de moi. Elle m'avait caressé la joue et fait un sourire. Pourtant ses yeux ne riaient pas.

Je m'étais penché vers elle et j'avais posé mes lèvres sur les siennes. Son souffle était chaud. Un frisson m'avait parcouru l'échine. Ses mains s'étaient refermées sur ma tête et ses doigts s'étaient mêlés à mes cheveux.

Un bruit de pas nous avait fait sursauter.

La Delhomme se tenait sur le pas de la porte, raide. Elle s'était raclé la gorge et nous avait lancé un regard surpris.

– Ça vous intéresse ? m'avait-elle demandé en me tendant une enveloppe marron.

Je m'en étais saisi et je l'avais ouverte.

La lettre était tapée à l'ordinateur, bien sûr.

« Chère Madame,

Vous déposerez la somme de 100 000 euros dans un sac de sport, jeudi 25 novembre au plus tard à 10 heures du matin, au kiosque à musique du jardin de ville. Vous poserez le sac au milieu du kiosque et vous repartirez sans vous retourner. Inutile de vous dire que je ne veux pas voir le moindre flic dans les environs… »

J'avais manqué m'étrangler.

– 100 000 euros ? m'étais-je exclamé. Putain de Dieu ! Et vous ne disiez rien ?

Elle avait haussé les épaules.

J'étais abasourdi.

– C'est dingue, avais-je poursuivi. Si ce type vous demande d'un seul coup 100 000 euros, c'est qu'il s'est passé quelque chose !

Elle n'avait toujours pas l'air de comprendre. Cette bonne femme commençait à me crisper. Le problème avec les gens pleins de fric c'est que peu de chose les étonne. Elle avait déjà filé un gros paquet de pognon sans rechigner, ou presque, et là c'était le pompon !

– On est quel jour, aujourd'hui ? avais-je demandé soudain.

– Mercredi, avait-elle répondu.

C'était donc pour demain.

– Vous avez l'argent ?

Elle avait hoché la tête.

Cette femme semblait éteinte, comme si elle était dépassée par les événements au point de se contenter de les subir, sans plus imaginer pouvoir, un jour, infléchir le cours des choses.

Elle était morte.

Elle avait sans doute été une femme dynamique et entreprenante. Il n'en restait aujourd'hui plus qu'un mince verni écaillé. Sous la fine couche brillante, apparaissait, de temps à autre, un fantôme sans force au sourire triste. Une victime, artisan de son propre malheur.

Je lui avais jeté un regard de pitié.

Puis, je m'étais tourné vers Grazia.

Neuf mois…

Cela faisait neuf mois que les sommes avaient augmenté en même temps que leur fréquence. Et cette fois-ci, on aurait bien dit le bouquet final.

Dans ma tête, le puzzle commençait à avoir de la gueule.

– Vous voulez bien appeler un numéro de téléphone pour moi ? avais-je soudain demandé à la Delhomme.

Elle avait acquiescé et s'était approchée de son combiné accroché au mur.

Je lui avais dicté le numéro de Combe.

– Vous demandez à parler à Lisa…

Elle s'était exécutée sans chercher à comprendre.

Puis, j'avais tendu la main vers elle.

– Passez-moi le téléphone, maintenant.

J'avais collé l'oreille à l'écouteur et entendu un bruit de pas.

– Allô ?

C'était bien la voix de Fathia.

– Salut Fathia, avais-je commencé. C'est Téo. Tu vas bien depuis tout à l'heure ?

J'avais jeté un coup d'œil à Grazia. Elle ouvrait des yeux exorbités. La pauvre ne comprenait plus rien. La Delhomme non plus, sans doute. Mais cela n'avait pas l'air de trop la tracasser.

– Qu'est-ce que tu veux ? avait sifflé Fathia à l'autre bout du fil.

– Dis-donc, tu n'aurais pas un grand besoin d'argent par hasard en ce moment ? Tu as un projet de voyage, peut-être ?

Il y avait eu un silence. Puis :

– Je ne sais pas de quoi tu parles…

– Ts, ts…, l'avais-je coupée. Ne me prends pas pour un con, Fathia. Il y a 100 000 euros qui sont prêts à transiter dans un sac de sport, ça ne te dit rien ?

Nouveau silence.

– Qu'est-ce que tu veux ? avait-elle répété.

– Toi, bien sûr, avais-je ironisé.

– Pauvre con.

Je m'étais raclé la gorge.

– Je veux la cassette… l'original, je veux dire.

– Tu veux rire ?

– Je suis très sérieux, au contraire. Tu me files la cassette, tu te barres avec tes 100 000 euros et on n'en parle plus. Qu'est-ce que tu en penses ?

Fathia avait poussé un soupir.

– Je pense que tu n'es pas en position de discuter de quoi que ce soit, Téo.

J'avais ricané.

– Discuter ? Qui te parle de discuter ?

– OK ! Ne quitte pas surtout, avait-elle dit d'un ton froid.

J'avais alors entendu des bruits de pas. Elle devait marcher dans un couloir. Puis sa démarche s'était faite plus pesante et sa respiration s'était accélérée. Elle grimpait des escaliers. Des voix étouffées m'étaient ensuite parvenues. J'avais beau tendre l'oreille, je ne parvenais pas à distinguer ce qu'elles disaient. J'avais branché le haut-parleur.

Pour l'instant, j'avais vu juste. Fathia avait tranquillement doublé Dominique Combe et avait soutiré un maximum de fric à la Delhomme. Celle-ci n'avait même pas réalisé à quel point le changement de rythme et de sommes demandées était suspect. Elle avait continué à raquer sans se poser de questions !

Pourtant, une petite inquiétude commençait à poindre.

– Allô ?

– Je suis là, avais-je répondu.

– Je vais te passer quelqu'un que tu connais, avait sifflé Fathia d'une voix mauvaise.

Je m'étais senti tout bizarre d'un seul coup.

– Papa ? PAPA ! avait crié la voix d'Héloïse.

Avant que j'aie eu le temps de dire quoi que ce soit, on lui avait arraché le téléphone.

– Alors ? avait susurré Fathia.

Froid.

J'avais froid.

Une espèce de grand vide s'était créé dans ma tête. La voix de ma fille m'était parvenue à travers un étrange brouillard. Ses mots avaient atteint mon esprit mais ma conscience les refusait de toutes ses forces. Ce n'était pas vrai. Ça ne pouvait pas être vrai. Je n'avais pas entendu Héloïse crier. Un connard l'avait imitée, on m'avait passé un enregistrement, cette salope de Fathia se foutait de ma gueule. Toutes les bonnes raisons du monde de ne pas croire à la réalité me sautaient à la tronche. Pourtant, peu à peu, ses paroles atteignaient mon cerveau.

Je m'étais alors rendu compte que je tremblais comme une vierge.

J'avais vu Grazia s'approcher de moi, le visage inquiet. J'avais tendu une main vers elle pour la stopper. Elle s'était figée et m'avait dévisagé avec angoisse.

Je m'étais forcé à contrôler ma respiration. La bouche grande ouverte, j'essayais de maîtriser les flux d'air que j'absorbais.

Petit à petit, j'avais repris le contrôle de moi-même.

Je tenais le combiné à bout de bras. Je l'avais approché de mon visage.

– Qu'est-ce que tu veux ? avais-je demandé à mon tour, d'une voix rauque.

– Toi, mon chou, avait répondu Fathia.

– Va te faire enculer et fous la paix à ma fille ! Elle n'a rien à voir avec nous !

Un rire étouffé m'était parvenu.

– Nous ? C'est qui « nous » ? Ce sont tes salopards de copains et toi, mon petit Téo ? C'est toi et moi ?

– Ta gueule !

– NON ! C'est à toi de la fermer et de m'écouter ! avait-elle dit froidement. J'ai ta gamine et sa mère, alors tu m'écoutes ! J'en ai rien à foutre d'elles. Si tu me mets des bâtons dans les roues, je te donne ma parole que je n'aurai aucune hésitation.

J'avais frémi. Je m'étais demandé ce qu'elle avait pu faire d'Acciolino.

– Qu'est-ce que tu attends de moi ? avais-je grogné.

– Mon fric. Je veux mon fric et je te laisse tes gonzesses.

J'avais coulé un regard vers la Delhomme. Elle suivait de façon distraite ma conversation. Grazia était restée à une distance respectable et gardait les yeux fixés sur moi.

– OK. Comme tu veux, avais-je laissé tomber. Comment tu vois les choses ?

De toute façon, je n'avais guère le choix. Entre le pognon de la Delhomme et ma fille, il n'y avait pas photo.

– Mais exactement comme c'était prévu, mon petit Téo ! Ta bourgeoise ramène mon fric au jardin de ville et je te rends ta fille et sa mère.

– Comment ça ?

– Tu verras bien.

– Putain, non ! avais-je rugi. Je veux savoir où et quand tu me rendras ma fille !

Il y avait eu un silence.

– Allô ? avais-je demandé d'une voix angoissée.

– Je crois que tu n'as pas bien compris, Téo, avait répondu Fathia d'une voix glaciale. Tu n'as rien à exiger. C'est moi qui tiens la barre. Toi, tu écoutes et tu obéis. Sans chercher à faire le con, bien sûr. Les choses sont simples pourtant, regarde : demain, Delhomme va apporter mon fric au jardin de ville. Peu de temps après, tu récupéreras ta merdeuse là où je te le dirai.

Je n'avais plus cherché à discuter. J'étais vaincu. Cette salope me tenait par les couilles et à peine je bougeais un peu, elle serrait.

Puis, sans crier gare, elle avait raccroché le téléphone. J'avais gardé le combiné collé à mon oreille pendant encore quelques instants.

– Téo ?

La voix de Grazia m'avait fait sursauter.

– Ma fille… ils ont ma fille, ces enfoirés !

Grazia s'était approchée de moi. Cette fois, je l'avais laissée faire. Elle m'avait caressé la joue.

– Qu'est-ce que tu vas faire ? avait-elle demandé.

J'avais secoué la tête.

– Je ne sais pas encore…

La Delhomme avait alors semblé sortir de sa torpeur.

– Il ne faut pas céder, avait-elle murmuré.

Je lui avais jeté un regard étonné. Elle avait secoué la tête très vite.

– Si vous cédez, vous ne retrouverez que des cadavres.

– Vous plaisantez, j'espère ?

La Delhomme qui me donnait des conseils de stratégie ! C'était un comble ! Ça faisait des mois qu'elle filait son fric à son maître chanteur et elle voulait me filer des leçons. Si la situation avait été moins dramatique, j'en aurais ri de bon cœur. Je m'étais contenté de la fusiller du regard.

– Ce n'est pas la peine de me regarder comme ça, dit-elle d'un ton sec. Réfléchissez un peu : si je lui apporte son fric, vous n'avez plus aucune prise sur elle. Elle pourra alors faire ce qu'elle veut.

Je m'étais gratté la nuque.

– Mais si vous ne lui apportez pas…

– Elle ne fera rien, m'avait-elle coupé. Elle tient trop à son argent. Je suis sûre qu'elle bluffe. Il faut lui tendre un piège et l'amener sur votre propre terrain.

Nous nous étions regardés tous les trois en silence.

– Regardez les choses en face, avait-elle ajouté. Je ne connais pas votre histoire, mais il semblerait bien que cette fille vous en veuille à mort, n'est-ce pas ?

J'avais hoché la tête. Grazia s'était encore approchée de moi. Elle se tenait à présent à mes côtés, son flanc droit tout contre moi. Sa chaleur avait quelque chose de rassurant. J'avais envie de passer mon bras autour de son épaule.

– Donc, c'est évident : une fois qu'elle aura son argent, rien ne l'empêchera de se débarrasser de votre fille. Elle vous enverra dans une fausse direction pour la récupérer et pendant ce temps elle pourra tranquillement se sauver à l'étranger.

J'avais fait une grimace. Son raisonnement, hélas, tenait debout.

– Par contre, avait-elle repris, les choses seront différentes si demain c'est vous qui allez au rendez-vous au jardin de ville. Une fois sur place, vous lui mettez le marché entre les mains : elle vous rend votre fille et ma cassette à l'endroit de votre choix ou bien elle ne reverra jamais son fric.

Vu comme ça, la Delhomme ne semblait pas avoir tout à fait tort.

Il y avait tout de même un hic.

– Seulement, avais-je dit, si jamais elle vient armée et accompagnée, je n'aurai plus beaucoup d'options…

La Delhomme avait alors eu un petit sourire.

– Vous n'avez jamais joué aux échecs, Téo ?

Je l'avais dévisagée avec surprise et j'avais haussé les épaules. Non, je n'avais presque jamais joué aux échecs. Le vieux Jojo, au camping des Trois Pucelles, avait bien tenté de me dévoyer, une ou deux fois, mais ce genre de jeu m'énervait assez vite.

– Aux échecs, avait-elle poursuivi, lorsqu'on déplace une pièce, on s'assure toujours qu'elle est protégée.

– Et vous voulez m'accompagner, je suppose ? avais-je ironisé.

Elle m'avait jeté un regard navré. J'avais rougi.

– J'ai mon idée, s'était-elle contentée de répondre. Quant à vous, vous feriez mieux de faire exactement ce que je vous dis.

J'avais interrogé Grazia du regard. Elle avait hoché la tête très vite.

Quelques minutes plus tard, j'étais dans une cabine téléphonique en train d'appeler le flic qui me courait après depuis trois jours, pour lui filer rendez-vous.

Chapitre 21

Cardoso

Assis sur un banc entouré par deux massifs de buis, face à l'allée centrale du jardin public, le capitaine Cardoso avait une vue imprenable sur le kiosque à musique. D'un coup d'œil, il vérifia son dispositif.

Blanchard, habillé en jogger, surveillait l'entrée donnant sur la rue Montorge. Les jambes écartées, il procédait depuis de longues minutes déjà à des séries d'étirements et d'assouplissements.

Martin Charrier lisait le journal sur un banc situé en face des rues piétonnes. Il fumait clope sur clope et un petit tas de mégots s'élevait déjà à ses pieds.

La fille ne pouvait pas pénétrer dans le jardin sans être aussitôt repérée. De plus, chaque flic disposait d'une oreillette et d'un micro lui permettant de communiquer avec les autres.

Au milieu du kiosque à musique, Lambert, les mains dans les poches, tournait comme un lion en cage. Il était pâle, avait les yeux cernés de noir et transpirait à grosses gouttes. Une barbe de trois jours lui envahissait les joues, conférant au personnage une mine patibulaire. Ses larges épaules et ses paluches comme des enclumes ne démentaient pas, au contraire, cette impression émanant de lui. Pour couronner le tout, un bonnet noir, destiné à dissimuler son oreillette, lui coiffait le haut du crâne. Satisfait, Cardoso balaya du regard le reste du jardin de ville. Il n'était pas dix heures et le parc était presque vide. Seul, un groupe de clodos avinés cuvait une nuit d'orgie arrosée à la piquette, comme en témoignaient les nombreux cadavres de bouteilles éparpillés autour d'eux. Ça ronflait, ça rotait, ça pétait... Ça faisait dans la dentelle, quoi. Cardoso poussa un soupir. Aussitôt, le lieutenant Élise Bossin se pelotonna contre lui.

– Dis donc capitaine, murmura-t-elle, on est pas mal ici, non ?

Cardoso n'avait pas imaginé un jour tenir sa subalterne aussi serrée contre lui mais il devait avouer que la situation n'avait pas que des inconvénients. Il se demanda tout de même si la jeune femme ne prenait pas son rôle un peu trop au sérieux. Arrête tes conneries, Cardoso, se dit-il. Juana est absente depuis trop longtemps et tes hormones te montent à la tête, c'est tout.

– J'aurais jamais imaginé qu'un capitaine de la crim' puisse être aussi confortable, susurra Bossin avec un sourire carnassier.

– Tais-toi donc Élise, tu vas finir par me donner des idées.

Elle frémit et se cala un peu plus encore dans le creux de son bras. Cardoso laissa sa main droite pendre le long de son épaule et s'égarer vers sa poitrine. Elle joue ou elle joue pas ? se demanda-t-il. Parce qu'à force d'aussi bien jouer la comédie, je vais finir par y croire, moi !

Il n'eut pas le temps de pousser plus loin ses investigations, car une silhouette féminine se profila à l'autre bout du parc, vers la rue Montorge. Blanchard attendit d'être dépassé pour se tourner vers lui et faire un signe rapide, avant de reprendre ses étirements. Cardoso se raidit.

Élise Bossin, elle, ne bougea pas. Pourtant, le capitaine sentit de façon très nette ses muscles se bander. Au milieu du kiosque, Lambert s'était figé. De l'autre côté, la brusque montée de tension n'avait pas échappé à Martin Charrier. Il avait baissé son journal d'un petit centimètre et ne quittait pas des yeux la scène.

– Petite, blonde, les yeux noirs et un joli cul en prime, ça doit être elle, chuchota Blanchard dans son micro. J'ai repéré une bosse sous son blouson, elle est armée.

Lambert hocha la tête. Cardoso porta la main à son flanc droit. La crosse de son arme de service le rassura.

– Un type vient d'arriver, murmura cette fois Martin Charrier. Boule à zéro, treillis militaire crade et tronche de cake.

Lambert n'avait pas eu besoin de bouger. La description suffisait.

– C'est Dédé, lâcha-t-il.

Entre-temps, la fille s'était rapprochée. Elle grimpa les marches du kiosque et se planta face à Lambert. Elle jeta un coup d'œil autour d'elle.

– Où est le fric ? demanda-t-elle d'une voix sèche.

Lambert avait sorti les mains de ses poches et en avait tiré un petit portable. Cardoso reconnut celui qu'il lui avait laissé.

– Je crois que c'est toi qui n'as pas tout compris, Fathia. Tu veux ton pognon ? Moi, je veux ma fille. C'est simple, non ? Dans un échange, chacun apporte sa part. Mais ça, tu ne l'as pas encore pigé.

– Espèce d'enculé…

– Ferme-la ! la coupa-t-il.

Puis, ils le virent composer un numéro sur le téléphone.

– Qu'est-ce que tu…

Lambert adressa un sourire glacial à la fille.

– T'inquiète pas. C'est pas les flics que j'appelle. Ah ! On décroche. Allô ? Dominique ? C'est moi, Téo… Ça va pas trop mal, et toi ?… Bon, j'ai bien réfléchi à ta proposition mais il y a un petit truc qui déconne… Non, non, ça devrait se régler assez rapidement… Dis-moi, tu connais les Delhomme à Seyssins ?… Allô ? Je ne t'entends plus… Oui, les Delhomme que tu faisais chanter avec les cassettes de cul !…

Fathia Driddi était devenue très pâle. Elle avait sorti un 7.65 de sous son blouson et le tenait à bout de bras. Lambert la fixait droit dans les yeux. Cardoso tressaillit. Les flics s'étaient figés, la main sur la crosse de leur arme. Seul Dédé n'avait rien entendu. Pourtant, il avait dû sentir quelque chose se passer car lui aussi s'était immobilisé.

Lambert continua.

– Écoute-moi bien, Dominique, madame Delhomme voudrait te rencontrer… Non, ce n'est pas une blague… Elle a préparé une lettre pour les flics. Si jamais il lui arrive quelque chose, une personne de confiance doit remettre cette lettre ainsi qu'un petit carnet avec un tas de noms intéressants à la police. Tu me suis ?… Comment, qu'est-ce que je veux ?… Mais rien du tout, Dominique… Juste te prévenir, madame Delhomme t'attend aujourd'hui même, à midi tapant, dans la salle hors-sac de Méaudre… Si, si, tu as bien entendu… Ciao, à tout à l'heure.

Il raccrocha et fourra le mobile dans sa poche. Face à lui, Fathia était devenue blême. Elle tremblait de rage et la gueule noire de son arme s'agitait d'une drôle de façon.

– Qu'est-ce que c'est que ces conneries ? siffla-t-elle.

– T'as entendu, non ? À midi, tu ramènes ton cul à Méaudre avec ma fille. À ce moment-là t'auras ton pognon, pigé ?

Elle fit un pas en avant et colla le 7.65 sur le front de Lambert.

– J'vais te buter ! grinça-t-elle.

Il repoussa l'arme de la main droite et caressa la joue de la fille.

– Tu ne le feras pas, pour une raison au moins, dit-il lentement. Si tu me descends, tu ne récupéreras jamais ton pognon. Et ça tu le sais très bien.

Fathia Driddi poussa un cri de rage et abaissa son arme. Puis elle la glissa sous son blouson, fit demi-tour et s'en alla sans se retourner.

Dédé fit également volte-face.

Les flics échangèrent un coup d'œil rapide. Cardoso sentit ses épaules s'affaisser et Élise se laissa aller contre lui. Sans faire semblant cette fois.

Lambert restait planté au milieu du kiosque.

– On continue comme prévu, dit-il d'une voix blanche.

Il arracha alors son oreillette et s'en alla à grands pas dans la direction opposée de la fille.

Chapitre 22

Grazia conduisait. Moi, j'aurais pas pu. Nous étions déjà presque à la hauteur de Saint-Nizier. Le ciel bleu du matin avait cédé la place à une armada de cumulus noirs. Les premières gouttes avaient déjà commencé à s'écraser sur le pare-brise. Je regardai la pendule sur le tableau de bord : 11 h 30. Plus qu'une demi-heure.

Après la scène du jardin de ville, j'avais récupéré ma Vespa pour retourner chez Grazia. Elle était devenue toute blanche lorsque j'avais surgi dans son salon et sa mâchoire s'était mise à trembler. J'avais bien cru qu'elle allait se mettre à chialer, ma petite brunette. Hé bien, non ! Elle s'était jetée dans mes bras et je l'avais serrée contre moi. C'était bon. C'était la seule chose de bon d'ailleurs qui me soit arrivée depuis bien longtemps. Mais je n'avais pas le temps de me laisser aller. Malgré sa douceur. Malgré l'odeur de sa peau. Malgré son regard où je lisais des tas de choses.

Je lui avais posé un baiser sur le front et l'avais repoussée avec le plus de délicatesse possible.

– Je te fais un café ? m'avait-elle demandé d'une petite voix.

J'avais hoché la tête et avais pris place dans son salon. Elle n'avait pas tardé à revenir avec deux verres et sa bouteille de cognac. D'autorité, elle nous avait servi à boire et nous avions siroté l'alcool sans un mot.

J'avais joué mon va-tout sur les conseils de la Delhomme. Fathia et Dominique avaient mordu à l'hameçon, chacun pour des raisons différentes. On allait maintenant faire dans le grand règlement de comptes.

La cafetière s'était mise à chuinter. Grazia s'était levée et avait disparu dans sa cuisine.

J'avais la trouille. Fallait pas que je reste comme ça, sans rien faire. Je m'étais alors penché pour saisir le sac de voyage de la Delhomme et je l'avais posé sur la table avant de l'ouvrir. C'est impressionnant 100 000 euros en coupures de cinquante et cent euros. Ça fait un joli paquet de billets. J'avais refermé le sac et je l'avais balancé par terre en jurant.

Saloperie de pognon.

L'odeur du café emplissait désormais l'appartement. Grazia était revenue avec deux tasses fumantes. Je m'étais resservi un autre cognac.

Mon épaule me lançait. Il faut dire que je ne l'avais pas vraiment ménagée.

– Tu peux me changer mon pansement ? avais-je demandé.

Elle avait acquiescé et avait à nouveau disparu. J'avais profité de son absence pour ôter ma chemise. À son retour, Grazia avait étouffé un cri : une large tache marron-rouge ornait mon bandage. Elle avait défait la bande avec délicatesse, nettoyé la plaie et remis un pansement propre.

– Ça va comment ?

J'avais fait un mince sourire, puis j'avais regardé l'heure.

– Il va falloir y aller, avais-je dit d'une voix rauque.

La jeune femme avait hoché la tête avec gravité. Après avoir avalé mon café, je m'étais levé et je m'étais dirigé vers la porte. Grazia m'avait suivi. Je m'étais alors retourné et je l'avais arrêtée d'un geste.

– Je ne sais pas..., avais-je commencé.

Elle avait plissé les yeux et tendu un visage courroucé vers moi.

– Écoute-moi bien, Téo Lambert, avait-elle sifflé, tu m'as déjà bien assez mouillée dans tes histoires, maintenant je ne te quitte plus.

J'avais tenté de protester.

– Et tu n'as rien à dire..., m'avait-elle coupé. De toute façon, c'est moi qui ai les clefs de la voiture.

J'avais capitulé. Je lui avais caressé la joue du bout des doigts et nous nous étions précipités dans l'AX.

L'orage grondait désormais. Des éclairs zébraient le ciel et des tonnes d'eau se déversaient sur nous. On ne voyait pas à plus de cinq mètres devant la voiture. Nous dûmes ralentir notre allure. Par chance, dès Lans-en-Vercors, la pluie cessa comme par enchantement et nous pûmes rouler de façon normale. C'est ça qui est bien avec les vrais orages : ils ne durent pas. Ça pète un bon coup et après on est tranquille.

C'est pas comme les emmerdes.

Le col de la Croix Perrin était en partie dégagé et nous descendîmes vers Méaudre à vive allure.

Nous n'avions plus envie de parler, ni l'un ni l'autre.

Le village était désert.

Nous le traversâmes sans un mot et nous parvînmes bientôt devant les remontées mécaniques.

Il se remit à pleuvoir. Des petites gouttes, cette fois. Plus proches du crachin breton que de l'orage méditerranéen. Je n'étais pas sûr d'aimer ça. Parce que le crachin, c'est pas comme l'orage, ça dure.

Comme les emmerdes…

Nous nous garâmes sur le parking de la salle hors-sac, juste à côté du télésiège. C'était une grande bâtisse à l'architecture vieillissante, aux murs couverts d'un bardage en bois sombre. La salle se trouvait au premier étage. On y accédait par un escalier extérieur. Grazia coupa le moteur et m'interrogea du regard. Je regardai autour de nous. Nous étions les premiers. Je jetai un coup d'œil à l'horloge. Midi moins cinq. Ces cons de flics n'étaient pas encore là. Je ne les avais pas vus depuis l'épisode du jardin de ville. J'espérais qu'ils avaient bien compris. Et puis merde ! Même s'ils n'avaient rien pigé, ça n'avait guère d'importance. Je me débrouillerai bien tout seul.

Le parking était vide. À l'autre bout, un bulldozer et une pelleteuse creusaient dans la boue.

Je plongeai mon regard dans celui de la jeune femme. Ce que j'y lus me transperça le cœur. Je sentis une boule se former dans ma gorge.

– Grazia, commençai-je avec difficulté.

Elle secoua la tête.

– Ne dis rien. Fais ce que tu dois faire et reviens-moi vite.

Elle approcha son visage du mien et posa ses lèvres sur les miennes. C'était doux et sucré. Une vague de chaleur me traversa et je frissonnai. Puis, je me détournai, je pris le sac de billets et je sortis sous la pluie.

Il faisait froid. Des nappes de brouillard dévalaient maintenant la montagne et engloutissaient les forêts.

J'inspirai un grand coup et je gravis les escaliers. Au premier étage, je constatai que la porte avait été forcée. Je regardai à nouveau le parking. L'AX de Grazia était l'unique voiture. Seuls, les engins de travaux continuaient leur raffut. Ils n'allaient pas tarder à arrêter, il était déjà presque midi.

Je me retournai vers la salle et poussai la porte du pied.

À ce moment-là, j'entendis un nouveau bruit de moteur. Je reculai d'un pas et tournai la tête. La BMW de Combe se garait non loin de l'AX. Dédé, Perrier et Dominique en sortirent en même temps. Les portières claquèrent.

Je pénétrai dans la salle.

C'était une large pièce, sombre. Des tables et des chaises étaient empilées contre un mur. Au milieu de la salle, dans le sens de la longueur, des soutènements en béton assez larges la partageaient en deux parties et maintenaient la charpente. À gauche, de l'autre côté des piliers, une porte-fenêtre mi-close donnait sans doute sur un balcon ou une terrasse. Je n'eus pas le temps de faire le tour du propriétaire de façon plus approfondie car déjà des pas lourds résonnaient dans les escaliers.

Dédé et Perrier entrèrent les premiers. Le premier, armé de son Lupara se la jouait Rambo et roulait des mécaniques. Le second, scotché à sa mallette, me faisait penser à un présentateur télé qui aurait mal tourné. Dominique arriva à son tour, les mains sur les hanches et l'œil mauvais. Les trois hommes s'arrêtèrent à quelques pas de la porte.

Combe s'avança vers moi.

– C'est quoi cette merde de rancart ? beugla-t-il.

Je fis un geste d'apaisement.

– Patience, mon petit Dominique, nous attendons encore quelqu'un.

Il hoqueta.

– Qu'est-ce que tu racontes ? On attend quelqu'un ? Tu te fous de ma gueule ou quoi ?

Il distingua alors le sac, à mes pieds.

– C'est quoi, ça ?

– La dot de ta fiancée, ironisai-je.

Combe écarquilla les yeux et balaya ma réplique d'un revers de la main.

– Laisse donc ma fiancée de côté.

Je ricanai.

– J'vois pas c'qu'il y a de drôle, grinça-t-il.

– Ça fait combien de temps que tu la connais ta fiancée ? poursuivis-je, bien décidé à enfoncer le clou.

– Pourquoi tu me demandes ça ?

Je me gardai bien de répondre. Le titiller me faisait le plus grand bien. Il s'énerva.

– Nom de Dieu, pourquoi tu me demandes ça, merde ?

Je le regardai dans les yeux.

– Tu la connais bien, n'est-ce pas ?

Il manqua de s'étrangler.

À ce moment-là, une voix jaillit du fond de la pièce.

– Ce n'est pas très gentil ce que tu fais là, Téo !

Nous sursautâmes. La silhouette de Fathia apparut alors derrière un des soutènements. Elle était arrivée avant moi et s'était dissimulée en attendant Combe !

– Lisa ! s'exclama Dominique. Qu'est-ce que tu fais là ?

La jeune femme lui jeta un regard glacial.

– Ne m'appelle plus Lisa, mon nom est Fathia, dit-elle d'une voix dure.

– Fathia ? C'est quoi cette histoire ? Qu'est-ce que tu racontes, Lisa ?

Elle jeta un coup d'œil à Dédé et désigna Perrier. Celui-ci porta aussitôt sa main à sa veste. Il ne fut pas assez rapide. Dédé avait déjà bondi, dégainant un large couteau de combat. Il lui appliqua une main sur la bouche et lui tint la tête en arrière l'obligeant à découvrir sa gorge. La lame bleutée pénétra sans mal dans la chair. Le sang jaillit aussitôt de la carotide tranchée. Perrier ouvrit alors des yeux affolés et dans un réflexe dérisoire couvrit la plaie avec ses mains. Celles-ci se couvrirent rapidement de rouge et il tomba à genoux. Il vacilla, tint en équilibre quelques secondes, et s'écroula face contre terre. Son corps fut encore agité de soubresauts spasmodiques, puis s'immobilisa de façon définitive.

– Putain de merde, tu l'as buté ! s'égosilla Combe, les yeux agrandis par l'horreur.

– Rien ne peut t'échapper, ricana Fathia.

Elle se tourna vers moi.

– T'as le fric ?

Je hochai la tête et montrai le sac.

– T'as ma fille ?

Elle fit un signe de tête à Dédé en direction de la porte-fenêtre. Celui-ci avait essuyé son couteau sur son pantalon de treillis et il avait repris son fusil. Il se dirigea vers la terrasse.

Dominique était largué. Il nous regardait les uns après les autres sans parvenir à comprendre. Il fit un pas vers la jeune femme.

– Lisa…

Elle sursauta et un 7.65 jaillit dans sa main.

– Ne m'appelle plus comme ça, connard ! gueula-t-elle. Tu comprends ça, oui ou merde ?

En un bond, elle fut sur lui et le gifla à toute volée avec le canon de l'arme. Dominique prit le coup en pleine figure. Sous le choc, sa tête bascula en arrière et il se laissa tomber au sol. Ses lèvres avaient éclaté et son menton déjà se barbouillait de rouge. Il se mit à quatre pattes pour se relever. Fathia s'approcha de lui. Elle se pencha et le saisit par les cheveux.

– Je m'appelle Fathia, siffla-t-elle. Fathia Driddi. C'est un nom qui te dit quelque chose, ordure ?

Puis elle lui cracha à la figure avant de reculer.

Combe était devenu pâle comme la mort. Il se releva en titubant et s'essuya le visage avec les manches de sa veste. Il me jeta un regard implorant. Je détournai les yeux.

Un cri étouffé nous parvint. Dédé était là. Il tenait en joue Héloïse et Sandrine. Elles étaient toutes les deux bâillonnées, les mains attachées dans le dos et roulaient des yeux terrorisés. Sandrine aperçut alors le cadavre de Perrier dans une flaque de sang et tourna de l'œil. Dédé parvint à la rattraper en jurant et il l'allongea sur le sol. Héloïse, prise de panique, se jeta sur elle. Son petit corps, secoué de sanglots hystériques, tentait de couvrir sa mère.

Je ne savais même pas si elle m'avait reconnu.

– Tu vois, j'ai tenu parole, moi, clama Fathia.

Je lui jetai un regard noir et fis un pas en direction d'Héloïse et sa mère.

– Stop ! s'écria la jeune femme.

Je m'arrêtai, interloqué.

– C'est qu'on n'a pas tout à fait terminé, tous les trois ! dit-elle en nous désignant, Combe et moi. Vous n'êtes pas au bout de vos surprises !

Elle se tourna vers le fond de la salle.

– Henri ! Tu peux venir maintenant.

Une mince silhouette se détacha de l'ombre. Je tressaillis.

Brun.

C'était bien sûr Henri Brun.

– Hé oui ! dit-il en sortant un Magnum de la poche de son imper, il eut été dommage que vous mouriez sans connaître le fin mot de l'histoire, n'est-ce pas, maître ?

Je regardai la gueule de l'automatique avant de planter mon regard dans le sien. Je me demandai bien ce que foutaient les flics. Bientôt, ils n'auraient plus que des cadavres à récupérer.

– Sale petite ordure, grinçai-je.

– Tttt, restez donc poli, maître. Tenez, Fathia a une histoire fort instructive à vous raconter.

Tout en parlant, Brun, Fathia et Dédé s'étaient déplacés vers la porte de la salle. Nous nous retrouvions donc, Sandrine, Héloïse, Dominique et moi face à un Lupara, un 7.65 et un Magnum. Je n'en menais pas large. Ça sentait la fin.

– Je t'en prie, Fathia, reprit Brun.

La jeune femme fit un mince sourire. Elle était devenue très pâle, elle aussi. Elle eut un petit rire nerveux.

– On vous a bien baisés, hein ? ça, oui ! Et jusqu'au trognon, même ! Putain, c'est Henri qui a tout combiné, depuis le début. C'est lui qui a eu l'idée…

J'aperçus alors une ombre derrière la porte vitrée de la salle. Je reconnus la silhouette de Grazia. Et merde ! Elle allait se jeter dans la gueule du loup. Je m'efforçai autant que possible de ne pas la regarder.

– L'idée ? dis-je très vite. L'idée de quoi ?

– L'idée pour vous en faire baver à tous les trois, laissa-t-elle tomber.

– À vrai dire, enchaîna Brun, j'avais une revanche à prendre sur la vie et surtout sur vous, maître. Quant à Fathia c'est après vous trois qu'elle en avait. Une fois qu'elle m'a raconté son histoire, le viol de sa mère par trois petits branleurs, j'ai tout de suite vu le parti que nous pouvions tirer l'un de l'autre. Tuer Steve n'a pas été trop difficile. Par contre, pour la suite, il a fallu jouer serré pour taper là où ça faisait le plus mal. Pour vous maître, je n'ai pas eu besoin de beaucoup d'imagination : vous vous étiez déjà tellement démoli tout seul. Je n'avais qu'à achever le travail. Vous faire accuser d'un double crime : le viol et le meurtre de Fathia, et vous balader dans la nature à la recherche d'éléments prouvant mon innocence. Dédé vous suivait et éliminait tous les témoins. Ainsi vous vous enfonciez à chaque pas un peu plus. Qu'est-ce que vous en dites ?

Je hochai la tête. Grazia avait disparu. Qu'est-ce qu'elle foutait donc ? Héloïse avait redressé la tête. Elle me regardait maintenant. J'évitai son regard. Ce n'était pas le moment de flancher.

– Il y avait qui dans la voiture brûlée ? demandai-je.

– Une petite paumée qui ne manquera sans doute à personne, une sorte d'artiste. Fathia a mis un moment avant de la dégoter celle-là, mais je pense qu'elle a bien trouvé.

Je montrai Combe du doigt.

– Et pour lui ?

– Alors là, c'était pas mal conçu. Étape un : Fathia devient Lisa et séduit Combe. Vous connaissez les talents de mademoiselle, maître. Elle sait rendre fou un homme. Et c'est ce qu'elle a fait.

Dominique releva la tête.

– Comment ça, tu connais ses talents ?

– Ta gueule ! le coupai-je. Poursuis, Brun.

– Donc, après l'avoir pris au piège, il ne nous restait plus qu'à exploiter sa cupidité, qui, entre nous soit dit, n'a pour ainsi dire pas de limite. Il avait besoin d'argent pour se remettre en selle, et un passé de vidéaste porno à faire oublier. Le chantage nous a semblé la solution idéale.

– Ordures ! gémit Dominique.

– Là-dessus, continua Brun en ignorant l'insulte, Fathia a pris le relais pour les Delhomme mais, cette fois, pour notre compte à nous.

Ces derniers mots me firent tiquer. Même s'ils avaient soutiré pas mal de fric, ils allaient avoir du mal à se contenter de la moitié. Je hochai la tête.

– Et c'est toi, Brun, qui a tout manigancé ? demandai-je sur un ton admiratif.

Celui-ci fit une petite courbette. Je me tournai vers Fathia.

– Et ça ne t'inquiète pas, toi ?

Elle fronça les sourcils.

– Comment ça ?

Brun s'était figé.

– Ben, tu vois, à ta place, moi j'aurais pas trop confiance dans un mec capable d'inventer des coups aussi tordus, continuai-je.

– Lambert…

Tiens ! Brun avait laissé tomber le « Maître ».

– Parce que, entre nous, Fathia, il serait bien capable de te baiser à ton tour, cet enfoiré ! poursuivis-je.

– Ta gueule, Lambert ! hurla soudain Brun. Arrête tes conneries, nom de Dieu !

Fathia l'interrompit d'un geste.

– Henri ? Pourquoi tu t'énerves comme ça ? C'est pas complètement idiot ce qu'il raconte. Et si tu avais envie de me baiser en fin de compte ?

– Fathia, n'écoute pas ce qu'il dit ! Tu vois bien qu'il fait ça pour nous faire déraper, là !

Je ricanai.

– Tu vois ? Il continue ! Ça sent l'embrouille !

Brun devint soudain très pâle. Il brandit soudain son automatique à hauteur de mon visage.

– Je vais te crever, Lambert, dit-il d'une voix glaciale.

– Je serais toi, je baisserais cette arme, Henri, siffla alors Fathia.

Je jetai un rapide coup d'œil dans sa direction. Elle avait reculé de trois pas et tenait Brun en joue. Dédé, de son côté, avait armé son Lupara et le pointait sur Fathia.

– Dédé ? s'indigna-t-elle. Qu'est-ce que tu fous, bordel ?

– Désolé, ma petite poule, répondit l'autre dégénéré, mais c'est lui le patron.

– On fait quoi maintenant ? beugla Brun. C'est la merde là !

– Tu crois pas si bien dire mon pote, gloussa Dominique.

Il avait profité de la confusion pour ramper jusqu'au cadavre de Perrier et lui piquer son feu. Il tenait l'arme à deux mains et visait tantôt Fathia, tantôt Brun.

– Je ne sais pas qui je vais crever en premier, ricana-t-il. Ce sera peut-être toi ma chérie, ou alors toi le fils de pute ?

Cette fois, on était vraiment tous coincés. Le premier qui tirerait déclencherait un vrai carnage.

La sueur ruisselait sur mes tempes et me coulait dans les yeux. Mes intestins se tordaient. J'espérais seulement ne pas me chier dessus.

Il ne manquait plus qu'un élément extérieur.

Un cri retentit soudain.

– TÉO ! ATTENTION !

Je reconnus la voix de Grazia. Qu'avait-elle vu exactement ? Je ne sais pas. Mais en tout cas elle venait de craquer. Nous nous tournâmes tous vers elle.

– C'est qui cette pétasse ? brailla Fathia.

Grazia ouvrit la porte d'un coup d'épaule et se rua dans la pièce.

Derrière elle, les hommes de la Brigade d'Intervention jaillirent à leur tour.

C'est alors que la fusillade commença.

En un instant, la pièce devint l'enfer.

Dès les premiers coups de feu, je reçus un terrible choc au ventre. Des étoiles se mirent à briller tout autour de moi. Le souffle coupé, je réalisai soudain que je regardai le plafond. C'est bizarre, m'étonnai-je, comme détaché de moi-même, je ne me suis même pas rendu compte que je tombais. Les bruits ne me parvenaient plus. Il régnait un étrange silence dans cette salle. Pourtant, je distinguai de façon très nette Dominique s'écrouler près de moi, la moitié du visage arrachée. Ou encore Dédé qui essayait de retenir ses viscères avec les mains. Et enfin Héloïse qui courait vers moi comme au ralenti. J'essayai de lui tendre les mains, de l'appeler « ma chérie », de la mettre en garde.

Puis il me sembla qu'elle s'envolait.

Quelque chose me cogna la tête.

Et tout devint noir.

Chapitre 23

Cardoso

Un quart d'heure plus tôt…

Debout dans la pelleteuse, Cardoso observait à la jumelle. L'AX venait de se garer et Lambert était monté. Là-haut, il y en avait déjà deux. Brun et Fathia Driddi. Les plus dangereux.

Pour l'instant, ses flics ne devaient pas bouger. Les hommes de la Brigade d'Intervention étaient planqués derrière un chalet. Ils attendaient son signal.

Une voiture déboula soudain sur le parking. Une BMW. La voiture de Combe. Hé bien, voilà, il suffisait d'attendre ! Et tout se mettait en place tout seul. Trois hommes sortirent du véhicule et grimpèrent les marches. Ils pénétrèrent dans la salle.

Cardoso fit signe à Charrier et à Blanchard de stopper les engins. Les deux hommes coupèrent les moteurs et le rejoignirent. Élise Bossin se poussa pour leur laisser une petite place.

« *C'est quoi cette merde de rancard ?* » entendirent-ils dans les écouteurs.

Les micros fonctionnaient au poil.

L'OPJ grogna de satisfaction.

– On se poste devant la salle hors-sac, commanda-t-il. Blanchard, tu disposes les hommes de la Brigade tout autour. On en garde dix avec nous dans les escaliers.

Le Martiniquais hocha la tête d'un mouvement bref et partit au pas de course. Les autres flics coururent vers les escaliers. Au moment où ils arrivèrent à la hauteur de l'AX, une portière s'ouvrit à la volée et une jeune femme, très pâle, en sortit.

– Qu'est-ce qu'il se passe ? cria-t-elle en ouvrant des yeux effarés.

Cardoso lui mit la main sur la bouche et la traîna avec eux jusqu'aux pieds de l'escalier. Il refila ses écouteurs à Élise Bossin.

– Qu'est-ce que vous foutez là, vous ? chuchota-t-il.

– Je suis avec Téo, bredouilla-t-elle.

– Lambert ? Il n'est pas tout seul celui-là ? s'étonna Charrier.

Blanchard surgit alors avec les dix hommes en uniforme.

Grazia écarquilla les yeux.

– Vous êtes qui ?

Élise Bossin les interrompit.

– Ça barde là-dedans !

« – *Putain de merde, tu l'as buté !*

– *Rien ne peut t'échapper* ! »

– C'est qui ? demanda vivement Cardoso.

Bossin secoua la tête.

– Je crois que c'est un des hommes de Combe qui s'est fait descendre.

Cardoso soupira. Il n'était pas sûr d'aimer la tournure prise par les évènements. D'abord cette fille qui surgissait de l'AX, puis un mort dans les cinq premières minutes.

– Qu'est-ce que vous allez faire ?

C'était Grazia. La jeune femme semblait à bout de nerfs. Sa voix, beaucoup trop haut perchée, trahissait une angoisse frisant l'hystérie.

– Vous allez faire quoi ?

Elle criait presque.

Cardoso se tourna vers elle vivement.

– Taisez-vous. On attend le bon moment pour intervenir. La pièce là-haut est truffée de micros. On entend tout ce qui se passe.

« *– C'est qu'on n'a pas tout à fait terminé, tous les trois ! Vous n'êtes pas au bout de vos surprises !*

– Henri ! Tu peux venir maintenant. »

– Ça y est ! Ils sont tous réunis, maintenant, chuchota Élise Bossin.

Cardoso se tourna vers les flics.

– On se tient prêt.

Les hommes vérifièrent une dernière fois leur arme.

C'en était trop pour Grazia. Elle échappa à Cardoso et se rua dans les escaliers. Le policier étouffa un juron et bondit à sa poursuite. Trop tard. Elle était déjà devant la porte vitrée. Si les cintrés de l'autre côté la voyaient…

La jeune femme resta à peine quelques secondes et redescendit les marches quatre à quatre.

– Vous êtes cinglée ! s'étrangla Cardoso.

– Il y en a trois, armés, qui nous tournent le dos. Les autres sont face à nous. Une femme est allongée avec une gamine sur elle. Et il y a un type par terre avec plein de sang.

Le policier la dévisagea et pointa son index sur elle.

– Refaites jamais ça, merde !

Un juron les fit sursauter. Élise Bossin les regardait, les yeux ronds comme des calots.

– Alors là, c'est la grande lessive où je ne m'y connais pas ! Bon sang de nom de Dieu, c'est pas croyable ce qu'il y a des gens tordus quand même !

Elle ôta le casque et pointa les écouteurs vers eux.

« *– Il y avait qui dans la voiture brûlée ?*

– Une petite paumée qui ne manquera sans doute à personne, une sorte d'artiste. Fathia a mis un moment avant de la dégoter celle-là, mais je pense qu'elle a bien trouvé. »

Les hommes hochèrent la tête.

Grazia se tortilla pour se mettre plus à l'aise. Cardoso fit brusquement volte-face et la dévisagea avec sévérité. La jeune femme sursauta et leva les deux mains en signe d'innocence. Le policier haussa les épaules et se retourna. Ah ! Il n'avait vraiment pas besoin de ça !

– Ça se gâte ! jura soudain Bossin.

– Comment ça ?

– Lambert est en train de foutre la merde, il les braque les uns contre les autres !

Cardoso ne put s'empêcher de saluer son culot. C'était sans doute sa seule possibilité pour avoir une petite chance de s'en tirer vivant et il fallait avoir du courage pour risquer le tout pour le tout.

– Là, ça merde vraiment ! s'écria Bossin, ils ne peuvent plus s'en sortir, il faut y aller…

L'OPJ se tourna vers ses hommes pour donner le signal. C'est alors que Grazia bondit à nouveau dans les escaliers. Mais cette fois, elle ne s'arrêta pas au palier.

– TÉO ! ATTENTION !

– C'est qui cette pétasse ? brailla Fathia.

Grazia ouvrit la porte d'un coup d'épaule et se rua dans la pièce.

Derrière elle, les hommes de la Brigade d'Intervention jaillirent à leur tour.

C'est alors que la fusillade commença.

En un instant, la pièce devint l'enfer.

Et Cardoso et Grazia ne purent qu'assister au carnage.

Lambert, fauché dès les premiers coups de feu, s'écroula au sol. Presque au même instant, Combe tomba à son tour. Dédé, mortellement blessé, tenait ses intestins dans une main et son Lupara dans l'autre. Élise Bossin, touchée à la tête n'avait même pas eu le temps d'être surprise. Fathia Driddi, elle, abattit posément deux hommes de la Brigade d'Intervention avant de succomber sous les balles de Martin Charrier. Henri Brun vida son chargeur sauf une balle sur les flics. Puis il retourna l'arme contre lui.

En voyant tomber Téo, Grazia poussa un hurlement et s'affaissa sur les genoux. Puis il lui sembla qu'il bougeait la tête et regardait quelque chose ou quelqu'un. Elle suivit son regard et vit Héloïse, la petite Héloïse, courir vers son père. La bouche couverte d'un morceau de sparadrap elle ne pouvait pas crier. Mais ses yeux démesurément ouverts n'étaient qu'un long cri silencieux.

Il lui restait un petit mètre à faire quand la décharge de gros plomb à sanglier la projeta contre le mur.

Le Lupara venait d'aboyer pour la dernière fois.

ÉPILOGUE

Deux années ont passé.

Philippe Cardoso ne travaille plus dans la police. Il a définitivement rompu avec Juana et vit de petits boulots sans intérêt dans la région lyonnaise. Il vivote, quoi.

Téo Lambert a survécu à ses blessures. Grazia et lui vivent ensemble, dans son petit appartement de Seyssins. Cela leur suffit à tous les deux. Ils n'ont pas beaucoup de besoins.

Néanmoins, dire qu'ils sont heureux serait excessif.

Pourtant, Grazia est tendre et attentive. Tous les jours, elle fait faire sa promenade à Téo, dans son fauteuil roulant, autour du pâté de maisons car il ne marche plus.

La balle qui l'avait atteint au ventre a pénétré jusqu'à la moelle épinière.

Durant ces balades quotidiennes, la jeune femme lui parle à voix douce de tout et de rien, de la pluie et du beau temps, du climat qui se détraque et des prix qui ne cessent de grimper. De tous ces petits sujets sans importance.

Car cela n'a plus d'importance, il est vrai.

Depuis la mort de sa fille, Téo n'a plus jamais parlé.

FIN

Dans la collection
polars en nord

1. *Le vagabond de la baie de Somme,* de Léo Lapointe
2. *L'anneau de la Myère (épuisé),* de Jean-Christophe Macquet
3. *Gérard de Waben,* de Jean-Christophe Macquet
4. *La morte du canal,* d'Emmanuel Sys
5. *Mort à Dunkerque,* de Christophe Lecoules
6. *La foire aux manèges,* de René Cyr
7. *L'affaire du boucher du Vieux-Lille,* de Christophe Debien
8. *Drame au cap Gris-Nez,* de Christine Desrousseaux
9. *Les Peupliers noirs,* de Lucienne Cluytens
10. *Les jurés de Saint-Omer,* de Jean-Pierre Fauchoix
11. *La Tour de Lille,* de Léo Lapointe
12. *Vacances picardes,* de Philippe Sturbelle
13. *Chiens d'Arras,* de J. Wouters
14. *Bienvenue à Dunkerque,* de Maxime Gillio
15. *Épluchures à la lilloise,* de Sandrine Rousseau
16. *Nord western,* de Gwen Orval
17. *Une nuit de carnaval,* de Christophe Lecoules
18. *Braquage à Fives,* de Pierre Willi
19. *Les crimes de Rue,* de Pierre Saha
20. *Chaud beffroi,* d'Emmanuel Sys
21. *Flandre noire,* de Gilles Warembourg
22. *Le vampire du stade Bollaert,* de Jean-Christophe Macquet
23. *Marilyne de Boulogne,* de Michel Vigneron
24. *Un Corse à Lille,* d'Éléna Piacentini
25. *Lille-Québec aller simple,* de Lucienne Cluytens
26. *L'abattoir dans la dune,* de Maxime Gillio
27. *Mort sans ordonnance,* de Zacharie Depreytis
28. *La panthère de Sangatte,* de Christine Desrousseaux

Dans la collection Polars en région

L'inconnu de Lyon, de Laurent Corre

ISBN 978-2-914657-58-7
Prix : 12 €

Depuis qu'il a aidé la police à arrêter *Mister X*, l'auteur de plusieurs meurtres commis dans l'agglomération lyonnaise, le journaliste Frédéric Brauwner a l'impression d'être suivi. Est-ce l'influence de la drogue qui le rend paranoïaque ? À moins qu'il y ait un deuxième tueur…

RAVET-ANCEAU

Éditions Ravet-Anceau
5, rue de Fives
BP 90019
59651 Villeneuve-d'Ascq cedex
Tél. : 03.20.41.40.70
Fax : 03.20.41.40.75
www.ravet-anceau.fr

Composition : Nord Compo, Villeneuve-d'Ascq (59)
Impression : Sepec, Péronnas (01)
Achevé d'imprimer en avril 2008
Dépôt légal : avril 2008
ISBN : 978-2-914657-56-3
EAN : 9782914657563

Ravet-Anceau, éditeur depuis 1853, est membre de l'Association des Éditeurs du Nord et du Pas-de-Calais